운명, 책을 탐하다

운명, 책을 탐하다

한 장서가의 탐서 생활 50년의 기록

윤길수 지음

궁리
KungRee

지금으로부터 10년 전 나는 그동안 수집한 장서를 정리해『윤길수책』
(2011)이란 한국근현대도서 목록집을 펴낸 일이 있다. 이 책은 그러한 자
료를 토대로 그동안 문예 계간지『문학선』에 2014년 여름호부터 6년간
연재된 글 중에서 월북문인들의 것을 제외하고 한 편을 새로 추가하고
보완해서 엮은 것이다. 내용은 장서가로서 책을 수집하는 과정에서 겪은
일화와 평소 책과 문학에 대한 내 생각을 담고자 했다. 나는 인류가 만든
발명품 중에 으뜸은 '불과 문자'라고 생각한다. 그중에서도 문자를 담는
그릇인 책이 없었던들 지금처럼 발전된 문명을 기대하긴 어려웠을 것이
다. 책은 한 시대를 증언하는 기록물이요, 인간의 삶과 꿈을 담아내는 '아
름다운 공예품'이라 생각한다. 이 책은 그런 지상의 책을 찾아 헤맨 50여
년의 기록이자 추억의 편린이라고 할 수 있다.

　　소년시절 붉게 물든 저녁노을을 바라보며 문득 내 삶이 유한한 것
임을 깨닫고 몸서리를 친 적이 있다. 살아 있는 모든 것들이 죽어가는 가
운데도 작가들은 이 땅에 와서 영원히 남을 수 있는 작품들을 남기고 떠
났다. 창조적인 행위야말로 영원히 살 수 있는 길인 것이다. '아름다운 것

이 세상을 구하고 나를 구원해줄 수 있다'는 믿음, 그것은 책을 통해서 얻은 가장 큰 기쁨이고 행복이었다. 내 인생의 등불 같았던 책들, 그 영원한 불멸의 불꽃을 찾아 여기까지 올 수 있었던 것이 고마울 뿐이다.

책이 나오기까지 도움을 주신 분들께 감사드리며, 또한 책을 사랑하는 모든 분들과도 저자의 추억을 함께 나누고 싶다. 특히, 어린 조카를 세상 밖으로 불러내 감긴 눈을 뜨게 해주신 나의 숙부 윤종선 님의 영전에 이 책을 바친다.

2021년 겨울

윤길수

차례

2부
내가 아끼는 한국문학 작가와 그 책들

1부 내 인생을 바꾼 책 이야기

1

지상의 책을 찾아서

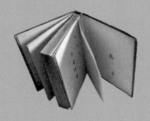

내 인생을 바꿔놓은 책

　　나는 초등학교 때 시골에 계신 부모 곁을 떠나 서울로 유학을 왔다. 자연스레 혼자 지내다 보니 방과 후에는 서점에서 시간을 보냈다. 내가 중학교에 다니던 1960년대 말 학교 근처에는 헌책방들이 많았다. 한번은 북아현동에 있는 단골서점에 들어서니 주인이 반색을 하며 두 권의 책을 보여주는 것이었다. 하나는 1938년 조선일보사에서 간행된 『현대조선문학전집』 1권 시가집이고, 다른 하나는 1950년 정음사에서 간행된 『현대시집』 1권이었다. 주인의 말로는 아주 귀한 시집이라 별도로 보관하고 있었다고 했다. 나는 주인 말을 듣고 적지 않은 돈을 주고 이 책들을 구입하였다. 부친께서 서울에 오셔서 주신 용돈을 다 털어 넣은 것이다. 이 두 권의 책은 나를 문학의 길로 이끌어주었고 책을 수집하게 되는 결정적인 계기가 되었다.

　　그리고 서점주인은 종이에 적어놓은 임화의 「세월」이라는 시편을 보여주었는데 어딘지 힘이 들어가 있는 그런 시였다. 지금 생각해보면 주인은 젊은 시절 문학도였던 것 같다. 집에 와서 이 시집들을 틈틈이 읽어 보았다. 시가집 속에는 정지용, 김기림, 백석, 임화 등 생소한 시인들이 33명이나 들어 있었다. 그중 단연 이색적인 존재는 백석이었다. 여기에는 「여우난곬족」, 「고야」, 「주막」, 「개」, 「외가집」, 「모닥불」 등 6편이 실려 있었다.

> 내가 언제나 무서운 외가집은
>
> 초저녁이면 안팎마당이 그득하니 하이얀 나비수염을 물은 보득지근한 복쪽재비들이 씨굴씨굴 모여서는 쨩쨩 쨩쨩 쇳스럽게 울어대고
>
> 밤이면 무엇이 기와곬에 무리돌을 던지고 뒤우란 배낡에 쩨듯하니 줄등을 헤여 달고 부뚜막의 큰 솥 적은 솥을 모주리 뽑아놓고 재통에간 사람의 목덜미를 그냥그냥 나려 눌러선 잿다리 아래로 쳐박고
>
> 그리고 새벽녘이면 고방 시렁에 채국채국 얹어둔 모랭이 목판 시루며 함지가, 땅바닥에 넘너른히 널리는 집이다.
>
> - 「외가집」(『현대조선문학전집1』, 조선일보사, 1938)

백석의 토속적인 시편들은 시골 태생인 내게 어린 날의 향수를 불러왔다. 『현대시집』 1권은 정지용, 김영랑, 김기림, 노천명 등 4인 선집으로 그들의 시가 각각 수십 편씩 실려 있었다. 그중 정지용과 김기림의 시가 마음에 와닿았다. 놀랍게도 서점주인 얘기로는 이들이 북으로 넘어간 빨갱이란 것이다. 『현대시집』 안에 소제목을 붙인 정지용의 「춘뢰집」과 김기림의 「바다의 과수원」 속의 시들을 모두 읽어봤으나 불온한 글귀는 찾을 수 없었다. 오히려 정지용의 「유리창」, 「해협」, 「향수」, 「5월 소식」, 「홍역」과 김기림의 「유리창과 마음」, 「바다와 나비」, 「요양원」, 「못」, 「금붕어」 등의 시편들을 통해서 깊은 감동을 받았다. 특히 김기림의 「요양원」 마지막 구절, "인생아 나는 용맹한 포수인체 숨차도록 너를 쫓아 댕겼다. 너는 오늘 간사한 매초라기처럼 내 발앞에서 포도독 날러가버리는

『현대조선문학전집』1권,
『현대시집』1권

現代詩集

I

鄭金金盧
芝永起天
溶郎林命

正音社版

구나"라는 시구는 인생의 허망함을 표현한 것으로 학창시절 내 기억 속에 오래도록 남아 있다.

> 저마다 가슴속에 癌腫을 기르면서
> 지리한 歷史의 臨終을 고대한다.
>
> 그날 그날의 動物의 怯性에도 아주 익어버렸다.
> 標本室의 착한 倫理에도 아담하게 固定한다.
>
> 인생아 나는 용맹한 포수인체 숨차도록
> 너를 쫓아 댕겼다.
>
> 너는 오늘 간사한 매초라기처럼
> 내 발앞에서 포도독 날러가버리는구나.
> - 「療養院」(『현대시집』 1권, 정음사, 1950)

또한 김기림의 「바다의 과수원」 서문을 읽고 인간의 삶이 유한하고 슬픈 존재임을 절실히 깨달았다.

원편으로 비스듬히 바다가 보이는 언덕 위에 그 과수원은 있었다. 그러므로 소년은 거기서 바다를 굽어 보면서 「파리쓰」의 능금이랑 「이브」의 능금이랑 「윌렴」의 능금이랑 「세쟌느」의 능금이랑 「뉴튼」의 능금이랑 「라·퐁테느」의 능금이랑 마구 먹으며 시들었다. 아버지는 능금을 먹었다고 해서 「여호와」처럼 질투하지는 않으셨다. 자꾸만 눈사부랑이에 스며드는 바다

　—무한에 닿은 줄만 알았던 그 바다 저편에 뭍이 또 있다는 것을 지리시간에 배운 날은 참말 슬펐다. 그 잃어버린 「무한」을 메우노라 소년은 할 수 없이 시를쓸 밖에 없었다. 여기 실은 것은 주로 『태양의 풍속』, 『바다와 나비』에서 뽑은, 8·15 이전의 것으로, 무릇 이 바닷가의 과수원에서 주운 병든 열매들이다. 기림

　　　　　- 「바다의 果樹園」 서문(『현대시집』 1권, 정음사, 1950)

　『현대조선문학전집』(1938)은 나중에 짝을 맞추며 알게 됐지만 총 7권으로 간행되었다. 1권은 시가집이고, 2~4권은 단편소설집, 5권은 수필기행집, 6권은 희곡집, 7권은 평론집이다. 이 전집은 초기 문단에서부터 1930년대 후반까지 분야별 현대문학을 총결산하는 최초의 전집으로 평가된다. 여기에는 시인 33명, 소설가 35명, 수필가 16명, 희곡작가 6명, 평론가 12명 등 총 102명의 작품이 수록되었다. 견고한 표지와 양질의 제지를 사용하여 호화본으로 꾸몄다. 정현웅이 장정을 맡았고 이종우, 이

상범, 이한복, 최우석, 김용준, 김은호, 고희동 등 당시 유명 화가들의 그림을 각각 권두화로 실었다.

　정음사에서 나온 『현대시집』(1950)은 총 3권이 간행되었다. 1권은 정지용, 김영랑, 김기림, 노천명, 2권은 신석정, 김광균, 장만영, 유치환, 3권은 서정주, 조지훈, 박목월, 박두진 순으로 각각 수십 편의 작품이 수록되어 있어서 이들 시인의 면모를 살펴보는 데 부족함이 없을 정도다. 이 책은 한국전쟁이 발발하기 3개월 전에 나왔는데 책이 나오기까지의 사정을 경문서림 주인 송해룡 선생을 통해서 들은 바가 있다.

　그러니까 1949년 계절이 가을로 접어들 즈음 장만영 시인을 비롯해서 몇몇 시인들이 만나 그해 월동준비를 걱정했다고 한다. 마침 정음사 최영해 사장을 만난 장만영은 시인들의 이 같은 걱정을 전하면서 해결책으로 『현대시집』의 출판을 제안했다고 한다. 시인의 선별은 물론 시집의 편집과 구성까지 장만영 시인이 맡았다. 표지에 그림을 넣지 않은 장정으로 시집의 제목과 같이 현대적 감각을 느낄 수 있는 시집이다. 장만영 시인은 산호장이라는 한정본 위주의 출판사를 경영하기도 했고 책의 장정에도 손을 댄 분이다. 최 사장의 흔쾌한 결정으로 간행된 시집 덕분에 시인들은 그 해 겨울을 따뜻하게 넘길 수 있었다고 한다. 이 시기에 정음사에서 나온 서정주 편『작고시인선』(1950)과『현대시집』3권을 합치면 훌륭한 시인전집이 된다.

인사동,
경문서림(景文書林)

　　나는 상급반으로 진학하면서 점점 문학의 향기 속으로 빠져들었다. 국어시간 첫 수업에 들어오신 박우극 선생님은 아무 말도 없이 칠판에 이런 시를 적으셨다.

　　　나의

　　　故郷은

　　　急行列車가

　　　서지 않는 곳

　　　친구야,

　　　놀러 오려거든

　　　三等客車를

　　　타고 오렴.

　　　- 김대규 「葉書」(『양지동 946번지』, 문예수첩사, 1967)

『현해탄』

　　당시에는 누가 지은지도 모르는 이 시를 어미 떨어진 송아지처럼 되새김하며 마음은 삼등이 아닌 급행열차를 타고 고향으로 달리고 있었다. 부모 곁을 떠나 외로웠던 내게 한 편의 시가 주는 감동은 무엇과도 비교할 수 없었다. 교과서에 나오는 시집을 직접 구해서 읽어봐야겠다는 욕심이 생겼다. 북아현동 서점주인의 소개로 인사동에 있는 경문서림을 찾아갔다. 당시 인사동에는 고서점들이 몰려 있었는데 그중 경문서림 주인 송해룡 선생은 시집을 전문적으로 취급하고 있었다.

　　선생은 내가 서점에 들어서자 안경 너머로 한번 흘깃 쳐다보고는 미동도 하지 않고 책을 손질하고 있었다. 좁은 가게의 서가에는 빈틈없이 책이 꽂혀 있었고, 진열되지 못한 책은 바닥에서 허리춤까지 쌓여 있었다. 매캐한 담배연기 속에서도 고서에서 흘러나오는 향기는 나를 흥분시키기에 충분했다. 내 눈에는 모두가 다 보물같이 보였다. 나는 다짜고짜 "정지용 시집 있어요? 임화의 현해탄 있어요?" 하고 물었다. 그때 미동도 하지 않던 선생이 벌떡 일어나더니 그런 책 없다며 나를 가게 밖으

경문서림, 송해룡 선생

로 거칠게 몰아냈다. 순식간에 벌어진 일이라 영문도 모르고 닫힌 문짝만 바라보다가 발길을 돌려야 했다.

　　이후 계속된 방문에 송 선생은 나를 가게 안으로 불러들여 쫓아낸 이유를 말해주었다. 내가 찾는 책들은 이북으로 넘어간 작가들의 금서로 판매할 수도 없고 만약 팔다가 걸리면 곤욕을 치른다는 것이다. 그리고 내가 아직 이런 책을 보기에 너무 어리고 학업에 지장이 있으니 대학에 들어간 후에 다시 오라고 했다. 그러나 한번 빠진 문학에의 열병은 쉽게 치유될 수 없었다. 집요한 나의 방문에 결국 선생은 두 손 들고 내게 책에 대한 지식과 체계적으로 책을 모으는 방법을 가르쳐주었다. 당시 경문서림은 문학서적을 전문으로 취급하면서 많은 문인과 학자들이 드나들었는데 나는 이곳에서 장만영 시인을 만날 수 있었다.

　　나는 이 서점을 통해서 정지용과 김기림을 알았고, 『임꺽정』의 작

이태준

가 홍명희와 이기영의 『고향』, 한설야의 『탑』, 김남천의 『대하』, 이태준의 『달밤』 등 교과서에서는 볼 수 없었던 월북문인들을 하나 둘 익혀나갔다. 송 선생 말대로 남에는 쭉정이만 남고 알맹이는 다 이북으로 넘어갔을 정도로 많은 문인들이 월북하면서 우리 문학사가 반쪽이 될 수밖에 없었음을 이들이 남긴 작품집을 통해서 확인할 수 있었다. 당시 문학을 연구하는 사람들 사이에서 이들은 전설이 되다시피 구전되고 있었다. 특히 벽초 홍명희의 『임꺽정』은 우리말의 보고로 당시 소설을 쓰려는 사람들이 애타게 찾고 있는 금서였다. 지금 생각해보면 이들의 책들이 판매가 금지되면서 한몫 더했던 것 같다.

송 선생은 처음부터 분야를 넓히지 말고 우선 시집과 수필집을 구해보라고 권했다. 소설은 한번 집어 들면 끝까지 읽어야 하는데 시집과 수필집은 본인이 보고 싶은 페이지를 읽고 중간에 덮어도 부담이 없다는 것이다. 서점의 방문횟수가 늘면서 선생은 소설 창작집, 평론집, 문예지 등을 차례로 소개해주었다. 또한 20대에는 시를, 30에는 소설을, 40에는

『상허문학독본』(판본)

『문장강화』(판본)

수필을, 그리고 50에 가서는 희곡을 알아야 한다고도 했다.

　　내가 경문서림에서 처음 구입한 책은 상허 이태준의 『상허문학독본』(1946)과 『문장강화』(1940)였다. 1930년대 문단에서 시는 지용이요, 소설은 상허일 정도로 이태준은 문장가였다. 『상허문학독본』은 상허의 글 중에서 힘들여 썼다고 생각하는 자연, 인물, 그리고 사태의 묘사 장면을 소설과 수필에서 추려 엮은 책이다. 내가 이 책에 손때를 묻히며 자주 읽었던 글로는 「소나기」, 「책」, 「목수들」, 「산장」, 「낚시터」, 「사냥」, 「불국사」, 「농군」 등이다. 몇 해 전에 이태준이 살았던 성북동 집 수연산방(壽硯山房)에 들렀을 때 문득 상허의 수필 「목수들」을 떠올렸다. 이 글은 상허가 이 집을 지을 때 인부들을 감독하며 그들이 일하는 광경을 보고 쓴 것이다. 주인은 떠나고 집만 남은 고택 툇마루에 앉아 나는 쉽게 발을 뗄 수 없었다.

　마당 곳곳에서 목수들의 망치소리와 이야기 소리가 들리는 듯했다. 상허는 이 집에서 60, 70, 100세에 이르기까지 좋은 글을 쓰고 싶다고 수필 「조숙」에서 밝히고 있다. "상허는 마치 사금을 이리듯 우리말을 골라 쓴 작가로 그의 글은 전아하고 유려하다"고 이원조는 이 책의 발문에다 썼다. 『상허문학독본』은 백양당에서 4판을 박을 정도로 당시 베스트셀러였다. 출판사 주인 배정국이 장정을 하였는데, 초판본은 짙은 밤색 붓글씨체로 제목을 달고 나머지 공간을 연꽃이 들어 있는 능화판 문양의 표지로 장식하여 고풍스런 멋을 풍겼다. 재판까지는 같은 장정이나 3판과 4판은 달리 나왔다.

　『문장강화』는 일제시대에 3판을 찍고 해방 후에도 여러 판을 찍었다. 이 책은 한국문학사에서 글쓰기 교본의 전범이 된 책이다. 문장작법과 언어의 제 문제, 운문과 산문, 각종 문장의 요령에서부터 퇴고의 이론과 실제, 문체에 이르기까지 다루고 있다. 본문에 인용된 문장들 중에

이태준의 수연산방

서 내가 즐겨 애독했던 글은 정지용의 시「촛불과 손」, 김기림의 「여행」
과 「고 이상의 추억」, 이광수의 「우덕송」과 「봉아제문」, 이상의 「성천기
행」과 「권태」, 방정환의 「어린이 예찬」, 주요섭의 「미운 간호부」, 이원조
의 「눈 오는 밤」, 김진섭의 「창」, 변영로의 「시선에 대하여」, 나도향의 「그
믐달」, 홍명희의 「온돌과 백의」, 이선희의 「곡예사」 등으로 하나같이 명
문들이다. 특히 정지용의 시편「촛불과 손」에서는 저절로 탄성이 나왔다.
내가 태어난 고향은 전깃불도 들어오지 않는 깡촌이었다. 성냥곽을 긋고
튀는 불씨는 유황 냄새와 함께 유년의 기억을 떠올리게 한다. 불씨가 점
화되자 오똑하니 심지가 살아나며 일시에 깜깜한 방안이 환하게 드러나
는 '촛불'을 이처럼 '꽃다발'과 '올빼미'로 표현하다니 그 기법이 참으로
놀랍지 않을 수 없었다.

> 고요히 그싯는 손씨로
> 방안 하나 차는 불빛!
>
> 벼란간 꽃다발에 안긴듯이
> 올뺌이처럼 일어나 큰눈을 뜨다!
> - 「촛불과 손」 부분(『문장강화』, 문장사, 1940)

　이원조의 소품「눈 오는 밤」을 읽고는 눈 내리는 밤거리를 추운 줄
도 모르고 헤매고 다녔다.

> 눈 오는 밤이면 끝없이 뻗힌 큰길을 것는것이 좋다. 街燈은 모다 눈물에 어
> 린 눈동자처럼 흐리고 하늘은 부푸러 오른 솜꽃같이 地平線에 드리운 밤길

을 幽靈과 같이 혼자서 걷는 것이 좋다.

이러한 길을 거를때는 누구와 더불어 이야기하는것도 너무 煩雜한 노릇이
다. 발밑에서 바사삭 바사삭 눈 다져지는 소리를 들으면서 나는 내 血管이
가을물처럼 맑어지는것을 깨닷는 때문이다.

이렇게 걸어가다가 다리가 지처지면 나는 그적세야 비로소 길가에 적은
등불이 깜박거리는 술집을 찾어드는것이다. 되도록은 독한 술을 달래서
권하는이 없이 잔을 거듭하노라면 대개는 저쪽 「뽁쓰」에서 「過去」를 모를
협수룩한 늙은이가 역시 혼자서 술잔을 기우리고 앉었는것이다. 나는 수
수꺼끼와 같은 그 老人의 「過去」를 푸는 동안에 밤은 한없이 깊어가고 밖
같에서는 여전히 함박눈이 소리없이 나린다.

이러한 하로밤에 맛보는 보헤미안趣味는 또한 幸福 된 一瞬間이기도하다.
- 「눈 오는 밤」(『문장강화』, 문장사, 1940)

나는 『상허문학독본』과 『문장강화』를 수시로 탐독하며 원문을 찾
아 읽고 인용된 명문처럼 좋은 글을 쓰리라 다짐도 해보았다.
경문서림 송 선생과의 인연은 군 제대 후 직장에 다니면서 경영난
으로 서점 문을 닫게 되는 1990년 초까지 이어졌다. 그간 내가 모은 장서
는 대략 5,000권을 넘어서고 있었다. 문학책이 어느 정도 모아지자 송 선
생은 비중 있는 한국학 분야의 책을 추천했다. 이렇게 해서 나의 수집 범
위는 한국학 서적으로 이어졌고 이것은 내 장서의 질을 높이는 계기가 되
었다. 1993년 책의 해를 앞두고 내가 모범장서가로 선정되고 언론에 소

개되면서 송 선생은 충고도 잊지 않았다. 이제 얼굴이 알려졌으니 윤 선생에게 접근하는 사람이나 단체에 들어오라는 요청이 있을 것이다. 그땐 일체 응하지 말고 혼자 조용히 책을 모으라는 것이었다. 처음엔 무슨 뜻인지 이해가 가지 않았으나 시간이 지나면서 그런 행동이 책을 모으는 데 전혀 도움이 되지 않는다는 사실을 깨닫고 지금까지 실천해오고 있다.

그간 나는 경문서림만 드나든 것은 아니었다. 인사동의 통문관, 승문각, 문고당, 영창서점, 문우서림, 광화문의 공씨책방, 청계천의 보문서점, 경안서림, 학예서림, 노량진의 진호서적 등 시내의 이름난 고서점은 물론, 전주의 책과 사람들, 대구의 신흥서점과 신라방, 남구서점, 마산의 미리내 서점, 부산의 보수동 책방 골목과, 심지어 제주도의 책밭서점까지 전국적으로 발길이 미치지 않는 곳이 없었다. 혹자는 무슨 돈이 많아 그렇게 책을 모으는지 궁금해할 수도 있을 것이다. 그러나 나는 평생 박봉의 월급쟁이로 용돈을 아끼거나 생활비를 쪼개서 책을 모았을 뿐이다. 내가 서점에서 만난 사람들은 대부분 가난한 사람들이었다. 지상의 책을 찾아 처음 들어선 곳이 경문서림이었고, 거기에는 정지용과 김기림 그리고 이태준이 있었다.

다시 찾은 시인,
정지용과 김기림

정지용(1902~1950, 납북)은 1988년 월북문
인들의 해금조치로 풀려나 그의 시가 세상에 드
러날 때까지 지하의 시인이었다. 그의 작품집 『시
와 산문』(깊은샘, 1987)이 정부로부터 납본이 받아
들여짐으로써 해금의 첫 물꼬를 터뜨렸다. 나는
1980년대에 지용의 아들 정구관 씨를 인사동 경
문서림에서 종종 볼 수 있었다. 그는 부친이 월북
으로 몰리면서 빨갱이 자식으로 두더지처럼 살았

정지용

다고 했다. 뒤늦게 부친이 훌륭한 시인이었음을 알고 부친의 시집을 구
하러 다녔고, 부친의 복권을 위해 문단에서 서명운동도 벌이고 있었다.

흔히 한국시사에서 지용의 위치를 『시문학』(1930) 동인에 비중을
두고 평가를 하지만 그는 이미 1920년대에 「풍랑몽」, 「향수」, 「홍춘」, 「석
류」, 「5월소식」 등 중요 시편들을 발표하며 등장한 시인이었다. 『정지용
시집』(1935)에 수록된 89편의 시 중에서 절반 이상이 이때 발표된 것들
이다. 지용은 일찍이 일본에 건너가 1920년대 일본 문단에서 20여 편의
시를 발표하고 돌아와 국내에서 활동하며 한국 현대시의 한 봉우리를 이

『시와 산문』

루었다. 필자의 생각으로 지용은 동갑내기 소월과 비교되는 것 같다. 소월이 민족적 토양에서 자생한 생래적인 시인이라면 지용은 서구의 문예 이론을 배우고 익혀서 만들어진 시인이 아닌가 한다.

나보고 개인적으로 좋아하는 시인 한 사람을 이야기하라 하면 나는 주저 없이 정지용 시인을 들 수 있을 것이다. 시인이 공식적으로 해금되던 날 나는 그의 시집들을 꺼내놓고 뜨거운 눈물을 흘렸다. 소중한 시인이 40년의 망각 속에서 불사조처럼 되살아나는 순간이었다. 한때 그의 시집을 구하지 못해 경문서림 송 선생에게 부탁하여 복사본을 만들어 가지고 다녔다. 어디 그뿐인가. 장만영 시인의 자작시 해설집 『이정표』(1958)에 실려 있는 정지용과 김기림의 시편들 때문에 이 책은 보이는 대로 구해놓는 나의 애장서가 되기도 했다. 당시 이들의 시편들은 출판은 커녕 이름 석 자도 찾아보기가 쉽지 않은 시절이었다. 아마도 지금 생각해보면 당시 장만영 시인이 그들의 시가 아까워 의도적으로 슬쩍 이 책속에 끼워 넣지 않았나 하는 생각이다.

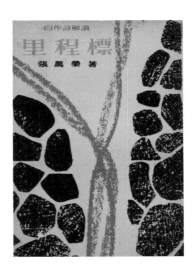

　　나는 직업상 지방 출장을 많이 다녔다. 거제도에는 거래처인 대우
조선과 삼성중공업이 있어서 마산이나 부산 여객부두에서 배를 타고 들
어갔다. 이때 어김없이 지용의 시집이 내 출장가방 속에 들어 있었다. 부
산을 떠나 장승포로 가는 쾌속 공기부양선 페레스트로이카호는 항속 45
노트를 자랑하며 파도와 파도 위를 물수제비를 뜨며 달렸다. 나는 선실
에 내려 앉아 한껏 부풀어 오른 수평선의 잔물결을 눈사부랑이에 느끼며
지용의 시집을 꺼내「해협」을 펼쳐들었다.

　　砲彈으로 뚫은듯 동그란 船窓으로
　　눈섶까지 부풀어 오른 水平이 엿보고,

　　하늘이 함폭 나려 앉어
　　큰악한 암닭처럼 품고 있다.

透明한 魚族이 行列하는 位置에
홋하게 차지한 나의 자리여!

망토 깃에 솟은 귀는 소라ㅅ속 같이
소란한 無人島의 角笛을 불고—

海峽午前二時의 孤獨은 오롯한 圓光을 쓰다.
설어울리 없는 눈물을 少女처럼 짓쟈.

나의 靑春은 나의 祖國!
다음날 港口의 개인 날세여!

航海는 정히 戀愛처럼 沸騰하고
이제 어드메쯤 한밤의 太陽이 피여오른다.
- 「海峽」(『정지용시집』, 시문학사, 1935)

흔히들 지용의 해방 후 행적을 놓고 해금이 되기 전에 문단에서 말들이 있었는데 그는 1950년 한국전쟁이 발발한 그날까지 은평구 녹번동에서 살고 있었다. 그는 신념을 쫓아 자진 월북한 문인들과는 달리 전쟁 중에 끌려가 다시 돌아오지 못했다.

지용은 생전에 『정지용시집』(1935)과 『백록담』(1941), 산문집 『지용문학독본』(1948)과 『산문』(1949) 등 4권을 남겼다. 장발 화백의 장정으로 짐작되는 『정지용시집』의 표지 재킷은 이탈리아 르네상스 시대의 화가 프라 안젤리코의 〈수태고지〉에 등장하는 가브리엘 천사의 모습을 오

려붙여 독실한 가톨릭 신자였던 시인의 체취가 묻어난다. 또한 재킷 속의 표지와 내지는 금박과 은박을 사용하여 지금 보아도 손색이 없는 호화본이다. 시집 속에는 바다 시편과 동시, 그리고 신앙시편 등 89편이 수록되어 있다. 이 첫 시집은 1946년 조벽암 시인이 운영하는 건설출판사에서 다시 간행되었다.

　　두 번째 시집 『백록담』은 상허가 있는 문장사에서 길진섭의 문인화풍 장정으로 간행되었다. 『백록담』은 그 뒤 1947년 백양당에서 재판을 찍었는데, 초판과는 다른 장정으로 보급판과 특제판 두 종류로 나왔고, 1950년 동명출판사에서 초판과 같은 장정으로 3판이 또다시 간행되었

『지용문학독본』

다. 일제 말 암흑기에 나온 시집 『백록담』에는 이가 시리도록 차가운 시 편들이 들어 있다. 『백록담』은 시인이 도달하고자 지향했던 정점을 찍은 시집으로 시정신의 정수를 이루고 있다. 해방 후 을유문화사에서 김용준의 장정으로 『지용시선』이 간행되었으나 판권에는 어떤 연유인지 간기의 기록을 찾아볼 수가 없다.

　　『지용문학독본』은 수상, 화문기행, 시론 등을 모은 책이다. 특히 여기에 실려 있는 「시의 위의」, 「시와 발표」, 「시의 옹호」는 지용의 시를 이해하는 데 중요한 시론들이다. 서문에서 밝혔듯이 나도 산문을 쓴다면 태준(이태준)만치 쓸 수 있다는 변명으로 산문 쓰기를 시험한 글들이다. 표지 그림은 마치 복숭아 연적 또는 벼루가 연상되기도 하는 조화롭고 안정감이 드는 길진섭의 장정이다. 『지용문학독본』은 춘원의 『문장독본』, 상허의 『상허문학독본』과 함께 인구에 회자되던 책이다. 『산문』은 동지사에서 보급판과 호화장서판 두 종류가 나왔다. 장정은 역시 길진섭이 맡았는데 호화장서판은 재킷이 따로 있는 하드커버와 고급 모조지

를 사용했다. 내용은 「비」와 같은 수상류와 신문
잡지에 기고한 글, 연극무용 평, 남의 책에 쓴 서문
과 발문, 시론, 그리고 「월트·휘트먼」의 번역시
를 담고 있다. 여기서도 「조선시의 반성」과 「시와
언어」는 시론으로, 특히 「시와 언어」를 보면 그가
창작에 임함에 있어 언어에 대해서 얼마나 고심을
하며 시를 썼는지 짐작이 간다.

김기림

　　김기림(1908~1950, 납북)은 이색적인 경
력의 소유자다. 『기상도』(1936), 『태양의 풍속』
(1939), 『바다와 나비』(1946), 『새노래』(1948) 등 4권의 시집을 펴낸 시인
이고, 소설과 희곡을 썼고 『시론』(1947)과 『시의 이해』(1950), 『문학개론』
(1946)과 『문장론신강』(1950), 『과학개론』(1948)을 쓴 이론가였다. 특히
『시론』은 이 분야 최초의 저서이고 『문학개론』은 5판을 박았다. 그는 수
필에도 관심이 많아 『바다와 육체』(1948)를 펴내며 향후 수필은 "시대적
총아"가 될 것임을 예견했다. 서머싯 몸의 단편집 『RED』(1949)를 번역하
고 출판했는데 이 책은 그의 작품 연보에도 들어 있지 않다.

　　김기림은 공식적으로 조선일보사 1기 공채 최연소 기자였다. 그
는 문단 데뷔의 경력도 없이 《조선일보》에 시와 수필을 발표하며 문인기
자로 출발했다. 대다수 문인들이 일본에 건너가 대학을 졸업하지 못하고
이런저런 이유로 중도 하차하고 돌아왔을 때 그는 두 번이나 일본에 건
너가 일본대학과 동북제대를 졸업했다. 그는 서구문예 이론을 먼저 받아
들인 일본에서 정식으로 영미문학을 전공한 이론가였다. 서구의 모더니
즘 이론을 처음으로 국내에 소개하고 과학적 비평에 입각한 주지적 문학
태도를 견지하며 당시 조선문단을 선도하였다.

『기상도』

　　그가 일본 유학중에 간행된 첫 시집『기상도』(1936)는 한정 200부를 찍었다. 이상(1910~1937)은 유학중인 김기림과 연락을 취하며 이 시집의 편집과 교정은 물론 장정까지 맡았다. 검은 바탕에 두 줄의 은회색 선을 내려 그은 표지 장정은 지금 봐도 손색이 없을 정도로 모던하다. 선전에 입선하리만치 재능을 보인 이상의 면모가 여실하게 드러나 있다. 특히 시집을 펼치면 '기상도'의 활자가 3페이지에 걸쳐서 점점 커지고 있는데 이는 마치 멀리서 태풍이 몰려오는 것 같은 착각을 일으키게 한다. 시집『기상도』는 당시 시단에 신선한 충격을 가져온 장시로 모더니즘 시집의 맨 앞자리를 차지한다. 이 시집은 해방 후 장만영이 운영하는 산호장에서 500부 한정판으로 다시 간행되었다.

　　『기상도』가 간행된 직후 이상은 김기림이 머물고 있는 일본으로 건너갔다. 김기림의 영향임은 말할 것 없다. 우리에게 'K형'에게로 잘 알려진 이상의 서신 7통은 당시 김기림에게 보낸 편지들이다. 김기림은 이상이 흠모하던 언어의 마술사이자 정신적인 지주였다. 김기림은 이상이

부러워할 정도로 많은 것을 가지고 있었다. 글 쓰는 재주와 일본에 두 번씩 유학을 간 것도 그렇고, 고향 함북 성진에 수만 평의 과수원과 농장을 소유한 지주의 아들이자 문단의 중심인 《조선일보》 기자였다. 또한 그는 이상이 가지지 못한 덴마크 체조로 단련된 건강한 몸과 행복한 가정을 꾸리고 있었다.

이상이 다음해 불령선인으로 일경에 검거된 후 병보석으로 풀려나 하숙방에 짐짝처럼 부려졌을 때 이상이 애타게 구원의 신호를 보낸 것도 그였다. 김기림이 3월 봄 학기를 이용해 이상의 동경 하숙집을 찾아와 죽기 직전에 그와 만난 것이 마지막이 되었다. 그 뒤 4월 17일 새벽 이상은 죽고 김기림은 이상 사후 10년이 지난 뒤에 그의 유골을 수습하듯 흩어진 글들을 모아 『이상선집』(1949)을 펴냈다. 그의 첫 시집 『기상도』를 펴내준데 대한 답례였을 것이다. 김기림이 펴낸 『이상선집』은 이상의 시와 소설, 수필을 담고 있는데 문학사에서는 공식적으로 간행된 이상의 첫 작품집인 셈이다. 이 선집의 서문에는 김기림이 쓴 「이상의 모습과

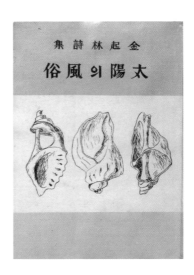

예술」이 실려 있다. 나는 지금까지 이상에 대해 쓴 글들을 접해봤지만 이 글만큼 이상을 적확하게 표현한 글을 아직 보지 못하였다.

　　김만형의 장정이 돋보이는『태양의 풍속』(1939)은 두 번째 시집 이나 1930년에서 1934년까지 시의 제작 연대로 보아서는 첫 시집『기상 도』에 앞선다. "어떤 친한「시의 벗」에게"로 시작되는 서문에는 "무절제 한 감상의 배설"로부터 떠나 "어족과 같이 신선하고 깃발과 같이 활발하 고 표범과 같이 대범하고 바다와 같이 명랑하고 선인장과 같이 건강한 태양의 풍속을 배우자"고 부르짖고 있다. 김기림이 말한 대로 이 시집 속 의 시편들은 대체로 밝고 경쾌하며 단장 형식의 아포리즘 시가 많이 들 어 있다.

　　순이……
　　우리들의 힌손수건을
　　저푸른물에 새파랗게 물드립시다.

『바다와 나비』

돌아가서 설합에 접어두고서

純潔이라 부릅시다.

— 「東海水」(『태양의 풍속』, 학예사, 1939)

　　『태양의 풍속』은 학예사에서 문고본으로도 간행되었다. 김기림의 시적 성과가 담긴 시집은 『바다와 나비』(1946)일 것이다. 이 시집은 내용과 장정이 맞아떨어지는 한상진의 장정으로, 붉은 글씨로 제목을 달고 소라껍질 속의 여인을 책 중앙에 배치하고 있다. 눈과 입을 생략한 여인의 모습에서 많은 이야기가 숨겨져 있는 듯한 착각을 불러일으킨다. 본문의 인쇄상태가 선명치 못하고 탈자가 보이는 것이 흠이다. 이 시집은 김기림의 대표작 「바다와 나비」, 「요양원」, 「공동묘지」, 「못」, 「금붕어」, 「유리창」 등을 수록하고 있다.

　　'편석촌(片石村)'은 김기림의 멋스런 아호인데 마치 한편의 짧은 시를 연상하게 한다. 남해나 통영, 거제의 해안도로를 끼고 돌다 보면 바다에 연한 어촌 마을을 쉽게 내려다볼 수 있다. 마을의 골목길은 하나같이 바다로 향해 나있고 그곳에는 어김없이 돌각 담들이 쌓여 있다. 나는 '편석촌'이란 호를 생각할 때마다 돌담이 있는 어촌마을을 떠올린다. 실제로 김기림이 태어난 곳도 이런 분위가 아니었을까 생각된다. 그의 전기에 따르면 그가 태어난 곳은 함북 성진이고 바닷가 가까운 곳에 그의 농장과 과수원이 있었다. 개인적인 생각이지만 나는 김기림의 시보다는 수필에 더 애착이 간다. 그 이유는 지성으로 포장된 그의 시에서는 인간적인 체취를 느낄 수 없기 때문이다. 그런 면에서 감정이 여과 없이 드러나는 그의 수필에서 작가의 진솔한 내면을 들여다볼 수 있어 좋다. 고갱의 그림만큼이나 원색적이고 육감적인 제목의 수필집 『바다와 육체』(1948)에는 「길」이란 수필이 있다.

> 나의 少年시절은 銀빛 바다가 엿보이는 그 긴 언덕길을 어머니의 喪輿와함께 꼬부라저 도라갔다.

> 내 첫사랑도 그 길우에서 조약돌처름 집었다가 조약돌처름 잃어버렸다.

> 그래서 나는 푸른 한울 빛에 호저 때없이 그길을 너머 江가로 나려갔다가도 노을에 함북 자주빛으로 젖어서 도라오군 했다.

> 그 江가에는 봄이, 여름이, 가을이, 겨울이 나의 나히와 함께 여러번 댕겨갔다. 가마귀도 날아가고 두루미도 떠나간 다음에는 누런 모래둔과 그러고 어두운 내마음이 남어서 몸서리쳤다. 그런날은 항용 감기를 맛나서 도라와 아렀다.

할아버지도 언제 난지를 모른다는 마을밖 그 늙은 버드나무밑에서 나는
지금도 도라 오지않는 어머니, 도라오지않는 게집애, 도라오지않는 이야
기가 도라올것만같애 먼하니 기다려본다. 그러면 어느새 어둠이 기여와서
내뺨의 얼룩을 씻어준다.

 - 「길」(『바다와 육체』, 평범사, 1948)

　일찍이 일곱 살 때 모친을 여의고 일곱의 누이들 속에서 외동아들
로 고독하게 성장한 그의 편린을 엿볼 수 있는 글이다. 김기림의 문학은
이 한 편의 수필 「길」로부터 시작된다.

2

수집가와 장서가

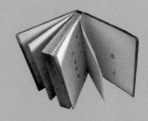

장서가

2014년 초 문예지에 처음으로 글을 한 편 게재한 일이 있었다. 그 잡지의 발행인이 나를 지면에 어떻게 소개할 것인지 물어왔다. 그간 모은 책으로『윤길수책』(2011) 장서목록집을 출간하다 보니 최근에 나를 서지학자로 불러주는 분들이 생겼다. 그래서 내 호칭을 놓고 서지학자, 서지가, 서지연구가, 장서가 중에서 고르기로 의견을 모았다. 잡지의 발행인은 '서지가'가 좋겠다고 하고, 어떤 분은 '서지학자'가 더 어울린다고 했다. 결국은 발행인의 의견에 따라 '서지가'로 정해졌지만 정작 나는 서지학이라는 학문을 배운 적이 없고 또한 그 분야에 관심을 가지고 있지도 못했다. 나는 그저 탐서를 즐기는 문학애호가로서 '장서가'면 족하다고 생각한다. 내가 장서가로 인정받기는 1992년의 일이다. 대한출판문화협회는 매년 전국에 있는 장서가를 선발하여 '모범장서가상'을 시상하여 왔는데 내가 하동호 교수의 추천을 받아 92년에 모범장서가로 선정된 것이다. 그러나 드러나지 않게 책을 모으는 분들이 많은 것을 알기에 내가 이 상을 받게 된 것은 과분하다고 생각한다.

그렇다면 수집가와 장서가는 어떻게 다를까. 제일 큰 차이점은 수집의 순수성에 있다고 생각한다. 일반수집가 중에는 상당수가 수익을 목

『윤길수책』(케이스)

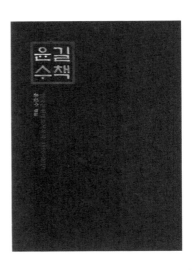

적으로 모으는 사람들이 많다. 예를 들자면 서점주인도 수집가일 수 있고 속칭 '나까마'라는 중간상인도 수집가다. 고물상도 수집가고 리어카꾼도 수집가이기 때문이다. 그들은 책을 팔아서 이익을 남기는 사람들이다. 그렇다면 장서가는 어떠한가. 장서가의 사전적 정의는 책을 깊숙이 간직해 두는 사람을 말한다. 책을 사서 간직하지 않고 되판다면 그를 장서가라 부를 수는 없을 것이다. 나는 오랜 세월 책을 모으면서 이것을 지켜 온 사람이다.

　　장서 목록집을 출간하고 나서 가끔 사람들로부터 그 책들을 다 읽어봤느냐는 질문을 받는다. 참으로 싱거운 질문이라 생각하지만 나는 서슴없이 읽지 못했다고 대답한다. 장서가는 책을 읽기 위해서만 모으지는 않는다. 물론 구입한 책을 읽어도 좋고 그냥 꽂아 놔도 무방하다. 그러나 나는 2만 권에 가까운 장서를 모르고 산책은 거의 없다. 장서가는 어떤 책이든 그 가치를 평가할 줄 아는 안목을 가지고 있어야 한다. 장서가 중에 애서가가 아닌 사람은 없다. 끼니 걱정보다 책 살 걱정을 먼저 하는 사람

이 장서가다. 장서가가 가장 행복할 때는 애타게 찾던 책을 손에 넣는 순
간이다. 그러나 그 기쁨은 그리 오래가지 못한다. 장서가로서 부끄러운 일
은 책의 판본을 모르는 것이고 책을 훼손하거나 방치하는 일일 것이다.

　　우리 양장본의 역사가 100년 남짓한 시기에 전화로 소실되고 도
난당하고 유실된 책들이 부지기수다. 일제강점기에 간행된 중요한 문학
유물들이 몇 권 남아 있지 않은 것이 현실이다. 책은 우리가 소중히 간직
해야 할 인류의 기록문화 유산이다. 장서가들은 이런 책들을 찾아서 보
존하고 목록을 만들어 기록으로 남겨놓기도 한다. 참고로 근래의 대표적
인 장서가들로는 안춘근, 하동호, 백순재, 김근수 제씨가 있다. 안춘근 씨
는 출판학과 서지학 분야에서, 하동호 씨는 한국근대문학의 서지에서, 백
순재 씨는 잡지에서, 김근수 씨는 한국학분야에서 일가를 이루었다. 지금
은 모두 고인이 되신 분들로 우리나라 서지분야에 초석을 놓고 많은 저
술을 남기기도 했다.

수집가들이
눈독을 들이는 책들

수집가들이 공통적으로 선호하는 책들은 초판본, 저자기증본, 한정본, 희귀본, 호화본, 특제본, 미본(美本), 친필원고본, 금서 등이다. 초판본은 처음 찍어낸 책을 말한다. 수집가들에게 있어서 책의 가치는 초판에 있다. 같은 책을 여러 권 가지고 있어도 초판이 없는 경우 수집가들은 서점을 뒤지고 다닌다. 값도 초판은 재판보다 훨씬 비싼 가격에 거래된다. 필자는 2011년 목록집을 준비하면서 조세희의 『난장이가 쏘아올린 작은 공』(1978) 초판이 없어서 인터넷 서점을 통해서 어렵게 30만 원에 구한 경험이 있다. 이 책은 불과 한 달 뒤에 재판이 나왔는데 몇 천 원에 거래되는 실정이다.

저자기증본은 저자의 서명이 들어 있는 책을 말한다. 이런 책은 저자의 육필을 느낄 수 있어 수집가들 사이에서 인기가 높다. 또한 값도 서명이 없는 것에 비해 배 이상 거래된다. 작가들 중에서 이광수, 김동인, 이태준, 양주동, 채만식 등의 친필은 접하

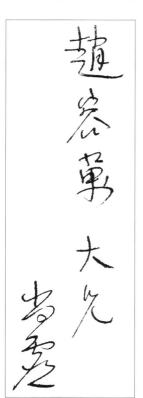

이태준(친필)

『헌사』(80부)

기가 쉽지 않다. 1930년대 구인회 멤버로 활동했던 조용만의 증언을 들어보면 김동인은 워낙 자존심이 강해서 그가 직접 서명하고 준 기증본이 거의 없다. 그 이유는 춘원 이광수를 빼고는 그가 존경하는 문인이 없었기 때문이라고 한다.

한정본은 출판사에서 책을 찍을 때 100부 또는 300부 등으로 부수를 한정해서 펴낸 책을 말한다. 오장환 시인은 일제강점기에 남만서방이라는 출판사를 차렸다. 여기서 그의 시집 『헌사』(1939)와 김광균의 『와사등』(1939), 서정주의 『화사집』(1941)이 나왔다. 그중에서 『헌사』가 80부, 『화사집』이 100부 한정본이다. 그런데 이상하게도 김광균의 『와사등』만 한정표시가 없다. 그러나 혹시 누가 알겠는가, 어디서 진짜 한정본이 나타날는지. 그런 책들을 찾아내는 사람들이 수집가들이다.

희귀본은 간행된 지 오래되었거나 적게 찍어 보기 드문 책을 말한다. 김소월의 『진달래꽃』(1925)과 한용운의 『님의 침묵』(1926) 등 1920년대에 나온 시집들이 여기에 해당될 것이다. 누가 뭐라 해도 수집가들에

『진달래꽃』(중앙서림본)

게 희귀본 중 한 권을 꼽으라면 김소월의『진달래꽃』이 아닐까 생각한다. 책의 희귀성이나 독자들에게 끼친 영향 등을 고려한다면 맨 앞자리에 놓일 책이다. 이러한 점이 인정되어『진달래꽃』은 2011년 문학유물로서는 처음으로 문화재로 지정되었다. 특히『진달래꽃』'중앙서림본'은 잔존부수가 다섯 손가락을 꼽기 힘들다. 책 중에서도 시집보다는 소설이 소설보다는 잡지가 더 귀했다. 소설은 돌려가며 읽다보니 유실되는 수가 많았고 잡지는 읽고 나서 버리는 것이 다반사였다.

　　호화본과 특제본은 일반적인 책과는 달리 종이나 표지를 고급스럽게 하고 색깔이 다른 잉크나 금은박을 사용하거나 저자의 친필과 사진을 넣기도 하고 유명화가의 그림이나 판화를 실어 특별하게 만든 책을 말한다. 최남선의『백팔번뇌』(1926), 모윤숙의『빛나는 지역』(1933), 오장환의『성벽』(1937), 윤곤강의『만가』(1938), 김상용의『망향』(1939), 이광수의『춘원시가집』(1940), 서정주의『화사집』(1941) 등이 여기에 해당된다. 한정본과 호화본, 특제본의 경우는 다분히 저자의 호사취미가 작용한

『성벽』

판화

다고 볼 수도 있겠다.

　미본은 장정이 아름다운 책이다. 부끄러운 얘기지만 필자는 학창 시절 책을 사러 다닐 때는 내용을 몰라 표지가 예쁜 것만 골라 샀던 적이 있었다. 책의 표지는 얼굴이기 때문에 당연히 표지가 아름다우면 눈길을 끌 수밖에 없다. 특히 유명화가들의 장정은 책 자체가 미술품이요 공예품이라 할 것이다. 정현웅 장정의 『불』(1947), 김용준의 『복덕방』(1941), 길진섭의 『백록담』(1941), 구본웅의 『향수』(1938), 김환기의 『고원』(1946), 이인성의 『물새 발자옥』(1939), 오지호의 『노변필담』(1953) 등은 화가들의 장정이 돋보이는 책들이다. 그러나 안타깝게도 장정이 뛰어남에도 불구하고 장정가가 밝혀지지 않은 책들이 있는데 김동인의 『감자』(1935), 김윤식의 『영랑시집』(1935), 노천명의 『산호림』(1938) 등이 그것이다.

　친필 원고본은 저자가 인쇄를 하지 않고 직접 써서 만든 책을 말한다. 그야말로 수고본(手稿本)으로 하나밖에 없는 유일본이다. 대개 지

『영랑시집』

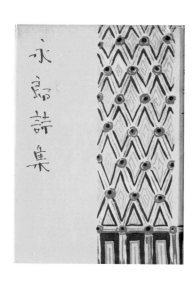

『초적』, 김상옥 육필본

53

52

홍명희의『임거정』

인들의 부탁을 받거나 저자가 소장할 목적으로 만드는데 시집이 대부분을 차지한다. 이런 책은 값을 매길 수가 없다. 저자의 유명세에 따라 부르는 게 값이란 얘기다. 필자는 오래전 시조시인의 집에서 나온 김상옥의 시조집『초적』(1947) 친필 원고본을 구해 보물처럼 간직하고 있다.

책의 내용 면에 있어서 분야별로 역저나 명저로 평가된 저서들도 우선수집 대상이다. 몇 가지 예를 들자면 안확의『조선문학사』(1922), 김태준의『조선소설사』(1933), 김재철의『조선연극사』(1933), 정노식의『조선창극사』(1940), 조윤제의『조선시가사강』(1937), 김윤경의『조선문자급어학사』(1938), 양주동의『조선고가의 연구』(1942), 최현배의『우리말본』(1937) 등이 그것이다. 문학사에서 분야별로 최초가 되는 김억의『해파리의 노래』(1923), 이광수의『무정』(1918), 유길준의『서유견문』(1895), 박영희의『소설·평론집』(1930), 김영보의『황야에서』(1922)도 기본적으로 갖춰야 될 책들이다.

또한 판매가 중지된 금서들도 있다. 시대에 따라 금서의 내용도 달랐다. 일제강점기에는 주로 치안유지가 적용되었는데 정연규의『혼』(1921), 한용운의『님의 침묵』(1926), 이광수의『무정』(1918)과『흙』

(1933) 등이 여기에 해당된다. 해방 후에는 임화의 『찬가』(1947), 이태준의 『소련기행』(1947), 홍명희의 『임거정』(1948) 등 월북 작가들의 책이 금서가 되었다. 월북 작가들의 책은 서점에 어떻게 한 권이 나왔다 하면 소리 소문 없이 연구자나 수집가의 손으로 들어갔다.

좋은 책을 구하려면

　　필자의 경험상 좋은 책을 구할 수 있는 방법을 몇 가지 소개하겠다. 제일 중요한 것은 서점 주인과 신뢰를 쌓으라는 것이다. 서점 주인은 나보다 많은 정보를 가지고 있기 때문이다. 그러려면 책값을 깎거나 외상을 해서도 안 되고 가격을 물어봤으면 사야 되고, 사지 않을 거면 물어볼 필요가 없다. 값만 물어보고 사지 않는 사람들을 서점 주인들은 별로 좋아하지 않는다. 서점에 갔을 때는 필요한 책이 없어도 한 권의 책이라도 들고 나오는 것이 좋다. 특히 명절을 앞두고 서점에 가는 것이 꺼려진다. 그것은 책을 사지 않고 나오게 될 경우 주인에게 미안하기 때문일 것이다. 나는 거의 어김없이 명절 전에 서점 순례를 했다. 이럴 때는 서점 주인도 반가울 수밖에 없다. 또한 더러는 이런 때 대목을 보기 위해 맡겨둔 귀중본을 만날 수도 있다.

　　다음으로는 책에 대한 지식이 서점 주인보다 우선해야 한다. 도서목록 등 서지에 대한 공부를 통해서 책을 보는 안목을 넓혀야 한다. 뛰어난 수집가는 앞을 내다보고 남들이 사지 않는 책에 투자하는 사람들이다. 책에 대해서 많이 알고 있으면 서점 주인도 모르는 책이 있어서 적당한 가격에 좋은 책을 구할 수 있다. 마지막으로 필요한 책이 나왔을 경우 망설이지 말고 즉시 구입하라는 것이다. 한 번 놓친 책은 다시 만나기 어렵고 두고두고 후회하게 된다. 서점에 귀한 책이 들어오면 주인은 내놓고 팔지 않는다. 당연히 자기 마음에 두고 있는 사람에게 은밀히 연락하게 마련이다. 이때 연락을 받고 갔을 경우 본인이 없는 책이라면 사주는 것이 도리이다.

서점을 드나들 때
주의할 점

　　책을 사면서 주의할 점도 있다. 먼저 주머니사정을 고려하여 형편에 맞게 구입하라는 것이다. 값이 터무니없이 고가로 형성된 서점은 아예 드나들지 않는 것이 좋다. 견물생심으로 무리하다 보면 책을 되팔기 쉽고 한번 책을 팔기 시작하면 다시 모으기는 더 어렵다. 책을 살 때 너무 까다로운 인상을 줘서도 안 되고 흠이 있다 하여 트집을 잡아서는 곤란하다. 고서는 오래된 책이기 때문에 완전한 상태로 나오기가 어렵다. 대개 서점에서는 표지가 없거나 판권이 없을 경우 반값 이하로 부르는 게 상례다. 가끔 책을 살 때 장수(數)를 헤아리는 사람을 본다. 이런 사람은 다음부터 책 사기가 힘들어진다. 낙장이 있으면 조용히 내려놓으면 될 일이다. 서점 주인들도 책을 구입할 때 장수를 세며 사지는 않는다.

　　서점에 드나들다 보면 중간상인(나까마)들을 만날 기회가 생긴다. 좀 싸게 살 목적으로 이들을 통해서 구입하다가는 낭패를 볼 수 있다. 왜냐하면 서점으로 들어가는 책을 중간에서 가로채는 결과가 되고 나중에 그것을 주인이 알게 된다. 이런 일로 소문이 나면 서점들로부터 외면당할 수밖에 없다. 그만큼 이 바닥이 좁기 때문이다. 책을 살 때 다른 서점과 값을 비교하는 경우가 있는데 주의해야 한다. 같은 책이라도 옆 가게와 다를 수가 있다. 대개 책값은 구입가격을 기준으로 매겨진다. 비싸게 구입한 책은 비싸게 부르는 것이 당연하다. 고객 입장에서 보면 저렴한 곳에 가서 사면 될 일을 가지고 서점 주인과 실랑이를 벌일 필요는 없다.

가끔 책을 놓고 서점에서 얼굴을 붉히는 일이 있다. 무슨 얘긴가 하면 먼저 온 손님이 책을 고르고 있는데 나중에 들어온 손님이 끼어들면서 생기는 일이다. 이럴 경우 먼저 온 손님이 책을 다 볼 때까지 기다려 주는 것이 예의다. 마지막으로 아무리 귀한 책을 구입했다 하더라도 자랑하거나 책값을 함부로 말하고 다녀선 곤란하다. 본인의 경솔한 행동으로 서점가에서 구설수에 오를 수도 있고 한번 봉 잡히면 책 구하기가 힘들어진다.

내 생애 처음 만난 귀중본들

　　나는 토요일 오후면 어김없이 책방순례를 한다. 1992년 늦은 가을이었다. 그날은 청계천 쪽으로 발길을 돌렸다. 그곳에는 보문서점, 경안서림, 학예서림, 동국서점 등이 고서를 취급하고 있었다. 경안서림 문을 열고 들어서니 주인 김시한 선생은 예의 인자한 미소를 지으며 눈인사를 건넨다. 선생은 의자 뒤 작은 벽장 안에서 보자기에 싼 책을 꺼내 보이며 구경이나 하라고 권하는데 김억의 『해파리의 노래』(1923), 한용운의 『님의 침묵』(1926), 최남선의 『백팔번뇌』(1926), 김영보의 『황야에서』(1922), 『윤석중동요집』(1932) 등 모두 5권이었다.

　　나는 순간 전율을 느꼈다. 20여 년 넘게 서점을 다녀봤지만 이렇게 한꺼번에 귀중본이 내 앞에 놓여본 적이 없었기 때문이다. 그때까지 모은 장서 5,000여 권 중에서 내게는 전부 없는 것들이고 수집가라면 무리를 해서라도 사야 될 책들이다. 『해파리의 노래』는 최초의 창작시집이고 『백팔번뇌』는 최초의 시조집이다. 『황야에서』는 최초의 희곡집이고 『윤석중동요집』은 최초의 동요집이다. 그리고 『님의 침묵』은 한국현대시사에서 김소월의 『진달래꽃』과 쌍벽을 이루는 희귀본이 아닐 수 없다.

　　나도 모르게 가격을 물어보고 말았다. 내게 있어서 가격을 묻는다

는 것은 부르는 가격에 사겠다는 의미이기 때문이다. 김 선생은 조심스럽게 200만 원을 불렀다. 이 책을 맡긴 분도 평생 책을 모은 분인데 따님 혼수비용을 위해 내놨다는 것이다. 그분 이름은 밝힐 수 없고 한 푼도 깎을 수 없음을 강조했다. 나는 이럴 때가 제일 곤혹스럽다. 왜냐하면 대금 지불 능력이 없기 때문이다. 박봉의 월급쟁이가 무슨 돈이 있겠는가. 지금 화폐가치로 따져도 2000만 원이 넘는 금액이다. 나는 처음으로 값을 깎는 실수를 범했다. 50만 원을 깎아서 150만 원을 부른 것이다.

값을 놓으니 마음이 편했다. 책의 표지와 판권 그밖에 상태를 다시 살펴봤다. 발행된 연대에 비하여 책들은 모두 양호한 편이었다. 나는 더욱 욕심이 생겼다. 김 선생은 책 주인과 상의는 해보겠지만 가격 조정은 어려울 것이라 했다. 나는 결과를 알려줄 것을 부탁하고 자리에서 일어섰다. 내가 제시한 금액 이상을 주고 살 사람이 없을 것을 확신했고 한 번 더 가격조정은 있을 것으로 기대했기 때문이다. 내가 이렇게 확신을 가진 데는 나름 몇 가지 이유가 있었다.

얼마 전 시내 경매에서 『님의 침묵』이 50만 원에 최고가로 거래된

일이 있었고, 당시 서점가에선 김소월의 『진달래꽃』이 나온다면 100만
원을 받을 수 있는지 말들이 돌고 있을 때였다. 무슨 얘긴가 하면 당시 문
학책은 아무리 비싸도 100만 원을 넘지 않았기 때문이다. 그만큼 경안서
림에서 부른 200만 원은 큰 금액이었다. 그간 나는 서점 주인들을 통해서
당시 수집가들의 베팅 능력을 어느 정도 파악하고 있었다. 나는 오랜 세
월 인사동 책값에 익숙해 있어서 변두리에서 거래되는 책값에 그리 동요
된 적은 없었다. 당시 인사동 책값은 전국에서 최고로 비쌀 때였다.

　　　일주일이 지나도 서점으로부터 연락이 없었다. 조바심이 나서 경
안서림에 전화를 걸었더니 그 책은 대구에서 식당을 하는 조 사장이라는
사람이 내가 다녀가고 나서 바로 사갔다는 것이다. 나는 즉시 택시를 타
고 청계천으로 달렸다. 택시를 타고 가는 도중에도 그 책들이 눈에 어른
거렸다. '아 이렇게 아까운 책들을 눈앞에서 놓치다니', 참으로 허망할 수
가 없었다. 경안서림 문을 박차고 들어서며 '제게 한 번이라도 연락을 주

고 파시지 그랬느냐'고 눈을 부라리고 원망 섞인 항의를 했으나, 이제 와서 죽은 자식 불알 만지는 격이지 무슨 소용이 있겠는가. 김 선생 말이 그래도 위안이 됐다.

"윤 선생, 서울에서 책을 모은다는 사람들이 다 보고 갔지만 그래도 윤 선생이 최고 금액을 놓은 거요. 그러나 책임자는 따로 있나 봅니다. 대구에서 식당을 한다는 처음 보는 사람이 값도 깎지 않고 사갔습니다." 라고 하면서 그간의 경위를 설명해주었다. 나는 한동안 식욕도 잃고 서점 순례도 시들해졌다. 앞서 놓친 책들이 언제 또 나타날지 암담했다. 아무리 책이 많으면 무얼 하나, 핵심이 빠진 장서가 무슨 가치가 있겠는가. 나는 책을 사간 조 사장이라는 사람이 원망스러웠다. 나이도 많지 않다는데 얼른 죽을 리도 없고 혹시 죽는다면 유족들이 그 책을 처분하지 않을까. 나는 별의별 망상을 다 해보기도 했다.

책과의 소중한 인연

　세월은 그렇게 무심하게도 몇 년이 흘렀다. 직장에서 퇴근길에 가까운 노량진 진호서적을 들렀다. 서점 주인은 보여줄 책은 없고 도서목록이나 구경하라며 내놓는다. 복사해서 묶어놓은 목록집의 작성자는 대구시 봉산동 신라방(新羅坊) 김광식으로 되어 있고 밑에 전화번호가 있었다. 누가 모은 것을 일괄처분하려고 내놓은 것이 분명했다. 책이 안 나올 땐 목록을 구경하는 것도 재미있는 일이다. 작심하고 앉아서 첫장을 넘겨보니 이런 책들이 눈에 들어온다. 이태준의 『무서록』(1941), 염상섭의 『이심』(1939), 임화의 『문학의 논리』(1940), 한용운의 『님의 침묵』(1926), 최재서의 『해외서정시집』(1938), 한설야의 『탑』(1942), 황순원의 『방가』(1934), 김억의 『해파리의 노래』(1923), 이기영의 『고향』(1938) 등, 이쯤 훑어보니 숨이 막힐 지경이다.

　『님의 침묵』과 『해파리의 노래』가 들어 있다? 그리고 목록의 소재지가 대구라 혹시 연전에 경안서림에서 책을 사간 조 사장 책이 아닐까? 나는 목록을 더 넘겨봤다. 둘째 페이지에 최남선의 『백팔번뇌』(1926)가 들어 있고, 셋째 페이지에는 김영보의 『황야에서』(1922)가 들어 있지 않은가. 그리고 넷째 페이지에 와서는 『윤석중동요집』(1932)까지 있었다.

『탑』

『고향』

이제야 목록이 조 사장의 것임을 확신할 수 있었다. 목록은 양장본이 23
페이지, 한적본 2페이지, 신(新)이라 기록된 목록이 3페이지로, 권수로는
도합 301권이 수록되어 있었다. 이중에서 사변 이전 것은 202권이었다.
물론 양장본은 문학관계 서적이 대부분이고 나머지는 한국학 서적들이
차지하고 있었다.

나는 다음날 경안서림 김 선생을 통해서 목록집의 주인이 조 사장이 맞고 선생도 그 목록집을 가지고 있음을 확인했다. 조 사장이 죽자 유족들이 책을 팔아달라고 대구의 신라방에 내놨다는 것이다. 신라방 서점 주인은 이 목록을 서울에 있는 고서점들에 돌린 것이다. 이런 세상에, 농으로 생각한 일이 사실이 되어 조 사장이 죽다니 나는 참으로 돌아가신 조 사장에게 미안한 마음을 금할 수 없었다. 얼마 뒤에 인사동 문우서림에 들르니 김영복 형도 대구의 목록집을 가지고 있었다. 가게 문을 연 지 얼마 안 된 김 형은 고서가 나오지 않자 힘든 모양이었다. 1990년대 들어서는 돈이 될 만한 고서들이 종적을 감추고 있었다. 그만큼 책이 없어도 먹고사는 데에 지장이 없는 세상이 온 것이다. 나는 문우의 김 형에게 이 책의 인수를 제안했다. 나는 없는 것 몇 권만 갖고 나머지는 김 형이 인수해서 팔면 되지 않겠느냐고 물었다. 그 대신 책값의 반을 내가 부담하겠다고 하니 김 형도 흔쾌히 좋다고 했다.

　　나는 당장 대구의 신라방에 전화를 걸어 방문 날짜를 잡았다. 서울역에서 김영복 형과 밤기차를 탔던 것으로 기억된다. 모처럼 맘에 맞는 사람과 그것도 목적이 같은 여행길이니 즐겁지 않을 수 없었다. 김 형과 나는 책의 취향에서도 닮은 점이 많다. 동대구까지 가는 기차 안에서 우린 자리에 앉아 있을 이유가 없었다. 술 좋아하는 김 형과 나는 식당칸에서 맥주를 마시며 갔다. 열차가 흔들리는지 내가 흔들리는지 유쾌하기만 했다. 아마도 우린 처음으로 흉금을 터놓고 살아온 얘기, 책 얘기로 오랜 지기처럼 가까워질 수 있었다. 역에 도착해서 숙소를 잡아놓고도 아쉬워 한잔 더한 다음 늦은 시간에 잠자리에 들었다.

드디어 천하를
손에 넣다

　　다음날 신라방에 들어서자마자 주인과 인사를 나누는 둥 하고, 김 형과 나는 목록의 확인에 들어갔다. 나는 당연히 경안서림에서 놓친 책들을 집중해서 살폈다. 『해파리의 노래』, 『님의 침묵』, 『백팔번뇌』, 『황야에서』, 『윤석중동요집』 다섯 권 모두 책 뒤 판권지에 '1992년 12월 5일 경안서림'이란 글씨가 쓰여 있었고 조 사장의 도장이 찍혀 있었다. 이제야 모든 확인이 끝나는 순간이었다. 책들은 "왜 이제야 오셨느냐"고 나를 원망하는 것 같았다. 다른 책들은 김 형이 인수할 것이기에 나는 대충 훑어보았다.

　　오랜 시간 책을 다 살펴본 뒤 우린 조심스럽게 주인에게 책값을 물었다. 서점주인 김광식 선생은 모두 일괄해서 1100만 원을 요구했다. 요즘 가치로 따지면 억대가 넘는 금액이다. 잠시 가게 밖으로 나온 김 형이 난색을 표했다. 충분히 이해가 갔다. 아마 자기 장사로는 처음 겪는 일로 쉽지 않은 결정이었을 것이다. 이제 문제는 내 결정만 남았다. 나는 주인에게 정색을 하고 제안했다. 목록 중에는 내 책과 중복되는 것이 많으니, 경안서림에서 놓친 책 다섯 권만 600에 인수하면 안 되겠느냐고 물었다. 몇 년 전 경안서림에서 샀으면 200이면 될 값이 세 배로 불어난 것이

다. 주인은 유족들의 뜻이 일괄처분을 원하고 있고 값도 부르는 금액에서 한 푼도 깎을 수 없다고 했다.

나는 잠시 생각했다. 여기서 또 놓친다면 이 책들은 두 번 다시 내게 오지 않을 것이다. 또다시 실수할 수는 없었다. 나는 단호하게 모두 인수하겠다고 잘라 말했다. 서점주인은 내가 포기할 줄 알았는데 쉽게 결정을 내리자 오히려 의아해하는 눈치였다. 은행에서 돈을 찾아 책값을 지불했다. 그제야 주인은 안도하는 표정을 지으며 젊은 사람이 대단하다고 말했다. 그동안 이 책들을 서울에서 내로라하는 유명수집가와 고서점 주인들이 보고 갔는데 모두 가격이 맞지 않아 포기했다는 것이다. 그런데 이름도 알려지지 않은 내가 이렇게 쉽게 인수할 줄은 생각도 못했다고 한다. 옆에 있던 문우의 김 형도 근심스런 표정이다. 그러나 나는 대금은 문제가 되지 않았다. 그동안 몽매 그리던 책을 인수하고 나니 하늘로 날아갈 것만 같았다. 세상을 다 차지한 기분이랄까. 김 형은 대구에 온 김에 들를 데가 있다며 먼저 나갔다.

나는 귀중본만 챙겨가지고 어떻게 집에 왔는지 기억이 나지 않는다. 나머지 책들은 화물로 보내왔다. 그 당시 나는 대방동에서 방 두 개의 반지하에서 2500만 원에 세를 얻어 살고 있었다. 주택청약을 위해 모아둔 알토란 같은 돈이 책값으로 빠져나가며 내 집 마련의 꿈을 접을 수밖에 없었다. 한동안 나는 대구에서 구입한 책 속에 파묻혀 집사람 눈치를 보며 염생이처럼 책만 뜯어먹고 살았는데 그래도 무척 행복했다. 당시 구입한 중요도서는 다음과 같다.

시집으로,

김억 『해파리의 노래』(1923), 한용운 『님의 침묵』(1926), 황순원 『방가』(1934), 최남선 『백팔번뇌』(1926), 윤석중 『윤석중동요집』(1932), 이은상 『노산시조집』(1932), 모윤숙 『빛나는 지역』(1933), 박종화 『청자부』(1946), 권환 『동결』(1946), 오장환 『병든 서울』(1946), 정지용 『백록담』(1946), 김기림 『바다와 나비』(1946), 『연간 조선시집』(아문각,1947), 오장환 『나 사는 곳』(1947), 임화 『회상시집』(1947), 『찬가』(1947), 오장환 『성벽』(1947), 설정식 『포도』(1948)

소설집(희곡)으로는,

김영보 『황야에서』(1922), 이광수 『무정』(1934), 『유정』(1935), 이기영 『고향』(1936), 이태준 『황진이』(1938), 염상섭 『이심』(1939), 한설야 『탑』(1942), 이태준 『돌다리』(1943), 엄흥섭 『봉화』(1943), 계용묵 『병풍에 그린 닭이』(1944), 이태준 『왕자호동』(1944), 이효석 『황제』(박문출판사), 채만식 『제향날』(1946), 이무영 『향가』(1947), 이태준 『복덕방』(1947), 함대훈 『청춘보』(1947), 홍명희 『임거정』(1948)

나의 장서 ⓒ 권혁재

수필집(평론)으로는,

최남선『심춘순례』(1926),『금강예찬』(1928), 이은상『무상』(1937), 임화『문학의 논리』(1940), 이태준『무서록』(1941), 김철수 외『토끼와 시계와 회심곡』(1946), 이양하『이양하수필집』(1947), 김기림『바다와 육체』(1948)

한국학서적으로는,

『조선박물지』(1914),『삼국유사』(1915),『신자전』(1915),『조선4천년사』(1918),『조선병합10년사』(1922), 장지연『조선유교연원』(1922), 소창진평『남부조선의 방언』(1924),『조선사대계』(1927), 최남선『아시조선』(1927), 고교 형『이조불교』(1929),『신증동국여지승람』(1930), 백남운『조선사회경제사』(1933),『만선식물자휘』(1934), 금서룡『백제사연구』

(1934), 권병덕 『이조전란사』(1935), 『이두집성』(1937), 김윤경 『조선문자급어학사』(1938), 김태준 『고려가사』(1939), 관야 정 『조선미술사』(1932), 안자산 『조선무사영웅전』(1940)

흔히들 장서의 양을 가지고 장서가를 평가하는 기준으로 삼기도 하지만 장서가 입장에선 책의 숫자는 그리 중요하게 생각하지 않는다. 장서의 질과 체계가 더 문제다. 책의 숫자는 언제고 보태질 수 있으나 핵심이 되는 꼭 있어야 될 책이 빠진 장서는 김빠진 맥주나 다름없다. 그렇다고 본인이 좋아하는 희귀본만 모을 일도 아니다. 근래에 절판된 역저나 명저, 중요한 신간서적도 꾸준하게 구색을 갖춰놓아야 한다. 이렇게 균형 있게 책을 모으다 보면 체계는 저절로 이루어진다. 실제로 중구난방으로 모은 장서는 설사 귀중본들이 들어 있다 하더라도 장서가치 면에서는 제대로 평가받기 어렵다. 이번 대구에서 사들인 중요한 서적들이 장서에 보태지고 한국문학사의 체계가 어느 정도 갖춰지면서 자연 내 장서의 질도 올라가는 계기가 되었다.

3

최초 문화재가 된 시집 『진달래꽃』

나보기가 역겨워

가실째에는

말업시 고히 보내드리우리다

寧邊에 藥山

진달내쏫

아름짜다 가실길에 쓰리우리다

가시는거름거름

노힌그쏫츨

삽분히즈려밟고 가시옵소서

나보기가 역겨워

가실째에는

죽어도아니 눈물흘니우리다

- 「진달내쏫」(『진달내쏫』, 매문사, 1925)

김소월(흉상)

머지않아 앞산에 흰 눈이 녹고 새순이 돋아 나오면 울긋불긋 진달래가 온 산야를 물들일 것이다. 두견이처럼 피를 토하듯 본인의 정한을 아름다운 시편에 담아 노래하다가 스스로 목숨을 끊은 이가 있다. 그가 바로 국민들로부터 가장 많은 사랑을 받아온 김소월(1902~1934) 시인이다. 고향 평북 정주에서 태어난 시인이 두 살 먹던 해에 아버지는 일본인 노무자에게 맞아 정신을 잃었다. 시인의 나이 여덟 살이 되어서는 나라마저 일본에 병합되고 만다. 나라와 부모를 일본에 빼앗긴 어린 시인의 한 많은 여정은 어쩌면 예고된 것이었는지 모른다. 그가 32세의 짧은 생을 살면서 토해낸 시편들은 한 권의 시집 『진달래꽃』(매문사, 1925)에 담겨 있다. 시집 속에는 「초혼」, 「산유화」, 「먼 후일」 등 수많은 주옥편들이 실려 있어서 국민들의 사랑을 한 몸에 받았다. 소월의 시편들은 일제치하에서 고통 받고 상처받은 우리 민족의 한을 어루만져주었던 것이다. 소월의 시가 민족 고유의 전통을 이어받고 있어서 우리 민족이 사멸되지 않는 한 그의 시의 생명력은 오래갈 것이다.

늦은 감이 있지만 시집 『진달래꽃』이 2011년도 등록문화재로 지정되었다. 『서유견문』(1895) 이후 양장본으로 처음이요, 문학 도서로서도 처음 있는 일이었다. 문화재로 지정된 시집은 발행소 매문사(賣文社)는 같고, 총판매소에 따라서 중앙서림총판본(이하 '중앙서림본') 1권, 한성도서총판본(이하 '한성도서본') 3권이 지정되었다. 그러나 예기치 못한 문제가 발생했다. 호사다마라고 누가 보더라도 판본이 전혀 다른 두 시집을 동시에 지정하면서 언론에서 시집의 진위 논쟁이 벌어진 것이다. 문화재청은 본의 아니게 부실하게 조사를 했다는 지적을 받게 되었다. 문제는 문화재로 지정됐다고 끝난 것이 아니었다. 언론과 학계에서 반발하고 나섰다. 이 문제는 여전히 해결을 보지 못하고 미제로 남아 있다.

김소월 시집
'중앙서림본'을 구하다

1994년 겨울로 기억된다. 퇴근 후 나는 여느 때처럼 노량진에 있는 진호서적에 들렀더니 주인은 내 눈치를 살피며 김억의 『안서시집』(1929)과 김소월의 『진달래꽃』(1925) 초판본을 보여주는 것이었다. 나는 『진달래꽃』을 보는 순간 감전된 사람처럼 전율을 느꼈다. 소월의 『진달래꽃』은 평생 한 번 보기 드문 희귀본이다. 유심히 살펴보니 그간 알려진 시집과는 판이하게 달랐다. 표지에는 꽃 그림도 없었고, 특히 '꽃'의 표기가 맞춤법 통일안 이전의 '꼿'으로 되어 있었다. 나는 조심스레 초판이 맞는지 물었다. 주인 역시 단정은 못하면서도 종이의 재질이나 활자, 판권 등을 볼 때 의심의 여지가 없다고 했다. 나는 값을 물었다. 주인은 두 권에 300만 원은 받아야겠다고 했다. 지금의 화폐가치로 따지면 3000만 원이 넘는 금액이다. 값의 문제가 아니라 책의 진위가 더 문제였다. 나는 김소월 시집만 인수하겠다고 하

노량진 진호서적

『진달래꽃』(중앙서림본)

고 주인에게 하루 시집을 빌려줄 것을 요청했다. 확인 후 진본이 맞으면 내가 인수하겠다고 약속을 했던 것이다. 주인은 잠시 망설이더니 시집을 내주었다.

나는 시집을 들고 경문서림 송해룡 선생을 찾아갔다. 선생은 당시 서점을 그만두고 사당동에 계실 때였다. 선생께 들고 온 시집을 보여드렸다. 선생은 한참을 살펴보고 나서 "윤 선생, 보물 중에 보물을 건졌네. 값의 고하간에 무조건 인수하게나." 하는 것이었다. 당신도 서점을 운영하면서 평생 『진달래꽃』을 두 권 취급해봤으나 이 책은 처음 봤다는 것이다. 틀림없는 진본이고 지금까지 밝혀지지 않은 국내 유일본이니 잘 간수하라는 말까지 해주셨다. 한편으로는 책값을 마련하자니 참으로 난감했다. 욕심은 나지만 무슨 수로 책값을 마련할 것인가. 박봉의 월급쟁이가 그런 큰돈이 수중에 있을 리 만무했다. 나는 다음날 출근 즉시 만기가 다 돼가는 적금통장을 해약할 수밖에 없었다. 책을 인수하고 몇 년이 지난 뒤에 서점 주인이 내게 한 마디 했다. 당시 재력 있는 수집가들에게

이 책을 권했더니 이런저런 이유를 대며 사지 않더란 것이다. 그런데 월급쟁이인 내가 선뜻 이 책을 인수할 때 자기도 무척 놀랐다는 것이다. 한편으론 이런 희귀본이 제대로 임자를 만나게 되어 무척 기쁘기도 했다고 한다.

김소월의 아들,
김정호 선생을 만나다

『진달래꽃』 유일본을 내가 구했다는 소식은 서점가나 수집가들에게 알게 모르게 퍼져 나갔다. 아마 시집을 구하고 나서 얼마 뒤의 일이다. 청계천의 경안서림 주인으로부터 전화가 왔다. "윤 선생, 김소월 시인의 아들이 아버지 시집을 보고 싶어하는데 좋은 일 한번 해보시오." 하는 것이었다. 나는 당시 동대문스케이트장 건너편에 있는 중식당에서 경안서림의 주인 김시한 선생과 김소월의 아들 김정호(1932~2006) 선생, 그리고 서지학자 김종욱 선생과 자리를 함께했다. 김정호 선생은 "부친의 유품이라고는 가지고 있는 것이 없어서 늘 허전했는데, 마침 윤 선생이 부친의 시집을 가지고 있다는 소문을 듣고 염치불구하고 왔습니다."하는 것이다. 지금도 시집을 어루만지던 선생의 모습이 눈에 선하다.

그날 함께했던 김종욱 선생은 그 자리에서 처음 뵌 분으로『정본 소월전집』(2005)을 펴내기도 했고,『문학사상』의 자료조사연구실 실장을 지내며 이상, 김유정, 김소월의 작품을 발굴하여 소개하기도한 서지학자였다. 김종욱 선생은 소월 시집으로 인해 본인이 겪은 에피소드 하나를 들려줬다. 어느 도서 전시장에서 한성도서본『진달래꽃』이 나왔기에 이 책은 초판이 아니라고 했더니 옆에 있던 서지학자 안춘근 선생이 당신이

뭘 안다고 나서냐면서 면박을 주더라는 것이다. 김소월 연구가로서 시집의 판본에 대해서 늘 궁금증을 갖고 있었는데 오늘 내 책을 보고 궁금증이 풀렸다며 이제 소월연구를 마무리할 수 있게 돼서 기쁘다고 했다.

식사를 마치고 나는 김정호 선생과 가는 방향이 같아서 동대문역에서 지하철을 함께 탔다. 선생은 김소월 시인의 3남으로 한국전쟁 때 인민군으로 참전하여 포로가 된 뒤 거제도 수용소에서 풀려난 분이다. 피붙이 하나 없는 남한 땅에서 힘들게 살아온 인생역정을 평안도 사투리를 섞어가며 담담하게 들려줬다. 처음에 철도청 홍익회에서 근무한 뒤 나와서 레코드 외판원을 할 때 너무 힘들어서 미당 서정주 선생을 찾아가 도움을 청했다고 한다. 미당의 주선으로 국회에서 수위로 근무하며 아이들을 출가시킨 얘기까지 털어놓았다. 내가 다음 정거장인 영등포역에서 내려야 한다고 하자 선생은 뜻밖의 제안을 했다. 『진달래꽃』을 영인본으로 출판할 생각이 없느냐는 것이다. 나는 "지금까지 나온 소월 시집도 많은데 그것이 무슨 소용이 있습니까." 하고 물었다. 지금 와서 생각해보니 선생께서 혹시 영인본이라도 한 권 갖고 싶었던 건 아닌지 후회가 된다. 선생은 그때 60을 넘긴 나이로 직장에서 퇴직하고 쉬고 있을 때였다. 그런 선생이 2006년에 돌아가셨다는 신문기사를 얼마 전에 본 일이 있다. 새삼 20여 년 전 선생을 만났던 기억이 떠올라 눈시울을 붉힌 적이 있었다.

문화재 위원들을 만나다

(2010. 7. 6)

2010년 7월 6일 오후, 나는 서울대입구 전철역 근처 제과점에서 문화재청에서 나온 김미성 씨와 문화재위원 권영민 교수(서울대), 전문위원 김동환 교수(중부대), 전문위원 김종욱 교수(세종대) 이렇게 네 분을 만났다. 당시 문화재청에서는 김소월의 시집 『진달래꽃』을 문화재로 지정하는 일로 소장자들을 찾아다닐 때였다. 내가 소월의 시집을 가지고 있다는 소문을 듣고 찾아온 것이다. 시집을 유심히 살펴보는 문화재 위원들의 표정이 밝아 보였다. 그만큼 내가 소장하고 있는 책은 책등을 보수한 것을 제외하고는 상태가 좋은 편이었다. 권 교수는 본인도 소월의 저서를 펴낸 적이 있지만 중앙서림본은 처음 본다며 흥분된 표정이 역력했다. 그러면서 동의도 없이 시집의 사진을 찍기에 나는 자제를 요청했다. 이 시집은 내가 1994년 구입한 이래 한 번도 공개한 적이 없는 책으로 공개를 해도 내가 직접 할 것이니 양해해달라고 부탁했다. 문화재청의 직원 김미성 씨는 난색을 표하며 지금 찍는 사진은 문화재청에 보고용 자료로만 쓰이는 것이니 소장자의 허락 없이 외부에 발표되는 일은 절대 없을 것이라 했다. 나는 권 교수에게 다짐을 받고 사진촬영을 허락했다.

그리고 이 책이 문화재로 지정된다면 어떤 문화재가 될 것인지 물었다. 권 교수가 답하길 등록문화재라고 했다. 문화재 중에서는 가장 낮은 단계다. 국민들이 애송하는 시인의 작품집이 국보는 아니더라도 보물 정도는 되어야 하지 않겠느냐고 했더니, 권 교수는 웃으며 소월시집은 출간된 지 얼마 안 돼 당장 보물이나 국보로 지정되기는 어렵다고 했다. 마지막으로 내 책 말고도 다른 분들 것도 있느냐고 물었다. 권 교수는 '한성도서본'이 몇 권 있다는 것이다. 내가 정색을 하고 '한성도서본'이 초판이 맞느냐고 물으니 권 교수는 "맞다."고 대답했다. 오늘 이 자리가 판본을 가리는 자리는 아니어서 더 이상 묻지는 않았지만 조사를 마치고 나오면서도 뒷맛이 개운치 않았다. 김미성 씨가 따라 나오면서 어떻게 마음을 정했는지 물었다. 내가 이 자리에 나온 것은 문화재청의 조사에 응한 것뿐이고, 문화재로 지정받기 위해 나온 것은 아니었다. 김미성 씨는 허락만 한다면 오늘 분위기로 보아 내 책이 문화재로 지정되는 것은 어려워 보이지 않는다며 일주일 안에 확답을 줄 것을 요청했다. 그 뒤 김미성 씨로부터 전화가 와서 나는 수락했다.

문화재 등록 예고

(2010. 9. 13)

　　문화재청(청장 이건무)은 9월 13일 김소월의 시집『진달래꽃』초
판본을 문화재로 등록 예고한다고 다음과 같이 발표했다.

　　1925년 12월 26일 매문사에서 간행한 시집『진달래꽃』초판본은 종판매소
에 따라 '한성도서주식회사' 종판본과 '중앙서림' 종판본 두 가지의 형태로
간행되었다. 두 판본은 간행시기와 본문 내용이 일치하나 겉표지(꽃그림
의 유무 등)와 속표지가 다르고 한성도서주식회사 종판본의 한글 표기상
오류가 중앙서림에서는 보이지 않는다.

　　이번에 등록예고되는 유물은 한성도서주식회사(漢城圖書株式會社) 종판
본 3점(배재학당역사박물관 1, 개인 소장 2), 중앙서림(中央書林) 종판본 1
점(개인 소장)으로, 소월이 1923년에 배재학당(배재고등보통학교)을 졸업
하였다는 점, 도서의 전체적인 보존상태가 가장 양호한 점 등을 고려해 등
록 예고 대상으로 선정했다.

　　문화재청은 30일간 소유자를 비롯한 각계의 의견을 수렴한 후, 문화재로
공식 등록할 계획이다.

『문학사상』(8월호)

　　그런데 발표내용을 보니 한성도서본을 세 권이나 중앙서림본과 같이 등록한다는 것이다. 한성도서본은 등록 예고에서도 밝혔듯이 표기 상의 오류가 있고 진본일 가능성이 적어 당연히 지정에서 제외될 것을 나는 확신하고 있었다. 이 무렵 속상한 일이 또 하나 발생했다. 예고기간 중에 지인으로부터 전화가 걸려왔는데, 2010년 『문학사상』 8월호에 권 영민 교수가 나를 언급하면서 김소월의 『진달래꽃』 발굴기사를 실었는 데 알고 있느냐는 것이다. 나는 금시초문이라 서점으로 달려갔다. 잡지에 실린 기사를 찾아 단숨에 훑어보니 24쪽에 "윤길수(尹吉洙) 씨는 자신이 소장하고 있는 시집 『진달래꽃』의 실체를 학계에 소개하는 것을 허락하 였다."라고 쓰고, 25쪽에는 내 소장본 『진달래꽃』의 판권지 사진을 실어 놨다. 나는 순간 얼굴이 화끈 달아오르는 것을 느꼈다. 불과 한 달여 전에 내 책을 조사하는 자리에서 내 허락 없이 발표하지 말 것을 당부했거늘, 어떻게 이런 일이 일어날 수 있는지 이해가 가지 않았다.

'한성도서본'은
어떤 책인가

　나는 1994년『진달래꽃』중앙서림본을 구입한 이후 인사동 통문관에서 조남순 선생을 만난 적이 있다. 선생은 나와 같이 장서를 소장한 분으로 나와는 구면인 사이다. 선생은 무척 반가워하며 내가『진달래꽃』을 구했다는 소식을 들어 알고 있었다. 선생은 자기도『진달래꽃』을 가지고 있는데 자기 시집과 한번 비교해보자는 것이었다. 나는 선생의 손에 이끌려 선생의 자택 2층 서재에서 한성도서본을 처음 봤다. 우선 상태가 너무 깨끗해서 놀랐다. 그런데 가만히 살펴보니 표지에는 '진달내꽃'으로 속표지에는 '진달내솟'으로 "꽃"의 표기가 달랐다. 그리고 본문에는 '진달내솟'인데 판권에는 '진달내꽃'이었다. 이뿐만이 아니라 본문에서도 글자가 넘어지거나 거꾸로 인쇄되어 있는 등 편집상의 오탈자가 많이 눈에 띄었다. 더구나 본문의 용지까지 갱지여서 조금 실망스러웠다. 소월 생전에 이런 시집이 어떻게 나올 수 있었는지 의심이 들었다.

　그 뒤 내가 소장하고 있는 중앙서림본을 조 선생에게 보여주었다. 내 책은 '꽃'의 표기가 모두 일치하고 한성도서본에 나타나는 오류도 없었다. 그리고 용지도 모조지를 사용하였다. 책을 다 살펴본 뒤 선생은 '윤 선생 책이 진본인 것 같소, 잘 보관하세요'라며 미소 짓던 모습이 떠오른

『한성도서본』

한성도서본(판권)

大正十四年十二月二十三日 印刷
大正十四年十二月二十六日 發行

〔定價壹圓二十錢〕

著作兼 京城府蓮建洞一二一番地
發行者 金 廷 湜

印刷者 京城府堅志洞三十二番地
魯 基 禎

印刷所 京城府堅志洞三十二番地
漢城圖書株式會社

發行所 京城府蓮建洞一二一番地
賣 文 社
振替京城一三八三

總販賣所 京城府堅志洞三十二番地
漢城圖書株式會社
振替京城七六○番
電話光化門一四七九番

중앙서림본(판권)

大正十四年十二月二十三日 印刷
大正十四年十二月二十六日 發行

〔定價壹圓二十錢〕

著作兼 京城府蓮建洞一二一番地
發行者 金 廷 湜

印刷者 京城府堅志洞三十二番地
魯 基 禎

印刷所 京城府堅志洞三十二番地
漢城圖書株式會社

發行所 京城府蓮建洞一二一番地
賣 文 社
振替京城一三八三

總販賣所 京城府鐘路二丁目四十二番地
中 央 書 林
振替京城七四五一番
電話光化門一六三七番

다. 2014년 서지연구가 엄동섭 선생이 웨인 드 프레메리와 공동명의로 『원본『진달내꽃』『진달내꼿』서지연구』란 책자를 펴냈다. 이 책은 한성도서본과 중앙서림본의 판본을 영인해서 만들고 서로 다른 점을 비교 분석한 것이다. 엄 선생이 두 권의 책에서 표기상의 다른 점을 찾아낸 것은 22곳이다. 이 중에서 한성도서본에서 발견된 오자와 오식, 행의 이탈 등의 오류는 16곳이다. 특히 표지나 판권에서 나타나는 문제들은 정상적인 책에서는 찾아볼 수 없는 것들이다.

중앙일보 취재에 들어가다
(2010. 10. 7)

　　《중앙일보》는 각계의 의견을 수렴하여 10월 7일 '김소월 시집『진달래꽃』둘 다 초간본 맞나'라는 제목의 전면 특종기사를 다음과 같이 발표하였다.

『진달래꽃』초간본 무엇이 같고 다른가

※ 자료: 문화재청

중앙서림본	구분	한성도서주식회사본
경성, 매문사, 1925	출판사항	경성, 매문사, 1925
중앙서림	총판매소	한성도서주식회사
234쪽	총페이지	234쪽
152×110mm	크기	148×105mm
표지·내표지·판권지: '진달내솟'	책이름 표기	표지·판권지:'진달내꽃', 내표지:'진달내솟'
모조지	지질	갱지

※ 본문은 84쪽 등 총13쪽 16곳 달라

　　취재차 찾아온《중앙일보》기자에게 나는 한성도서본이 초판이 될 수 없는 이유를 이렇게 밝혔다. '꽃'의 표기가 한 권의 책에서 일치하지 않는 것은 단순 오류가 아니라는 것, 그리고 현재와 같이 '꽃'으로 표

『중앙서림본』

『한성도서본』

기가 통용된 것은 1933년 한글맞춤법통일안이 발효된 뒤의 일이며, 소월이 1922년 『개벽』에 처음 작품을 발표했을 때도 「진달내꼿」이었고, 시집 『진달내꼿』(1925. 12. 26.)이 출간되기 3개월 전에 같은 매문사에서 나온 김억의 시집 『봄의 노래』(1925. 9. 28.)에 실린 '근간예고' 광고에도 '진달내꼿'이라는 점을 증거로 들었다. 또한 인쇄에 사용된 본문 종이가 중앙

서림본은 모조지이고 한성도서본은 갱지인데 어떻게 책값이 1원 20전으로 똑같을 수 있느냐는 점, 등을 근거로 제시했다.

　　문화재청의 배민성 사무관은 신문기사에서, "여러 가능성을 검토했으나 결국 객관적 판권정보(1925년)를 기준으로 판단해 두 종을 동시에 등록하게 됐다."고 해명했다. 이번 조사의 책임을 맡은 권영민 교수는 "서정주의 『화사집』이 특제판과 보급판 2종으로 제작된 것을 볼 때 『진달래꽃』도 이본이 나왔을 수 있다."고 말했다. 하지만 학계의 전문가들은 제목의 표기법이나 판형과 지질 등 전혀 다른 두 종류의 책을 동시에 출간된 초간본으로 보는 건 문제가 있다고 나섰다. 객관적인 인사로《중앙일보》에 의견을 주신 분들은 유종호 교수, 김재홍 교수, 김영복 서지학자, 표정훈 출판평론가 네 분이다. 이 네 분 모두 중앙서림본이 초판본에 가깝다는 의견을 주었다. 문화재 등록 예고기간이 끝난 뒤에 필자가 문화재청 홈페이지에 들어가 확인해보니 서른여섯 분이 의견을 주셨는데, 의견을 주신 분 중에 한성도서본이 초판본이라고 주장한 사람은 한 사람도 없었다. 언론에 기사가 나온 뒤 문화재청은 곤혹스러워했다.

1차 의견서를 제출하다
(2010. 10. 8)

나는 괜한 일에 뛰어들었다는 생각이 들었다. 실제로 수집가들이나 오랜 세월 고서를 취급해본 서점 주인들은 당시 한성도서본의 이런 문제점을 알고 있었다. 그런 가운데서도 많은 분들이 내게 조언을 해주었다. 중앙서림본을 소장한 사람으로서 이 문제를 해결할 사람은 나밖에 없다는 것이다. 책으로는 처음 문화재를 지정하는 일인데 적당히 타협할 수 없다는 데 생각이 미쳤다. 나는 책임을 통감하고 한성도서본이 초판본으로 볼 수 없는 이유를 들어 문화재청에 의견서를 제출했다. 뒤에 설명을 하겠지만 요지만 간추리면 다음과 같은 내용이다.

1) 두 가지 판본 동시 발행설에 대해서
2) '꽃'자의 맞춤법 표기에 대해서
3) 시대별 시집 표지의 장정에 대해서
4) 판권지에 나타나는 문제들에 대해서
5) 교정 정도를 통해서 초판본을 규정하는 견해에 대해서
6) 학계의 초판본 규정에 대해서

이와 같은 내용을 근거로 한성도서본은 1934년 김소월 사후에 『진달래꽃』 초판본 지형의 오류를 수정하지 않은 채 인쇄하고, 당시 현재의 맞춤법에 따라 표지와 판권지만 새로 만들어서 간행된 후쇄본으로 판단된다는 내용이었다.

중앙일보를 사이에 두고
공방을 벌이다

언론에 기사가 나간 뒤 나는 문화재 조사를 담당했던 위원들과 힘겨운 논쟁을 벌여야 했다. 내가 문화재청에 제출한 의견서 내용들은 문화재 위원들을 통해 '꽃'의 표기법은 연세대 홍윤표 교수에게, 책의 판본에 대해서는 근대서지학회 엄동섭 선생 쪽으로 전달되고 있었다. 이 분들의 반론이 기사를 취재했던《중앙일보》이경희 기자에게 모아지고, 모아진 반론은 내게 되돌아왔다. 나와 홍 교수는 1920년대에 '꽃'과 '쏫'의 표기를 놓고 의견을 달리했고 또 한 사람,『진달래꽃』시집의 판본을 놓고 나와 논쟁을 벌인 사람이 엄동섭 선생이다. 선생은 한성도서본이 중앙서림본보다 오류가 많은 점을 들어 먼저 나왔을 가능성을 주장했다. 나는 반론을 제기한 분들의 의견을 일일이 검증하고 대응해야 했다.

'중앙서림본'
간행이 입증되다

나는 이 지루한 논쟁을 종식시킬 결정적인 증거가 필요했다. 머리를 식힐 겸해서 노량진의 진호서적에 들렀다. 주인 김형창 선생은 내 고민을 알고 뜻밖의 제안을 했다. 고생 그만하고 김소월의 『진달래꽃』 시집이 나온 1925년 12월 26일을 전후해서 신문잡지에 실린 기사를 찾아보라는 것이었다. 당시 소월의 문단적 지위로 봐서 언론에서 분명히 다루지 않았겠느냐는 거다. 순간 《동아일보》 축쇄본을 떠올렸다. 나는 즉시 인터넷 고서점 '북4949' 책 창고로 달려갔다. 그곳에서 주인의 도움을 받아 오전 내내 돋보기를 들고 축쇄본 기사를 찾아봤지만 허사였다. 주인은 점심이나 먹으러 가자며 나를 끌었다. 나는 식사를 하는 둥 마는 둥 하고 창고로 다시 돌아왔다. 이제는 마지막이라는 심정으로 축쇄본 24권을 손에 잡히는 대로 펼치니 254쪽 오른편 하단에 『진달내꽃』 광고가 한눈

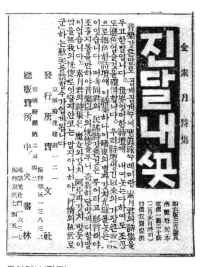

동아일보(광고)

에 들어오는 것이 아닌가. 눈을 씻고 다시 봐도 김소월 시집의 발행 광고였다. "오! 하느님", 소리가 절로 나왔다. 오른쪽 상단에는 도안한 고딕체로 『진달내꼿』으로 시집의 제목이 쓰여 있고, 왼쪽 하단에는 "발행소 매문사(賣文社), 총판매소 중앙서림(中央書林)"이란 글자가 선명하게 인쇄되어 있었다(동아일보, 1926. 2. 7.). 이제야말로 '중앙서림본'의 간행이 객관적으로 입증되는 순간이었다.

   이 광고 하나로 '중앙서림본'은 초판본임과 동시에 오류가 없는 정본의 지위까지 얻게 되는 계기가 되었다. 이뿐만이 아니다. 《동아일보》축쇄본 23, 24권을 사들고 집에 와서 이 잡듯이 뒤졌더니 1925년 12월 10일자 신문에 '김소월시집 『진달내꼿』 인쇄 중'이라는 기사를 발견했고 이틀 뒤 12일자 신문 하단에 '서정의 극치인 시집 『진달내꼿』이 조선시단에 이제야 출현하게 되었다'는 조그만 광고를 또 찾았다. 김소월 시집이 간행되고 나서 1926년 1월 8일자 '신간소개'란에서 『진달내꼿』이 다시 소개되고 있었다. 이렇게 《동아일보》에서만 모두 네 건의 기사를 발견했다. 또한『진달내쏫』의 신간소개는 신문만이 아니었다. 잡지『시종』(시종사, 1926. 1. 3.) 창간호와 김억의 시집『봄의 노래』(1925), 그리고 몇 년 뒤에 나온『안서시집』(1929)에도 실려 있었는데 '꽃'의 표기는 모두 '쏫'이었다. 나는 이 중에서《동아일보》에 실린 '중앙서림본' 광고와 신간소개두 건만을 스캔하여 문화재청에 2차 의견서(2010. 10. 15.)를 제출했다. 의견서의 말미에다 '중앙서림본'의 간행을 객관적으로 입증할 증거로 채택될 수 있을 것이다"라고 썼다.

문화재청 자문회의
(2010. 12. 20)

    12월 들어서 문화재청의 김미성 씨로부터 전화가 왔다. 김소월의 시집 등록을 놓고 12월 20일 국립고궁박물관에서 최종회의가 있는데 나보고 참석해달라는 것이다. 실제로 나는 이 문제가 언론에 공개된 뒤 전문가들로 구성된 공청회를 기대했었다. 그러나 그런 회의는 열리지 않았다. 그동안 본인들의 주장을 견지했던 문화재 위원들이 마련한 자리에서 공정한 회의가 진행될 수 있을지 의문이 들어 나는 참석을 망설였다. 그러나 나는 이의를 제기한 당사자로서 소신을 가지고 회의에 참석했다. 그날 회의는 근대문화재과 최병선 과장이 주관했고, 배민성 사무관, 김미성 주무사원이 배석했다. 회의에 참석한 인사들은 다음과 같다.

    유영렬(근대문화재 분과위원장), 권영민(위원), 신승운(위원), 김종욱(전문위원), 근대서지학회 오영식(보성고), 근대서지학회 엄동섭(창현고), 홍윤표(연세대), 유종호(연세대), 김영복(옥션 단 대표), 윤길수(본인), 이상 10명이다.

    나는 본 사안에 대해서 한성도서본이 초판으로 볼 수 없는 이유 9

개 조항을 하나하나 설명해 나갔다. 지금도 생생하게 기억에 남는 모두 발언으로 "여러분들이 만일 김소월이라면 이렇게 판본이 전혀 다른 두 시집을 한날 동시에 발행할 수 있겠느냐."라는 것이 내 의문의 시작이라고 말문을 열었다. 이 두 시집 중 하나는 초판본으로 볼 수 없기 때문에 현명하게 판단해서 가려달라고 요청했다. 내가 그날 언급한 9개 사항 중에서 핵심이 되는 요지는 다음과 같다.

1) '한성도서본'에서 발견되는 오류 문제
2) '한성도서본'의 시집 제목 '진달내꽃'의 표기 오류 문제
3) '한성도서본'의 책값 문제
4) '한성도서본'의 판권에 인쇄된 '진달내꽃' 활자 문제
5) '한성도서본'은 간행된 사실을 입증할 증거가 없다는 문제

김소월은 평소에 단어 하나 글자 한자에 심혈을 기울인 사람이다. 시편 「진달내꽃」이 이를 입증하고 있다. 이 시는 처음에 시집 『잃어진 진주』에 수록되었고, 이어서 잡지 『개벽』에 발표된 뒤 최종적으로 시집 『진달내꽃』에 수록되었다. 세 편 모두가 내용이 달랐는데 이 과정에서 여러 번 퇴고를 거치면서 확정된 것이다. 그런 소월이 본인의 첫 시집을 발행하는 데 있어서 다른 곳도 아니고 제목을 '꽃'과 '꼿' 이중으로 표기한다는 것은 상상하기도 힘든 일이다. 특히 한성도서본 『진달내꽃』의 표지 제자(題字)는 활자가 아닌 손 글씨로 당시 글씨를 쓴 사람이 1933년에 발효된 한글맞춤법통일안에 맞게 '꽃'으로 썼다는 것이다. 우리는 시집이 맞춤법 통일안이 발효되기 8년 전인 1925년에 간행된 사실을 유념할 필요가 있다. 또한 판권에 인쇄된 '진달내꽃' 활자는 본문에도 사용된 적이 없

는 세련된 명조체 활자다. 234쪽에 달하는 본문 내용을 전부 바꾸기는 어렵지만 표지나 판권 두 곳은 누구나 쉽게 조작할 수 있다는 데서 한성도서본의 심각성이 있는 것이다.

그날 회의에서 시종 나와 의견을 주고받은 사람은 엄동섭 선생이다. 그는 1920년대의 '꽃'의 용례를 몇 개 제시했다. 내 기억으로는 『개벽』(1922)의 표지에 손글씨로 쓴 기역(ㄱ)의 된소리 '까'자와 '꼬'자였고, 이어서 잡지 『동광』(1926)과 시조집 『봉선화』(1930)에서 '꽃'이 사용된 예를 제시했던 것 같다. 그러나 '꽃'이 사용된 용례를 몇 개 찾았다고 해서 일반화할 수는 없는 일이다. 1920년대는 총독부에서 제정한 철자법에 따라 '꽃'의 표기가 각자병서(ㄲ)가 아닌 합용병서(ㅅ)로, '쏫'이 법으로 통용되던 시대였다. 이 문제에 보다 접근하려면 1925년 소월시집이 출간되고나서 '진달내꽃'으로 사용된 용례를 제시했어야 했다. 1925년 이후부터 30년 이전의 신문이나 잡지 기타 출판물에서 소월의 시집이 '진달내쏫'으로 일관되게 표기되고 있음을 주목할 필요가 있다.

엄 선생은 내가 제기한 1920년대 책의 표지 장정을 놓고도 나와 이견을 보였다. 선생이 채색된 장정의 증거로 제시했던 책이 홍난파의 창작집 『향일초』(1923)이다. 그러나 설사 채색된 장정의 용례를 찾았다 하더라도 그것은 참고 사항일 뿐, 한성도서본이 간행됐다는 직접적인 증거는 되지 못한다. 다음은 한성도서본의 판권에 인쇄된 '진달내꽃'의 활자가 1936년에 처음 등장한 박경서체와 동일한 글꼴로 확인되면서 나는 '진달내꽃'의 용례를 증거로 제시했다. 박경서는 최지혁, 이원모에 이어

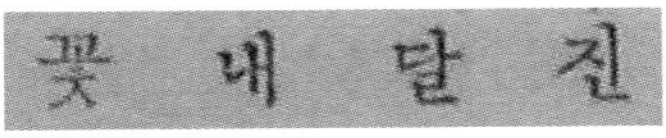

한성도서본 활자(판권)

박경서체 활자(집자)

서 일제강점기 활동한 천재적 활자조각가로 당시 완성도 높은 그의 서체는 지금의 한글 글자꼴 명조체의 바탕이 되었다. 일제강점기 사용된 활자를 추적해보면 판본의 연대를 판단할 수 있을 것이다.

이어서 필자가 제시한 것은 책값의 문제다. 시집에 사용된 본문 용지가 중앙서림본은 모조지이고 한성도서본은 갱지로 전혀 다르다. 그런데 책값은 1원 20전으로 똑같은 것이다. 제작비에서 용지가 차지하는 비중을 생각할 때 이것은 모순이 아닐 수 없다. 1925년 같은 출판사인 매문사에서 나온 김억의 『봄의 노래』(132쪽)의 책값을 『진달내쏫』(234쪽)의 쪽수로 환산하면 모조지 가격이 나온다. 당시 시세로 육당 최남선의 호화판 시조집 『백팔번뇌』(1926)가 80전인 것을 감안한다면 갱지로 찍은 한성도서본의 책값 1원 20전은 나올 수 없는 금액이다. 책값 부분에 있어서는 엄 선생뿐만이 아니라 누구도 의견을 제시하지 못했다. 인쇄에 사용된 종이의 문제는 한성도서본이 위본일 수 있는 또 하나의 단서를 제공하고 있어서 주목된다. 초판 지형만 있으면 종이를 바꿔서 다시 간행할 수가 있기 때문이다.

나는 더 이상의 소모적인 논쟁은 불필요하다고 생각하고 증거로 중앙서림본의 《동아일보》 광고를 제시했다. 그러면서 한성도서본이 간행되었다는 증거가 있느냐고 물었다. 이때 침묵을 지키고 있던 권영민 교수가 나서며 판권지 기록밖에 없다고 했다. 그리고 현재로서는 판권 기록만을 가지고 판단할 수밖에 없지 않겠느냐고 했다. 혹자는 판권만 있으면 되지 그것을 꼭 입증할 필요가 있느냐고 반문할지 모른다. 그러나 그것은 한 권만이 존재할 때 얘기다. 지금과 같이 오류도 없는 중앙서림본의 간행이 확인된 이상 한성도서본이 간행되었다는 사실을 객관적으로 입증하지 못할 경우 초판본으로 인정받기는 어려운 것이다.

『근원수필』(원본)

『근원수필』(영인본)

　　나는 판권만 가지고 결론이 날 것에 대비해서 집에서 나올 때 김
용준의 수필집 『근원수필』(1948)을 두 권 준비해 가지고 왔다. 얼른 육
안으로 보기에 구분이 가지 않을 정도로 똑같이 만든 책이다. 물론 하나
는 진본이요, 하나는 영인본이다. 참석자들의 시선이 두 권의 책으로 쏠
렸다. 나는 조용히 일어나서 말했다. 웬만한 수집가들이라면 1980년대에

만든 영인본『근원수필』을 알고 있을 것이다. 이 두 권 중 한 권은 영인본인데 판권의 기록이 같다고 해서 두 권 다 문화재로 지정될 수 있는지 물었다. 일순 좌중에서 미소가 번지는 듯했지만 질문에 대답하는 사람은 없었다.

그동안 듣고만 있던 문단의 원로 유종호 교수가 입을 열었다. 본인이 일제강점기에 공부한 경험으로 봐서 '꼿'이 분명 '꽃'보다 앞선 표기가 맞고, '중앙서림본'이 '한성도서본'보다 먼저 나온 것이 분명하다. 그렇지만 본인은 두 권 다 문화재로 지정되는 것이 좋겠다고 하였다. 이어서 이 문제는 단순하게 생각하면 쉽게 답이 나올 수 있는 사안이라고 말했다. 원로의 이 한 마디는 경색된 회의 분위기를 반전시키는 결과를 가져왔다. 유 교수의 의견은 초판본이 아니라도 보다 많이 지정하면 좋은 일이 아니겠느냐는 일반론적인 얘기였다. 나는 유 교수의 의견에 동의할 수 없었다. 왜냐하면 이 자리는 판본의 진위를 밝혀 국가의 문화재를 지정하는 자리였기 때문이다.

나는 더 이상 할 얘기가 남아 있지 않았다. 마지막 마무리 발언에서 한성도서본이 간행됐다는 객관적인 증거가 드러날 때까지는 문화재 지정을 유보해줄 것을 건의했다. 그리고 참석하신 여러분께서는 어렵게 생각하지 말고 상식선에서 결정해달라고 요청했다. 덧붙여서 오늘 회의 내용을 기록에 남겨달라고 하고 자리에서 일어났다. 그때 권영민 교수가 내게 다가왔다. 내 책을 1호로 올려주겠다는 것이다. 나는 그게 무슨 의미가 있느냐고 물었다.

『진달래꽃』등록문화재 지정
(2011. 2. 24)

 2011년 2월 24일 문화재청은 공식 보도자료를 통해 "김소월 시집 진달래꽃 문화재 등록"을 발표했다. 예고한 대로 총 판매소에 따라 '중앙서림본' 1권, '한성도서본' 3권이 지정되었다. 며칠 뒤에 문화재청으로부터 문화재 등록증이 왔다. 내가 소장하고 있는 책은 권영민 교수 말대로 등록문화재 제470-1호가 되었다. 문화재청은 보도자료를 통해서 다음과 같이 발표했다.

 "문화재위원, 서지학자, 이의 제기자, 서적 판매자, 국어학자 등 관계전문가 10여명이 참여한 가운데 검토회의를 개최하고 그 결과를 토대로 문화재위원회 심의를 개최했다고 발표했다. 그 결과 1920년대 우리나라 문학작품의 출판물에서도 화려한 표지와 '꽃' 표기가 사용된 점이 확인되어 판권지의 간행시기 및 발행자 기록 등을 객관적인 자료로 인정하고 동일원판을 사용해 출판한 시집 '진달래꽃'이 희소성이 있으면서 근대기 우리나라 문학작품의 출판에 대한 연구를 위해서도 가치가 충분하다고 판단하여 등록하기로 했다"는 것이다.

그러니까 전문가 의견을 토대로 문화재위원회에서 내린 결론은 화려한 표지와 '꽃' 표기가 사용된 점 그리고 판권지의 기록을 증거로 인정했다는 것이다. 판권지의 기록을 제외하면, 한성도서본은 '화려한 표지와 꽃표기'만을 증거로 채택한 것이다. 이런 결정은 전문가가 아니라도 내릴 수 있다. 우리가 화가의 낙관만 가지고 그림의 진위를 판단할 수 없듯이 책도 판권만 가지고 결정할 수는 없는 것이다. 이번 조사에서 한성도서본은 문제가 된 표기법, 종이의 재질, 활자, 책값, 발행사실 등 어느 것 하나 규명되지 못했다. 그것도 오류가 많고 검증되지도 않은 한성도서본을 세 권씩 문화재로 지정한 것은 형평에도 맞지 않는 일이었다.

이번 취재를 담당했던《중앙일보》이경희 기자는 문화재청의 결정에 대해서 다음과 같이 항의성 글을 발표했다(중앙일보, 2011. 2. 3.). 첫째는 문화재청에서 의견수렴을 제대로 했느냐는 것이다. 둘째는 문화재위원 구성의 적절성 문제다. 문화재 전문위원인 김종욱 교수는 권영민 교수의 제자였다. 근대출판물을 다룰 문화재위원이 특정대학에 쏠렸다는 것이다. 셋째는 조사가 강단의 학자들 손에서만 이뤄졌다는 점도 문제로 지적되었다. 마지막으로 기사가 나간 이후 문화재청 홈페이지에 의견을 제시한 이들 중에서 청계천에서 56년째 고서점을 운영하고 있는 경안서림 대표 같은 쟁쟁한 인물은 자문회의에 초대받지도 못했다고 했다. 김 대표는 두 가지 판본을 모두 취급해봤는데 "예전에는 표지만 바꿔 만드는 책이 많아 판권은 초판과 똑같이 찍은 예가 더러 있다. 판권이 같다고 해서 둘 다 가치가 있다면 가치 있는 책이야 얼마든지 있지 않겠느냐"고 꼬집었다.

얼마 뒤에 나는 문화재청으로부터 2011년도 등록문화재 조사보고서를 받아보고 놀랐다. 26쪽에는 조사에 참여한 세 분 위원들의 현지 조사 의견이 기록되어 있었다. 권영민 위원이나 김동환 위원은 특별한 의견이 없었지만 그중 김종욱 위원은 '쏫'의 표기가 인정된 점, 상태가 비교적 양호한 점을 들어 윤길수(필자) 소장본 하나만 국가문화재로 우선 등록하여 보존할 필요가 있다고 기술하고 있었다.

출판도시 파주
활판공방을 방문하다
(2015. 1. 14)

      나는 2015년 1월 14일 새해 벽두부터 출판도시 파주로 가는 2200 번 직행버스에 올라 있었다. 소한을 넘긴 추위는 매서웠다. 달리는 버스에서 창밖을 바라보니 멀리 웅크리고 서 있던 가로수들이 주춤주춤 다가오더니 빠르게 등 뒤로 사라진다. 새삼 4년 전 문화재 지정 과정에서 겪었던 일들이 악몽처럼 되살아났다. 완전히 잊어버렸다고 생각하고 있었는데 그것이 아니었다. 이 글을 준비하면서 몇 가지 궁금했던 답을 찾기 위해 나는 파주 활판공방을 찾았던 것이다. 공방에는 일제강점기에 사용했던 인쇄시설들이 그대로 갖춰져 있었다. 자모, 각종 활자, 주조기, 인쇄기, 조판, 지형, 연판 등 말로만 듣던 실물들을 볼 수 있었다. 또한 공방에서는 옛날 방식대로 책도 만들고 있었다. 나는 엄동섭 선생이 펴낸『원본『진달내꽃』『진달내꼿』 서지연구』(소명출판, 2014)를 들고 가서 주조공으로 일하는 정홍택 선생께 보여드렸다. 선생은 평생을 활판공방에서 보내신 분으로 한성도서본에서 발견되는 오류들의 원인을 물어봤다.

      정 선생은 소월시집 속의 활자들을 살펴보더니 본문에 쓰인 활자는 나무활자라고 말했다. 나무활자란 기계로 만든 주조활자와는 달리 옛날 방식으로 글자를 나무에 새기고 구리로 씌운 다음 떼어낸 후 거기에

활판공방

파주 활판공방 주조공, 정흥택 선생

납물을 부어서 만든 활자를 말한다. 또 한 가지 중요한 사실은 소월시집은 지형인쇄가 아니라 현판(現版)인쇄라는 것이다. 현판인쇄는 조판에서 지형을 뜨지 않고 바로 기계에 올려 인쇄한 것을 말한다. 일제강점기에는 시집과 같이 발행부수가 많지 않은 책은 출판비용을 줄이기 위해 저렴한 현판인쇄를 했다는 것이다. 우선 한성도서본에서 보이는 오류들은 조판이 끝난 상태에서 여러 번 교정쇄를 거치며 오자를 잡아내기 때문에 초판에서는 이와 같은 오류가 거의 발생될 수 없다고 했다.

오자나 오식의 경우는 두 가지의 원인이 있는데 하나는 조판에 고정시켜놓은 활자가 외부의 충격에 의해 빠질 수 있고, 또 하나는 롤러로 밀어서 인쇄할 때 간혹 롤러에 묻은 잉크 때문에 활자가 묻어 올라온다는 것이다. 이것을 다시 식자하는 과정에서 잘못 끼우면 이런 오류가 발생할 수 있다는 것이다. 특히 쪽수를 표시한 '-177-'이 '77-'와 같이 왼쪽 날개가 훼손된 것은 인쇄할 당시 롤러로 미는 힘에 의해 떨어져나간 것이라 했다. 글자의 행 머리맞춤에서 한 칸씩 내려간 것은 자간(字間) 사이의 빈 공간을 괴어주는 공목(空目)이 빠지면 그런 현상이 나올 수 있다고 했다. 특히 171쪽 한성도서본의 '꽃'자가 중앙서림본과 다른 것은 처음 찍고 나서 '꽃'자가 훼손된 것을 다시 보완하기 위해 나무활자를 새기는 과정에서 글자 크기가 맞지 않았고, 뒤처리를 잘못하여 교체된 흔적이 그대로 남았다는 것이다. 마지막으로 정 선생은 한성도서본 판권지의 '진달내꽃' 활자를 보더니 이것은 나무활자가 아니고 한참 뒤에 나온 주조활자라고 알려주었다.

중앙서림본: 나무활자

한성도서본: 주조활자

원본『진달내꽃』
『진달내솟』서지연구

소득이 많았다. 나는 그간 김소월 시집을 지형인쇄로 알고 있었는데 현판인쇄로 생각을 바꿔야 했다. 또한 171쪽의 '솟'자가 다시 만들어져 교체된 것과 판권에 인쇄된 '진달내꽃' 활자가 나무활자가 아니고 나중에 만들어진 주조활자라는 사실도 확인할 수 있었다. 정 선생의 의견을 종합해보면 한성도서본은 훼손된 조판 상태에서 다시 찍은 책으로 결론이 모아진다. 정 선생께 감사하다는 인사를 드리고 서울로 돌아오는 직행버스에 다시 올랐다. 한결 마음이 가벼웠다. 출판공방에 다녀오면서 궁금했던 점들이 대부분 풀렸다. 다시 한 번 엄동섭 선생이 펴낸 서지연구 책을 펼쳐보았다. 대형 호화본으로 아주 잘 만든 책이다. '한성도서본'과 '중앙서림본'의 판본 비교도 정교했다. 엄 선생은 결론에서 두 책이 발행기록이 같다는 이유를 들어 동시에 간행된 이본으로 결론을 내리고 있다.

나는 순간 몸은 하나인데 머리가 둘 달린 쌍생아를 떠올렸다. 엄 선생의 결론대로라면 한성도서본과 같은 기형적인 책이 같은 날 동시에 탄생한 것이다. 만약 김소월 시인이 살아 돌아와서 어떻게 내 시집이 두 권이냐고 묻는다면 뭐라고 답할 것인가. 문화재 지정이 끝났다고 해결된 것은 아무것도 없다. 두 권 중 문제가 많은 한성도서본은 위본일 가능성이 있어 반드시 그 출판경위가 밝혀져야 할 것이다. 필자가 실명을 거론하며 문화재 지정 과정을 기록으로 남기는 이유는 여기에 참가한 당사자로서 역사적 책임감 때문이다. 지금도 미제로 남아 있는 이 사안을 이제는 활자나 출판인쇄 등 전문가들이 나서서 해결해주었으면 하는 마음 간절하다. 지금 우리가 이 시점에서 냉정하게 돌아볼 것은 부끄럽지 않은 문화재를 후손에게 물려주는 일일 것이다. 그것이야말로 우리가 김소월 시인에게 해줄 수 있는 최선의 예우라고 생각한다.

4

내가 만난, 세상에서 아름다운 책

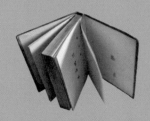

아름다움에 눈뜨던
유년시절

　내가 유년시절을 보낸 곳은 충남 논산에서 30리를 더 들어가는 전
깃불도 들어오지 않는 산골이었다. 집 앞에는 넓은 농지가 있었고 뒤쪽
으로는 상시 맑은 물이 흐르는 작은 강변이 있었다. 지금은 서울에서 차
를 타면 몇 시간이 채 안 걸리는 거리지만, 내가 서울에 올라온 1960년대
에는 하루 종일 차를 타야 갈 수 있는 곳이었다. 위로는 누나와 아래로 내
리 여동생들 속에서 자라서 그런지 나는 어려서부터 아름다운 것들에 관
심이 많았던 것 같다. 명절날이 되면 어머니는 늘 색상이 고운 누이들의
옷을 사왔는데, 내 것은 칙칙한 검정 학생복뿐이어서 어머니에게 투정을
부렸던 기억이 뚜렷하다. 학교 미술시간에도 새로 산 크레용이 닳는 것

이 아까워 도화지를 펴놓고 망설였던 적이 한두 번이 아니다. 그 뿐만이 아니라 새로 산 딱지그림이 예뻐서 친구들과 제대로 치지도 못하고 가지고만 다녔다.

　　나의 유년기는 자연 속에 방목된 한 마리 망아지였다. 학교가 파하면 가방을 던져놓고 산과 들과 강변에서 노는 것이 하루 일과였다. 산에 가서는 새집을 찾으러 다녔고 강가로 내려와서는 멱을 감고 고기를 잡았다. 그것도 싫증이 나면 강변에 널려 있는 예쁜 강돌을 주웠다. 어쩌다 맘에 드는 돌을 주운 날은 하루 종일 기분이 좋았다. 그렇게 주워온 돌멩이들은 장독대 밑에 쌓여만 갔고 딱지는 서랍 속에서 늘어갔다. 그러던 어느 날, 명절을 앞두고 서울에서 작은아버지께서 오셨다. 어렴풋이 잠결에 아버지와 두 분이 나누는 얘기를 들었는데, 나를 서울로 데려가 공부를 시키겠다는 것이었다. 실로 내게는 청천벽력 같은 일이 아닐 수 없었다. 내 인생의 진로가 확 바뀌게 되는 그런 일이 초등학교 때 벌어졌다.

　　아버지는 나를 데리고 서울로 올라와 창신동 작은아버지 댁 근처에 방을 한 칸 얻어주고 내려가셨다. 밥은 작은집에서 해결했지만, 지금부터는 모든 일을 혼자 감당해야 했다. 그러나 이런 일은 아무것도 아니었

다. 저녁만 되면 화등잔만 하게 부모님 얼굴이 떠올라 미칠 것만 같았다. 어린 동생들도 보고 싶었다. 고향에서 고삐 풀린 망아지같이 자연 속에서 뛰놀던 나는 졸지에 새장에 갇힌 신세가 되었다. 그때 나는 차만 타면 멀미를 했는데, 그것은 내 몸이 도시문명을 거부하는 징표라고 생각했다. 내가 도시의 가솔린 냄새에 익숙해지기까지 꽤 오랜 시간이 걸렸다.

　　나는 무료한 시간을 달래기 위해 서점에서 많은 시간을 보냈다. 시골에서 예쁜 강돌을 주워 모으듯, 내가 사는 셋방에는 표지가 예쁜 책들이 차곡차곡 쌓여갔다. 처음엔 내용을 몰라서 표지만 보고 사왔고 나중엔 맘에 드는 제목을 골라 가져왔다. 가져온 책을 읽어보고 마음에 드는 것도 있었지만 대부분 표지와는 달리 실망한 적도 많다. 분명한 사실은 나는 책을 모으면서 안정을 되찾게 된 것이다. 밖에 나갔다가도 집에 들어와서 그 책들을 보고 있으면 마음이 평온해졌다. 이렇게 50여 년을 책과 함께하다 보니 여러 종류의 책들이 서재에 쌓였다.

향토적인 서정이
담긴 책

　　내가 고희가 된 지금 고맙게 생각하는 것은 유년기에는 농촌체험을 소년기에는 도시체험을 경험한 일일 것이다. 농촌에서는 자연을 도시에서는 문명을 배웠다. 특히 유년기의 농촌체험은 고스란히 내가 모은 책의 표지에서 나타났다.

　　김동인의 단편집 『감자』(한성도서, 1935)는 누가 표지를 그렸는지 밝혀지지 않았다. 황토색 바탕에 제자 '감자'를 붓으로 거칠게 터치했고, 하단에는 연한 자주색 이파리 속에 토속적인 정취가 물씬 풍기는 흰 감자꽃 두 송이가 정겹기 그지없다. 이 단편집 속에는 대표작 「감자」와 「태형」을 비롯해서 8편이 수록되어 있다. 나는 이 책을 볼 때마다 어릴 적 누이와 함께 감자를 캐던 일이 생각난다. 호미로 흙을 뒤집을 때마다 씨알이 허옇게 드러나는 감자들이 신기하기만 했다. 어떤 날은 소나기를 만나 누이와 함께 감자가 든 함지박을 들고 뛰었다. 소나기가 지나간 뒤 불어난 도랑에서 감자를 씻었다. 검붉은 흙이 씻겨나간 감자는 뽀얗게 살이 올라 있었다. 가마솥에서 막 쪄낸 뜨거운 감자를 이손 저손 옮겨가며 누이와 함께 먹던 일이 새삼스럽다.

　　시골에서 유년기를 보낸 사람들은 기억할 것이다. 그 당시는 마땅

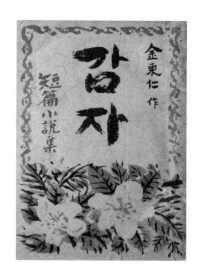

『감자』

히 주전부리할 것이 없어서 엿장수 가위소리는 아이들에게는 정겨운 소리가 아닐 수 없다. 떨어진 고무신이나 빈병을 가지고 가면 허연 밀가루를 뒤집어 쓴 엿과 바꿔먹을 수 있었다. 오영수의 단편집 『머루』(문화당, 1954) 속에는 「머루」를 포함해서 13편이 실려 있다. 나는 그중에서도 남이를 사랑하는 엿장수 총각을 그린 「남이와 엿장수」를 좋아한다. 전통적인 수묵화 기법으로 그린 초판과 달리 재판의 표지는 수화(樹話) 김환기의 작품으로 추상적인 도자기 위에 새빨간 머루가 인상적이다.

　　내가 살던 시골에는 1960년대까지도 유랑극단이 돌아다녔다. 그들은 낮에 확성기를 들고 동네를 돌아다니면서 선전을 했다. 나는 저녁을 먹고 나서 누나 손을 잡고 사거리 큰 동네로 내려갔다. 그곳에는 가설무대가 꾸며지고 화장을 짙게 한 남사당패들이 상모를 돌리며 춤을 추고 있었다. 나는 춤추는 사당패들 속에서 남장을 한 예쁜 여인을 발견했다. 그 여인은 줄곧 내게 시선을 보내며 웃고 있었는데 참으로 황홀한 경험이었다. 아마 이것은 내가 처음으로 이성에 눈을 뜨게 된 계기가 된 일일

것이다.

어린 마음에도 장가를 든다면 저런 여자를 색시로 얻어야겠다고 마음먹은 적이 있었다. 김송의 단편집 『남사당』(숭문사, 1949)은 이런 유년기의 경험을 가지고 구입한 책이다. 「남사당」을 포함해서 10편이 수록되어 있다. 표지는 김영주의 장정으로 연한 연두색 바탕에 풍물패 남사당을 선묘 처리했다. 단순하면서도 깔끔한 장정이다.

나는 초등학교를 졸업하고 중학교에 진학을 했다. 학기 초에 신입생들의 가정환경 조사가 있었다. 서류에는 부모의 직업이며 월수입, TV나 전축 등 가전제품을 적는 난이 있었다. 나와는 상관없는 것들이다. 내게는 시골집에 있는 황소 한 마리와 광석라디오가 유일한 재산이었다. 그러나 나의 고민은 따로 있었다. 그것은 부모의 직업을 적는 일이다. 다른 친구들의 것을 훔쳐보니 회사원, 은행원, 공무원들이 있었다. 나는 부모 직업난에 '농부'라고 썼다가 지워버렸다. 이때처럼 아버지가 원망스러울 수가 없었다. 하고많은 직업 중에 농부라니 참으로 창피했다. 결국 머리를 짜내서 찾아낸 글자는 '업'자였다. '농부'를 '농업'으로 고쳐서 제출

『남사당』

『흙』

했던 것이다.

내가 고향에 내려갈 때는 방학이나 혹은 명절을 맞이하여 고향 가는 인편이 있으면 동행하는 경우였다. 한번은 추석 명절을 맞아 고향에 내려갔다. 멀리 우리 집이 가까워지자 어머니는 어디서 나타났는지 육상선수보다도 빠르게 맨발로 달려와 나를 끌어안았다. 혈육의 정이란 이런 것인지 모른다.

　　나는 집 앞 논에서 벼를 베고 계신 아버지께 달려가 인사를 드렸다. 아버지는 일손을 멈추고 '너 왔냐.'라고 하시는 게 전부였다. 그때 밀짚모자 밑에 까맣게 그을린 아버지의 얼굴을 보고 '역시 아버지는 농부였구나.' 하고 실감했다.

　　이무영의 단편집 『흙의 노예』(조선출판사, 1946)는 월북화가 정현웅의 장정으로 나왔다. 농민소설가 이무영의 세 번째 소설집이다. 저자는 서문에서 "직업을 던지고 궁촌으로 내려간 이후 농촌에서 취재한 소설 중에서 비교적 문제가 되었던 작품을 모았다. 거의 전부가 농민들의 건실한 생활상과 흙에 집착하는 농민의 혼을 그린 것이다."라고 토로하고 있다. 이 작품집에는 저자의 대표작 「제1과 제1장」과 「흙의 노예」를 포함해서 7편이 수록되어 있다. 소프트 커버 지장본의 표지에는 다갈색의 단색으로 농촌에서 흔히 볼 수 있는 씀바귀가 그려져 있다. 안회남의 단편집 『전원』(1946)의 표제지와 동일한 정현웅의 씀바귀 장정은 농촌의 흙냄새를 물씬 풍기게 한다. 나는 거친 선화지로 인쇄된 이 책을 만질 때마다 흙의 노예로 살아오신 아버지를 생각하곤 한다.

　　부모 형제와의 생이별처럼 가슴 아프게 하는 일은 없을 것이다.

『흙의 노예』

내가 고향 방문을 마치고 서울행 버스에 오를 때면 어린 가슴을 쥐어뜯
어야 했다. 떠나는 차를 뒤쫓아 오며 한사코 매달리는 어머니의 모습을
차마 볼 수가 없어 눈을 감아버렸다. 그러나 어머니의 얼굴은 화석처럼
차창에 들러붙어서 나를 괴롭혔다. 이별의 가슴앓이를 잊기까지는 한 달
도 넘게 걸렸다. 내가 방을 얻어 살던 창신동 산동네는 한국전쟁 이후 들
어선 판잣집들이 대부분이었다. 이곳은 노자영, 박누월, 박수근, 백남준
등 가난한 예술가들이 거쳐 간 곳이기도 했고, 내 소년기 꿈이 영글어간

곳도 이곳 달동네다. 좁은 골목길을 오르내릴 때면 빤히 들여다보이는 이웃집 창문 사이로 도란도란 들려오는 식구들 소리에 나는 발길을 멈춘 적이 한두 번이 아니었다.

혼자 서울에 올라와 살면서 제일 외로울 때가 명절날이다. 다른 애들은 새 옷을 입고 명절 기분을 내는데 나는 하루 종일 만화가게에 틀어박혀서 시간을 보내야 했다. 여름날 빗방울이 하염없이 양철지붕을 두들길 때면 내 마음은 어느새 빗줄기 사이로 빠져나가 고향집으로 달려갔다. 겨울날 함박눈이 창호지 밖에서 잉잉거릴 때면 나는 참지 못하고 미친놈처럼 거리를 헤매고 다녔다. 이럴 때 노천명의 수필집 『산딸기』(정음사, 1948)는 나에게 얼마나 위안을 주었는지 모른다. 이 수필집 속에는 내가 즐겨 읽었던 「설야산책」, 「눈 오는 밤」, 「겨울밤 이야기」, 「여름밤 얘기」, 「망향」, 「낙엽」, 「향토 유정기」 등이 들어 있다. 홍우백 화백이 장정을 한 표지에는 붉은 산딸기가 먹음직스럽고, 금방 먹을 찍어 쓴 듯 '산딸기' 제자가 선명하다.

　　정비석의 장편『고원』(백민문화사, 1946)을 볼 때면 어릴 적 고향집이 생각난다. 황토 흙을 이겨 바른 돌담과 초가집, 열어젖힌 창문 너머에 많은 이야기들이 숨어 있는 듯 김환기의 장정이 너무도 아름답다. 이 책이 서점에 나왔을 때 나는 표지 그림만 보고 두말없이 책을 샀던 일이 새삼 떠오른다. 내가 서울에 살면서 늘 걱정했던 것은 시골에 두고 온 어린 동생들이었다. 마치 우물가에 놔두고 온 것 같았다. 고향집 우물들은 덮개도 없이 사철 검은 입을 벌리고 있어서 아이들에게는 공포의 대상이었다. 아니나 다를까, 풍문에 어린 동생 남매가 번갈아 우물에 빠져 어머니가 극적으로 구해냈다는 소식을 듣고 나는 가슴을 쓸어내렸다.『고원』은 저자가 7년 전 북간도 농촌 순례를 떠났다가 우연히 현오권이라는 사람으로부터 얻은 수기를 소재로 쓴 전작 장편소설이다.

　　고향은 많은 이야기를 담고 있는 곳이다. 지금은 고향을 뜬 지 50년이 넘어서 아는 사람이 거의 없다. 고향은 이제 마음속에만 존재한다. 그래서 그런지 조벽암의 시집『향수』(이문당서점, 1938)는 나의 손때가 묻

『향수』

은 책이다. 화가 구본웅이 표지를 그렸다. 그림은 오래전 찍은 흑백사진처럼 큰 나무가 서 있는 농촌풍경을 담고 있다. 단색 하나로 이렇게 기억 속의 고향의 정취를 절묘하게 표현해낸 구본웅의 솜씨가 놀랍기만 하다. 표지만 보아도 내가 막 고향집 고갯마루턱에 올라서 있는 느낌이다. 가끔 고향이 그리울 때면 이 책을 꺼내놓고 시집 속의「향수」를 반추할 때가 있다.

> 해만 저물면 바닷물 처럼 짭조름이 저린 旅愁
> 오늘도 나그내의 외로움을 車窓에 맡기고
>
> 언제든 갓 떠러진 풋 송아지 모양으로
> 안타가이 못잊는 鄕愁를 反芻하며
>
> 안윽히 살 어둠 깃드린 안개 마을이면

따스한 보금자리 그리워 포드득 날러들고 싶어라

- 조벽암 「鄕愁」(『鄕愁』, 이문당서점, 1938)

　이밖에도 내 유년의 기억 속에 존재하는 향토적 서정을 담은 책으로 채만식의 단편집 『집』(조선출판사, 1943), 이무영의 단편집 『산가』(민중서관, 1949), 장정가가 밝혀지지 않은 이광수의 『흙』(한성도서, 1951), 이은상의 수필집 『노변필담』(민족문화사, 1953), 신현중의 수필집 『두멧집』(아데네사, 1954), 박진철의 수필집 『초롯길』(광주문화사, 1955) 등은 그 토속적인 표지와 제목으로 인해 내 손때가 묻은 책들이다.

도시의 풍정을
담은 책

내가 서울에 올라와서 얼마 지나지 않았을 때다. 하루는 작은집에서 저녁을 먹고 났는데 누가 청계천 쪽에서 불이 났다고 했다. 그편 하늘이 밤중인데도 훤했다. 나는 호기심에 청계천으로 달려갔다. 걸어서 10분 거리였다. 불이 난 곳은 동대문스케이트장을 지나 8가 쪽이었다. 벌써 소방차가 와서 불을 끄고 있었고, 경찰은 주민들의 접근을 막았다. 그 당시 청계천은 복개가 되지 않아 천변을 끼고 판잣집들이 길게 이어져 있었다. 불길은 순식간에 이웃집으로 번져 나갔다. 길바닥에는 이부자리며 세간살이가 나뒹굴고 집주인은 바닥에 주저앉아 울부짖고 있었다. 오래전 일인데도 그때의 장면들이 생생하게 떠오른다.

내가 안회남의 단편집 『불』(을유문화사, 1947)을 볼 때면 그때 청계천을 떠올리곤 한다. 표지는 소설 속 탄광지대를 판화기법으로 처리하고 제자 '불'은 도장을 찍듯이 음각으로 드러냈다. 정현웅이 맘껏 솜씨를 발휘한 것으로 책의 장정과 내용이 맞아떨어지고 있다. 이 책은 저자가 징용으로 끌려간 북구주 탄갱 체험을 사실적으로 묘사한 보기 드문 징용소설집으로 10편이 수록되어 있다. 단편 「불」은 정월 보름날 연기군 농촌 마을을 배경으로 남양 트라크도(島)에 끌려갔다 돌아온 이 서방을 주인

공으로 하고 있다. 저자 안회남은 주로 체험을 다룬 소설을 써서 신변소설 작가로 평가받았다.

　박태원의 장편 『천변풍경』(박문서관, 1938) 역시 정현웅의 장정으로 나왔다. 표지는 천변에서 빨래하는 여인과 고기 잡는 아이들이 선묘로 그려져 있고 검붉은 바탕의 면지에는 천변을 크로키했다. 한 장을 더 넘기면 표제지에 이발소 의자 옆 창문으로 천변풍경이 들어온다. 붉은 글씨로 제자를 쓰고 펜으로 스케치하듯 그렸다. 이 책은 표지의 견고성, 화가의 뛰어난 그림 솜씨, 미려한 활자의 사용, 깨끗한 인쇄와 시원한 판형으로 내용과 장정이 일치되는 걸작이 아닐 수 없다.

　해방 후 저자의 동생 박문원이 장정을 바꿔 출판한 책과는 비교되지 않는다. 남의 책에 좀처럼 서문을 쓰지 않는 이광수가 서문을 쓴 것도 눈에 띈다. 춘원은 "박태원 씨의 천변풍경은 내가 일생에 읽은 문학 중에 가장 인상 깊은 것 중의 하나"라고 소개하고, "천변풍경에서 톨스토이의 만년의 작품에서 받는 것과 방불한 감동을 받는다."고 극찬하고 있다. 소

『천변풍경』

설은 제1절 「청계천 빨래터」에서부터 50절 「천변풍경」까지 이어지고 있으며, 눈에 들어오는 청계천변의 사소한 일상을 카메라 샷을 눌러 대듯 옮겨가며 묘사하고 있다.

우리 시골집이 서울로 이사 온 1960년대 말 아버지는 한때 창신동에서 복덕방 일을 보셨다. 아버지는 손님을 데리고 하루에도 몇 번씩 산동네를 오르내렸으나 식구들은 어려운 살림을 해야 했다. 당시 복덕방은 도시의 명물 중 하나였다. 대개 복덕방은 골목입구에 자리 잡고 나이 지

『천변풍경』 삽화

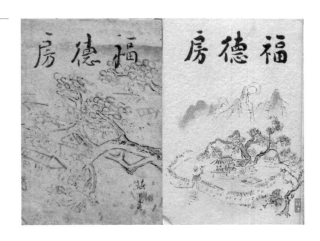

『복덕방』

긋한 노인들이 일을 보고 있었다. 이들은 동네의 속사정까지 꿰고 있어
서 복덕방은 동네 사랑방 역할을 했다. 그때의 복덕방은 지금과는 전혀
다른 서민들의 애환이 서린 곳이었다. 상허 이태준의 단편집『복덕방』(모
던일본사, 1941)을 볼 때면 나는 그곳에서 일하시던 아버지가 생각난다.
소설 속「복덕방」에는 영락한 세 노인이 등장하는데 그중 안초시는 일확
천금을 노리고 투기한 땅이 사기를 당해 스스로 목숨을 끊는다.

　　이 책은 상허의 대표적인 단편 15편을 정인택이 번역하고 월북화

『복덕방』 삽화

가 근원(近園) 김용준이 장정을 맡아 일본에서 출판했다. 근원은 성북동 상허의 집 이웃에 살면서 골동취미도 비슷해서 상허와 교분이 두터웠다. 그런 연유로 상허의 책 대부분이 근원의 손을 거쳐 나왔다. 『복덕방』은 책의 케이스를 따로 갖추고 있고 장정도 각기 다르다. 한지로 감싼 케이스는 커다란 나뭇가지 아래 청기와집이 내려다보이는 그림이고, 표지는 산 밑에 아담하게 자리한 두 채의 기와집을 고목나무와 담장으로 둘러싸고 있다. 한지가 주는 부드러운 촉감과 고아한 장정은 근원의 빼어난 솜씨를 여실히 보여주고 있다. 다만 아쉬움이 있다면 일본에서 간행되었다는 점이다.

때로는 장정이 아름다운 책은 보기만 해도 황홀하다. 이종환의 창작집 『인간보』(중앙문화사, 1955)는 그런 책이다. 김환기가 그림을 그렸고, 면지는 천경자의 솜씨다. 월탄 박종화의 글씨를 제자(題字)로 받았다. 현란한 받침보 위에 올려놓은 두 개의 꽃병은 화려함의 극치를 보인다. 이 책에는 중편 「인간보」 외에 5편의 단편을 수록하고 있다. 작가의 후기를 보면 「인간보」는 《서울신문》에 연재되다가 22회로 중단된 작품이라고 한다. 필자가 생각하기에 「인간보」는 한국전쟁 중에 태어난 사생아와 양공주의 세계를 그리고 있어서 당시 전후 피폐해진 시기에 풍속을 저해할 우려가 있다고 판단해서 당국이 그같이 내린 결정이 아닌가 생각한다. 이 책은 표지의 장정 하나만 가지고도 그 값을 톡톡히 하고 있다.

수필집 『파리』(어문각, 1962)의 저자 김향안은 본명이 변동림으로 한때 이상의 부인이었다. 그녀는 일본에서 이상의 임종을 지키고 그의 유해를 화장해 가지고 돌아온 장본인이다. 그 뒤 수화 김환기 화백과 재혼한 그녀는 이상과 수화 두 천재적인 예술가에게 영감을 불어넣었다 하여 한국 근대예술계의 뮤즈로 불리기도 했다. 『파리』의 표지그림은 타이

『인간보』

표제지

포그래피(typography)와 추상적 그림을 절묘하게 혼합한 김환기의 장정이다. 마치 예술의 도시 파리를 연상하게 하듯 고혹적이기까지 하다. 책 속에는 저자가 파리에서 머물며 겪었던 글 32편이 실려 있다. 나는 이 책을 구입한 후 혹시 이상과 관련된 글이 있을까 싶어 눈을 떼지 않고 끝까

『파리』

지 읽어봤으나 한 편도 찾을 수 없어서 실망한 적이 있다. 이밖에도 도시의 풍정을 담은 책으로 김기림의 시집 『기상도』(자가본, 1935)와 수필집 『바다와 육체』(평범사, 1948), 김동석의 수필집 『해변의 시』(박문출판사, 1946), 김철수 · 김동석 · 배호의 3인 수필집 『토끼와 시계와 회심곡』(서울출판사, 1946) 등을 들 수 있을 것이다.

책의 제목이 마음에
들어서 산 책

    서점에서 책을 대할 때 첫눈에 들어오는 것은 표지 그림이다. 그 다음으로는 책의 제목과 저자일 것이다. 그만큼 제목은 책의 구성에서 중요한 역할을 한다. 잘 지은 제목은 독자들의 호기심을 유발해서 구매 충동을 불러오기도 한다. 일찍이 이태준은 그의 글 「명제 기타」에서 표제를 정하는 데는 신선하고 화려하고 발음을 좋게 붙이는 것은 자연스런 일이고, 작품의 내용을 솔직하게 대명(代名)시키는 데 충실해야 한다고 했다.

    춘원 이광수의 문집 『인생의 향기』(홍지출판사, 1936)는 제목의 느낌이 좋아서 구입했던 책이다. 아무 장정도 없이 표지에 제자와 목차만 인쇄되어 나왔다. 춘원의 문필생활 20년을 기념해서 그가 쓴 시와 산문의 정수를 여기에 담았다. 첫 아들 봉근이를 잃고 쓴 「봉아의 추억」과 어린 여동생의 죽음을 묘사한 「어린 영혼」은 독자로 하여금 진한 감동을 느끼게 한다. 같은 저자의 수필집 『돌벼개』(생활사, 1948)도 소박한 제목이다. 여기에 실려 있는 글들은 춘원이 속세를 떠나 수도할 목적으로 봉선사와 사릉에 거주하며 쓴 것들이다. 당시 세상은 그를 일본에 부역한 친일문인으로 지목하고 있었다. 저자는 서문에서 "지나간 삼십여 년 수십

『인생의 향기』

『돌벼개』

권의 책을 발표했지만 이 책처럼 내 것이다."하는 것은 없었다며 "여기에 실려 있는 수필은 일점일획이 다 내 혼의 사진"이라고 말한다. 「죽은 새」, 「돌벼개」, 「우리 소」 등의 글에서 인생의 진한 향기를 맛볼 수 있다.

　　이주홍은 소설과 동화를 쓰고 만화를 그리고 책의 장정까지 한 재능이 많은 사람이다. 그는 장정 이야기를 담은 수필 「오구여담」에서 그

『예술과 인생』

가 장정한 책이 수백 종에 이른다고 밝히기도 했다. 그는 일제강점기부터 활동한 장정가 중에서 몇 손가락 안에 드는 인물이다. 그의 첫 번째 수필집 『예술과 인생』(세기문화사, 1957)도 본인의 장정으로 나왔다. 붉은 꽈리열매가 탐스럽게 줄기에 매달려 있는 표지 그림은 마치 인생에서 결실을 잘 맺은 것처럼 탐스럽기까지 하다. 잘 익은 꽈리 하나가 옆에서 터져 떨어지고 있다. 저자는 이 그림이 마음에 들지 않는지 중간(重刊) 때는 다른 것으로 바꾸고 싶다고 후기에서 밝히고 있는데 내 생각하고는 다른 것 같다.

　해방공간에서 김동리와 '순수의 정체'를 놓고 격돌한 평론가 김동

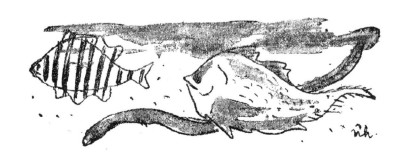

『해변의 시』

『해변의 시』 재판(속표지)

석은 서정적인 수필집을 두 권이나 내놓았다. 그의 수필집『해변의 시』
(박문출판사, 1946)는 제목만 봐도 한 편의 아름다운 시를 연상케 한다. 아
내와 함께 월미도에서 하루를 보낸 글「해변의 시」를 제목으로 삼았다.
저자는 발문에서 "수필은 생활과 예술의 샛길"이라고 말하며 "수필은 소
시민인 나에게 가장 알맞은 문학의 장르였다"고 정의하고 있다. 저자의

대학 후배인 이대원 화백이 장정을 했다. 표지를 올이 굵은 베로 입히고 그 위에 제자를 붉은 글씨로 인쇄하여 붙였다. 손끝에 만져지는 삼베의 감촉이 소시민의 일상을 느끼게 한다. 내가 이 수필집에 주목하는 이유는 해방 후 첫 수필집으로 거론되는 김진섭의 『인생예찬』(1947)이나 『이양하수필집』(1947)보다 앞서 나왔고 작품도 일정 수준 이상을 유지하고 있다는 것이다.

　　김철수·김동석·배호 3인의 수필집 『토끼와 시계와 회심곡』(서울출판사, 1946)은 제목이 좋아서 산 것이 아니라 뜻도 통하지 않는 제목의 호기심 때문에 구입한 책이다. 표지에 그림도 없이 제자만 별지에 붙여 조병덕의 장정으로 간행되었다. 책을 읽어보니 제목은 세 사람의 수필에서 각각 따온 것이었다. 김철수는 서문에서 "수필은 생활의 잉여에서 나온 분비물"이라고 정의한다. 세 사람의 작품 27편을 수록했다. 발문을 쓴 배호의 글을 읽어보면 세 사람이 수필에 대해서 많은 관심을 가지고 있음을 알 수 있다. 여기에 수록된 김철수의 「회심곡」, 「수박과 여인」

『바다와 육체』

김동석의 「뚫어진 모자」, 「나의 경제학」, 배호의 「빠진 이」, 「구두의 천문학」 등은 모두 주목할 만한 수필이다. 내가 오래전에 읽은 김철수의 「수박과 여인」은 한산 모시치마에 깨끼저고리를 받쳐 입은 여인과 빨간 수박이 대비되어 지금까지도 뇌리에 선명하게 남아 있는 작품이다. 제목보다 내용이 더 알찬 수필집이다.

　　나는 유년기에 바다 구경을 못하고 자랐다. 내가 서울에 올라와서 처음 본 인천 앞바다는 놀라움 그 자체였다. 그래서 그런지 김기림의 수필집 『바다와 육체』(평범사, 1948)를 생각하면 시원한 수평선을 바라보며 튜브를 끌어안고 바다에 뛰어들고 싶은 충동을 느낀다. 제목만큼이나 내용도 신선하다. 공학도답게 기하학적으로 표현한 김경린의 장정은 아름다움과는 거리가 있어 보인다. 저자는 서문에서 "수필이 작자의 개성적 '스타일'이 가장 명료하게 나타나는 문학"이라고 말하고 "앞으로 수필은 시대의 총아가 될 것"이라고 예견했다. 오늘날 수필문학이 번성한 것을 생각하면 그의 예견은 탁견이 아닐 수 없다. 평소 그는 시에서 감상성을

드러내는 것을 싫어했지만 수필에서는 그것이 여지없이 드러나고 있어서 나는 그의 수필 「여행」, 「길」, 「별들을 잃어버린 사나이」 등을 즐겨 읽는다.

　내가 일찍이 고서점을 드나들 때 흔히 볼 수 있는 책 중에 하나가 일송(一松) 최영수의 수필집 『곤비의 서』(경향신문사, 1949)였다. 제목이 주는 난해함과 근육질의 남자가 얼굴을 감싸 쥐고 고통스러워하는 표지그림 때문에 나는 이 책을 구입했었다. '곤비(困憊)'라는 말은 곤궁하고 고달프다는 뜻을 가진 말이다. 저자는 신문인, 잡지 편집자, 만화가, 만문가, 유머소설가, 시나리오 작가 등 다양한 분야에서 활동을 하다가 한국전쟁 때 납북된 인물이다. 이 책은 토막이야기 73편을 수록하고 있는

최영수(삽화)

데 마음에 와닿는 글이 한두 편이 아니다. 그중에서 「뻑따귀」는 그의 글을 이해할 수 있는 대표적인 글이다. 촌철살인적인 글 속에는 기지와 유머가 번득이고 그 이면에는 생활인의 진한 페이소스가 스며 있어 아끼고 싶은 수필집 중 하나이다.

이밖에도 제목이 마음에 들어 구입한 책으로는 노천명의 시집 『산호림』(자가본, 1938), 윤동주의 시집 『하늘과 바람과 별과 시』(정음사, 1948), 최정희의 수필집 『사랑의 이력』(계몽사, 1952), 이문희의 수필집 『들장미』(청구출판사, 1955), 이명온의 수필집 『흘러간 여인상』(인간사, 1956), 정비석의 소설 『낭만열차』(동진문화사, 1958), 이원수·홍웅선·어효선의 3인 수필집 『비·커피·운치』(수학사, 1960), 강금종의 수필집 『흘러간 이웃들』(일문출판사, 1969) 등 일일이 열거하기가 힘들 정도로 많다.

상고(尚古) 취향의 책

이병기의 『가람시조집』(문장사, 1939)은 300부 한정 저자의 장정으로 간행되었다. 물들이지 않은 한지를 사용하여 실로 네 번 꿰맨 4침안정(四針眼釘)의 선장본(線裝本)으로 전통적인 한적의 제본 방식을 취하고 있다. 제첨(題簽)은 별지에 인쇄하여 붙이고 겹장으로 접은 한지에 미려한 활자를 박았다. 모시옷을 곱게 차려입은 화장기 없는 여인과도 같은 시집으로 72편의 시조를 수록하였다. 발문을 제자인 정지용이 썼다. 지용은 "귀한 시조집을 꾸미어놓고 다시 보니 하도 정(精)하고 조찰하고 품이 높기를 향기가 풍기는 듯하여 무슨 말이고 덧붙이기가 송구하기까지 하다. 시조를 보급시킨 사람도 가람이고 시조의 제작에서 양과 질로써 가람의 오른편에 앉을 이가 아직 없다."고 치켜세웠다.

    슬픔이 永遠해
    沙洲에 물결은 깨어지고
    杳漠한 하눌아래
    告할 곳 없는 旅情이 고달퍼라.

『가람시조집』

嘉藍時調集

눈을 감으니

視覺이 끊이는 곳에

追憶이 더욱 가엽고……

깜박이는 두셋 등잔 아래엔

무슨 團欒의 실마리가 풀리는지……

별이 없어 더 설어운

浦口의 밤이 샌다.

－「浦口」(『망향』, 문장사, 1939)

　이 시는 「남으로 창을 내겠오」의 시인 월파(月坡) 김상용의 「포구」
란 시다. 나는 가끔 남해의 미조항이나 통영 앞바다에 내려와 머물 때면
항구를 거닐며 이 시를 낭송하곤 했다. 해가 수평선 너머로 사라지고 들
리는 것은 모래톱에 부딪치는 물소리뿐, 이때쯤이면 바다를 향해 엎드린
어촌에 하나둘 등불이 켜졌다. 김상용의 『망향』(문장사, 1939)은 월북화
가 길진섭의 고전적인 장정이 돋보이는 시집이다. '망향' 제자를 저자가
직접 붉은 종이에 육필로 써서 붙였다. 표지는 태지를 입혔고 본문은 한
지를 사용하였으나 실로 묶지 않고 양장 제본을 했다. 나는 목차 앞에 실
려 있는 '내 생의 가장 진실한 느껴움을 여기 담는다.'라는 문구를 좋아
한다.

　서정주의 시집 『화사집』(남만서고, 1941)은 친구 오장환이 경영하
는 남만서방에서 간행되었다. '궁발거사 화사집'의 제자는 정지용의 글씨
다. 도련지에 치자 물을 들이고 능화판무늬를 찍어 두꺼운 판지에 입혔
다. 본문은 전주한지를 써서 한껏 멋을 부렸고 시집의 안쪽 표제지에는

먹구렁이가 붉은 사과를 물고 있는 그림이 들어 있다. 대표작 「자화상」을 포함해서 총 24편을 담고 있는 이 시집은 100부 한정본으로 발행되었다.

　『화사집』 얘기를 하자니 돌아가신 경문서림의 송해룡 선생이 생각난다. 선생은 늘 나를 만나면 미당의 시는 초판을 구해서 읽어야 제 맛이 난다고 했다. 기름 냄새 나는 신간에서는 시의 제 맛을 느낄 수 없다는 것이다. 시가 무슨 음식도 아니고 그때 나는 이 말을 이해할 수 없었다. 세월이 한참 지난 뒤 나는 어렵게 미당의 시집 초판을 구하게 되었다. 초판에서 감지되는 한지의 부드러운 촉감과 투박하면서도 고졸한 글자들하며, 한 장씩 넘길 때마다 코로 스며드는 고서의 향기는 나를 아득한 무아지경에 빠뜨렸다. 바로 이것이었다. 그때서야 시집은 초판으로 읽어야 제 맛이 난다는 송 선생의 말을 이해하게 된 것이다.

　윤곤강의 시집 『피리』(정음사, 1948)는 김용준의 장정이다. 본문 한지는 겹장으로 접었고 표지를 홍실로 꿰어 맨 4침 안정의 선장본 시집이다. 표지는 관음보살이 피리를 들고 있는 비천상을 비취색으로 입혔

『피리』

다. 테두리 안에 들어있는 붉은색 '피리' 제자가 산뜻하다. 저자는 서문에서 "나는 그동안 우리 것을 모르고 서구의 것 왜의 것에 사로잡혔다. 이제 「정읍사」, 「청산별곡」, 「동동」, 「가시리」와 같이 나의 누리를 찾아 돌아가리라."하고 외치고 있다. 이 시집은 39편을 수록하고 있는데 나는 그중에서 옛 가락에 맞추어 쓴 「피리」와 「마슬」 속의 시편들을 즐겨 읽는다. 전통적인 고전시가에 바탕을 둔 시편들과 책의 장정이 맞아떨어지는 보기 드문 시집이다.

보름이라 밤 하늘의
달은 높이 현 등불 다호라
임하 호을로 가오신 임하
이 몸은 어찌호라 외오 두고
너만 호자 홀홀히 가오신고

아으 피 맺힌 내 마음

피리나 불어 이 밤 새오리

숨어서 밤에 우는 두견새처럼

나는야 밤이 좋아 달밤이 좋아

이런 밤이사 꿈처럼 오는이들 ―

달을 품고 울던 벨레이느

어둠을 안고 간 에세이닌

찬 구들 베고 눈 감은 古月, 尙火……

- 윤곤강 「피리」 부분(『피리』, 정음사, 1948)

　　선장본은 아니지만 양장본으로서 고전적인 멋을 부린 책들이 있
다. 이태준의 『상허문학독본』(백양당, 1946)은 출판사 백양당의 주인이자
서화가인 배정국의 장정으로 간행되었다. 능화판 무늬에 연꽃이 들어간
담백한 장정이다. 유진오의 『창』(정음사, 1948)은 월북화가 박문원이 장
정을 했다. 조선시대 수선도를 연상하게 하는 표지는 성벽으로 둘러쳐진
사대문 안팎의 풍경을 황토 빛 단색만을 사용하여 펜화기법으로 그려 넣
고 제자를 붓으로 썼다. 성 밖을 초가집들이 무수히 둘러싸고 있는 독특
한 장정이다.

　　홍기문의 『조선문화총화』(정음사, 1946)는 정현웅의 장정이다. 표
지는 석기시대의 도검을 그렸는데 마치 타임머신을 타고 원시시대로 거
슬러 올라간 것 같은 느낌이다. 불을 만들어 쓰던 조상들의 온기가 책에
서 느껴진다. 저자가 조선일보사에 근무할 때 쓴 글로 우리말의 어원과
유래를 해박한 지식으로 풀이하고 있다. 내용과 장정이 맞아떨어지며 온

『창』

『조선문화총화』

돌방에 앉아 있는 것같이 정감이 가는 책이다. 《조선일보》에 연재되었던 '이규태 칼럼'의 원조 격으로 볼 수 있겠다.

호화 장정의 책

최남선의 『백팔번뇌』(동광사, 1926)는 심산(心汕) 노수현의 장정으로 나왔다. 시조는 3부로 나뉘어 총 111수가 수록되었고, 당시 조선의 세 천재로 불리는 홍명희, 이광수, 정인보가 발문을 써서 더욱 빛이 난다. 책의 내용은 말할 것도 없지만 장정에서도 보기 드문 호화본이다. 표지는 비단을 입혔고 본문은 모조지를 사용했다. 표지의 글자와 무늬는 금박과 백박으로 압인하여 마치 한 개의 아름다운 공예품을 연상케 한다. 이 시집은 한손에 쏙 들어오는 아담한 문고판형으로 청색과 적색 두 종류로 간행되었다.

윤곤강은 일제강점기에 안서 김억 다음으로 많은 시집을 펴낸 시인이다. 첫 시집 『대지』(풍림사, 1937)에 이어서 둘째 시집 『만가』(동광당서점, 1938)는 저자가 직접 장정한 것으로 전해진다. 특별 판형의 시집으로 케이스와 나비문양의 재킷(Jacket)이 따로 있고, 안표지는 미색 비단으로 감싸서 마치 병아리를 쥔 듯 부드럽다. 책등의 '만가'는 녹두알 크기의 연두색 잉크로 박고, 고급용지의 본문 인쇄는 고동색 잉크를 사용하였다. 책 속에는 저자가 직접 그린 것으로 보이는 판화 「악실」, 「동쪽」, 「꽃」, 「해저」 네 점을 붙였다. 표제지를 넘기면 수려한 저자의 20대 사진이 들

『백팔번뇌』(적 · 청)

『만가』

판화「동쪽」

어 있고, 이어서 "산 노래를 읊게 해준 그의 가슴속에 병든 이 노래의 꽃씨를 심그노라!"라는 헌사가 나온다. 공을 무척 많이 들인 호화본 시집으로 400부를 찍었다.

　　박태준의 『물새 발자옥』(교문사, 1939)은 월북한 윤복진의 시에 작곡가 박태준이 13편의 곡을 붙인 가요곡집이다. 해변에서 어물 망태기를 둘러매고 있는 여인을 그린 이인성의 판화가 단번에 눈길을 사로잡는다. 가로 32.5cm, 세로 17.5cm 크기의 판화를 별도로 찍어서 표지에 붙이고 밑 부분은 갈색비단 띠로 마감했다. 나는 오래전에 이 책이 변두리서점 바닥에 방치되어 있는 것을 표지의 판화 그림만보고 다른 가곡집과 함께 사들고 왔었다. 구입 당시는 이인성의 판화인지 몰랐는데 집에 와서 찬찬히 살펴보니 목차 옆에 '표장구회(表裝口繪) 이인성 화백'이라고 쓰여 있었다. 나는 참으로 놀라고 기뻤다. 나중에 알고 보니 그의 작품도 귀하지만 오리지널 판화는 더 희귀해서 이 책을 찾는 사람이 많다는 것을 알았다. 우리 출판미술사에서 1930년대에 오리지널 판화를 별도로 찍어서 책의 표지에 붙인 사례는 이것이 처음이 아닌가 생각한다. 이 책은 이인성의 판화와 윤복진의 시와 박태준의 곡이 어우러져 예술품이 되었다.

아름다운 것들은
나를 구원할 수 있다

　　오랜 세월 책을 수집하면서 느낀 것은 책은 읽기 위해서만 존재하는 것은 아니라는 것이다. 내가 만난 책들은 시각, 청각, 미각, 후각, 촉각 등 오감을 지니고 있었다. 김동인의 창작집 『감자』에서는 토속적인 아름다움을 느꼈고, 김동석의 수필집 『해변의 시』를 읽으면서 월미도 앞바다의 파도소리를 들을 수 있었다. 춘원 문학의 정수를 담은 자선 문집 『인생의 향기』를 읽으면서 진한 감동을 맛보았고, 두툴한 한지로 인쇄된 미당의 『화사집』을 넘기면서 만수향을 맡았다. 그리고 손아귀에 쏙 들어오는 최남선의 시조집 『백팔번뇌』를 어루만지며 아득한 고전의 향수를 느낄 수 있었다.

　　세상에는 많은 사물들이 존재하는데 왜 하필이면 내가 책에 빠져들었는지 모르겠다. 유년기 막연하게나마 눈을 뜨게 된 아름다움에 대한 동경이 외로웠던 소년시절 나를 자연스럽게 책의 길로 이끌어준 것 같다. 분명한 사실은 작가들이 남겨놓은 아름다운 창조물들이 외롭고 힘든 인생길에서 나를 구원해주었다는 것이다. 신이 인간에게 시한부 생명을 부여했지만, 인간이 살면서 아름다운 것을 발견하고 창조할 수만 있다면 인간은 영원히 행복할 수 있다고 믿는다. 나는 지금 아주 행복하니까 말이다.

5

조선 최고의 무용가와 음악가

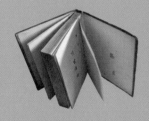

반도의 무희(舞姬)
『최승희 자서전』(1937)

"검은 장막에 유백의 사지가 간드러진 포물선을 그린다. 허공을 헤치고 나르는 육탄은 천백의 심장을 파멸시키고야 말 매력을 가졌나니, 생경한 선조, 사변적 내용, 극적 설명 등등, 비판적 구문(口吻)을 가지고서 말하려는 자의 오관을 관통하고 만다. 그래서 그 창상(創傷)에서는 김나는 한 숨이 슬며시 나오니 멍하고 벌린 입! 풀어진 눈은 판단중지의 결국적 상모(相貌)일다. 비평, 질문 모든 것은 그 풍염한 육체에 물어볼 지며 함축 있는 탄력에 대하여 보고서이다."

이것은 조선중앙일보 학예부장 김복진이 당시 최승희(1911~1969)의 무용을 보고 쓴 글이다. 이 글만 보고도 가히 최승희의 인기를 짐작할 수 있다. 불모지나 다름없던 조선 무용계에서 양가집 처녀가 벌거벗은 몸으로 관객들 앞에서 춤을 춘다는 것은 상상도 못했던 일이다. 일제 강점기에 활동했던 예술인들을 통틀어 일본무대를 평정하고 최승희만큼 미국, 유럽, 남미 등 국제무대에서 명성을 떨친 사람이 있었는지 의문이다. 최승희는 반도가 낳은 동양의 진주로 조선의 '이사도라 던컨'이라 불렸던 전설 속의 무희(舞姬)였다.

최승희 『리릭 포엠』

이시이 바쿠

필자가 최승희와 인연을 맺게 된 것은 고서점 통문관 주인 이겸로 선생의 공이 크다. 선생이 생존해 계실 때의 일이다. 한번은 통문관에 들어서니 월북 무용가 『최승희 자서전』(1937)을 보여주셨다. 붉은 표지가 반질하게 손때가 묻은 것이 무척 소중하게 간직해온 책 같았다. 책 속에는 그녀의 사진이 수십 장 들어 있었다. 값을 물어보니 파는 물건이 아니라고 해서 최승희 포스터만 사가지고 나오는데 선생은 그녀의 사진 10여 장을 덤으로 주신다. 그 이후 선생을 졸라 일 년여 만에 『최승희 자서전』을 손에 넣었다. 선생은 내게 이 책을 양도하면서 면지에다 붓으로 '윤길수 사백서실 갑술국추 통문관 노주 이겸로'라 써주셨는데 갑술국추면 지금으로부터 27년 전 1994년 가을의 일이다.

『최승희 자서전』(이문당, 1937)은 그녀의 오빠 최승일이 펴냈는데 이보다 먼저 『나의 자서전』(일본서장, 1936)이 일본에서 간행되었다. 최승희가 저자로 되어 있고 내용도 많은 차이를 보인다. 최승일은 당시 문단에서 염군사와 카프에 몸담고 활동했던 진보적인 사회주의 작가였다. 이 자서전은 남한에서 최승희가 남긴 유일한 책으로 1988년 월북 예술가들이 해금되기 전까지는 금서였

『최승희 자서전』

『私の 自敍傳』

다. 목차 다음에 36장의 최승희 사진이 수록되어 있다. 이 책은 그녀가 숙명여고를 졸업하고 일본으로 건너가 3년간 이시이 바쿠(石井 漠) 무용연구소에서 무용을 배우는 과정과, 1929년 돌아와서 독립무용연구소를 차리고 안막과 결혼한 뒤 다시 동경에 가기까지를 담고 있다. 총 151쪽 중에서 자서전은 47쪽에 불과하고 최승희가 형제들과 주고받은 편지와 최승일과 그녀의 무용에 관한 글이 실려 있다. 나머지는 일본과 국내의 저명인사 20여 명이 최승희에게 주는 글들이다.

책에 수록된 인사들의 면모를 보면, 무용가 석정 막(石井 漠), 개조사 사장 산본실언(山本實彦), 철학가 유종열(柳宗悅), 소설가 천단강성(川端康成), 촌산지의(村山知義), 강전삼랑(岡田三郎), 판원직자(板垣直子), 평론가 원지공방(園池公坊), 중촌추일(中村秋一), 신거격(新居格), 삼산평조(杉山平助), 청야계길(靑野季吉), 음악평론가 산우 충(山牛 充), 이화여전 교수 박경호, 조선중앙 학예부장 김복진, 평론가 박영희, 동아일보 학예부장 서항석, 신동아 주간 최승만, 조광 주간 함대훈, 화가 안석주, 오빠 최승일 등이다. 특히 우리에게 잘 알려진『설국』의 노벨상 수상작가 가와바타 야스나리(川端康成)와 야나기 무네요시(柳宗悅)가 눈에 띈다. 수록된 저명인사들의 글을 통해서 당시 26세에 불과한 최승희의 인기와 위상을 짐작해볼 수 있다.

그녀가 세계적인 무용가로 성공하게 된 이면에는 오빠 최승일과 남편 안막의 외조가 적지 않게 영향을 끼쳤다. 최승희는 학창시절 창가를 잘해서 음악가가 되려고 했으나 오빠의 권유로 조선에 온 일본인 무용가 이시이 바쿠를 만나 무용의 길을 걷게 된다. 당시 무용은 기생들이나 하는 것으로 알고 천하게 여겼고 그녀의 부모도 적극 반대하고 나섰다. 그러나 앞장서서 부모를 설득하고 이해시킨 사람은 오빠였다. 최승희가 무용의 길로 들어서게 된 결정적인 동기는 서울에서 공연한 이시이 바쿠의 무용을 처음 보고 감격했기 때문이다. 그녀는 조선을 대표해서 조선의 전통을

최승희「보살춤」

살리는 무용을 만들어내겠다고 결심한다.

　　최승희가 지향했던 무용은 신무용이었다. 신무용이란 한마디로 서양풍의 무용을 뜻한다. 당시 조선에는 궁중에서 내려온 춤밖에 없었고, 그것도 기생들이 술자리에서 명맥을 잇고 있었다. 오빠는 동생에게 '조선의 혼, 조선의 리듬'을 가지고 세계의 무대에 소개하라고 주문했다. 또한 "예술가로서 자만심을 조심하고 겸손해라, 국가는 망하더라도 민족과 민족의 예술은 망하지 않고 영원하다."라는 당부도 잊지 않았다. 최승희에게는 스승이 둘 있었다. 하나는 이시이 바쿠이고 또 하나는 조선 전통무용의 최고봉 한성준(1874~1941)이다. 한성준에게서 배운 「칼춤」, 「부채춤」 「승무」 등 전통무용을 이시이 바쿠의 양풍무용과 접목시켜 최승희만의 독창적인 조선무용을 창작해냈다. 이 무용이 세계무대에서 인정을 받게 된 것이다. 이것이 최승희 무용의 위대한 점이라 할 것이다.

최승희(공연 포스터)

　　당대 평론가들이 꼽은 최승희 무용의 성공요소는 세 가지로 요약된다. 첫째는 신장 167cm의 건강하고 뛰어난 신체적인 조건이고, 둘째는 그녀의 강인한 의지와 피나는 노력이다. 그리고 마지막으로 민족의 전통에 뿌리박은 독창적인 무용을 창조했다는 것이다. 한 가지 더 보탠다면 주변의 유혹에도 흔들리지 않고 자기관리에 철저했던 점이다. 이 점은 남편 안막의 공이 크다고 볼 수 있다. 당시 안막은 자신의 문학도 접고 그녀를

최승희 「생지」

위해 매니저 역할을 하며 보살폈다. 반면에 일부 식자층에서는 '최승희는 조선을 팔고 있다.'며 비판적인 시각도 있었다. 이에 대해서 오빠 최승일은 '조선적인 무용이 세계적인 무용'이 될 수 있다고 동생 편에 서서 격려했다.

이 책의 말미에서 음악평론가 산우 충은 최승희의 1934년 이후의 중요한 작품 20편을 소개하고 있다. ①「왕무」②「세 가지의 코리안 멜로디」③「리릭 포엠」④「길도 없이」⑤「조선풍의 듀엣」⑥「무우화」⑦「가면의 춤」⑧「습작(1, 2)」⑨「습작(3, 4)」⑩「승무」⑪「청춘」⑫「생지」⑬「금지의 춤」⑭「호니호로사」⑮「마음의 흐름」⑯「황야를 걸어간다」⑰「폐허의 적」⑱「희망을 안고」⑲「검무」⑳「에헤야 노아라」등이다. 이중에서 호평을 받은 작품은 「왕무」,「세 가지의 코리안 멜로디」,「조선풍의 듀엣」,「가면의 춤」,「승무」,「검무」,「에헤야 노아라」등으로 모두 조선의 전통무용에 바탕을 두고 있음을 알 수 있다.

해방이 되면서 최승희는 고향 서울로 돌아왔다. 그러나 금의환향해야 할 그녀의 성공이 일제 말 황군위문공연으로 빛이 바랬다. 주변의 시선이 곱지 않은 터에 결정적 위기는 남편 안막의 월북이었다. 그녀는 서울에 남길 희망했으나 결국에는 북에서 내려온 남편과 함께 1947년 이북으로 넘어갔다. 1958년 남편 안막이 숙청되고 1967년 최승희마저도 남편의 길을 걸으면서 그녀의 무대인생이 막을 내렸다. 그녀가 숙청된 이유를 짐작할 수 있을 것 같다. 최승희는 남편과는 달리 비정치적인 인물이었다. 유달리 자존심이 강했던 그녀가 북한에서 예술이 정치에 종속되는 것을 수용하기는 어려웠을 것이

안막

다. 한때 인민배우였던 그녀가 비참하게 죽었다는 설만 무성할 뿐 한동안 생사가 베일에 가려져 있었다. 그런데 얼마 전 언론에 그녀가 1969년 8월 8일 58세로 사망한 것으로 드러났다. 그녀의 화려했던 무대 인생과는 달리 지금은 남북 양쪽에서 잊힌 존재가 되었다. 그러나 암울했던 일제강점기에 그녀가 조선무용으로 일본무대를 평정하고, 나아가 세계무대에서 조선무용을 알린 것은 일대 쾌거가 아닐 수 없다.

잊혀진 문학청년
홍난파

홍난파

한국문학의 맨 앞자리에 이광수가 있다면 음악의 앞자리엔 누가 적임자일까. 아마도 그 대답은 〈봉선화〉의 작곡가 홍난파(1898~1941)가 아닐까 한다. 홍난파는 본명이 홍영후이고 아호 난파(蘭坡)는 둑에 핀 난초라는 뜻을 갖고 있다. 그의 경력을 보면 작곡가, 바이올리니스트, 관현악단 지휘자, 재즈 연주자, 음악평론가, 영화음악가, 기자, 교수, 수필가, 소설가, 번역가 등으로 크게는 음악과 문학 두 개의 장르가 공존하고 있음을 알 수가 있다. 홍난파는 43세의 길지 않은 삶을 살면서 생전에 40권 내외의 책을 출판했다. 그중에서 지금까지 알려진 문학책은 소설집이 3권, 수필집이 1권, 잡지가 2권, 번역집이 9권으로 합해서 15권에 이른다. 잘 알려져 있지 않은 그의 문학적인 성과를 짚어보는 것도 의미 있는 일일 것이다.

1) 세 권의 소설집

장편 『허영』(박문서관, 1922)은 1919년 《매일신보》에 연재된 가정

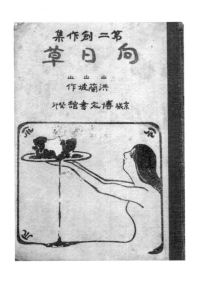

소설이다. 등장인물로는 주인공 김옥지, 이옥매, 김우식, 이 백작(伯爵)이 나온다. 이 소설은 허영에 들뜬 한 여성 옥지의 비극을 그리고 있는데 우리의 정서와는 맞지 않는 인물을 설정한 것으로 보아 번안소설이 아닌가 생각된다. 『최후의 악수』(박문서관, 1922) 역시 1919년 『매일신보』에 연재된 중편소설이다. 여주인공 화봉은 김흥수, 박진섭과 소학교 동창들이다. 흥수는 화봉의 사랑을 시험하기 위해 거짓으로 동반자살을 시도하지만 이를 알게 된 화봉이 흥수 곁을 떠난다. 소설에서 진정한 사랑은 시험의 대상이 아님을 화봉을 통해서 보여주고 있다.

『향일초』(박문서관, 1923)는 홍난파의 제2창작집으로 여기에 표제작 「향일초」를 포함해서 「사랑하는 벗에게」, 「물거품」, 「살아가는 법」, 「회개」 등 5편이 수록되어 있다. 이 책이 서지적으로 주목되는 것은 앞장에 "제1창작집 『처녀 혼』, 제2창작집 『향일초』, 제3창작집 『폭풍우 지난 뒤』, 제4창작집 『운희의 사』" 등 저자의 창작집 4권을 소개하고 있기 때문이다. 이 중에서 출판이 확인된 것은 『향일초』뿐이다. 박진영은 『근대

서지』(2013) 8호에서『처녀 혼』과『폭풍우 지난 뒤』가 출판되지 못하고 유고로만 남아 있다고 밝힌 바 있다.『향일초』는 최초의 단편집으로 거론 되는 현진건의『타락자』(1922)에 이어서 나온 것이어서 중요성이 인정되 는 책이다.

『향일초』에 수록된 단편을 살펴보면「사랑하는 벗에게」는 음악 가 H(남)와 미술가 S(여)가 사랑의 편지를 주고받는 내용이다.「물거품」 은 1922년『신천지』에 발표된 작품으로 화가 Y가 주인공이다. Y는 그의 그림이 주목을 받지 못하자 구룡폭포에 뛰어들어 자살한다. 작가는 Y를 통해서 당시 사회가 본인의 음악을 이해해주지 못하고 있음을 역설적으 로 보여주려 한 것이 아닌가 생각한다.「살아가는 법」에서 친구들 다섯 명은 매일 밤 모여서 인생을 논한다. 그러나 소설은 살아가는 방법이 특 별한데 있는 것이 아니고 평범한 일상 속에 있음을 우회적으로 묘사하고 있다.「회개」는 19세 절도범 김만식을 주인공으로 내세워 진정한 회개란 법적인 처벌도 필요하지만 관용과 사랑이 더 중요함을 일깨워주고 있다. 표제작「향일초」는 애정이 없는 부인을 둔 음악가 H와 명월관 기생 N자 의 이루어질 수 없는 사랑을 그리고 있다. 이 작품은 70쪽에 이르는 중편 분량으로 다분히 작가의 자전이 가미된 것을 느낄 수 있다.

2) 최초의 음악 산문집『음악만필』(1938)

『음악만필』(영창서관, 1938)은 저자가 펴낸 마지막 작품집이다. 1934년부터《동아일보》에 연재된「음악야화」와 그동안 기고한 글들을 모아 총 7부로 엮었다. 1부「35야화」는 세계적인 음악가들의 일화를 다 루고 있고, 2부「논초일속」은 동서음악의 비교 등 음악에 대하여 쓴 글이 다. 3부「한시한필」은 세계적인 문호의 음악관과 악성(樂聖)의 수명, 그

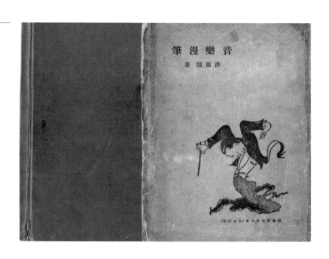

리고 구미의 저명한 악단들을 소개하고 있다. 4부 「노변백화」에서는 다양한 이야기로 독자를 음악의 세계로 끌어들인다. 5부 「악성연사」에서는 베토벤, 리스트, 쇼팽 등의 러브스토리를 다루고 있고, 6부 「광상소곡」은 음악에 대한 단상들로 저자의 음악관과 인생관을 엿볼 수 있다. 7부 「ALOHA OE!」는 '고별의 노래'라는 뜻으로 음악 공부를 위해 미국 유학길에 오른 본인의 이야기이다. 서울을 떠나 일본을 거쳐 하와이, 미국 본토로 가기까지의 여정이 담겨져 있다. 이 책은 최초로 음악을 소재로 다룬 산문집으로 발매 당시 큰 인기를 끌어모았다.

3) 최초의 예술동인지 『삼광(三光)』(1919)

이 책의 편집 겸 발행인은 홍영후이다. 최초의 예술동인지로 평가되는 『삼광』(삼광사, 1919. 2. 10.)은 음악, 미술, 문학을 표방하고 일본에서 나온 조선유학생 악우회(樂友會)의 기관지였다. 김동인이 펴낸 최초의 문예동인지 『창조』(1919. 2. 1.)보다 9일 늦게 나왔다. 참여한 동인들로는 홍

난파, 이병도, 황석우, 염상섭, 유지영 등이다. 잘 알려지지 않은 유지영 (1897~1947)은 최초의 창작동요 「설날」과 「고드름」을 지은 사람이다. 이 잡지에 수록된 시, 소설, 수필, 평론, 희곡, 번역 등으로 봐서는 음악보다 문학적인 성격이 더 짙은 잡지였다. 창간호에는 홍난파의 작품 10편이 수록되어 있다. 그중에서 「음악이란 하(何)오」는 최초의 음악론으로 볼 수 있을 것이다.

특히 주목되는 것은 홍난파가 이 잡지 창간호부터 도스토옙스키의 장편 『가난한 사람들』을 번역하고 「사랑하는 벗에게」라는 제목으로 연재한 것이다. 이 작품을 『삼광』 3호에 「빈인(貧人)」으로 제목을 바꿔 실었는데 이것은 홍난파가 한국인으로는 처음 도스토옙스키의 작품을 번역한 것으로 보인다. 『삼광』 2호(1919)는 국내에서 간행되었다. 여기에 실린 「월광의 곡」은 베토벤과 눈먼 소녀의 이야기를 담은 글로 교과서에 수록되었다. 『삼광』 3호(1920)는 번역 작품 「빈인」과 평론 「음악상 음의 해설」, 기행문 「석왕사 유기」와 단편 「처녀 혼」 등이 실려 있다. 『삼광』은 통권 3호로 폐간되었지만 근대문학 초기에 적지 않은 비중을 차지하는 잡지였다.

4) 최초의 음악잡지 『음악계』(1925)

홍난파가 주재한 『음악계』(연악회, 1925)는 본격적인 음악 잡지의 효시가 된다. 여기에 수록된 홍난파의 글 「조선악계의 과거와 장래」는 서양음악이 들어온 초창기부터 1925년까지의 경험을 담은 귀중한 음악 사료다. 난파는 이 글에서 "서악동점 이래 우리 악계는 암흑하고 참담하다. 유래로 음악이라면 상인천배의 업으로 알아서 국가는 이것을 돕는 기관을 설치하지 않았고, 사회는 몰 교섭하여 풍류남아와 부랑패의 소일거리가 되고 말았다. 정부의 시설로 장악원이 있으나 유명무실한 사체가 되었고 소위 악사는 한유 도일함을 낙사로 삼았으니, 궁중의 음악이란 이름조차 잊어버리게 되고 말았다"고 한탄하고 있다.

홍난파는 이 책에서 찬송가가 서양음악의 효시이고, 학교 창가로는 〈운동가〉가 처음 만들어졌으며, 광무황제가 독일인 에케르트 씨를 초빙하여 창설한 군악대가 서양악의 완전한 형식을 갖추게 되었다고 증언하고 있다. 조선 정악을 부흥시키기 위해 만든 〈조선정악전습소〉에서 서양음악도 가르쳤는데 그때 서양 악부의 주임교사는 김인식(1885~1963)이다. 그는 우리나라 최초의 서양음악 교사이자 홍난파의 스승이었다. 난파는 길거리에 바이올린 갑(匣)을 들고 가면 경찰관이 취체까지 하던 이 바닥에서 조선에는 음악가를 만들지 않는다고 했다. 그러면서 예술의 천재를 죽이는 이 사회에서 음악가도 필요하지만 음악 이해자가 더 필요하다고 주장했다. 음악가가 없는 것만 한하지 말고 음악학교를 세워야 조선의 악계는 빛이 비치기 시작할 것이라고 하며 이 글을 끝맺고 있다.

『애사』(레미제라블)

5) 최고의 전문 번역가, 홍난파

　　홍난파의 업적은 신문학 초기 외국문학의 번역에도 있다. 하동호
와 박진영의 연구 성과를 참고하면 확인된 홍난파의 번역물은 모두 9권
이다. 1921년 투르게네프의 『첫사랑』을 시작으로 에밀 졸라의 『나나』까
지 불과 3년 만에 펴낸 것이다. 박진영은 앞의 책에서 홍난파를 식민지시
기 최초의 전문 번역가이자 세계문학에 있어서 최고 번역가로 평가하고
있다. 홍난파가 펴낸 번역목록은 다음과 같다.

　　① 『첫사랑』(광익서관, 1921), 원작, 투르게네프의 『첫사랑』

　　② 『어디로 가나』(광익서관, 1921), 원작, 시엔키에비치의 『쿠오바디스』

　　③ 『애사』(박문서관, 1922), 원작, 빅토르 위고의 『레미제라블』(한자혼용)

　　④ 『사랑의 눈물』(박문서관, 1922), 원작, 뮈세의 『세기병자의 고백』

　　⑤ 『청년입지 편』(박문서관, 1923), 원작, 스마일스의 『자조론』

　　⑥ 『장발장의 설움』(박문서관, 1923), 원작, 빅토르 위고의 『레미제라블』(한글)

⑦『매국노의 자』(회동서관, 1923), 원작, 헤르만 주더만의『외나무다리』

⑧『청춘의 사랑』(신명서림, 1923), 원작, 도스토옙스키의『가난한 사람들』

⑨『나나』(박문서관, 1924), 원작, 에밀 졸라의『나나』

6) 문학, 불후의 명곡으로 다시 탄생하다.

홍난파는 1919년 문학의 길로 들어선 이래 1924년까지도 정력적으로 활동하며 14권의 문학책을 출판했다. 그러던 그가 친구 변영로가 "개천지(開天地) 통만고(通萬古)해서 두 가지 예술에 대성한 천재가 누구란 말이냐?"고 쏘아붙인 한마디에, "왜 없니?, 바그너도 모르니?" 하고 대들다가 분을 참지 못하고 출판하려던 창작집 원고뭉치를 불타는 아궁이에 던져버리고 문학을 접었다. 뒤에 홍난파는 그 사연을 수필잡지『박문 8』(1939)의 「분서(焚書)의 이유」에서 담담하게 털어놓았다. 홍난파는 비록 문학은 포기했지만 시인들의 작품에 곡을 붙여서 주옥같은 가곡과 동요를 만들었다. 그의 문학이 음악예술로 다시 탄생하게 된 것이다. 결과론적인 얘기지만, 우리가 지금 홍난파의 명곡을 들을 수 있게 된 것은 변영로의 공이 크다고 하겠다.

홍난파는 1920년 최초의 가곡으로 불리는 〈봉선화〉를 작곡한 사람이다. 「봉선화」는 제1창작집『처녀 혼』에 〈애수〉라는 곡명으로 처음 수록되었다. 이곡은 당시 빛을 보지 못하다가『처녀 혼』이 연극무대에 올려 지며 관객들에게 첫선을 보였다. 뒤에 사돈이 된 선배 성악가 김성준이 〈애수〉의 곡에 '봉선화' 가사를 붙여주며 애상을 띤 바이올린 선율로 거듭난 것이다. 〈봉선화〉는 조선 '예술가곡' 탄생의 서곡이었다. 뒤이어 주옥같은 성과물들이『조선동요백곡집』과『조선가요작곡집』에 실려 나왔다.『조선동요백곡집』은 상, 하 두 권으로 간행되었는데 각각 50곡씩

『조선동요백곡집』(상)

『조선동요백곡집』(하)

총 100곡이 수록되었다.

　　그중에서 우리 귀에 익은 곡으로 「고향의 봄」, 「오빠생각」, 「고드름」, 「낮에 나온 반달」, 「퐁당퐁당」 등을 들 수 있다. 『조선동요백곡집』 하편에 실려 있는 「콩칠팔 새삼륙」의 작가 홍옥임이 눈길을 끈다. 옥임은 홍난파의 형 홍석후의 외동딸이다. 홍난파는 조카딸 옥임을 극진히 아끼고 사랑했는데 불행하게도 달리는 열차에 뛰어들어 자살하고 말았다. 최승희의 뒤에 오빠 최승일이 있듯이 홍난파에게는 늘 의사인 형 홍석후가 있어 물심양면으로 뒤를 돌봐주었다.『조선가요작곡집』제1집은 이은상(1903~1982)의 시조 15편을 작곡한 것이다. 수록된 「봄 처녀」, 「고향생각」, 「옛 동산에 올라」, 「성불사의 밤」 등은 많은 사람들로부터 사랑을 받은 애창곡들이다.『조선동요백곡집』과『조선가요작곡집』에 수록된 곡목은 다음과 같다.

① 『조선동요백곡집(상)』(연악회, 1930): 속임 / 도레미파 / 휘파람 / 할미꽃 / 해바라기 / 달마중 / 조각 빛 / 종이배 / 봄 편지 / 엄마생각 / 두루마기 / 오빠생각 / 수레 / 고향의 봄 / 아가야 자장자장 / 하모니카 / 은행나무 아래서 / 시골길 / 감둥 병아리 / 나뭇잎 / 뱃사공 / 짚신짝 / 빨간 가랑잎 / 초생달 / 낮에 나온 반달 / 돌다리 / 가을바람 / 고향하늘 / 퐁당퐁당 / 병정나팔 / 달 / 무명초 / 어머니가슴 / 동리의원 / 작은 별 / 박꽃아가씨 / 골목대장 / 바닷가에서 / 어머니 / 장미꽃 / 복사꽃 / 옥토끼 / 푸른 언덕 / 쫓겨난 동생 / 꿀돼지 / 노래를 불러주오 / 가을밤 / 기러기 / 참새 / 밤 세 톨을 굽다가(50곡).

② 『조선동요백곡집(하)』(연악회, 1931): 소금쟁이 / 꽃밭 / 나팔꽃 / 봄소식 / 댕댕이 / 웃음 / 봄이 오면 / 피리 / 개구리 / 제비꽃 / 봄바람 / 무지개 / 봄비 / 진달래 / 꽃밭 / 갈잎 배 / 여름 / 구름 / 콩칠팔 새삼륙 / 가을 / 까막잡기 / 밤 한 톨이 떽떼굴 / 형제별 / 햇빛은 쨍쨍 / 꼬부랑 할머니 / 누나와 동생 / 이쁜 달 / 귀뚜라미 / 형제 / 가을 / 바람 / 돌맹이 / 전화 / 들국화 / 시냇물 / 허재비 / 해지는 저녁 / 자장노래 / 할머니편지 / 도는 것

/ 잠자는 방아 / 도적 쥐 / 눈, 꽃, 새 / 까치야 / 비누풍선 / 가을 / 영감님 /
시집간 누나 / 장군석 / 고드름(50곡).

③ 『조선가요작곡집1』(연악회, 1933): 봄 / 봄 처녀 / 할미꽃 / 개나리 / 고향
생각 / 옛 동산에 올라 / 옛 강물 찾아와 / 입 다문 꽃봉오리 / 사랑 / 성불
사의 밤 / 관덕정 / 그리움 / 만천교위에서 / 장안사 / 금강에 살으리랏다
(15곡).

7) 아궁이에서 살아남은 문학 유물들

홍난파가 문학활동을 한 기간은 4년 남짓에 불과하나 그가 남긴
작품들은 적지 않다. 3권의 소설집과 잡지 2권, 번역물이 9권, 수필집 1권,
합해서 15권을 생산했다. 여기에다 시를 노래로 승화시킨 작곡집 3권이
간행되었다. 신문학 초기에 그는 최고의 번역가였고 최초의 예술동인지
를 발행했다. 또한 최초의 가곡을 작곡하고, 최초의 음악잡지를 발행했으

며, 최초의 음악론을 쓰고, 최초의 음악 산문집을 간행한 사람이었다. 오늘날 홍난파의 문학적 성과가 음악에 가려졌지만, 그가 남긴 문학유물들을 보면 분명 재조명이 필요한 작가라고 생각한다. 홍난파도 일제 말 이광수와 같이 수양동우회 사건으로 구속된 뒤 혹독한 고문 끝에 전향서를 쓰고 풀려나 친일의 길로 들어섰다. 그는 끝내 조국의 광복을 보지 못하고 1941년 지병인 늑막염이 재발해 비교적 이른 43세의 나이로 삶을 마감했다.

6

일제강점기 영화소설과 박누월

문일(文一) 편 『조선영화전집』(1931)

필자는 한때 영화를 좋아해서 영화소설과 잡지, 포스터 등 영화관계 자료를 모은 적이 있다. 지금도 손이 자주 가는 책이 있는데 그중 하나가 문일이 펴낸 『조선영화전집』(신구서림, 1931)이다. 이 책은 인사동 승문각의 주인 김지헌 선생과 10년의 교분 끝에 어렵게 양도받은 사연이 있다. 이 전집은 앞서 간행된 『아리랑』(1929)과 『풍운아』(1930)와 1930년에 개봉된 영화 〈아리랑〉 후편을 한데 모은 춘사(春史) 나운규(1902~1937)의 영화소설집이다. 전집에는 주연배우 나운규와 신일선, 남궁운, 이경선의 사진과 영화 속의 스틸컷 6장이 수록되어 있다. 한국영화사상 나운규만큼 자주 거론되는 이름도 드물 것이다. 그는 1924년 〈운영전〉에 처음 출연한 이래 1937년 이태준의 〈오몽녀〉까지 13년간 활동하면서 27편에 출연하였다. 한국영화는 춘사에게서 시작되고 완성되었다 해도 과장은 아닐 것이다. 대표작 〈아리랑〉을 포함해서 그가 제작하고 각본을 쓰고 감독하고 연기한 작품은 현재 필름은 고사하고 한 권의 대본조차 남아 있지

나운규

않다. 오직 이 영화소설이 남아서 원작 〈아리랑〉 전후 편과 〈풍운아〉 속의 스토리를 말해주고 있다.

1) 〈아리랑〉(1926) 전편

나오는 사람들

천상민(홍명선): 마을의 지주

주인공 최영진(나운규): 전문학교를 다니다 미쳐버린 주인공

오기호(주인규): 천상민의 집 청지기

박선생(김갑식): 동네학교 교장

영진의 부친(이규설): 아들의 학비로 인해 천상민에게 빚을 짐

최영희(신일선): 미친 영진의 여동생

윤현구(남궁운): 서울에서 대학을 다니는 영진의 친구

줄거리

　　실성한 청년 영진은 마을을 휘젓고 다닌다. 그런 영진을 바라보는 아버지와 영희의 가슴은 쓰리고 답답하기만 하다. 부잣집 청지기 오기호는 빚 독촉을 하느라 영진의 아버지를 채근하면서 한편으로 딸 영희를 아내로 준다면 빚도 대신 갚아줄 수 있다고 회유한다. 여름방학을 맞아 친구 현구가 내려오지만 영진은 그를 알아보지 못한다. 마을에서 풍년잔치가 열리던 날 오기호는 혼자 집에 있는 영희를 욕보이려 덤벼든다. 이 모습을 본 현구가 뛰어들어 기호와 싸움이 벌어진 순간 영진이 낫을 들고 달려들어 기호를 죽이고 만다. 갑작스런 충격에 제정신을 찾은 영진은 당황하지만 이미 사태는 돌이킬 수 없는 지경으로 변하고 말았다. 흥겹던 마을은 혼란스러워지고 포승에 묶인 영진은 순사의 손에 끌려가며 현구와 영희에게 아리랑 노래를 불러달라고 한다. 현구가 부르는 아리랑 노래를 뒤로하고 영진은 아리랑 고개를 넘어간다.

〈아리랑〉 스틸컷1

신일선(영희)

　　나운규가 각본을 쓰고 주연을 맡은 〈아리랑〉은 한국영화사상 가장 높은 평가를 받는 작품이다. 나운규는 〈아리랑〉의 소재를 어린 시절 고향 함북 회령에서 철도 노동자들의 노동요에서 얻었다고 밝히고 있다. 소설의 맨 앞장엔 작가가 직접 채록한 아리랑 가사가 악보와 함께 수록되어 있다. 애잔한 민족적 정서를 바탕으로 민족의 울분을 표현한 이 영화는 당시 대중의 폭발적인 사랑을 받았다.

〈아리랑〉 스틸컷 2

2) 〈아리랑〉(1930) 후편

전편에서 체포되었던 영진은 정신이상으로 인한 살인이었다는 판정을 받고 풀려나 고향으로 돌아온다. 그러나 부친과 동생 영희는 천상민의 빚 때문에 집을 빼앗기고 고향을 떠난 뒤였다. 영진은 부친을 찾아 고향을 떠난다. 영진은 전에 유치장에 같이 있었던 노인의 딸 해신을 기차 안에서 만나게 된다. 영진은 해신의 백부(최 박사)의 집 제생원에 몸을 붙이고 낮에는 철공소에서 일하며 아버지와 영희를 찾기에 힘쓴다. 천상민의 양자 천재일이 제생원장 최 박사에게 아편장사를 권하려다 거절당하자 앙심을 품고 형사에게 해신을 살인범 이상의 죄인이라고 고발한다. 해신은 잡혀가며 영진에게 사랑을 고백하고 정순을 부탁한다. 한편 영진의 친구 현구는 영진이 풀려난 것을 알게 된다. 현구는 우연히 영희를 만나 전염병에 걸린 영희 부친을 돌보며 같이 지낸다.

영진은 해신이 체포된 것이 재일의 소행인 것을 알고 격분하여 그와 싸우다가 재일은 실수로 도끼에 맞아 죽게 된다. 영진은 다시 쫓기는 몸이 된다. 그러다가 피해 들어간 집에서 부친과 현구, 동생 영희를 극적으로 만나지만 부친은 영진 앞에서 숨을 거둔다. 이를 본 영진은 모두들 마음이 변했다고 외치며 다시 미쳐버린다. 영진은 여러 사람 앞에서 순사에게 끌려나온다. 소설의 앞장에 전편과는 다른 〈아리랑 노래〉가 실려 있다.

3) 〈풍운아〉(1926)

나오는 사람들

주인공 니콜라이 박(나운규): 조선서 낳아 만주서 자라고 러시아
    의용병으로 구주전쟁에 출전하며 흘러온 사나이

안재덕(주인규): 돈 많은 집 아들

강혜옥(윤성실): 돈에 팔려 기생이 된 가난한 집안의 딸

김창호(남궁운): 혜옥과 한 동네에서 자란 첫사랑의 연인

최영자(김정숙): 안재덕의 셋째 부인

곽철산(이경선): 니콜라이 박이 아편사
    건으로 상해 유치장에 갇혔을 때 만
    난 사람

줄거리

니콜라이 박은 여기저기 떠돌다 고국에
들어왔다. 박은 배가 고프던 차에 중국집 하인
이 요리를 가지고 간 혜옥의 집으로 숨어들어
간다. 거기서 돈 많은 안재덕과 혜옥이 만나는

〈풍운아〉 스틸컷

것을 목격한다. 재덕이 화장실에 간 사이 벽장에 숨어 있던 창호가 나온다. 창호는 혜옥의 첫사랑의 연인이다. 한편 재덕의 부인 영자가 남편을 찾아서 혜옥의 집으로 오고, 남편과 다툼 끝에 영자는 인력거를 타고 집으로 돌아간다. 인력거 차부가 잠시 자리를 비운 사이에 박이 차부로 변장한 것을 모르고 영자는 박과 같이 영도사로 놀러간다. 이 사실을 안 재덕은 아내에게 정부가 생긴 줄 알고 질투가 나서 영도사로 쫓아온다. 한편 혜옥의 집에서 나온 창호는 재덕의 차에 치여 다친다. 이를 본 박이 재덕의 차에 옮겨 싣고 창호의 집에 데려온 뒤 의사를 불러 치료를 해준다. 박은 불쌍한 창호를 돕기 위해 인력거꾼으로 변장하고 혜옥의 집에 가서 혜옥의 어머니(양모)에게 거짓말을 하고 혜옥을 창호의 집으로 데려온다. 그사이 영자는 박을 만나 어디든지 달아나서 살자고 조른다. 돌아오는 길에 박은 과거 유치장에서 알게 된 곽철산을 만나 권총을 넘겨받는다. 안재덕은 혜옥의 모친에게 돈을 주고 혜옥을 데려오기로 거래를 한다. 혜옥은 이 사실을 창호에게 알린다. 재덕이 혜옥을 데려와 집에서 강제로 범하려고 할 때 창호가 뛰어 들어와 재덕과 싸움이 벌어진다. 이때 영자는 박이 놓고 간 권총으로 재덕을 쏘고 그 자리에서 자살한다. 뒤늦게 박이 현장에 도착하였으나 재덕과 영자는 죽고 창호와 혜옥만 살아남는다. 박은 영자를 끌어안고 뜨거운 눈물을 흘렸다. 니콜라이 박은 창호와 혜옥이 지켜보는 가운데 봉천행 열차를 타고 다시 외로운 방랑길에 오른다. 이 영화는 나운규가 젊은 시절 방랑길에 올랐던 경험을 살려 각본을 쓰고 주연과 감독까지 한 영화로 당시 조선극장에서 개봉된 뒤 〈풍운아〉 열풍을 일으킬 정도로 대성공을 거둔 작품이었다.

무성영화 시대의
영화소설들

　　일제강점기 영화소설 분야에서 연구 성과를 보인 전우형은『식민지 조선의 영화소설』(2014)에서 당시 신문과 잡지 단행본에 발표된 영화소설을 총 56편으로 정리하고 있다. 저자는 같은 책에서 그동안 최초의 영화소설로 공인되어왔던 심훈의 『탈춤』(『동아일보』, 1926.11.9~12.6)에 앞서 김일영의 『삼림에 섭언』(『매일신보』, 1926.4.4~5.16)이 먼저 발표되었다고 밝히고, 영화소설은 1926년 첫선을 보인 뒤 1939년 최금동의『향수』(『매일신보』, 9.19~11.3)를 끝으로 자취를 감췄다고 한다. 10년 넘게 영화소설이라는 새로운 양식의 서사물이 문단에서 자리를 잡았던 것이다. 그렇다면 일제강점기에 나온 영화소설은 대략 몇 권이나 될까. 앞서 이 분야에서 성과를 거둔 전우형과 강옥희, 김영애의 목록을 참고하고 필자가 간행된 서지를 찾아 추가했더니 40권으로 확인된다.

　　①윤병조(프랜시스 포드)역 『명금』(신명서림, 1920)

　　②홍영후(빅토르 위고)역『짠빨짠의 설음』(박문서관, 1923)

　　③민태원(헥토르 말로)역『부평초』(박문서관, 1925)

　　④김기진(모파상)역『여자의 한평생』(박문서관, 1926)

⑤김영환(조셉.아. 크리스마)역『동도』(신명서림, 1927)

⑥이종명『유랑』(박문서관, 1928)

⑦『산을 넘어서』(미상)

⑧최독견『승방비곡』(신구서림, 1929)

⑨이경손『백의인』(창문당서점, 1929)

⑩문일(나운규)편『아리랑』(박문서관, 1929)

⑪오자키고요(尾崎紅葉)『농중조』(박문서관, 1930)

⑫문일(나운규)편『풍운아』(박문서관, 1930)

⑬문일(나운규)편『아리랑(후편)』(박문서관, 1930)

⑭나운규『야서(들쥐)』(박문서관, 1930)

⑮심훈『탈춤』(박문서관, 1930)

⑯안석영『노래하는 시절』(회동서관, 1930)

⑰박루월『첫사랑의 시절』(박문서관, 1930)

⑱박루월(김영환)편『세동무』(영창서관, 1930)

⑲박루월(윤창순)편『젊은이의 노래』(영창서관, 1930)

⑳박루월(왕덕성)편『회심곡』(영창서관, 1930)

㉑박루월 편『독원의 처녀』(영창서관, 1930)

㉒박루월(뒤마 피스)편『춘희』(영창서관, 1930)

㉓박루월(藤森成吉)편『무엇이 그 여자를 그렇게 만들었나?』(이문당, 1930)

㉔박루월(福田正夫)편『사랑을 찾아서』(영창서관, 1930)

㉕최호동 편『비련의 장미』(영창서관, 1930)

㉖문일 편『조선영화전집』(신구서림, 1931)

㉗문일(나윤규)편『사랑을 찾아서(전후편)』(박문서관, 1931)

㉘문일(나운규)편『철인도』(박문서관, 1931)

『명금』

『유랑』

㉙ 나운규 『금붕어』(신구서림, 1931)

㉚ 문일(나운규)편 『잘있거라』(신구서림, 1931)

㉛ 문일(나운규)편 『사나이(연애편)』(신구서림, 1931)

㉜ 한영우 『말 못할 사정』(영창서관, 1931)

㉝ 박루월 『압록강을 건너서』(영화시대사, 1931)

『세동무』

『춘풍』

㉞ 박루월『비련낙화』(영화시대사, 1932)

㉟ 박루월『다시 만난 그들』(영화시대사, 1932)

㊱ 박루월『카페-걸』(박문서관, 1932)

㊲ ○山樵夫『청춘무정』(신흥영화사, 1932)

㊳ 이구영『낙화유수』(박문서관, ?)

『푸른 하늘 은하수』

『승방비곡』

㊴ 김상진 『방아타령』(박문서관, ?)

㊵ 안석영 『춘풍』(성문당서점, 1936)

　　내용을 살펴보면 간행은 확인되나 연대를 알 수 없는 것이 『산을
넘어서』와 『낙화유수』, 『방아타령』 3권이고, 외국의 원작을 번안하여 각

색한 것은『명금』,『짠빨짠의 설음』,『부평초』,『여자의 한평생』,『동도』,
『농중조』,『무엇이 그 여자를 그렇게 만들었나?』,『사랑을 찾아서』,『비련
의 장미』,『독원의 처녀』,『춘희』,『청춘무정』등 12권이다. 영화로 상영된
작품은『명금』,『동도』,『유랑』,『승방비곡』,『백의인』,『농중조』,『아리랑
(전후 편)』(2편),『풍운아』,『야서』,『금붕어』,『사랑을 찾아서』,『철인도』,
『잘있거라』,『사나이』,『노래하는 시절』,『춘희』,『젊은이의 노래』,『세동
무』,『회심곡』,『낙화유수』,『방아타령』,『춘풍』등 23권으로 파악된다. 영
화소설을 가장 많이 펴낸 사람은 박누월의 12권으로 대부분 잡지『영화
시대』에 발표된 것들이다. 그 다음 두 번째는 8권을 펴낸 문일이 차지한
다. 그는 주로 극단에서 활동한 인물로 창작은 하지 않고 모두 나운규의
작품을 편집해서 펴냈다. 필자가 직접 원본을 확인하진 못했지만 나운규
의 작품 중에서『야서』와『금붕어』도 문일이 펴냈을 가능성이 있다. 주
로 영화소설을 펴낸 출판사로는 박문서관과 신구서림, 그리고 영창서관
과 영화시대사로 나타났다. 영화소설 중에서 제일 앞선 것은 외화『명금』
(1920. 11. 15.)이고 국내 작품으로는 이종명의『유랑』(1928. 7. 30.)이 차지
한다. 그리고 일제강점기 가장 늦게 나온 것은 안석영의『춘풍』(1936. 1.
5.)으로 확인된다. 안석영은 해방 후에도 영화작품집『희망』(1948)과『여
학생』(1948)을 펴냈다. 영화소설은 1960년 전후까지도『유관순』(1959)과
『푸른 하늘 은하수』(1960) 등 10여 권이 나온 바 있다. 발성영화『춘풍』을
제외한 영화소설들이 모두 1930년을 전후한 무성영화시대에 쏟아져 나
온 점이 주목된다.

　　이 시기에 영화소설이 집중된 이유는 1920년대 신문 연재소설이
활기를 띠고 1926년 나운규의 〈아리랑〉이 극영화의 붐을 일으키며 나타
난 대중문화 현상이었다. 영화소설은 영상과 문자가 결합된 새로운 서사

양식으로 특징이라면 표지나 소설 속에 배우들의 실연사진을 수록하고, 자막 대신 사각형 박스로 묶거나 대사를 'T(Title)'로 표시한 점을 들 수 있다. 한마디로 보는 영화에서 읽는 영화로 바뀐 것이다. 김일영과 심훈의 영화소설이 처음 등장한 1926년은 나운규의 〈아리랑〉이 개봉된 해였다. 우리 영화사를 보면 1923년 최초의 극영화 〈국경〉과 〈월하의 맹서〉가 무성영화로 나온 이래 발성영화는 1935년 이명우가 만든 〈춘향전〉이 처음이다. 영화소설도 무성영화시대와 그 맥을 같이 하고 있는 것이다. 그 이유는 발성영화가 등장하면서 소설의 맥이 끊긴 것을 보면 알 수 있다. 필자의 생각으로 영화소설은 무성영화시대에서 발성영화로 넘어가는 전환기의 산물이 아니었나 생각한다.

무성영화시대는 변사가 소리를 대신할 때였다. 1935년 발성영화가 등장하면서 변사는 무대에서 자취를 감췄다. 당시 변사의 음성언어를 문자언어로 바꾸어서 찍어낸 것이 영화소설이다. 이때의 영화소설들은 하나같이 영화 속의 스틸컷이나 배우들의 사진을 수록하고 있다. 지금과 같이 비디오나 DVD가 없던 시절에 영화소설은 소비대중의 영상경험을 재구성하여 소유 욕구와 다시보기 기능을 해결해주었던 것이다. 그럼에도 불구하고 영화소설이 더 이상 살아남지 못한 것은 영화도 아니고 본격 소설도 아닌 정체성의 문제와, 이후 토키영화가 대중의 욕망을 충족시켜주면서 독자층이 자연 소멸된 것이 아닌가 생각한다. 그러나 현재 남아있는 영화소설은 문학적 가치와는 별개로 자료적 가치로 접근해야 할 것 같다. 기존의 영화사 연구가 특정 인물들의 증언이나 단편적 기사에 의존해왔던 것도 사실이다. 현재 무성영화시대의 필름이 거의 전무한 상태에서 이 시기의 영화소설들은 당시 원작의 내용을 그대로 담고 있어서 초기 영화사 연구에 귀중한 자료가 아닐 수 없다.

박누월이 펴낸 『영화배우술』(1939)은 삼중당서점에서 안석영의 감수를 받고 나왔다. 이 책은 영화배우술, 조선영화발달사, 조선영화인약전, 부록으로 영화소사전을 담고 있는 영화입문서와 같은 책이다. 앞장에는 저자의 사진과 함께 지금은 대부분 작고하고 없는 초기 영화계의 귀중한 인물들의 사진 40장을 싣고 있어서 사료적 가치를 더해준다.

"감독에 방한준, 신경균, 홍개명, 김유영, 이규환, 안종화, 나운규, 서광제, 안석영, 박기채, 전창근, 프로듀서에 이재명, 이창용, 카메라맨에 이신웅, 양세웅, 황운조, 김학성, 이명우, 손용진, 녹음기사로는 이필우, 라이트맨(조명)에 김성춘, 각색가로 이익, 남자배우로는 왕평, 서월영, 진훈, 최운봉, 김한, 심영, 이금용, 김일해, 박제행, 주인규, 독은기, 전택이 등이고 여자배우로는 전옥, 한은진, 문예봉, 유계선, 현순영, 김소영" 등이다.

서문을 안석영, 홍효민, 이규환, 서광제, 김유영, 안종화, 이익, 박기채, 윤백남 등 무려 9명이 썼다. 눈에 띄는 글로 안석영은 "이 책은 박형의 눈물겨운 과거 생활의 결과물이다. 영화배우가 되고자 하는 이들의

『영화배우술』

『영화시대』

등불이 될 수 있는 책"이라고 소개하고, 그는 지금 외로운 사람이 되었다고 밝히고 있어 궁금증을 더해준다. 이규환은 "수많은 난관 속에서 잡지 『영화시대』를 펴내 대중에게 끼친 공로는 크다"고 했다. 김유영은 "조선영화계에서 처음 보는 단행본"이라 했고, 박기채는 "박누월 씨는 오직 조선영화계의 발전을 위해 '사(私)'를 희생하여 왔다"고 말한다. 저자는 머

『노래하는 시절』

리말에서 "이제 반도에도 영화의 전성시대가 왔다"고 하면서 "영화는 만 사람의 총아로 국민문화의 무기로 당당히 20세기의 활무대 위에 서게 되었다"고 주장했다. 그러면서 "영화배우는 만인 동경의 인기를 한 몸에 받고 있는 존재이지만 스타는 누구나 되는 것이 아니고 천분과 노력이 구비되어야 한다."고 소신을 밝히고 있다.

이 책의 가치는 무엇보다도 「조선영화발달사」와 「조선영화인 약전」을 정리해서 기술해놓은 데 있다. 저자는 조선영화발달사에서 1918~1919년 조선에서 연쇄극이 처음 상영된 이후 1939년 9월까지 20년간 조선영화가 걸어온 길을 작품명, 제작년도, 제작사, 감독, 출연배우 순으로 기술하고 있다. 저자는 조선에 처음 활동사진이 들어온 것은 1902년이고 본격적인 영화가 등장한 것은 1923년 윤백남의 〈월하의 맹서〉라고 밝혔다. 이 시기의 기억될 만한 작품으로 1926년에 제작된 나운규의 〈아리랑〉, 1928년 김유영의 〈유랑〉, 1932년 이규환의 〈임자 없는 나룻배〉, 1935년 이필우, 이명우 형제가 개발한 첫 발성영화 〈춘향전〉,

조선 영화인들

그리고 1939년 김유영의 〈애련송〉과 박기채의 〈무정〉을 꼽고 있다.

저자는 「조선영화인약전」에서 영화인들의 본명과 예명, 나이, 출생지, 학교, 경력, 출연작품, 활동상황, 취미에 이르기까지 조사하여 기술하였다. "프로듀서(제작자) 편으로 이재명, 이창용, 감독 편에 이규환, 김유영, 서광제, 전창근, 방한준, 홍개명, 윤봉춘, 최인규, 박기채, 안종화, 안석영, 남녀배우 편에 박제행, 심영, 주인규, 김신재(여), 진훈(강홍식), 고영란(여), 한은진(여), 전택이, 서월영, 이금룡, 김소영(여), 전옥(여), 김태득(독은기), 이응호(왕평), 김한, 김일해, 각본작가 편에 이익, 촬영기사 편에 양세웅, 이신웅, 이명우, 황운조, 녹음기사 편에 이필우, 조명기사 편에 김성춘" 등을 들었다. 저자는 이들 중에서 조선영화의 개척자로 나운규,

윤봉춘, 안종화, 이필우, 이명우를 꼽고 있다. 카메라맨으로는 조선에서 이명우를 따를 사람이 없고, 그의 형 이필우는 조선 최초의 촬영기사이자 녹음기사였다고 한다. 여자배우로 아름답고 능란한 재주를 가진 〈무정〉의 김신재는 문예봉의 맞수였고, 측면에서 본 얼굴의 아름다운 선과 금별과 같은 눈을 가진 김소영은 가장 아름다운 보배요 조선영화계의 산호주(珊瑚珠)라고 평가했다.

김소영

　　필자가 영화관계 자료를 모으면서 흥미롭게 여긴 인물 중의 하나가 '박누월(1903~1965)'이라는 사람이다. 이름도 특이하게 '淚月, 嶁越, 裕秉'으로 쓸 뿐 아니라 다양한 분야에서 활동했지만 생몰연대는 물론이고 그는 어느 인명사전에도 등장하지 않는다. 그의 행적을 따라가 보면 시인, 소설가, 배우, 시나리오 작가, 동화작가, 번역

박누월

가, 대중가요 작사가, 영화제작자, 출판인으로 활동했음을 알 수 있다. 그 중에서도 뚜렷한 업적 세 가지를 든다면, 첫째 일제강점기에 영화소설이라는 분야를 개척하고 가장 많은 작품을 발표한 것, 둘째 1931년 창간한 『영화시대』 잡지를 휴간과 속간을 거듭하며 한국전쟁 이전까지 이어나간 것, 그리고 마지막으로는 한국영화 최초의 전문서적인 『영화배우술』(1939)을 펴낸 것이다. 그는 해방 뒤 가극단을 이끌고 전국을 순회하기도 했고, 한국전쟁을 전후해서 간간이 대중소설과 서간집으로 얼굴을 보이다 아주 종적을 감췄다.

　　그러던 1965년 3월 11일, 일간신문은 전날 아침 길거리에서 죽은

『인기스타아 서한문』

한 남자를 이렇게 보도하고 있었다. "영양실조로 숨진 왕년의 감독 박유병옹 별세" 경찰이 신원을 파악하는 동안 시신은 인파로 붐비는 종로 5가 길모퉁이에 거적으로 덮여 있었다. 그의 신원은 서울 출생 62세의 박유병(朴裕秉)으로 밝혀지고 사인은 영양실조로 인한 아사였다. 그는 '박누월'이라는 필명으로 더 잘 알려진 인물이다. 그는 연고도 없이 창신동에 있는 근로자 합숙소에서 지내다 그날도 옛 동료들을 찾아 거리에 나섰다가 변을 당한 것이다.

박승필

박누월은 단성사의 주인 박승필의 조카였다. 어려서부터 숙부가 운영하던 극장을 드나들며 단역배우로 스타의 꿈을 키웠던 청년은 그 꿈을 도모하다 실패하고 영화의 주변으로 밀려났다. 그러면서 영화소설과 딱지본 소설, 유행가 가사를 쓰고 어렵게 영화잡지를 펴내며 대중예술을 이어갔다. 재기와 실패를 반복했던 그는 그가 운영하던 영화시대사에서 심혈을 기울여 제작한 영화 〈춘풍〉이 흥행에 실패하면서 안석영의 말대로 외롭고 힘든 생활을 보낸 것 같다. 결국 배우로 시작한 그의 영화인생은 비참하게 끝이 났다. 저승길로 가는 그의 품에서 나온 것은 이력서 한 통과『인기스타아 서한문』(1964)이었다. 죽으면서까지 영화에 대한 미련을 버리지 못한 것일까. 그는 비록 화려한 조명을 받는 스타는 되지 못했지만, 한국영화의 발아기에 그가 바친 열정이 이제야 빛을 보는 것 같다. 그의 말대로 오늘의 영화는 대중예술의 총아가 되어 스타의 꿈을 품은 젊은이들이 오디션 장에 구름처럼 몰려들고 있다. 사람은 죽으면 별이 된다는데 그는 지금 어느 별이 되어 이 광경을 내려다보고 있을지 자못 궁금하다.

7

조선을 사랑한 이방인들

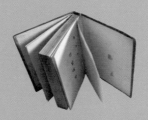

조선의 흙이 된 일본인
아사카와 다쿠미

　　서울에서 50년 넘게 살면서 나는 유명 인사들이 묻혀 있는 망우리 공동묘지를 한 번도 가본 적이 없었다. 평소 벼르던 차에 한 달에 한번 만나는 월요모임 식구들과 함께 지난 2016년 늦은 가을 그곳을 찾았던 것이다. 특히 내 개인적인 관심은 거기에 묻혀 있는 일본인 아사카와 다쿠미(淺川 巧, 1891~1931)를 보기 위해서였다. 놀랍게도 지금 그곳은 공동묘지가 아니라 산과 숲과 산책로가 잘 가꿔진 공원으로 변해 있었다. 가끔 손잡고 올라오는 연인들도 눈에 띄었다. 한마디로 이곳은 산자와 죽은 자가 공존하는 경계의 공간이었다. 관리사무소에서 올라와 오른쪽 순환로로 접어들면서 시인 박인환과 소설가 최서해, 한용운 선생 등의 묘소도 둘러보았다.

　　다쿠미의 묘지는 동락천 약수터를 지나 왼쪽 편 한강이 내려다보이는 곳에 있었다. 묘소에는 일본사람들이 놓고 간 화환이 그대로 남아 있다. 봉분 오른쪽 둥근 모양의 조각품은 다쿠미가 생전에 좋아한 청화백자 항아리로 그의 형 아사카와 노리다카가 새긴 것이다. 비석에는 "한국의 산

아사카와 다쿠미

아사카와 다쿠미 묘소

과 민예를 사랑하고 한국인의 마음속에 살다간 일본인 여기 한국의 흙이
되다"라고 쓰여 있다. 비석의 뒷면에는 "아사카와 다쿠미 1891년 1월 15
일 일본 야마나시현 출생, 1914~1922년 조선총독부 산림과 근무, 1922~
1931년 임업시험장 근무, 1931년 4월 2일 식목일 기념행사준비 중 순직"
이라고 적혀 있다.

　　한국에서는 그동안 다쿠미의 존재는 잘 알려져 있지 않았었다. 그
러다가 1982년 다카사키 소지가 그의 평전을 펴내고 국내에서 이대원이
『조선의 흙이 된 일본인』(1996)으로 옮기면서 일반에 널리 알려지게 된
것이다. 다쿠미가 그곳 망우리묘지에 묻히게 된 것은 그의 삶과도 관련
이 있다. 그는 형 노리다카를 쫓아 1914년 조선에 건너온 뒤 총독부 임업
시험장의 말단 공무원으로 일하며 조선 민예의 아름다움에 눈을 뜨게 된
다. 특히 그가 관심을 갖고 연구한 분야는 조선의 목공예품과 도자기였
다. 전국을 다니며 박봉을 털어 수집하고, 옛 가마터와 도공들을 찾아다

니며 연구하여 『조선의 소반』과 『조선도자명고』를 펴냈다. 당시 조선사람들은 거들떠보지도 않는 일이었다.

그는 형 노리다카와 야나기 무네요시(柳宗悅 1889~1961)와 함께 1924년 조선민족미술관을 건립하고 평생 모은 민예품들을 그곳에 기증했다. 그는 평소에 조선옷을 입고 조선말을 하고 조선사람들을 도우며 살았다. 그가 식목일 행사를 앞두고 급성 폐렴으로 숨졌을 때 유족들은 조선옷을 입혀 입관했다. 그때 마을 사람들이 몰려들어 곡을 하고 서로 나서서 상여를 맸다고 한다. 당시 이문리(이문동) 공동묘지에 묻혔던 것을 그곳이 개발되면서 1964년 망우리로 이장했다. 그는 한마디로 삶과 글이 일치되는 사람이었다. 당시 경성제국대학 교수였던 아베 요시시게는 그의 삶을 「인간의 가치」라는 글로 남겼는데 이 글은 일본의 국정교과서에 실려 있다.

1) 『조선의 소반』(1929)

이 책은 일본민예미술관 편 민예총서 제3편으로 500부가 간행되었다. 원제목은 『朝鮮の 膳』(공정회출판부, 1929)이다. 첫장을 펼치면 '이 책을 조부 고(故) 시토모 선생의 영전에 바친다.'는 헌사가 들어 있다. 함경도 갑산 지역에서 생산되는 개다리소반을 인쇄하여 책의 표지에 붙였다. 목차를 보면 "서문, 조선의 소반, 사진해설, 발문"으로 구성되어 있고, 그림 2장과 사진 33장이 수록되어 있다. 저자는 서문에서 "이 책은 보거나 들은 사실을 충실하게 기록한 것이다. 여기서는 먼저 소반을 선택했다. 소반은 일상생활과 매우 관계가 깊다. 기회가 되면 다음에는 사방탁자, 책상, 문갑, 장롱, 경대 등을 쓰려 한다."라고 적고 있다.

원래 조선에서는 소반을 '선(膳)'이라 하지 않고 반(盤)이나, 상(床)

으로 불렀다. 소반은 인류가 동굴 생활을 하던 시대에도 없어서는 안 될 생활도구였다. 소반은 인류가 목재로 만들어 쓰기 시작한 최초의 물건 중 하나였을 것이다. 저자는 경원선 기차 속에서 간도로 이주하는 가난한 농부가족의 짐 속에 매달린 바가지와 잘 닦여진 소반에 주목했다. 필자는 어린 시절 죽은 시신이 저승길 떠나려고 문지방을 넘을 때 바가지를 깨뜨리고 가는 것을 본 일이 있다. 바가지를 깨뜨리는 행위는 망자가 곡기가 끊겨져 더 이상 밥상을 받을 수 없음을 뜻한다. 바가지(식기)와 소반(밥상)은 사람이 태어나서 죽을 때까지 음식을 받아먹는 도구로 인간에게는 생명줄이나 마찬가지였다.

　　조선의 대표적인 소반으로 통영반, 나주반, 해주반이 있다. 형태에 따라 원반, 책상반, 사우반이 있는데 가장 많은 형태의 것은 개다리소반이다. 용도에 따라 주상, 공고상 또는 번상, 대원반, 대궐반, 별반, 교자상, 제상 등으로 분류한다. 조선 소반의 특징은 반면의 귀와 같이 선이 만나는 부분이 모나지 않게 둥근 멋을 보여주고 있다. 다리 모양도 건축의 기

둥과 동물의 네 다리를 연상케 하는 균
형 잡힌 모습이다. 또한 그 사이에 배치
된 부조와 투조의 문양은 훌륭한 건축
에 장식되어 있는 현관이나 창을 연상
시킨다. 보통 소반에 볼 수 있는 문양의
종류는 모두 수복강녕을 상징하는 것
이다.

조선의 소반(팔각반)

　　다쿠미는 종종 일꾼들이 긴 담뱃대를 물고 허연 콧수염 사이로 연
기를 품어내면서 일하는 작업장을 방문한 적이 있다. 너무나도 평화로운
모습이었다. 그는 사람에게는 일벌과 같이 작업이나 생산에 본능적으로
끌리는 면이 있다고 생각했다. 어떤 일이건 평생 싫증내지 않고 한 가지
일만 한다면 그 사람은 행복하다고 생각했다. 인류 전체도 그런 사람들
의 은혜를 입은 점이 많을 것이다. 그러면서 자본에 맞서는 노동이 아니
고 자본이 있어도 그것에 휘둘리지 않는 일, 적어도 자기 마음대로 행할

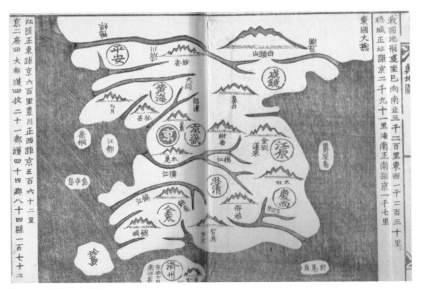

『조선도자명고』 조선전도

수 있는 일이 아니라면 인간에게 평안은 찾아오지 않을 것이라 했다.

다쿠미의 친구이자 같은 길을 걸었던 야나기 무네요시가 이 책의 발문을 썼다.

"지금 밖에는 싸락눈이 끊임없이 흩날리고 있다네. 지금쯤 경성 교외의 온 돌방에서 조선의 소반에 한식구가 단란하게 둘러앉아 조선의 식기로 식사를 하고 있을 무렵이라 생각하네. 내 집안에서도 세 끼 식사 때에는 조선의 소반을 떠나는 일이 없다네. 어떤 운명 때문인지 자네와 나는 한평생 조선과 떼려야 뗄 수 없는 인연을 맺고 사는 것 같다네. 서로 할 수 있는 한 힘껏 조선을 위한 일을 하도록 하세. 자네의 '이조도자명휘'는 멀지 않아 완결될 것으로 생각하네. 나는 그 멋진 것이 이 책처럼 하루 빨리 책으로 나오기를 바라고 있네."

지금까지도 저자가 펴낸『조선의 소반』(1929) 말고는 당시 소반을 찾아볼 아무런 자료가 남아 있지 않다. 이 책은 1996년 민속학자 심우성에 의해『조선의 소반 · 조선도자명고』로 다시 번역되어 나왔다.

2)『조선도자명고』(1931)

『조선도자명고』(조선공예간행회, 1931)는 다쿠미가 죽은 뒤 5개월 만에 일본 동경에서 나온 그의 유작이다. 능화판 한지를 조선에서 구해와서 표지에 입혀 양장제본 방식을 취했다. 양쪽 면지에는 조선팔도와 일본의 전도가 각각 인쇄되어 있다. 수록된 일기 속 사진에서 고인이 환하게 웃고 있다. 야나기 무네요시가 서문과 발문을 쓰고 직접 장정을 했다. 책의 목차는 크게 '범례, 서언, 기물의 명칭, 도자기 관련 명칭, 결어'로 나누고 한글 고유 명칭은 알파벳순으로 색인을 붙였다. 조선 도자의 이해를 돕기 위해 저자가 직접 그림을 그리고 사진을 수록했다. 또한 기물의 고유 명칭이 한글로 인쇄된 것도 이 책의 특징으로 정성을 들여 만든 것임을 알 수 있다.『조선도자명고』(1931)는 조선시대 도자기의 명칭을 고찰하여 용도를 밝히고 제작상의 용어를 설명한 이 분야 최초의 책이다.

다쿠미는 머리말에서 "오늘날 조선사람들은 기물을 되돌아볼 여유가 없을뿐더러 소중하게 보존하는 일조차 등한시하고 있어서 기물의 명칭과 쓰임새조차 차츰 잊혀져가고 있다. 이 책은 10여 년간 주의를 기울여 배운 조선시대 도자기의 명칭을 모은 것이다. 더 이상 방치해두면 도자기의 이름들이 사라지게 될 형편이어서 한데 모아 책으로 엮었다."

『조선도자명고』

고 말한다. 기물의 명칭으로 제사나 예식에 사용하는 제례기부터, 식기, 문방구, 화장용구, 실내용구, 도구, 용기, 잡구, 건축용 재료 등 아홉 가지로 나누어 기물을 설명하고 19장의 실물사진을 수록하였다.

저자는 도자기 관련 명칭으로 가마터와 도자기를 만드는 도구, 도자원료, 도자의 종류, 도자기 각부의 명칭, 도자기를 세는 방법, 도자기에 기록된 기호, 도자기가 만들어진 곳의 지명, 일본 도자기의 명칭과 조선어 등 여덟 개의 항목에서 상세하게 설명하고 있다. 중요한 가마터로는 광주, 청송, 문경, 부안, 고창, 봉산, 성천, 명천 등이 있고, 서부지방의 가마는 소위 할죽형 오름가마이며 남부지방의 것은 원형 오름가마라고 밝혔다. 도자 원료로는 흔히 백토라 부르는 '질(陶土)'을 첫손으로 꼽았다. 질로 유명한 것은 광주 수토, 양구 백토, 진주 백점토 등이고, 청화 안료는 중국에서 수입된 것이다.

조선에서 옛날부터 구워온 도자기는 신라시대부터 내려온 질그릇(瓦器)뿐이었다. 와기에 이어서 생겨난 것은 고려시대 유약을 사용하여

용기(항아리)

구운 도기류이다. 조선시대 명나라 백자기가 유행함에 따라서 '자(磁)'와 '도(陶)'가 구별되었다. '도'는 옹기류에 사용했다. 조선시대의 도자기류 중 현재까지 애호되고 있는 것은 자기이다. 백사기에 청화안료를 써서 그림을 그린 것은 청화백자기, 진사색으로 그림을 그린 것은 진홍사기라 하고, 철유를 응용한 사기는 석간주사기라고 한다. 도자기 각부의 명칭은 몸뚱이, 주둥이, 부리, 귀, 목, 어깨, 배, 굽, 밑바닥으로 사람의 몸을 기준으로 붙여졌다.

　　도자기가 만들어진 가마터는 지명으로 판단하는 것이 편리하다. 사기점, 옹점, 도장골, 도마리, 백기리, 와야리 등 셀 수 없이 많다. '다완은 고려'라는 말이 있는데 고려시대 찻잔이라 생각하면 큰 잘못이다. 대부분 조선시대의 것에 속하며 대개 식사용 그릇이었다. 저자는 책의 말미에서 자기를 보수하고 관리하는 법을 소개하고 조심스럽게 조선의 도자기 산업을 전망하고 있다. "훌륭한 도자기를 만들어내는 일은 나라의 번성과도 관계되는 일이다. 이 국토에 풍족하게 있는 원료와 민족이 지니고 있는 기능을 시대의 요구에 따라 만들어낼 수 있도록 해야 한다. 그곳에 행복이 있다고 생각한다."며 결론을 내리고 있다. 야나기 무네요시가 이 책의 발문을 썼다.

"1931년 4월 2일 이 책의 저자는 42세를 일기로 갑자기 우리 곁을 떠나갔다. 책이 조판에 들어갔는데 저자는 그것을 보지도 못하고 이 세상을 떠났다. 이 책이 완성되기까지 5, 6년의 세월이 경과하였다. 저자는 각지를 다니며 조사하고 옛일을 잘 알고 있는 노인들에게 들어 바로잡고 실물을 수집하며 끊임없이 노력을 계속하였다. 오랜 노력의 결정체이므로 저자는 책으로 완성될 날을 손꼽아 기다렸을 것이다. 나는 이 한 권의 책을 그의 영정 앞에 올리게 된 것을 두고두고 한스럽게 생각한다. 이와 같이 탁월한 저서 다음에 예상할 수 있는 앞으로의 작업이 그의 죽음으로 단절되었다는 것이 한없이 원망스럽다."

조선의 도자기 귀신,
아사카와 노리다카

아사카와 노리다카(淺川白敎 1884~1964)와 동생 다쿠미는 현재의 일본 야마나시현 호쿠토시 다카네쵸에서 태어났다. 동생 다쿠미가 태어날 때는 부친 아사카와 조사쿠는 일 년 전에 사망하고 없었다. 이들 형제들은 인자하고 자상한 조부 오비 시토모와 엄한 모친 지노 게이 밑에서 성장하게 된다. 가업은 농업과 염색업이었다. 조부는 군의 대표격으로 길손들을 허물없이 재워주고 떠날 때는 여비를 건네주기도 해서 마을사람들로부터 존경을 받는 인물이었다. 또한 조부는 글을 즐기는 하이쿠 종장이기도 했다. 두 형제들은 조부 밑에서 한학과 다도, 꽃꽂이, 도자기 굽는 것까지 배웠다. 특히 동생 다쿠미가 조부의 성격을 많이 닮았다고 한다.

노리다카는 사범학교를 나온 뒤 1913년 조선에 건너가 소학교 교사로 일하며 조각가 로댕에 심취하게 된다. 그가 조선에 오게 된 계기는 조선 미술품에 대한 관심이 있어서였다고 그의 아내는 훗날 증언했다. 그가 조선에 있을 때의 일이다. 어느 날 밤 노리다카는 경성의 고물상 앞을 지나다

아사카와 노리다카

야나기 무네요시

배가 불룩한 하얀 항아리가 얌전하게 전등불 아래 있는 것을 보고 빠져들었다. 조선 백자와의 첫 만남이었다. 일본인으로서 조선미술공예의 가치를 처음 인정한 사람이 노리다카였다. 1914년 9월 지바현 아비코로 야나기 무네요시를 찾아간 노리다카는 선물로 조선시대 백자추초문각호를 준다. 이것이 계기가 되어 1916년 여름 야나기가 처음 조선으로 왔다. 동생 다쿠미와 야나기에게 조선 민예의 아름다움을 가르쳐준 인물이 바로 노리다카였다.

노리다카는 1946년 귀국할 때까지 35년간 조선도자사를 연구한 인물이다. 그는 '조선 도자기의 귀신'이라 불릴 정도로 손꼽히는 도자기 전문가였다. 멀리 함경도까지 가서 도자기를 직접 굽기도 하고 전국에 흩어져있는 700여 곳의 옛 가마터 현장을 조사하고 도편들을 모아서 도자기의 시대적 변천을 밝히는 데 성공했다. 1922년 9월호 『시라카바』에 발표된 「조선시대 도자기의 가치 및 변천에 대하여」는 조선시대 도자사 최초의 논문이었다. 그는 여기서 분청사기가 고려시대의 것이 아니고 조선시대의 것임을 처음으로 밝혀냈다. 노리다카는 야나기와 동생 다쿠미 등과 함께 만든 조선민족미술관을 지켜서 송석하가 설립한 민족박물관에 무사히 넘겨주었다. 또한 자기가 모은 공예품 3,000여 점과 도편 30상자를 여기에 기증하기도 했다. 그의 저서로는 『부산요와 대주요』(1930)가 있다.

1) 『부산요와 대주요』(1930)

원제목은 『釜山窯 と 對州窯』(채호회, 1930)로 일본 동경에서 간행

되었다. 이 책은 "서문, 제1장 도기의 연구 및 본 연구에 대해, 제2장 조선 다완의 특징, 제3장 대마도와 조선의 관계, 제4장 부산의 왜관, 제5장 부산요에 대하여, 제6장 도공 모산의 이야기, 제7장 대주요에 대하여"로 구성되어 있다. 삽화와 사진 48장이 수록되어 있는데 삽화는 저자의 솜씨이다. 책의 앞뒤 면지에는 당시 왜관 가마의 현장을 채색화로 수록하였다. 저자는 부산요 생산지는 물론 대마도에도 수차례 오가며 자료를 수집하고 대마도 종가의 보물창고를 확인하여 부산요에서 생산된 조선 다완을 일목요연하게 정리하였다. 이 책은 부산요(釜山窯)와 대마도요(對州窯)의 역사를 정리한 최초의 저서이다.

　　노리다카는 이 책에서 조선의 도자기는 중국 대륙의 영향을 받았음에도 대륙과 전혀 다른 미적 효과를 표출하였다고 말한다. 백제시대 도공들은 스슌텐노 원년에 일본으로 건너가 스이코 예술의 기틀을 마련하는데 기여했으나 세월이 흐르면서 천민 취급을 받기에 이르렀다. 그러나 이들은 독자적인 아름다움과 올바른 공예의 진리를 제시한다. 저자는 도공의 망령에 이끌려 20년 동안 가마 흔적을 찾거나 고문헌을 바탕으

부산 왜관의 가마(窯)

로 오늘날의 가마에서 직접 도자기를 구워보기도 했다. 북쪽으로 함경도에서 남쪽으로 전라남도의 산골까지 오랜 여행을 계속했다. 그리고 가마 흔적에서 나온 파편들을 가지고 일본과 조선 양국의 도자기 연관성을 조사하였다.

고대 조선의 요업은 관요와 민요 두 본류가 있었다. 이 두 흐름은 중국 남북요의 영향을 받아 변천하였다. 일본의 요업을 연구하려면 조선의 요업을 알아야 한다. 조선이 도자기의 원류이기 때문이다. 아시카가시대 말기부터 전국시대를 거쳐 도요토미시대에 이르기까지 쌓아올린 고려 다완 한 개의 가치는 실로 일국일성과 맞바꿀 만큼 보물이 되었다. 일본의 공예나 생활양식이 이로부터 시작되었다 해도 과언이 아닐 것이다. 올바른 기물을 사용하여 생활의 행복을 느끼는 것도 여기에서 비롯된 것이다. 히데요시로부터 도쿠가와 초기의 꿈은 조선도공으로 하여금 고려 다완을 일본에서 만들려고 한 것이다. 상상은 현실로 나타나 나고야를 중심으로 큐슈 여러 번(藩)의 가마가 되고, 이 다완요가 도기 가마가 되어 오늘날 요업으로 발전하였다.

　　　또 하나 도쿠가와 막부가 조선에서 대마도의 종가로 하여금 만들도록 한 것이 부산요이다. 막부 장군의 주문으로 견본을 보내 부산 왜관에서 만든 것이 조선 다완이다. 이것은 도쿠가와 이에미쓰시대로부터 80년 동안 계속되었다. 이 사실은 지금까지 이야기로만 남아 확실한 근거가 없었다. 다행히 두 나라에서 자료를 찾아내어 이를 종합한 것이 이 책이다. 본 책은 부산요와 대마도요의 가마 예술사인 동시에 도자기를 통해 본 두 나라의 교류사이기도 하다. 일본 도자기의 뿌리가 조선이라는 것이 저자의 연구에 의해서 확인되었다. 실로 아사카와 노리다카는 국경을 초월하여 행동한 양심적인 지식인이었다. 『부산요와 대주요』(1930)는 2012년 최차호에 의해 번역되어 다시 나왔다.

조선을 사랑한
파란 눈의 독일인

필자는 조선의 도자기와 소반 등 조선의 민예를 사랑하고 조선의 흙이 된 일본인 아사카와 다쿠미(淺川 巧)는 들어서 알고 있지만, 조선에서 20년간 선교사로 활동하며 최초로 『조선미술사』(1929)를 펴낸 독일인 안드레 에카르트(Andre Eckardt, 1884~1974)는 생소하다. 필자는 그동안 세키노 다다시(關野 貞)의 『조선미술사』(1932)가 조선 최초의 미술사로 알고 있었는데 이보다 먼저 간행된 에카르트의 『조선미술사』가 있음을 근래에 알게 되었다. 필자는 이 책을 20년 전에 어렵지 않게 구입할 수 있었다. 영문으로 된 원본을 해독하지 못해 그동안 도판만 들여다보다가 2003년 권영필 교수가 펴낸 번역본을 읽고 놀라움을 금할 수 없었다.

저자는 1884년 독일 뮌헨에서 태어났다. 1909년 25세의 나이에 독일 가톨릭 베네딕트 교단의 신부로 조선에 파견되었다. 그는 1913년 경주 석굴암을 처음 보고는 조선미술에 눈을 떴다. 그는 20년 동안 조선에 머물면서 경성수도회가 설립한 교사양성소에서 조선어를 공부하고 경

안드레 에카르트

성제국대학에서 언어와 미술사를 강의했
다. 그리고 1928년 독일로 돌아가 조선체
류 경험을 토대로 하여『조선미술사』를 간
행했다. 그는 브라운슈바이크대학, 뮌헨
대학에서 한국학 교수를 지내며 2차 대전
이후부터 말년에 이르기까지 한국학과 관
련한 논문과 저서 130여 편을 발표했다.
논저로『조선어 문법』(1923),『조선음악』
(1930),『조선어의 기원』(1930),『조선의 동
화』(1931),『나의 한국체험』(1950),『오동

경주 석굴암

나무 밑에서』(1950),『한국의 전설과 동화』(1950),『인삼뿌리, 한국동화』
(1955),『한국, 그 역사와 문화』(1960),『한국의 음악, 가곡, 무용』(1968),
『한국문학사』(1968),『한국의 도자기』(1968) 등을 펴냈고, 1935년 논문
「동아시아 신비 약, 인삼」을『약용식물』에 싣고 1943년 「조선사 개설」을
『아시아 통신』에 발표했다. 그리고 1974년 「코리아 심포니」를 작곡하고
나서 90세를 일기로 뮌헨 근교 슈타른 베르거의 투칭에서 타계했다.

　　『조선미술사』의 원제는『HISTORY OF KOREAN ART』이다. 이 책
은 1929년 독문판과 영문판으로 동시에 간행되었다. 필자가 소장하고 있
는 책은 영문판이다. 양장본의 본고장답게 붉은색 크로스 표지에 제자를
금박으로 찍은 대형크기(21.5cm×29cm)의 호화본이다. 책의 구성은 서
론(조선미술) / 제1부(건축) / 제2부(조각과 불탑미술) / 제3부(불교조각) /
제4부(회화) / 제5부(도자기) / 제6부(도자기 이외의 수공예품) / 결론(조선
미술의 특징) / 도판 등으로 분류하였다.『조선미술사』는 500여 점의 방대
한 국내외 유물의 도판들을 수록하고 있는데, 특히 건축물과 유적의 도

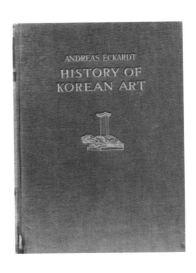

판 중에는 오늘날 남아 있지 않은 것도 포함되어 있어 사료적 가치가 적지 않다. 이 책은 조선미술을 세계미술의 차원에서 본 첫 번째 저술이고, 조선미술의 의미를 세계에 알린 최초의 통사가 된다. 세키노 다다시가 『조선미술사』를 식민지 사관으로 보았다면, 에카르트는 실증주의에 입각해서 기술하고 있다.

저자는 서문에서 동아시아 미술에 흥미를 갖게 된 것은 세기말 빈 박람회에서 일본의 공예품 전시를 통해서였다고 밝히고 있다. "조선미술사를 연구한지 20여 년이 되었다. 당시 조선미술에 입문할 수 있는 책이 매우 적었다. 조선미술에 관한 통사를 저술하는 것은 아직까지 시도된 적이 없으나 이를 달성하는 것이 이 책의 목적이다. 문명사회에 조선미술의 의미를 밝히고 알리는 것은 놀라운 일이 될 것이다. 내 작업이 부족하다는 것은 알고 있지만 최선을 다했다."라고 하면서 조선의 곳곳과 중국 일본을 여러 번 여행했고 독일 내외에 있는 고대 문명지와 수많은 동아시아 박물관을 수시로 방문해서 조선미술의 흔적을 추적했다고 한다.

경주 불국사

　　에카르트가 본 조선미술의 핵심을 몇 가지로 요약해보면, 조선의
건축은 과장을 배제하고 간결하며 지붕의 휜 곡선 때문에 주위의 환경과
잘 어울린다. 주목되는 건축물은 부석사와 불국사이다. 탑 미술은 세련
된 비례감과 온화함, 좌우 대칭성과 선의 아름다움이 특징이다. 대표적인
작품은 경주 불국사의 다보탑과 법천사지 현묘탑이다. 불교 조각은 세련
된 미의식과 고전적인 조화에서 그리스 고전양식과 간다라 양식을 느끼
게 된다. 대표적인 조각으로 경주의 석굴암과 부조 십일면관음이다. 회화
는 고분에서 색채가 잘 보존된 동아시아 최고의 벽화가 발견되고 있다.
이런 고분의 벽화는 중국이나 일본에는 없다. 조선의 도자기는 세계적인
명성을 얻고 있다. 조선의 상감청자는 형태가 다양하고 섬세한 감각과
품위 있는 색조로 기술 면에서 두드러진다. 이런 점에서 일본에 영향을
주었다. 수공예품은 금은 장신구와 함께 칠세공이 뛰어나다. 또한 조선에

고려청자

는 동아시아 최고(最古)의 범종이 완전한 형태로 전해지고 있다고 했다.

결론적으로 말해서 에카르트는 조선미술의 특징을 '단순성과 간결성'으로 보았다. 중국의 전족(纏足)이나 일본의 분재와 같은 불구의 미가 아닌 과욕이 없는 소박한 상태에서의 자연스러움이다. 저자는 중국미술이 과장되거나 왜곡된 것이 많고 일본미술은 감정에 차 있고 틀에 박힌 듯한 반면에 조선은 동아시아에서 가장 아름답고 고전적인 작품을 만들어냈다. 조선은 중국미술을 받아들여 자기의 것으로 소화하고 그것을 일본에 전해주는 역할을 하였다. 동시에 조선의 독자성을 개발하여 동아시아의 고전미술로 인정받을 수준으로 끌어올렸다. 이것이 조선미술의 위대한 장점이자 최고의 공적이라고 평가하고 있다.

필자는 에카르트의 『조선미술사』를 덮으며 두 가지 생각이 떠올랐다. 하나는 왜 우리나라에 이런 책을 만든 사람이 없었는가 하는 자괴감이고, 또 하나는 에카르트의 무덤에 따끈한 술 한 잔이라도 올려주고 싶은 심정이다. 25세의 나이에 처음 한국 땅을 밟고 조선총독부와 갈등하며 20년 동안 이 땅의 유적들을 찾아다녔을 푸른 눈의 독일인 신부를 떠올렸다. 그는 독일로 돌아가 90에 눈을 감을 때까지 평생을 한국학에 몸 바친 학자였다. 저자는 책에서 일제의 속국으로 희망 없는 나라에서 가난하고 욕심 없이 살아가는 조선민족을 여러 차례 언급하고 있다. 에카르트는 누구보다 조선을 사랑했고, 조선미술을 세계에 알린 첫 번째 사람이었다. 더 중요한 것은 그가 펴낸 한국학 저서들이 독일뿐만 아니라 서구 문화권 전체에 한국학의 기초를 제공했다는 사실이다. 그의 공적을 볼 때 윤보선 대통령이 그에게 준 무궁화 문화훈장으로도 부족해 보인다.

2부

내가 아끼는 한국문학 작가와 그 책들

8

한국문학의 남상(濫觴)

가을에 생각나는 사람

　　1990년대가 저물어갈 무렵 답십리 고미술상가 한 귀퉁이에 시달사(是達社)라는 고서점이 생겼다. 주인은 동대문시장에서 원단가게를 운영하던 노영길 선생이다. 내가 그를 알게 된 것은 청계천 경안서림에서였다. 그때는 선생이 서점을 열기 전이라 같은 고객의 입장에서 인사를 나눈 것이다. 웃으면 눈이 보이지 않던 그는 후덕한 인상과 보기 좋은 풍채를 지니고 있었다. 당시 나보다는 연배가 조금 높은 편으로 기억된다. 무슨 일인지 원단가게를 아들에게 물려주고 서점에 드나들며 책을 모으고 있었다. 뚜렷한 목적이 있어서 모으는 것도 아니었다. 소녀취향의 시집에서부터 분야도 다양해서 서점 주인이 좋은 책이라 권하면 값의 고하간에 들고 갔다. 장사를 하면서 여유가 있었는지 몰라도 잘 이해가 가지 않았다.

　　한 번은 경안서림에서 그를 만났을 때 갖고 있는 책 중에서 가장 아끼는 책이 뭐냐고 물었다. 대답도 명료했다. 제일 아끼는 책은 유길준의 『서유견문』(1895)이라고 했다. 그 책을 처음 구했을 때 하도 기뻐서 새해 차례상에 올려놓고 절까지 했단다. 그러면서 현재 가보 1호로 잘 보관하고 있다고 했다. 미당의 『화사집』(1941) 초판도 가지고 있었는데 아는

8. 한국문학의 남상(濫觴)

시인이 달라기에 줬다는 것이다. 나는 얘기가 나온 김에『서유견문』도 양도할 의사가 있으면 꼭 내게 넘겨달라고 부탁했다. 나는 그때까지도『서유견문』을 구하지 못했었다. 가끔 전시장이나 도록에서 보았을 뿐 이 책은 내게 좀처럼 모습을 드러내지 않았다. 내가『서유견문』을 꼭 구해야하는 이유는 내 장서가 여기서부터 시작되기 때문이다.

　선생을 자주 만나다 보니 친해져 술자리도 몇 번 가졌다. 그런데 이상하게도 그는 술을 입에 대지 않았다. 그러면서 자기는 오래 살지 못할 거라고 했다. 무슨 얘긴지 몰라서 이유를 물어보았더니 그는 뇌경색으로 여러 번 쓰러져 병원에 실려 갔는데 의사로부터 치유가 불가능하다는 판정을 받았다는 것이다. 의사는 이제 한 번 더 쓰러지면 일어나기 어려우니 후회 없이 살라 했다는 것이다. 그렇게 말하는 그의 눈가에 이슬이 맺혀 있었다. 나는 순간 술기운인지 몰라도 치밀어오는 비애를 느꼈다. 그날 나는 혼자 취했다. 그가 아끼던 책을 내다파는 이유도 알 것 같았다.

　선생으로부터 가게에 한번 들러달라는 연락이 왔다. 그렇잖아도 그의 아들 장가갈 때 보고 격조했던 참이었다. 서점에 들어서니 책상 위의 보자기가 눈에 들어왔다. 풀어보니 유길준의『서유견문』이었다. 선생이 말하길 "아무래도 이 책의 임자는 윤 선생 같소."라며 내게 책을 내밀었다. 전혀 예상치 못한 일이다. 책값도 준비를 못했고 하여 당황하니까 값은 윤 선생이 알아서 천천히 자기 계좌로 보내라는 것이다. 이럴 때가 제일 난감하다. 차라리 값을 얘기할 것이지 알아서 보내라니 아무려나 기분이 좋았다. 나는 집으로 돌아와 선생 계좌에 100만 원을 입금시켰다. 90년대에『서유견문』은 그 정도 가격대가 형성되어 있었다. 선생도 만족했던 것으로 안다.

한참 뒤 풍문에 그가 입원했다는 소식이 들렸다. 나는 가슴이 철렁 내려앉았다. 아마도 2003년쯤 될 것이다. 그가 입원해있는 경희대 한방병원을 찾았다. 병실 문을 들어서니 한약냄새가 진동한다. 그는 코와 기도에 호스를 박고 누워 있었다. 나를 보자 반가운 빛이 역력했다. 침대에서 일어나려 애를 쓰며 내게 뭐라 말을 하는데 알아들을 수가 없었다. 나는 그대로 가만히 계시라고 했다. 그는 올 것이 왔다고 생각했는지 주르륵 눈물을 흘렸다. 나는 그의 손을 꼭 잡고 힘을 내시라는 말밖에 아무것도 해줄 수가 없었다. 나는 더 이상 있을 수가 없어서 눈물을 훔치며 병실을 나왔다. 돌이켜보니 그가 간 지 벌써 15년이 된다. 선생은 갔지만 『서유견문』이 남아서 그와의 추억을 상기시키고 있다.

최초로 책이 된,
『서유견문』(1895)

　　우리가 흔히 책이라면 양장본을 일컫는다. 그러나 불과 100년 전 만해도 한적이 일반적인 책이었다. 내가 모은 장서는 거의 다 개화기 이 후 양장본이다. 한문을 배우지 못한 나에게 한적은 아무리 귀한 책이라 해도 일제강점기에 나온 시집 한 권만 못하다. 그 이유는 가독성의 문제 가 제일 클 것이다. 책을 읽을 수 없다면 아무리 귀한 책이라도 정이 가 지 않는다. 그렇다면 책에 한글이 나타나기 시작한 최초의 양장본은 어 떤 책인가. 완전하진 않지만 그래도 이 물음에 대한 답변으로는 구당(矩 堂) 유길준(1856~1914)의 『서유견문』(1895)을 들 수밖에 없다. 일각에서 는 일본에서 출판된 『한불자전』(1880)을 꼽기도 하고 또한 정병하의 『농 정촬요』(1886)를 들기도 한다. 그러나 『한불자전』은 우리나라 사람이 지 은 책이 아니요, 『농정촬요』는 한장본(漢裝本)이다. 『서유견문』도 저자만 조선사람이지 출판지는 일본이라는 한계를 안고 있다. 아직까지도 우리 나라 사람이 국내에서 펴낸 최초의 양장본은 밝혀진 것이 없는 줄 안다.

　　나는 이 글을 준비하면서 책장 속에 먼지를 쓰고 있는 『서유견문』 을 오랜만에 꺼내보았다. 판권지를 보니 개국 504년(명치28년) 4월 25일 발행으로 되어 있다. 발행소는 일본 동경 교순사(交詢社)다. 면지에는 선

『서유견문』

명한 붓글씨로 '권명수(權命洙) 대아각하(大雅閣下), 개국 504년 5월 30일, 저술자 유길준'이라고 쓰여진 기증본이었다. 개국 504년이면 서기로 환산해서 1895년이 된다. 총 556쪽의 방대한 양장제본으로 지금 봐도 손색이 없는 잘 만들어진 책이다. 아마 당시 인쇄 기술로 이런 책은 국내에서 출판이 어려웠을 것이다. 고종 32년, 그러니까 왕조시대에 나온 이 책을 나는 상투 잘라 단발하고 양복을 단정히 갖춰 입은 개화기 지식청년에 비유하고 싶다. 인쇄된 문장 역시 그 당시 통용되던 한문 문법과는 달리 우리말 어순을 따르고 있는 점이 특이하다.

유길준은 서문에서 "한글은 선왕(세종)께서 창조한 글자요, 한자는 중국과 함께 사용하는 글자인데 오히려 한글을 쉽게 쓰지 못하는 것을 불만스럽게 생각한다. 온 백성들 상하, 귀천, 부인, 어린이 할 것 없이 유창한 글과 쉬운 언어를 통하여 진실을 표현하는 것이 옳다고 생각한다."라고 밝혔다. 이 문장 속에서 세종대왕의 한글창제정신을 유길준이 계승하고 있음을 엿볼 수가 있다. 『서유견문』에는 저자의 한글사랑이 그

『대한문전』

대로 들어 있다. 당시 사대부들의 반발을 예상하고도 국민들을 위해 한글을 섞어 이 책을 지었다는 얘기가 서문에 나온다. 사실 유길준은 국어학의 개척자로서 문법책인 『대한문전』(1909)을 앞서 펴낸 사람이다.

　『서유견문』은 유길준이 미국과 유럽을 둘러보고 쓴 백과사전식 서양입문서이다. 이 책은 그가 26세 되던 1881년 신사유람단으로 일본을 처음 방문하면서 구상하고 1884년에 자료를 수집, 1887년 가을부터 집필에 착수하여 1889년 봄에 완성했다. 책의 구성은 '서(序)'와 '비고' 외에 총 20편의 내용으로 이루어져 있다. 제1편 천문과 세계지리에서부터 서양의 정치, 사법, 행정, 교육, 종교, 학문, 풍속과 근대적 기계와 발명품 등에 이르기까지 전 영역을 다루고 있다. 마지막 제19편과 20편은 서양의 주요 도시를 둘러보고 쓴 견문록이다. 이 책은 근대일본의 아버지라 불리는 후쿠자와 유키치(1835~1901)의 『서양사정』(1866)을 참고해서 썼고, 그가 설립한 일본 동경의 교순사에서 유길준이 450원의 자비를 들여서 비매품으로 간행한 것이다.

그럼에도 불구하고 이 책의 가치는 전혀 손상되지 않고 있다. 왜냐하면 책 속에는 서구와 같은 문명개화를 통해서 백성이 참여하는 근대적 국민국가를 세우려 했던 그의 정치개혁사상이 그대로 담겨 있기 때문이다. 『서유견문』은 갑오경장(1894)의 모체가 되기도 했다. 시민혁명을 통해서 근대적 국민국가를 세운 경험이 없는 우리에게 이 책은 신선한 충격으로 다가온다. 당시 군주시대에 이런 책을 쓴다는 것은 목숨을 걸고서야 가능했던 일이다. 현재에도 한 권의 책 속에 이렇게 방대한 서양 지식을 담은 책은 보기가 쉽지 않다. 책의 외모나 내용 면에서 구태를 벗고 면모를 일신한 『서유견문』은 우리의 고전으로 보전되어야 할 민족의 귀중한 유산이라 생각한다.

깊어가는 가을저녁 『서유견문』의 책장을 덮으며 외롭게 시대를 앞서간 유길준을 생각해본다. 그는 일찍이 조국의 앞날을 내다보며 "약소국가의 운명은 강대국들의 패권 쟁탈사에 달려 있고, 오직 여기서 벗어나는 길은 조선이 중립국으로 인정받는 길밖에 없다."며 1885년 처음으로 조선의 중립론(中立論)을 주장한 사람이다. 만일 그의 주장이 국제사회에서 받아들여졌다면 이후 조선은 어떻게 되었을까. 그러나 역사에서 가정은 의미 없는 일이다. 그는 일본이 청일전쟁과 러일전쟁에서 승리하면서 나라가 일본으로 넘어가는 것을 앉아서 지켜보아야만 했다. 힘없는 나라에서 태어난 선각자 지식인의 말로가 초라하기 그지없다. 1907년 마지막으로 순종께 올리는 상소문에서 벼슬을 사양하고 한일병합 뒤 일제로부터 내려진 은사금과 남작의 작위를 반환하였다. 가지고 있던 노량진 재산도 모두 교육 사업에 내놨다. 그는 모든 것을 다 내려놓고 만년의 호인 '천민거사(天民居士)'답게 평범한 민초로 돌아가 1914년 59세의 나이로 파란의 삶을 마감했다.

한국문학의 남상(濫觴)

　　한국의 현대문학이 태동된 지 어언 100년이 된다. 필자는 개인적으로 문학사에서 현대문학의 기점을 1918년으로 잡고 있다. 그러니까 일부 학자들이 주장하는 1919년 3·1운동설에 가까운 것이다. 학자들에 따라서 근대 또는 현대의 기점 논의가 분분하지만 내가 생각하는 현대의 기점은 군주시대가 막을 내린 1910년 이후부터 현대적인 문학의 성과물들이 구체적으로 나오기 시작한 시기가 적절하다고 판단되기 때문이다. 1918년에 최초의 소설집으로 거론되는 이광수의 『무정』과 김억의 자유시가 실려 있는 최초의 문예주간지 『태서문예신보』가 간행되었다. 1919년에는 김동인이 최초의 문예동인지 『창조』를 들고 나왔고, 1921년에는 최초의 번역시집 『오뇌의 무도』가 나왔다. 그리고 1922년에 최초의 희곡집 『황야에서』가 간행되었고, 1923년에는 최초의 시집 『해파리의 노래』가 뒤를 이었다. 1918년 이후부터 분명 전대의 신소설과 신체시와는 확연히 구분되는 최초의 문학 작품집들이 간행된 것이다. 그렇다면 어떤 작품집들이 한국 현대문학사의 못자리판에 첫 물줄기를 댔는지 그 원본을 찾아 수원지로 거슬러올라가 보는 것도 흥미로운 일이다.

1) 최초의 소설집,『무정』(1918)

춘원(春園) 이광수(1892~1950, 납북)의 문학을 한 마디로 표현하자면 '정(情)의 문학'이라 할 것이다. 그의 작품은『무정』에서 출발하여『유정』으로 끝이 난다. 주지하다시피 춘원은 어려서 부모를 잃고 자란 고아다. 고아로서 가시밭길을 헤쳐온 그의 삶 자체가 한 편의 드라마틱한 소설이다. 그는 그가 겪은 얘기를 털어놓기 위해서라도 소설가가 될 수밖에 없었을 것이다. 정에 굶주린 그가 애타게 '사랑'을 호소한 것도 자연스런 일이다. 그러나 안타깝게도 그가 처음 바라본 세상은 '무정'한 세상이었다. 우리는 소설『무정』속에 버려진 여주인공 영채를 통해서 '무정'으로 제목을 달 수밖에 없는 이유를 소설 곳곳에서 확인할 수가 있다. 춘원은 첫눈에 반한 신여성 허영숙을 아내로 맞이하면서 아들과 딸을 낳고 안정된 가정을 꾸렸다. 그가 쓰는 소설도 대부분 잘 팔려나갔다. 춘원이 친일의 길로 들어서기 전까지는 세상은 살 만한 가치가 있는 '유정'한 세상이었다. 춘원은 역사소설을 제외하고 대표작으로『무정』(1918),『유정』

『무정』(판본)

『사랑』

(1935), 『사랑』(1938)을 남겼다. 모두가 '정'을 주제로 다룬 소설집들이다.

이광수의 『무정』은 1918년 7월 20일 신문관·동양서원에서 초판이 발행되었다. 그리고 일제 말 판매가 금지될 때까지 8판을 찍었다. 최초의 베스트셀러가 탄생한 것이다. 『무정』의 계보에 대해서는 김철의 『바로잡은 '무정'』(2003)과 박진영의 『책의 탄생과 이야기의 운명』(2013)에 자세히 언급되어 있다. 이들이 조사한 자료에 의하면 『무정』 초판본은 현재 두 권이 남아 있다. 소설이 시집보다 더 귀하다는 것이 입증된 것이다. 그 뒤 2017년 고대도서관이 초판을 다시 발굴해서 화제가 된 적이 있다. 삼중당에서 처음 펴낸 『이광수전집』(1971) 별권을 보면 『무정』 사진

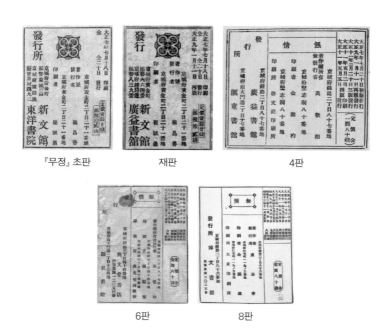

『무정』초판 　　　　 재판 　　　　 4판

6판 　　　　 8판

과 함께 초판이 광익서관에서 나온 것으로 되어 있는데 이는 잘못된 것으로 보인다. 필자가 확인한 바로는 일제강점기에 나온『무정』은 초판을 시작으로 중복된 발행소를 제외하면 5개 판본으로 정리된다.

　　초판은 1918년 신문관·동양서원에서 나왔고, 재판은 1920년 신문관·광익서관, 3, 4판은 1922년에 광익서관·회동서관, 5, 6판은 각각 1924년과 1925년에 흥문당서점·회동서관, 그리고 7, 8판은 1934년과 1938년에 같은 박문서관에서 발행되었다. 앞서 김철의 저서에는 경진사본『무정』(1954)이 빠져 있는데 확인해보면 박문출판사(1953)에서 펴낸 상·하권을 합본해서 만든 책이다. 필자는 혹시나 해서 요즘도 고서점을 드나들지만『무정』초판본은 무정하게도 그 모습을 내게 보이지 않고 있다. 아직도 구해야 될 책이 많이 남아 있어서 나는 행복하다.

『공진회』

『타락자』

『목숨』

최초의 장편소설집이 『무정』이라면 최초의 단편소설집은 어떤 책인가. 여기에 대해서는 언급들이 별로 없는 것 같다. 그저 쉽게 말해서 단편소설이라고 이마에 달고 나온 책은 안국선(1878~1926)의 『공진회』(1915)이다. 안국선은 『금수회의록』(1908)을 쓴 신소설 작가로 월북 작가 안회남의 부친이기도 하다. 지금 현대소설을 논하는 자리에 그는 어울리지 않는다. 그다음 앞서 나온 작품으로 정연규의 『이상촌』(1921)이 있긴 하지만, 최소한 문단에서 활동한 기존 작가 중에서 고른다면 빙허(憑虛) 현진건(1900~1943)의 『타락자』(조선도서, 1922. 11. 13.)가 가장 빠른 것 같다. 여기에는 빙허의 초기 대표작으로 「빈처」, 「술 권하는 사회」, 「타락자」 3편이 실려 있다. 뒤에 빙허와 사돈이 되는 월탄(月灘) 박종화가 책의 출간을 기뻐하면서 발문을 썼다. 현진건은 한국문단에서 체호프로 불리며 단편소설을 개척한 인물이다. 백철은 『조선신문학사조사』(1948)에서 그를 단편소설의 시조로 평가하고 있다. 현진건과 더불어 단편소설의 양대 산맥을 이룬 김동인의 첫 창작집 『목숨』(창조사, 1923. 8. 15.)이 『타락자』의 뒤를 이어 평양에서 간행되었다.

2) 최초의 시집, 『오뇌의 무도』(1921)

현대문학사에서 안서(岸曙) 김억(1896~1950, 납북)에 대한 평가는 인색한 것 같다. 주로 신문학 초기 서구 시와 이론을 소개한 전신자적 역할에 그치고 있는 느낌이다. 그가 남긴 시편들이 신통치가 못한 것도 이유가 될 수 있겠고, 한국전쟁 때 납북되어 일찍 문단에서 사라진 것도 한몫한 것 같다. 필자는 오래전부터 문학사에서 신문학 초기를 일컬어 '육당과 춘원 2인 문단시대'라 불리는 것에 불만을 가진 사람이다. 굳이 시인과 소설가 둘을 고른다면 육당 대신 안서를 넣어 '춘원과 안서 2인 문

단시대'라 하면 어떨까. 육당은 문인이라기보다 학자에 더 가까운 사람이다. 한국의 현대시는 안서를 거치지 않고는 문턱을 넘기가 어렵다. 안서는 한국현대시의 논바닥에『오뇌의 무도』와『해파리의 노래』를 들고와서 첫 모판을 만들어놓은 사람이다. 그는 문단생활 36년 동안 600여 편의 시와 300여 편의 산문을 썼고, 7권의 창작시집과 14권의 번역시집을 간행하며 정력적으로 활동한 인물이다. 한국전쟁의 와중에 그가 납치될 때까지도 이 기록을 깬 시인은 문단에 없었다.

　　최초의 번역시집인『오뇌의 무도』(1921. 3. 20.)는 광익서관에서 나왔다. 그야말로 우리문단에서 최초의 시집이 탄생한 것이다. 안서가 그간 여러 잡지에 발표한 베를렌, 보들레르, 구르몽, 예이츠 등 서구의 자유시 84편을 모아 시집에 담았다. 지금도 현대인들의 입에 회자되고 있는 베를렌의「가을의 노래」, 구르몽의「흰 눈」과「낙엽」, 예이츠의「술 노래」등 세계적인 명시들이 100년 전에 한 권의 시집으로 엮어져 나왔다는데 놀라움을 금할 수 없다. 당시 백철의 증언을 들어보면 김억의 인기는 대

『해파리의 노래』

단했다고 한다. 명색이 시를 쓴다는 사람들이 이 시집 속의 시 한두 편 정도는 외우고 다녀야 행세를 할 수 있을 정도였다니, 그가 후배 시인들에게 끼친 영향은 결코 적다고 할 수 없을 것이다. 시집의 서문을 네 사람이 썼는데 제일 앞에 쓴 김유방이 시집의 장정을 했다. 구르몽의 시편들을 모아서 유방에게 드린다는 헌사가 실린 것으로 보아서 안서와의 각별한 우정을 짐작케 한다. 유방(惟邦)은 김찬영(1893~1960)의 아호로 도쿄미술학교를 나온 평양 출신의 서양화가이자 현역 생존 화가 김병기(1916~)의 부친이기도 하다. 그간 장정가가 밝혀진 최초의 책으로 김영보의 희곡집 『황야에서』(1922)를 꼽았는데 『오뇌의 무도』(1921)는 이 책보다 일 년 먼저 나왔다.

최초의 창작시집은 김억의 『해파리의 노래』(조선도서, 1923. 6. 30.)가 차지한다. 여기에 총 83편의 자유시가 수록되어 있다. 안서는 서문에서 주로 최근 2년 동안의 시작을 담았다고 했고, 부록이라 표시된 「북방의 소녀」에 실려 있는 9편은 1915년의 작품이라고 설명하고 있다. 시편

김억(소묘)

들은 주로 고향의 정서와 시인의 감상을 표현하고 있다. 속지에는 김억의 모습을 그린 소묘가 들어있고 이어서 춘원의 서문이 눈길을 끈다. 요즘 '해파리'라면 독성이 있는 물질로 간간히 뉴스거리로 등장한다. 김억이 징그러운 '해파리'를 시집의 제목으로 갖다 붙인 이유가 무얼까. 그는 시집의 서문에서 "자유롭지 못한 나의 몸은 해파리와도 같이 물결 따라 바람결 따라 하염없이 떴다 잠겼다 한다."면서 자신의 괴로운 마음을 해파리의 유영(遊泳)에 빗대고 있다. 해파리는 국권을 상실하고 떠돌 수밖에 없는 우리 민족과 시인을 상징한다.『해파리의 노래』는 한국현대시를 밝힌 여명과도 같은 시집이다.

김억의『잃어진 진주』(평문관, 1924. 2. 28.)는 서구 시인 중에서는 최초로 간행된 아서 시몬즈(Arthur Symons)의 개인시집이다. 서문을 보면 번역본의 원서는 런던 하이네사(社)에서 두 권으로 간행된 것으로 소월에게서 빌린 것이라 밝히고 있고『오뇌의 무도』에 이어서 나온 두 번째 역시집임을 알 수 있다. "조선말처럼 형용사와 부사가 적어서 이 시집을 번역하느라 한 달 이상 자전과 목을 매며 싸웠다."고 번역의 어려움을 호소하고 있다. 39쪽에 이르는 서문을 보면 시집이 간행되기 2년 전인 1922년 1월 25일 탈고한 것을 알 수 있다. 여기에는 안서의 번역시, 자유시, 민요시 등에 대한 시론이 들어 있어서 안서의 시를 연구하는 데 많은 참고가 된다.

서문에 쓰여진 안서의 번역관은 한마디로 "번역은 창작이며 독립성을 가진 역자의 예술품"으로 요약할 수 있다. 이런 번역관은 양주동과

『잃어진 진주』

논쟁을 초래하기도 했다. 또한 안서는 시에 대해서 정의를 내리기를 "찰나 찰나의 영(靈)의 정조적(情調的) 음악이라"고 했다. 서문에서 주목되는 것은 김소월의 「금잔디」와 「진달래꽃」을 처음 소개하면서 새로운 시 형식인 "민요시"라는 명칭을 부여한 점이다. 시집 『잃어진 진주』에 수록된 「진달래꽃」은 1922년 1월 25일 탈고한 것으로 『개벽』(1922. 7. 10.)에 처음 발표된 시와 내용에서 차이가 있고 또한 반년 앞선다. 김소월의 「진달래꽃」은 『잃어진 진주』(1922.1)본, 『개벽』(1922.7)본, 그리고 시집 『진달래꽃』(1925.12)에 수록된 것까지 세 가지 판본이 존재하는 셈이다.

    나보기가 역겨워,

    가실째에는, 그째에는

    말업시 고히 보내들이우리다.

    寧邊엔 藥山

그 진달내꼿, 한아름짜다

가실길에 뿌리우리다.

가시는 거름거름,

노힌 그 꼿을

고히나 즈러밟고 가시옵소서.

나보기가 역겨워,

가실째에는, 그째에는

죽어도 아니 눈물흘니우리다.

　　－「진달내꼿」(『잃어진 진주』, 평문관, 1924)

　　민요시집 『금모래』(한성도서, 1924. 10. 4.)는 문고판보다 작은 반 46판 크기로 간행되었다. 김억의 두 번째 창작시집이고 우리 문학사에서 최초로 '민요시집'이라는 타이틀을 달고 나왔다. 시집에 실려 있는 40편의 시중에서 12편은 안서의 창작 민요이고 나머지 28편은 남의 것을 개작한 것이다. 안서는 시집의 「권두일언」에서 이 민요시는 나의 첫 시험이라고 밝히며 "오랫동안 파묻혀서 천대받든 민요시가 지금 비로소 새롭게 눈을 뜨게 되는 것을 혼자 기쁘게 생각한다. 민족의 위대하고 순실(純實)한 시가는 민요시밖에 없다."고 토로하고 있다. 안서는 조선의 문학은 조선의 사상과 조선의 옷을 입어야만 진정한 문학이 될 수 있다고 생각한 사람이다. 그는 초기부터 조선시의 원형을 찾아 부단히 자유시 형식을 실험했다. 그 결과 그가 최종적으로 도달한 지점은 '민요시의 현대적 수용'이었다.

『금모래』

닙사귀가 쩌러지면
香내업는 꼿이 피는
분홍빗의 相思꼿은
갓튼줄기에 살건만은
그립어도 못보고 죽노라는
닙사귀의 怨魂이랍니다.

- 「相思꼿」(『금모래』, 한성도서, 1924)

　　안서는 소월의 시가 자기가 찾는 민요시의 형식에 가장 적합하다
고 생각하고 소월을 발굴했다. 안서의 생각은 옳았다. 안서의 민요시가
소월에게 이어져 활짝 꽃을 피운 것이다. 여기에 안서의 큰 공이 있다 할
것이다. 소월은 지금 국민들로부터 사랑받는 시인으로 부동의 자리를 지
키고 있다. 아마 100년이 지난 뒤에도 소월의 시는 남아 있을 가능성이
크다. 왜냐하면 소월의 시가 민족적인 토양에 뿌리를 박고 있기 때문이

다. 그런 점에서 시집 『금모래』는 민요시의 물꼬를 터뜨린 최초의 시집으로 자리매김해야 할 것이다.

다음으로 여성 최초의 창작집에는 어떤 것이 있을까. 그것은 아마도 김명순(1896~1951)의 『생명의 과실』(한성도서, 1925. 4. 5.)일 것이다. 여기에는 23편의 시와 감상 4편, 소설 2편이 수록되어 있는데 한마디로 저자의 문집인 셈이다. 김명순은 1917년 이광수의 추천을 받고 『청춘』지에 '망양초(望洋草)'라는 필명으로 단편 「의심의 소녀」가 3등으로 입선되면서 문단에 나왔다. 『창조』 동인으로 활동했고 『학지광』, 『여자계』, 『신여성』, 『개벽』 등에 시, 소설, 수필을 발표했다. 그녀는 자유연애사상을 기조로 하는 소설을 많이 발표했는데 이는 작가 자신의 삶과도 관련이 있어 보인다. "인생의 연애는 예술이요, 남녀 간의 예술은 연애"라고 주장하며 화가 김찬영과 길진섭, 소설가 임장화와 자유분방한 교제로 김동인으로부터 '과부처녀'라는 놀림을 받기도 했다. 그녀는 김동인의 소설 『김연실전』의 실제 모델로도 알려져 있다.

　　창작집이 아닌 최초의 여성 시집은 영운(嶺雲) 모윤숙(1910~1990)
의 『빛나는 지역』(조선창문사출판부, 1933. 10. 15.)이 차지한다. 금박을 사
용한 호화본 시집 속에는 저자의 20대 초반의 사진과 함께 105편이 수록
되어 있다. 김활란과 이광수가 서문을 썼다. 춘원은 "조선에는 허난설헌
이라는 여성 한시인(漢詩人)이 있었다. 그러나 조선말을 가지고 조선민족
의 마음을 읊은 여시인으로는 아마 모윤숙여사가 처음일 것"이라 말하고
있다. 이 시집은 장정심의 『주의 승리』(한성도서, 1933. 10. 23.)보다 한주
먼저 나왔다.

　　최초의 서사시를 담은 시집으로 파인(巴人) 김동환(1901~1950, 납
북)의 『국경의 밤』(한성도서, 1925. 3. 20.)이 있다. 시집 속에는 서사시 「국
경의 밤」과 함께 「북청물장사」를 포함해서 14편이 수록되어 있다. 필자
의 어린 시절 창신동 산동네에는 북청물장사들이 살고 있었다. 그들은
동트기 전 산비탈을 삐그덕거리며 오르내려 내 곤한 새벽잠을 깨우곤 했
다. 파인은 '적성을 손가락질하며' 혜성처럼 등장하여 북국의 찬 우물물

을 하품하는 조선시단에 쏟아부었다. 오랜 세월 학대받으며 살아온 함경
도 변방지역의 재가승(在家僧)의 후예 순이의 비극적인 삶을 이야기형식
으로 담아낸 「국경의 밤」은 일제강점기 주권을 상실한 민족의 현실과 맞
물려 커다란 반향을 일으켰다. 이 시편은 동향의 후배시인 이용악에게도
영향을 끼쳐 그의 대표작인 「북쪽」과 「오랑캐꽃」이 나오게 된 배경이 되
기도 했다. 같은 해에 나온 서사시집 『승천하는 청춘』(신문학사, 1925. 12.
25.)은 관동대지진 당시 남녀 간의 비극적 사랑을 다룬 작품으로 『국경의
밤』의 인기에 가려 크게 빛을 보지 못했다.

　　황석우(1895~1959)의 『자연송』(조선시단사, 1929. 11. 19.)은 최초로
자연시만 모아놓은 특별한 시집이다. "자연을 사랑하라 자연을 사랑하지
못하는 자는 사람도 사랑할 참된 길을 아지 못한다."라는 아포리즘이 앞
장에 실려 있다. 서문에는 "나에게 어머니가 둘이 있는데 하나는 나를 낳
아준 어머니이고 또 하나는 길러준 '진경(眞卿)' 누이라며 이 시집을 진경
누이에게 드린다."는 헌사가 있어 눈길을 끈다. 그는 한때 정치가를 꿈꾸

었다. 그러나 그가 시를 쓸 수밖에 없는 이유는 '현실적인 학대와 어머니
와 누이에 대한 설움 때문'이라고 말한다. 그는 현실사회를 저주하면서
시를 쓰는 환경은 지옥 이상이었다고 토로하고 있는 것으로 보아 그가
세상과 불화하고 있음을 짐작할 수 있다. 황석우는 초기 『태서문예신보』
를 통해서 안서와 같이 자유시의 선구자 역할을 하며 조선시단을 이끈
중심인물이다. 최초의 시전문지 『장미촌』(1921)과 『조선시단』(1928)을
펴내기도 했으나 문단에서 크게 주목받지 못했다. 세상과 타협하지 못한
성격과 여성 문제가 원인이 된 것도 같은데 이와는 별개로 작품에 대한
평가가 내려졌으면 하는 생각이다.

　　　여러 시인들을 망라한 최초의 사화집(詞華集)으로 『조선시인선
집』(1926. 10. 13.)이 조선통신중학관에서 나왔다. 당시 이곳에서 근무하
던 목우(牧牛) 백기만(1901~1969)이 중심이 되어 펴낸 것이다. '28문사걸
작'이라는 부제와 걸맞게 1920년대 시단에서 활동하는 28명의 시인들의
대표 작품들을 여러 편씩 수록하고 있어서 사화집으로 손색이 없을 정도

다. 1920년대 시단을 가늠해볼 수 있는 좋은 자료가 된다. 수록된 시인들로는 김기진, 김정식, 김동환, 김억, 김탄실, 김형원, 남궁벽, 조명희, 양주동, 노자영, 유춘섭, 이광수, 이상화, 이은상, 이일, 이장희, 박영희, 박종화, 박팔양, 백기만, 변영로, 손진태, 오상순, 오천원, 조운, 주요한, 홍사용, 황석우 등이다. 백기만은 대구출신 시인으로 양주동과 같이 『금성』(1923) 동인으로 활동을 했다. 친구인 이상화와 이장희의 흩어진 시고를 모아 유고시집 『상화와 고월』(1951)을 펴냈고, 경북 예술가들의 평전인 『씨 뿌린 사람들』(1959)을 간행하기도 했다. 그러나 백기만은 평생 남의 것만 펴내고 정작 본인의 작품집은 하나도 갖지 못했다.

최초의 시조집으로는 육당(六堂) 최남선(1890~1957)의 『백팔번뇌』(동광사, 1926. 12. 1.)가 있다. 육당은 서문에서 최근 2, 3년간 읊은 것으로 108편을 한 권에 뭉쳤다고 말한다. 목차를 보면 "제1부 동청나무 그늘(36수), 제2부 구름지난 자리(36수), 제3부 날아드는 잘 새(36수)" 이렇게 도합 108수라 기록되어 있지만 실제로는 제2부에 39수가 실려 있어

『백팔번뇌』

서 총 111수가 된다. 여기에 수록된 시조는 한 연(聯)이 2행으로 된 3연
시조다. 우리가 흔히 알고 있는 3장 고시조와는 다른 변형된 현대시조인
셈이다. 이 시집에는 조선의 네 천재가 다 모였다. 첫째가 육당 본인이요,
둘째가 벽초 홍명희이요, 셋째는 춘원 이광수다. 여기에 위당 정인보까지
합세해서 셋이 발문을 써서 아주 이채를 띤 시집이 됐다. 벽초는 발문에
서 "여기 실려 있는 백팔번뇌 108편의 기조(基調)는 님을 사랑함이니 그
님은 부인도 아니요, 숨겨 논 미인도 더욱 아니고, 그 님의 이름은 '조선'
인가 한다."라고 밝히고 있다.

　　윤석중(1911~2003)의 『윤석중동요집』(신구서림, 1932. 7. 20.)은 이
분야에서는 처음이다. 춘원과 요한의 서문이 들어 있어서 더욱 빛이 난
다. 춘원은 「아기네 노래」라는 서문에서 "세상에 아름다운 것이 아기네
밖에 또 있는가."라고 말한다. 그러면서 "우리는 어린 맘을 가진 이로 아
기네 노래의 찬탄할 천재로 조선에 석동(石童) 윤석중 군을 가진 것을 감
사하고 자랑으로 알지 아니할 수 없다"라고 극찬했다. 우리에게 낯익은

『윤석중동요집』

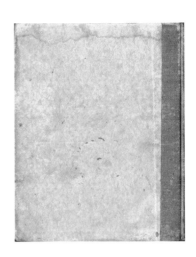

이상범 그림(『윤석중동요집』)

「낮에 나온 반달」, 「우산 셋이 나란히」, 「퐁당퐁당」 등 주옥같은 동요가 35편이 실려 있다. 윤극영, 박태준, 정순철, 현재명, 홍난파가 곡을 붙이고 이승만, 이상범, 김규택, 전봉제가 그림을 그렸다. 시인과 작곡가와 화가가 공동으로 만든 이 동요집은 훌륭한 예술적 조화를 이루었다. 이어서 최초의 동시집 『잃어버린 댕기』(계수나무회, 1933. 4. 25.)가 이듬해에 나왔다.

3) 최초의 수필집, 『사상산필』(1925)

오늘의 수필문단은 시나 소설에 비해 괄목할 정도로 성장했다고 할 수 있을 것이다. 그러나 이에 비해서 수필문학을 체계적으로 다룬 연구 성과는 그다지 많아 보이지 않는다. 황순구는 1987년 『수필과 비평』 창간호에서 1,168권의 「한국근대수필집목록」(1895~1970)을 정리해서 발표한바 있다. 필자도 일찍부터 수필에 관심이 많아 유길준의 『서유견문』(1895)에서부터 박현숙의 『막은 오르는데』(1970)까지 1,247권의 수필집을 모았다. 우리 수필문학사에서 최초의 수필집으로 거론되는 책은 유길준의 『서유견문』이다. 그러나 필자는 이 책의 내용과 문체, 간행된 시기 등을 고려해서 최초의 수필집으로 보는 데는 이견을 가지고 있다. 필자의 생각으로 최초의 수필집은 『서유견문』이 간행되고 나서 29년이 지난 뒤에 나온 이광수의 『금강산유기』(시문사, 1924. 10. 13.)라고 생각한다. 춘원이 금강산을 다녀와서 쓴 기행수필이다.

그렇다면 기행수필집이 아닌 최초의 본격 수필집은 어떤 책일까. 필자는 김억의 『사상산필』(백열사, 1925. 11. 25.)에서 그 답을 찾고 싶다. 하동호는 『한국근대문학의 서지연구』(1981)에서 수필집이라 이름 붙일 수 있는 시초의 단행본으로 벽초(碧初) 홍명희의 『학창산화』(조선도서,

『금강산유기』

『학창산화』

1926. 9. 25.)를 들고 있는데 그가 이 책을 읽어봤다면 실망했을 것이다.
『학창산화』는 낱말을 풀이한 일반상식과도 같은 책이다. 필자는 1990년
대에 판권도 떨어져 나간『학창산화』를 100만 원 가까이 주고 산 적이 있
었다. 벽초라는 이름값 때문이었다. 집에 와서 흥분된 마음으로 끝까지
읽고 나서 드는 것은 배신감뿐이었다. 책속에는 제목에서 기대했던 것처

『사상산필』

럼 벽초의 학창시절 얘기는 고사하고 서문 한 장 들어 있지 않았다. 간행
되어 나온 수필집 목록을 보면『사상산필』은 대부분 1931년 한성도서본
이 올라있다. 그러나 필자는 오래전부터 1920년대에 간행된 별도의 판본
이 있음을 알고 있었다. 필자는 이 책의 소장자를 찾아 나섰다. 그는 나와
도 안면이 있는 신연수 시인이다.

　　필자는 신 시인이 근무하는 직장 가까운 곳에서 처음으로 수필
집『사상산필』과 마주했다. 제목 사상산필(沙上散筆)은 '모래위에 흘려
쓴 글씨'라는 뜻으로 활자가 아니라 멋을 부려 도안해 넣은 글자였다. 서
문을 보면 안서가《동아일보》칼럼 '학창산화'에 발표된 글을 엮은 것으
로 순서 없이 쓴 산화(散話)라고 밝히고 있다. 예술에 관한 글과 술과 담
배 같은 기호품, 곤충, 생물, 식물 등을 다룬 82편의 단상이 수록되어 있
었다. 그야말로 다양한 소재를 가지고 붓 가는 대로 쓴 글이다.『사상산
필』은 안서의 세 번째 시집『봄의 노래』(매문사, 1925)에 출판예고가 나온
다. 여기서 부제로 '수필산화'라는 명칭을 쓰고 있는 점이 주목된다. 1920

년대 초기에는 '수필'이라는 명칭은 지금처럼 널리 사용되지 않았다. 안서가 『사상산필』을 정식 수필집으로 간주하고 있었다는 얘기다. 안서가 남긴 수필은 300여 편에 이른다. 시 다음으로 활발히 활동했던 영역이 수필이다. 그럼에도 불구하고 수필문학사에서 안서를 심도 있게 다룬 글은 거의 찾아볼 수 없다. 이번 『사상산필』을 근거로 그가 남긴 수필도 돌아보는 계기가 되었으면 좋겠다.

세계일주 여행을 다룬 최초의 수필집은 『서유견문』이 나온 지 39년 만에 등장한다. 효정(曉亭) 이순탁(1897~1950, 납북)의 『최근 세계일주기』(한성도서, 1934. 9. 18.)가 그것이다. 저자는 연희전문 상과교수를 지낸 학자다. 효정이 안식년을 맞이하여 1933년 4월부터 이듬해 1월까지 무려 9개월간 미국과 유럽 등 17개국을 돌아보고 쓴 기행문이다. 당대 지식인 이순탁 교수는 글의 곳곳에서 해박한 경제학 지식을 바탕으로 1930년대 세계사의 현장을 돌아보며 예리한 식견을 제시하고 있다. 본문에는 글과 함께 여행사진 60장이 실려 있다. 저자는 서문에서 "이러한 종류의 저서가 나 알기에 조선에 없는 것"이라 쓰고 있다. 현재에도 나오기 힘든 경이로운 책이다. 제자는 정인보가 썼고 모던한 표지의 장정은 화가 이종우가 그렸다. 나는 이 책을 인사동 문우서림에서 구입했는데 저자도 내용도 모르는 책을 단지 책에서 뿜어져 나오는 서권기(書卷氣)에 끌려 샀던 것이다. 이런 책을 구한 감동은 오래간다.

4) 최초의 평론집,『소설 평론집』(1930)

우리 문학사에서 평론집이란 제목으로 간행된 책은 회월(懷月) 박영희(1901~1950, 납북)의『소설 · 평론집』(삼천리사 1930. 9 .8.)이 처음이다. 이 책은 소설「사냥개」,「전투」,「지옥순례」와 4편의 평론「투쟁기에 있는 문예비평가의 태도」,「신경향파와 무산파 문학」,「문예운동의 방향 전환」,「예술운동의 집단적 의의」가 3편의 소설과 함께 수록되어 있어서 순수한 평론집으로 보기는 어렵다. 저자는 서문에서 본인의 문예활동이 시, 소설, 평론 순으로 변천되어왔다고 말하고 또한 이 책의 가치는 조선프로예술운동사적 발전과정에서 얻은 한 개의 계단에 불과하다고 말하고 있다. 우리 문학사에서 한 획을 그은 카프가 창립된 것은 1925년 8월의 일이다. 회월은 팔봉 김기진과 더불어 프로문학을 선도해왔지만 정작 그들이 남긴 프로문학 작품집은 이 책이 유일하다. 그는 일제 강점기에 프로와는 무관하게 크고 호화로운 시집『회월시초』(1937)를 펴낸바 있다. 김윤식은 박영희를 논하는 자리에서 그는 "한국 신문학이 계몽주의에서 예술주의로 넘어서는 1920년에서부터 1950년까지 시, 소설, 수필, 평론 및 문학연구에 걸쳐 활동했는데, 그 어느 장르에서나 문단의 최고 수준을 보여주었다."고 평가했다. 회월도 한국전쟁 때 납북되면서 거의 잊힌 작가가 되었다. 그럼에도 불구하고 그의 문학적 성과는 적지 않

『소설 · 평론집』

『문학과 지성』

아 보인다.

　　본격적인 평론집의 비롯은 최재서(1908~1964)의 『문학과 지성』 (인문사, 1938. 6. 20.)이 될 것 같다. 회월의 『소설 · 평론집』 이후 8년 만에 나온 것이다. 다른 장르에 비해 평론집의 출현이 많이 늦은 셈이다. 책의 표지에는 뱀이 똬리를 틀고 혓바닥을 내놓고 있는데 뱀은 지혜를 상

『현대조선문학전집7』 평론집

징하는 동물로서 평론집에 잘 어울리는 김용준의 장정이다. 목차를 보니 우리에게 잘 알려진 '「날개」와 「천변풍경」에 관하여'가 첫눈에 들어온다. 이 책은 이미 평론의 고전이 된 책이다. 화돈(花豚) 김문집(1907~?)의 『비평문학』(청색지사, 1938. 11. 2.)은 『문학과 지성』에 이어 5개월 뒤에 나왔다. 이 책은 구본웅이 운영하는 청색지사에서 장서판과 독서판 두 종류로 간행되었는데 필자가 소장하고 있는 장서판은 화돈이 안서에게 준 기증본이다. 화돈(꽃돼지)이라는 호가 당시 문인들의 고상한 호와는 다르게 앙증맞다. 남의 책에 여간해서 서문을 쓰지 않는 춘원이 여기에 한문으로 발문을 썼다. 김문집을 '무관의 제왕'으로 치켜세운 것을 보면 문호인 춘원도 독설가인 김문집이 무서웠던 모양이다. 최초의 평론 선집으로는 조선일보사에서 기획한 『현대조선문학전집7』(1938. 7. 1.) 평론집이 시초다. 박영희, 양주동, 최재서, 이원조, 김문집, 유진오, 정인섭, 김남천, 김환태, 이헌구, 백철, 김기진의 글이 실려 있다. 이 책은 문단 초기부터 1930년대 후반까지의 문학평론을 조감해볼 수 있는 좋은 자료가 된다.

5) 최초의 희곡집, 『황야에서』(1922)

우리 희곡문학사에서 최초의 작품집은 김영보(1900~1962)의 『황야에서』(조선도서, 1922. 11. 13.)가 차지한다. 속지에 '김영보 작(作) 동인 장정(同人裝幀)'으로 인쇄된 것을 보면 본인이 직접 장정을 한 것을 알 수 있다. 100년 전에 나온 책으로 지금 봐도 잘 만들어진 양장제본이다. 녹색 바탕의 표지에 여인의 나신이 등을 돌리고 있는데 이런 장정은 당시 1920년대 초에 조선에서는 보기 힘든 것으로 일본책의 영향을 받은 것이 아닌가 생각한다. "빈한, 병고와 싸우면서 오히려 부에 굴하지 않고 사계(斯界)를 위하여 살며 사계를 위하여 죽은 나의 조부 영전에 이 책을 바친다."라는 헌사가 들어 있어 숙연하게 한다. 여기에는 희곡 「나의 세계로」, 「시인의 가정」, 「연(戀)의 물결」, 「정치 삼매」, 「구리 십자가」 등 5편이 실려 있다. 이중에서 「정치 삼매」와 「시인의 가정」은 1921년 10월과 12월, 단성사 무대에 올린 작품이다. 소암(蘇岩) 김영보는 부산에서 태어나 조상들의 세거지인 개성의 한영서원을 나와서 일본 와세다 대학에서 정치학을 전공했다. 1921년 이기세가 주도한 극단 예술협회에 들어가 희곡을 쓰고, 1925년 고한승, 김영팔, 안석주 등과 극문회라는 연극연구단체를 창립하기도 했다. 1927년 경성일보 기자를 시작으로 매일신보사 통신부장, 오사카 지사장, 경북지사장을 역임했다. 광복 이후에는 영남일보를 창간하고 사장으로 재직하며 주로 언론인으로 활약한 인물이다. 그가 남긴 5편의 희곡은 전통적인 인습 타파와 진보적인 도덕관을 제시했다는 점에서 의미를 부여하지만, 한편으로 통속극의 한계를 벗어나지는 못했다는 평가를 받기도 했다. 희곡집은 뒤를 이어서 조명희(1894~1938)의 『김영일의 사』(동양서원, 1923. 2. 5.)와 윤백남(1888~1954)의 『운명』(신구서림, 1924. 12. 25.)이 간행되었다.

『황야에서』

『김영일의 사』

　글을 쓰기 위해서 꺼내놓았던『무정』과『해파리의 노래』등을 다시 서고에 들여놓으면서 이 책들을 남기고 떠난 작가들을 생각해본다. 그들은 불모지나 다름없던 조선문단에 처음으로 시와 소설, 수필과 평론, 그리고 희곡이란 씨앗을 뿌려놓았다. 한국문학이 비로소 이들로 인해

고고(呱呱)의 소리를 내며 탄생한 것이다. 그러나 수확의 기쁨도 채 맛보지 못하고 춘원과 안서, 파인과 회월, 효정 등은 한국전쟁의 소용돌이 속으로 휘말리면서 북으로 끌려가 불행한 삶을 마감했다. 그들이 뿌린 씨앗은 벌써 자라서 100년이 되었다. 이제 그것들을 잘 가꾸어서 더욱 풍성한 수확을 거두는 것도 글 쓰는 자들의 몫이다.

9

희귀본, 한정본 시집

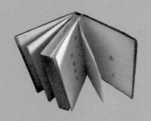

필자와 같이 오랜 세월 고서를 수집해온 마니아들이 선호하는 책들 중에는 한정본이 있다. 이 중에서도 저자의 서명이라도 들어 있으면 금상첨화라 할 것이다. 한정본은 출판 당시 부수를 극히 제한해서 펴낸 책으로 평생을 통해 한 번 만져볼까 하는 희귀본에 속한다. 필자의 경험에 의하면 한정본은 소설과는 달리 주로 시집에서 나타나고 있다. 그 이유는 저자나 발행인의 취향에 있겠지만, 시가 다른 장르에 비해 독자층이 두텁지 못하고 전문성을 요구하고 있기 때문이 아닌가 생각한다. 시집은 대개 두고두고 읽지만 소설은 한 번 본 책을 다시 보긴 쉽지 않다.

　　하동호가 『한국학보』(1982) 28집에 발표한 「한국근대시집총림서지정리」를 보면, 번역시집을 제외하고 한국전쟁 이전에 간행된 창작시집은 총 321권이다. 이중에서 정식으로 간행(유인본 제외)된 한정본은 31권으로 확인된다. 총 간행시집의 10%에 해당되는 수치이다. 필자는 한정본의 범위를 판권지상에 '한정판' 표시와 부수가 기록된 것, 그리고 초판 '발행부수'를 표기한 것을 기준으로 삼았다.

한정본 시집목록(1923~1950)

	시집명	저자	발행처	발행일	부수	비고
1	사슴	백석	자가본	1936.1.20	100	
2	골동품	황순원	자가본(동경)	1936.5.29	220	
3	양	장만영	자가본	1937.12.30	100	비매품
4	세림시집	조동진	시원사	1938.1.25	한정판	유고집
5	동경	김광섭	자가본	1938.7.15	1000(초)	
6	낡은 집	이용악	자가본(동경)	1938.11.10	420(초)	
7	능금	최병양	자가본(동경)	1938.12.16	500	동요집
8	앵무새	함윤수	자가본(동경)	1939.6.9	200	
9	동물시집	윤붕원	한성도서(주)	1939.7.20	200	
10	헌사	오장환	남만서방	1939.7.20	80	2종류
11	가람시조집	이병기	문장사	1939.8.15	300	시조집
12	분이	심하섭	한성도서(주)	1940.2.1	300	
13	춘원시가집	이광수	박문서관	1940.2.5	500	호화판
14	여수시초	박팔양	박문서관	1940.6.15	100	2종류
15	어깨동무	윤석중	박문서관	1940.7.20	1000	동요집
16	낙서	이기열	최영주(개인)	1940.8.30	300	
17	화사집	서정주	남만서고	1941.2.10	100	4종류
18	호박꽃초롱	강소천	박문서관	1941.2.10	500	동시집
19	화병	임춘길	이상오(개인)	1941.5.30	300	함북
20	노림	이가종	남창서관	1941.6.30	200	유고집
21	심화	박아지	우리 문학사	1946.3.10	3000(초)	
22	횃불	박세영	우리 문학사	1946.4.20	3000(초)	
23	흰나비	김목랑	김목랑시집간행회	1946.6.20	100	비매품
24	먼동틀제	김안서	백민문화사	1947.2.15	한정판	서사시
25	소연가	김수돈	문예신문사	1947.2.15	300	부산
26	초적	김상옥	수향서헌	1947.4.15	1000	시조집
27	구름과 장미	김춘수	행문사	1948.9.1	280	
28	기상도	김기림	산호장	1948.9.20	500	장시집
29	유년송	장만영	산호장	1948.10.30	500	2종류
30	버리고 싶은 유산	조병화	산호장	1949.7.5	1000(초)	2종류
31	하루만의 위안	조병화	산호장	1950.4.13	1000(초)	

시인들이 좋아하는 백석의 『사슴』

한정본 중에서 제일 먼저 나온 시집은 백석(1912~1996)의 ①『사슴』(1936)이다. 이 시집은 자비를 들여 100부 한정 출판한 것으로 33편의 시가 실려 있다. 장정이 없는 흰 바탕의 표지와 한지에 눌러 박힌 검은 활자는 눈밭의 사슴 발자국을 연상시킨다. 김광균 시인의 증언에 따르면 시집의 케이스가 별도로 있었다고 한다. 『사슴』은 2005년 계간지 『시인세계』가 현대시인 156명에게 물어본 결과 우리시대 시인들이 가장 큰 영향을 받은 시집 1위로 선정되었다. 요정 대원각의 주인 김자야(1916~1999, 김영한) 여사가 펴낸 수필집 『내 사랑 백석』(1995)을 보면 그녀는 백

『사슴』

석의 숨겨진 연인이었다. 그녀는 백석의 시편「나와 나타샤와 흰 당나귀」 속의 주인공으로 밝혀지면서 시집의 주가를 한껏 끌어올렸다. 현재 잔존 부수가 10권 내외로 파악되고 있는 이 시집은 얼마 전 코베이 경매에서 고가에 거래되어 주목을 받은 바 있다. 백석의 연인 김 여사는 천억 대를 호가하는 대원각을 법정 스님에게 시주하면서 언론과의 인터뷰에서 "나의 천억 재산은 백석의 시 한 줄만도 못하다"는 말을 남겨 세인의 이목을 집중시키기도 했다. 이후 대원각은 김 여사의 뜻에 따라 길상사로 바뀌었고, 그녀는 유언대로 화장하여 눈 오는 날 이 절의 경내 길상헌 뒤뜰에 뿌려졌다.

한정본 출판을 고집한 애수의 시인,
장만영

順伊 뒷山에 두견이 노래하는 四月ㅅ달이면
비는 샙파-란 잔디를 밟으며 온다

비는 눈이 水晶처럼 맑다
비는 하아얀 眞珠목고리를 자랑한다

비는 水鄕버들 그늘에서
한종일 銀色 레-스를 짜고있다

비는 대낮에도 나를 키스한다
비는 입술이 함숙 딸기물에 젖었다
  - 「비」 부분(『羊』, 1937)

　　장만영(1914~1975)의 첫 시집 ②『羊』(1937)은 비매품으로 100부
가 간행되었다. 저자는 이중에서 친지와 지인들에게 나눠줄 20부만을 남
겨두고 나머지 80부는 팔리지 않아 불살라 없앴다고 한다. 그래서 이 시

『양』

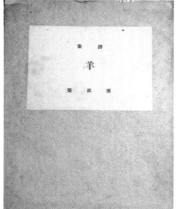

(케이스)

집은 한정본 중에서도 좀처럼 구하기 힘든 희귀본이 되었다. 시집 속에
는 대표작 「비」와 「달, 포도, 잎사귀」를 포함해서 30편이 수록되었다. ③
『유년송』(1948)은 장만영이 고향 황해도 백천에서 상경하여 산호장이란
출판사를 등록하고 펴낸 세 번째 시집이다. 한정 500부 중에서 A판 1-20
부, B판 21-500부로 간행되었는데 필자가 전부 확인하지는 못했지만 A
판 20부는 비매품으로 남관 등 유명화가의 그림이 그려져 있다. 이 시집

『유년송』

은 앞에 어머니에게 드리는 헌사가 있고 저자의 후기를 보면 작품 중에서 9편이 어릴적 기억을 모은 것으로 우인 지기에게 드리기 위해 엮었다고 밝히고 있다. 저자는 여러 시집 중에서도 평소에 이『유년송』을 무척 아꼈다고 한다. 장만영은『양』과『유년송』외에도『밤의 서정』(1956),『저녁놀 스러지듯이』(1973) 등 본인의 시집들을 한정본으로 펴냈다.

　　필자는 중학생 시절에 선생이 펴낸『소녀의 노래』(1958),『이정표』(1958),『그리운 날에』(1962) 등을 읽으며 보내다 인사동 경문서림에서 선생을 직접 만나 인사를 드린 일이 있다. 서점 주인이 나를 시집을 좋아하는 학생이라고 소개하자 기특하다며 내 머리를 쓰다듬어주셨다. 그때 묘한 표정을 짓던 선생의 눈동자를 아직도 잊을 수 없다. 지금 생각해보면 어린 학생이 너무 일찍 문학에 빠져드는 것을 우려했던 것이 아닌가 하는 생각이 든다. 선생은「나의 문학 수업기」에서 문학을 취미로 알고 즐기며 시를 써왔다고 고백한 적이 있다. 어디에도 구속되길 싫어하는 선생의 딜레탕트적인 문학관을 엿볼 수 있는 대목이다. 선생은 또한

『축제』

『나의 시 나의 시론』(1960)에서 시를 어떻게 보느냐는 질문에 서슴지 않고 '애수적인 미'라고 답변했다.

　　　선생은 책을 출판할 땐 제목과 장정을 무척 중요하게 생각했다. 그의 시집이 『양』, 『축제』, 『유년송』, 『밤의 서정』, 『저녁 종소리』, 『장만영 선시집』, 『놀따라 등불따라』, 『저녁놀 스러지듯이』와 같이 제목의 글자가 한 자씩 정확하게 늘어나고 있음을 볼 수 있다. 선생은 죽기 전 병석에 누워 있을 때도 아홉 번째 시집의 제목을 어떻게 지을지 고심했다고 한다. 조병화는 1975년 10월 8일 장만영 시인의 부음을 접하고 장 시인이 평소 남을 위해 발 벗고 나서길 좋아하는 착한 사람이었고, 출판사가 어려워 문을 닫게 된 것도 수지타산을 생각하지 않고 시인들을 위해 팔리지 않는 시집을 출판했기 때문이라고 증언했다. 선생의 마지막 가는 길도 그의 시집 제목과 같이 "놀 따라서 저녁놀 스러지듯이" 그렇게 가셨다. 용인에 있는 선생의 시비에는 "길손이 말없이 떠나려 하고 있다"라는 선생의 말년 작품 「길손」이 새겨져 있다.

『기상도』(재판)

　　일제강점기에 나온 김기림의 장시 ④『기상도』(1948)가 장만영이
운영하는 산호장에서 재판 500부로 간행되었다. 동향의 후배시인 김경
린이 장정을 했다. 초판에 없는 김기림의 서문이 재판의 커버 날개에 실
려 있다. 저자는 글에서 "한 시인의 정신과 생리에 끊임없이 다가드는 엄
청난 세계사의 진동을 한 편의 시 속에 놓치지 않고 담아보고 싶었다."
고 심경을 토로하고 있다. 그러면서 "초판은 지금 세상에 없는 외우 이상
(李箱)의 의장으로 검은 바탕에 은하를 상징하는 두 줄의 은선을 감고 세
상에 나온 호화본으로 300명 이상의 친구를 기대하는 것이 사치스러워
200부 한정으로 하고 절판에 부친 것도 이상의 고견이었다."고 밝혔다.
초판에는 한정부수의 표시가 없으나 이 글로 봐서 200부가 간행되었음
을 알 수 있다.

　　조병화(1921~2003) 시인의 첫 시집『버리고 싶은 유산』과 두 번째
시집『하루만의 위안』도 각각 1,000부씩 장만영의 산호장에서 펴냈다.
⑤『버리고 싶은 유산』(1949)은 1,000부 중에서 1-300번이 특제본이고

『버리고 싶은 유산』

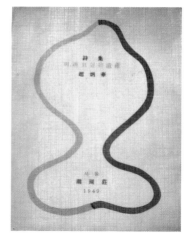

『하루만의 위안』

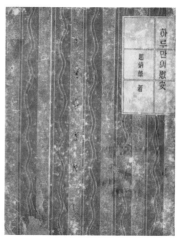

나머지 병제는 번호가 없는 무기번이다. 김경린의 장정으로 나온 시집에는 "삼가 김준 님께 드린다"는 헌사가 있고 27편이 수록되었다. ⑥『하루만의 위안』(1950)은 불과 한국전쟁을 두 달 앞두고 간행된 시집이다. 저자가 직접 장정을 했고 32편의 시가 실려 있다. 이 시집을 위대한 인간 알버트 슈바이처(ALBERT SCHWEITZER)에게 바치고 있다. 저자는 제1숙(宿)

『버리고 싶은 유산』(1949)에서부터 제52숙 『남은 세월의 이삭』(2002)까지 총 52권의 시집을 펴내고 이듬해 영원한 숙소를 찾아서 세상을 떠났다. 조병화는 평생을 삶과 죽음, 허무와 고독 등 인생의 본질을 쉬운 언어로 표현하며 현대시가 어렵다는 통념을 깨고 독자에게 다가간 시인이었다. 그는 평소에 "내게 시란 영혼의 숙소"라고 말했다.

요절 시인의 유고시집

이 세상에서 제일 슬픈 시집은 제대로 익어보지도 못하고 청시(青柿)처럼 떨어진 요절시인의 유고시집일 것이다. 조동진(1917~1937)의 ⑦『세림시집』(1938)은 판권에 '한정판'으로 인쇄되어 있을 뿐 부수표시는 없고 23편이 수록되어 있다. 이 시집은 표지의 색깔이 다른 이본이 존재한다. 시집의 서문을 고향선배 오일도가 쓰고 그가 운영하는 시원사에서 펴냈다. 호가 세림(世林)인 조동진은 청록파 시인의 한 사람인 조지훈의 맏형으로 20세에 요절했다. 아마 요절시인 중에서도 제일 이른 나이가 아닌가 생각된다. 세림은 경북 영양보통학교를 나온 후 부친이 인사동에다 차려준 일월서방을 운영하며 문인들과 사귀고 동생 지훈과 함께 동인지『꽃탑』을 펴내기도 했다. 그의 집안은 정암 조광조의 후손으로 부친 조헌영은 제헌국회의원을 지냈고 독학으로 동의보감을 연구하여 근대 최초의 한의서인『통속한의학원론』(1934)을 펴낸 사람이다. 세림의 동생 동위가 한국 전쟁 중에 전사했고 부친은 납북되면서 현대사의 비극을 온몸으로 체현한 비운의 가문이 되었다. 세림의 고모 조애영은 시조집『슬픈 동경』(1958)을 펴낸 시조시인이다.

이가종(1907~1940)의 ⑧『노림』(1941)은 200부 한정으로 남창서

『세림시집』

『노림』

관에서 나왔다. 이해문의 발문을 참고하면 이가종은 충남 예산 출신으로 33세에 요절한 시인으로 확인된다. 시집은 일기초, 뎃상첩, 노림 등 3부로 나누고 50편의 시를 수록하였다. 발문은 동향의 시인 이해문이 썼는데 그에 의하면 이가종은 예리한 감각과 섬세한 지성을 지닌 시인으로 소개되고 있다. 동인지 『시인춘추』와 『시건설』, 『맥』, 문예지 『조선문학』
과 『초원』에 「근영수제」, 「합이빈」, 「봄」, 「동」, 「정월의 시」 등을 발표하
며 활동했다.

미당의 『화사집』과
시단의 삼재(三才)들

1930년대 후반에 접어들면서 정지용의 왕관을 누가 이어받을지 시단의 삼재로 거론되는 서정주와 오장환, 이용악의 이름이 세인의 입에 오르내렸다. 그중에서도 시집 『성벽』과 『헌사』를 들고 나온 오장환의 인기가 가장 앞섰다. 오장환의 『헌사』와 서정주의 『화사집』은 김광균의 『와사등』과 함께 오장환이 운영하는 남만서방에서 만들었고, 이용악의 『낡은 집』은 자비로 일본 동경에서 간행되었다. 이들 시집들은 모두 우리 문학사에서 한 획을 그은 시집으로 평가받고 있다. 오장환(1916~1951)의 ⑨『헌사』(1939)는 80부를 찍어 가장 적은 한정본으로 기록된다. 특이하게도 동무들에게 보내는 찬송가 구절을 서문 격으로 실었다. 시집에는 장시 「황무지」와 함께 「The Last Train」 등 서정시 17편이 수록되어 있다.

저무는 驛頭에서 너를 보냈다.

悲哀야!

開札口에는

못쓰는 車表와 함께찍힌 靑春의조각이 흐터저잇고

『헌사』

서정주 기증본

『낡은 집』(속표지)

病든 歷史가 貨物車에 실리여간다.

待合室에 남은 사람은

아즉도

누굴 기둘러

나는 이곳에서 카인을 맛나면

목노하 울리라.

- 「The Last Train」 부분(『헌사』, 남만서방, 1939)

　필자가 소장하고 있는 『헌사』는 오장환이 서정주에게 붓글씨로 써서 준 기증본으로 두 사람의 우정이 먹 향기를 통해서 진하게 느껴진다. 이 시집은 규격과 종이의 재질, 한정판 표기방법 등에 있어서 차이를 보이는 이본이 존재한다. 필자는 오래전 통문관에서 이본을 구해 가지고 있다가 10년 전 시집을 좋아하는 동호인에게 양도한 일이 있다.

　이용악(1914~1971)의 ⑩『낡은 집』(1938)은 『분수령』에 이은 두 번째 시집으로 15편의 시가 수록되어 있다. 초판 420부를 자비로 찍었는데 간기와는 달리 별지에 부수표시를 인쇄하여 붙였다. 유통과정에서 별지가 떨어져 나가는 바람에 그간 한정본 시집이 아닌 것으로 알려지기도 했다. 저자는 꼬리말에서 "새롭지 못한 느낌과 녹슨 말로서 조그마한 책을 엮었으니 이 책을 『낡은 집』이라고 불러주면 좋겠다."고 말하고 있다. 표제의 시 「낡은 집」은 저자의 대표작으로 일제강점기 살길을 찾아 정든 고향땅을 등질 수밖에 없었던 유이민들의 비극적인 삶이 잘 형상화된 작품이다.

날로 밤으로

왕거미 줄치기에 분주한 집

마을서 흉집이라고 꺼리는 낡은 집

이집에 살았다는 백성들은

대대 손손에 물레줄

은 동곳도 산호 관자도 갖지못했니라

(중략)

그가 아홉살 되든 해

사냥개 꿩을 쫓아단이는 겨울

이집에 살던 일곱 식솔이

어대론지 살아지고 이튿날 아침

북쪽을 향한 발자욱만 눈우에 떨고있었다

더러는 오랑캐영 쪽으로 갔으리라고

더러는 아라사로 갔으리라고

이웃 늙은이들은

모두 무서운 곳을 짚었다

- 「낡은 집」 부분(『낡은 집』, 1938)

한정본 중에도 백미는 미당 서정주(1915~2000)의 ⑪『화사집』(1941)일 것이다. 여기에는 미당의 젊은 시절 정열과 고독과 절망을 담은 시편 24수가 실려 있다. 발문은 '시인부락'의 동인 김상원이 썼는데 내용을 보면 그의 손으로 이 시집이 나온 것을 알 수 있다. 필자가 최근까지 확인한 바에 따르면 『화사집』은 4종이 존재한다. 첫째는 판본이 다른 보

급판이 별도로 있고, 100부 한정본 중에서 병제본 2종(총 65권)과 특제본 1종(총 35권)이 있다. 한정본은 속표지 다음 장에 용도를 아래와 같이 구분하였다.

> 정일백부한정인행중(正壹百部限定印行中)
> 제1번에서 제15번까지 저자기증본,
> 동(同) 16번에서 동 50번까지는 특제본,
> 동(同) 51번에서 동 90번까지는 병제본,
> 동(同) 91번에서 제 100번까지는 인행자기증본
> 本書는 其中 第　番

　이어서 한 장을 더 넘기면 붉은 능금을 입에 물고 있는 검은 뱀 그림이 나온다. 판권지에 인쇄된 책의 가격은 보급판이 1원 80전, 병제본이 3원, 특제본이 5원이다. 저자기증본 15권, 인행자기증본 10권은 비매

병제본2

특제본

품이다. 이렇게 시집을 복잡하게 구분한 것은 평소 책의 장정에 관심이 많은 오장환의 계획된 의도로 보이는데 실제로 이 원칙은 지켜지지 않았다. 4종의 『화사집』의 차이점을 살펴보면, 보급판은 양지를 사용한 전형적인 양장제본으로 표지의 제자는 별지에 인쇄하여 붙였다. 병제본은 표지의 표기 방식이 다른 2종이 존재한다. 하나는 정지용의 한문 글씨를 받아 '궁발거사 화사집'으로 표지에 직접 인쇄한 것이고, 다른 하나는 '시집화사 서정주'를 주황색의 붓글씨로 써서 별지로 붙인 것이다. 2종의 병제본 모두 능화판 무늬를 입히고 본문 용지를 한지로 사용하여 홈 둥근 등의 양장제본을 한 것은 똑같다.

특제본은 표지에 아무 글씨가 없고 바탕은 화가들이 사용하는 캔버스용 천으로 감쌌다. 책등은 흰 명주천에다 주홍실로 '화사집'의 수를 놓고 본문은 이름난 전주 태지를 사용했다. 김광균의 증언에 의하면 본인의 『와사등』은 김만형의 장정으로 자비 출판했고, 미당의 『화사집』은 오장환이 장정을 맡은 다음 수놓는 집에 가서 한 장 한 장 참견을 했다고 한다. 항간에는 특제본에 수를 놓은 여인이 명월관 기생 숙향으로 알려지기도 했으나 이것은 와전된 것으로 미당 본인도 생전에 부인한 적이 있다. 지금 『화사집』의 가격은 병제본이 5000만 원이 넘고, 얼마 전 화봉 경매에 나온 특제본은 억대를 호가하고 있다. 필자는 책을 모으면서 한때 『화사집』 한정본을 세 권까지 가지고 있었던 적이 있다. 지금은 병제본과 보급판 두 권을 소장하고 있는데 그중 병제본은 월북한 전위시인 이병철이 소장하고 있던 책이다.

이 시집을 볼 때면 '이종호'라는 잊혀지지 않는 사람이 생각난다. 그를 처음 만난 것은 지금부터 25년 전 무슨 고서 전시장으로 기억된다. 나보다는 10여 년 연하의 사람으로 첫인상이 서글서글하고 늘 웃는 모습이었다. 일정한 가게도 없이 창고용 사무실을 동묘 근방에다 두고 지방을 돌며 고서를 구해다 팔았다. 그는 〈우주〉라는 명함을 들고 다녔는데 흔히 말하는 '나까마'(중간상인)였다. 한번은 그한테서 전화가 와서 받았더니 지금 지방에 있는데 미당의 『화사집』이 있다는 것이다. 상태는 아주 A급이고 시집 안쪽에 붉은 잉크로 이병철(李秉哲)이라는 사람의 시 한 편이 쓰여 있다고 했다. 그러면서 이런 책은 얼마나 가는지 물었다. 나는 직

감적으로 이북으로 넘어간 이병철(1918~1995) 시인을 떠올렸다. 흥분된 마음을 가라앉히고 값의 고하간에 무조건 사가지고 오라고 당부했다.

　　그는 며칠 뒤 시집을 들고 찾아왔다. 책은 내가 가지고 있는『화사집』보다 훨씬 깨끗했다. 표지를 들춰보니 말 그대로 이병철의 시가 하나가 아니라 두 편이 쓰여 있었다. 나는 조심스럽게 이 씨의 표정을 살피며 내 책과 교환할 수 있는지 물었다. 물론 나는 웃돈을 충분히 쳐주겠다고 제안했다. 그도 동의하고 흔쾌히 허락했던 걸로 기억한다. 그 뒤에도 이씨는 김기림의『기상도』(1936)와 김윤식의『영랑시집』(1935), 이태준의『문장』지 24권을 구해줬다. 내가 그를 마지막으로 본 것은 2007년 무렵이다. 그가 김억의 시집『금모래』(1924)를 들고 내 아파트로 찾아왔다. 시집『금모래』는 최초의 민요시집으로 여태까지 발견된 적이 없는 희귀본으로 안다. 그는 시집을 건네주고 떠난 뒤 종적이 묘연했다. 한동안 그의 소식이 궁금했었는데 얼마 전에 노량진 진호서점에서 그의 소식을 들을

수 있었다. 그가 2012년 무렵 질병으로 갑작스럽게 세상을 떴다는 것이다. 당시 40대 후반의 아까운 나이였다.

책을 오래 접하다 보면 재미있는 일을 겪기도 한다. 가끔 구입한 책 속에서 지폐가 나오기도 하고 연인에게 부치다 만 편지 글도 들어 있다. 그러나 이번 『화사집』에서 얻은 이병철의 '육필 시'처럼 반가운 선물도 드물 것이다. 이병철은 경북 영양 사람으로 1943년 『조광』지에 「낙향소식」을 발표하고 등단했다. 해방공간에서 유진오 등과 함께 『전위시인집』(1946)을 펴내며 장래가 기대되는 시인이었다. 그는 한센인 한하운(1920~1975)을 발굴하여 『신천지』에 추천하고 그의 손으로 『한하운시초』(1949)를 펴내주었다. 신경림은 '나를 흔든 시 한 줄'에서 고등학생 때 그의 시 「나막신」을 읽고 "이렇게 고운 시를 읽고 있으면 아름다움이야말로 상처받고 힘들게 살아온 사람들에게 치유제"라고 밝히기도 했다. 이병철은 이화여중 교사로 있다가 한국전쟁 중에 가족을 데리고 월북했

는데, 『화사집』 속의 시편은 월북 직전에 쓴 것으로 보인다. 그가 신념 하나에 의지한 채 북행을 결심할 수밖에 없었던 당시의 심정이 이 짧은 시편 속에 잘 드러나 있다.

> "짐승들중에도 뿔 돋은 짐승으로 태여나
> 뿔 돋은 짐승들중에도 굿태여 사슴처럼
> 사슴처럼 생겼음이 그래도 자랑이라면
> 北쪽을 향하야 北쪽을 찾는 것이다"
> - 리병철, 육필시(『화사집』) 수록

『춘원시가집』(케이스)

표지

속표지

호화본 시집들

이광수의 ⑫『춘원시가집』(1940)은 500부 한정 호화판으로 간행되었다. 춘원이 매권마다 붓글씨로 불경의 한 구절을 직접 써서 넣고 본인의 사진도 별도로 붙였다. 정현웅이 케이스(外函)를 맡았고 장정은 춘원이 직접 했다. 저자가 권두에 쓴 「내 시가」를 보면 춘원이 문단 생활 30년을 기념하며 이 책을 펴낸 것을 알 수 있다. 춘원은 글에서 "나는 내가 시인인지 아닌지 모릅니다. 그러나 나같이 비속한 인물이 시인이 될 수 없다고 늘 생각하지만 그런데도 나는 시를 지었다."라고 겸손하게 말하고 있다. 춘원의 집에 머물며 궂은일을 도맡아 처리해온 일꾼 박정호 군에게 이 책의 서문을 맡긴 것도 파격이다. 당시 불교에 심취해 있던 그가 박정호에게서 부처의 모습을 보았는지도 모를 일이다. 춘원은 시가들을 수집해서 청서해준 박정호에게 감사를 표하고 있다. 여기에 시조 89편과 시 60편을 수록하였다. 책을 좋아하는 사람이라면 한 권 정도는 갖고 싶을 정도로 잘 만든 명품이다.

박팔양(1904~1946, 월북)의 ⑬『여수시초』(1940)는 1940년 6월 15일 100부 한정으로 간행되었다. 그런데 이보다 석 달 앞선 3월 30일 문고본이 먼저 나왔다. 시집의 본문 용지는 솜털같이 부드러운 한지를 썼고

『여수시초』

표지는 금분(金粉)을 섞은 듯 은은한 무늬를 사용하여 호화본으로 꾸몄다. 시집은 총 7부로 나누어 47편의 시를 수록하였는데 필자는 오래전부터 시집 속의 「실제」, 「선죽교」, 「길손」 등을 애독해왔다. 수록된 시편들은 대부분 서정을 주조로 하고 있는 것이 특징이다.

나는 그대의 종달새 같은 이야기를 사랑한다.
그러나 보다도 더 그대의 말 없음을 사랑한다.
말은 마침내 한개의 조그만 아름다운 작란감.
나는 작란감에 실증난 커가는 아이다.

말보다는 그대의 노래를 나는 더 사랑한다.
진실로 그윽하고도 恍惚한 그대의 노래여!
붉은 노을 서편 하늘에 비끼는 여름 黃昏에
그대의 부르는 노래, 얼마나 나를 즐겁게 하느뇨.

노래에도 실증날때, 그대는 들창가에 기대여 沈黙한다.

아아 얼마나 眞實하고도 華麗한 沈黙인고

나는 말없이 서있는 아름다운 그대의 窓너머로

여름 黃昏의 붉은 노을을 꿈과같이 憧憬한다.

- 「失題」(『여수시초』, 박문서관, 1940)

　　그의 시가 일반에 널리 알려지지 않은 것은 그의 월북 탓도 있겠지만 시집의 희소성도 한몫한 것 같다. 흔히 박팔양을 카프시인으로 알고 있는데 그는 2년 만에 카프를 탈퇴하고 나와서 순수문학 모임인 〈구인회〉 회원으로 활동하였다. 초기 시 몇 편을 제외하고는 서정시로 일관한 시인이다. 그는 평소에 "포도주와 같은 문학"을 표방하면서 "시는 직감과 인상을 존중하여 감정을 미로 승화시켜야 한다."고 주장했다. 시력 20년을 결산하면서 단 한 권 『여수시초』를 펴낸 박팔양은 과소평가된 면이 있다.

시조집과 동요집

　　이병기(1891~1968)의 ⑭『가람시조집』(1939)은 상허 이태준의 문장사에서 나왔다. 저자가 손수 장정을 한 시집은 300부를 찍고 전통적인 제본양식인 선장본의 모양을 갖추고 있다. 제첨(題簽)을 별지로 인쇄하여 붙이고 접장으로 접은 부드러운 한지 위에는 「난초」, 「매화」, 「수선화」 등 격조 높은 70편의 시조가 실려 있다. 발문을 휘문고보 시절의 제자 정지용이 썼다. 이 시조집만 봐도 가람을 중심으로 1930년대 시에는 지용, 시조는 가람, 소설은 상허라는 주인공들이 얽혀 있음을 알 수가 있다. 이 시집은 해방 후 백양당의 주인 배정국의 손으로 재판이 간행되었다.

　　김상옥(1920~2004)의 시조집 ⑮『초적』(1947)은 본인이 수향서헌에서 편집, 조판, 장정, 인쇄, 제본까지 혼자의 힘으로 별제(別製) 1,000부를 만들었다. 표지부터 본문까지 한지로 인쇄된 이 시집은 한 장 한 장 넘길 때마다 한지에서 풍겨 나오는 닥나무 향기가 숨을 멎게 한다. "꿀벌이 꽃을 대하듯 책을 대하라, 벌은 달고도 향기로운 꿀을 마시되 그 꽃은 조금도 상함이 없느니라."라는 '어느 임의 말씀'을 앞에 싣고 가람의 서문을 받았다. 총 3부로 나누고 40편의 시조를 수록하였다.

　　저자는 후기에서 10년을 하루같이 헐벗으면 떨고 굶주리면 허덕

『가람시조집』

『초적』(보급판)

이듯 시를 썼다고 토로하고 있다. 필자는 이 시집 외에 초정이 일일이 손
으로 써서 만든 육필시집 『초적』을 갖고 있다. 그야말로 한 권밖에 없는
유일본인 것이다. 필자는 본인 생전에 이 육필시집의 존재를 지인을 통
해서 초정에게 물어봤으나 선생은 기억을 하지 못했다. 표지를 비단으로
만들고 별지 제첨을 붓으로 써서 붙였다. 속표지와 판권지까지 색지를

『초적』(수고본)

속표지

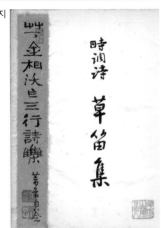

판권

사용하여 글씨를 쓰고 선명하게 낙관을 찍었다. 선생은 한문만 잘 쓰는 줄 알았는데 이 시집을 보면 한글도 빼어남을 알 수 있다. 시 · 서 · 화에 능한 삼절답게 이 수고본(手稿本) 시집은 아름다운 공예품이 되었다.

윤석중의 동요집 ⑯『어깨동무』(1940)는 저자가 조선일보 장학생으로 동경에 가 있을 때 1,000부를 찍었다. 저자가 직접 장정을 하고 30편의 동요를 수록하였다. 저자는 서문에서 "부모도 형제도 집도 없이 자란 나는 다리를 상한 제비보다도 마음이 서러웠다. 그중에도 젖먹이 석중을 길러내신 외조모님의 은혜는 하늘보다 높다."고 말하고 이 동요집 『어깨동무』는 "나의 고향에 바치는 조그만 선물"이라고 했다. 저자는 두 살 때에 어머니가 돌아가시고 아버지가 여덟 살 때 재혼하는 바람에 홀로 외가에서 외조모의 손에서 자랐다. 이 책은 『윤석중동요집』(1932)에 이어서 두 번째 나온 창작 동요집이다. 책의 앞에 "오래오래 살 수 있는 길은 나이를 많이 먹는 것이 아니고 언제까지든지 어린 맘을 잃지 않는

『호박꽃초롱』

것이다."라고 써서 눈길을 끈다. 평생을 어린이와 함께 어린 마음으로 살아온 그는 「낮에 나온 반달」, 「퐁당퐁당」, 「기찻길 옆」 등 주옥같은 동요 1,200여 곡을 지어놓고 92년 동안 지상에서 머물다 떠났다.

강소천(1915~1963)의 동요시집 ⑰『호박꽃초롱』(1941)은 500부가 간행되었다. 호박꽃 속에서 놀고 있는 아이들의 표지 그림은 정현웅의 솜씨로 소박하기 그지없다. 시집 속에는 33편의 동시와 2편의 동화 「돌멩이1·2」가 실려 있고, 첫장에는 "물 한 모금 입에 물고 하늘 한번 쳐다보고"로 시작하는 동시 「닭」이 한눈에 들어온다. 이 시편은 윤석중이 창간한 『소년』(1937)에 처음 발표된 것으로 강소천을 일약 아동문학계의 샛별로 떠올린 작품이다. 생전에 시인은 말하기를 이 동요 한편만으로 죽어도 좋다고 했다. 이후 「닭」은 보통학교 국어 교과서에 실리면서 한국의 대표적인 동시로 자리 잡는다. 시집의 맨 앞쪽에는 함흥영생고보의 스승 백석의 「호박꽃초롱」 서시가 실려 있다.

한울은

울파주가에 우는 병아리를 사랑한다.

우물돌 아래 우는 돌우래를 사랑한다.

그리고 또

버드나무밑 당나귀 소리를 임내내는 詩人을 사랑한다.

한울은

풀 그늘밑에 삿갓쓰고 사는 버슷을 사랑한다.

모래속에 문잠그고 사는 조개를 사랑한다.

그리고 또

두틈한 초가집웅밑에 호박꽃 초롱 혀고 사는 詩人을 사랑한다.

(중략)

한울은

이러한 詩人이 우리들속에 있는것을 더욱 사랑하는데

이러한 시인이 누구인것을 세상은 몰라도 좋으나

그러나

그이름이 姜小泉 인것을 송아지와 꿀벌은 알을것이다.

- 「호박꽃초롱」序詩, 부분(『호박꽃초롱』, 박문서관, 1941)

이 서시를 읽어보면 백석이 제자 강소천을 얼마나 아꼈는지 알 수 있다. 백석의 『사슴』에도 33편의 시가 수록되었는데, 제자의 시집에도 똑같은 편수가 수록된 것은 아무리 생각해도 우연은 아니라 생각된다.

최병양은 동경 삼문사에서 500부 한정 자비로 동요집 ⑱『능금』(1938)을 펴냈다. 이 시인은 어느 문학사전에도 나오지 않는다. 시집은

『능금』

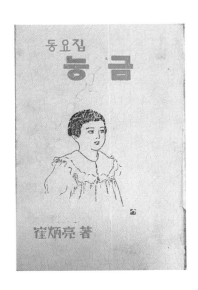

'원숭이, 바람만 불어오면, 아버지 마중, 편지' 등 4부로 나누어 「능금」,
「홍시감」,「모래집」등 28편의 시가 수록되어 있다.

심부름 잘했다고
얻은이능금
그냥먹어 버리긴
하도아까워
많이며 갖고노니
냄새도좋네
갖고놀다 너무도
목젖이처서
한번두번 조금식
벼먹었더니

『화병』

어느새 죄다먹고

씨만 남았네

— 「능금」(『능금』, 1938)

　　저자는 시집의 꼬리말에서 '동요는 시인 동시에 노래'라는 신조
하에 아동의 심경을 묘사하기에 힘써왔다고 말하고, 시집이 나오기까지
지도해준 시인 이용악과 아름다운 그림을 그려준 마균(馬均)에게 감사하
고 있다. 시집의 장정과 삽화를 그린 마균은 1931년《동아일보》에 소년만
화 「신동이의 모험」을 연재한 인물이다. 일본 동경에 있는 삼문사는 우리
시인들의 시집을 여러 권 펴낸 바 있다. 황순원의 『골동품』(1936), 이용악
의 『분수령』(1937)과 『낡은 집』(1938), 이상필의 『잔몽』(1937), 함윤수의
『앵무새』(1939), 엄태섭의 『여로』(1939), 박남수의 『초롱불』(1940) 등이 여
기서 간행되었는데, 삼문사의 주인 최낙종(崔洛鐘)은 조선사람으로 당시

동경에 가 있던 시인들이 출판비용을 부담하고 펴낸 것이다. 그는 해방 후 귀국하여 파인 김동환이 펴낸『삼천리』잡지를 속간하기도 했다.

지방에서 나온 시집들

한정본 중에는 지방에서 활동하며 시집을 펴낸 시인들이 네 명이 있다. 임춘길(신원미상)의 ⑲『화병』(1941)은 300부가 간행되었다. 시집에는 「조춘」, 「화병」을 포함해서 46편이 수록되어 있는데 판권을 보면 저작과 발행, 인쇄인은 모두 이상오(李相五) 개인이고 대동인쇄소에서 인쇄된 것을 알 수 있다. 당시 저자의 주소는 함북 성진군 임명 237번지이다. 김요섭의 증언에 의하면 임춘길은 김기림과 보통학교 동창이고 향토시인으로 활동하면서 전원시를 썼다고 한다. 부안의 목가적인 시인 신석정과도 시집을 주고받으며 교유한 것으로 전해진다.

김목랑(신원미상)의 ⑳『흰나비』(1946)는 100부 한정 비매품으로 전주 '김목랑시집간행회'에서 나왔다. 한지로 인쇄된 본문에는 김표(金豹)의 판화가 찍혀 있고 「흰나비」를 포함해서 20편의 시가 수록되어 있다. 신석정은 서문에서 "목랑, 그대가 나의 초막 청구원의 문을 뚜드리기는 지금부터 7년 전 일이다. 나를 만난 이후 그대의 시를 사모하는 병은 불치에 가까운 고질이 되었다."라고 말한다. 목랑은 신석정에게서 시를 배우고 동인지 『시건설』(1940) 8집에 「푸른 들로 나가겠습니다」라는 시를 발표하기도 했다. 하지만 가난 때문에 공사판에서 막일을 하며 빚을

『흰나비』(판화)

『소연가』(속표지)

보지 못한 시인으로 알려져 있다.

　　김수돈(1917~1966)의 ㉑『소연가』(1947)는 부산에서 300부로 간행되었다. 청마 유치환의 서문을 받은 시집에는 26편의 시가 수록되어 있다. 시집은 누런 소프트 커버에 아무런 장정도 없이 볼품이 없는데 그 이유를 저자는 후기에서 밝히고 있다. 당시 소설가 오영수가 장정을 맡

아서 예쁘게 꾸며준 것을 원화가 인쇄소의 화재로 소실되는 바람에 얼토
당토않은 모습이 되었다며 사죄하고 있다. 저자는 마산에서 주로 활동하
며 중앙의 『문장』지를 통해서 「소연가」, 「고향」, 「낙타」 등을 발표하고 등
단했다.

　　　김춘수(1922~2004)의 첫 시집 ㉒『구름과 장미』(1948)는 한정 280
부 속에 28편의 시를 수록하고 있다. 고향의 화가 전혁림이 장정을 맡고
청마(靑馬) 유치환이 서문을 썼다. 청마는 서문에서 "그가 그의 앞길을
스스로 버리지 않는 한 반드시 대성할 것과 시단의 유니크한 자리를 차
지할 것을 믿어도 좋으리라"하고 예견했다. 저자는 시집의 첫 페이지 '도
상(途上)'에서 이렇게 말했다. "가자. 꽃처럼 곱게 눈을 뜨고 아버지의 할
아버지의 원한의 그 눈을 뜨고 나는 가자. 구름 한 점 까딱 않는 여름 한
나절. 사방을 둘러봐도 일면(一面)의 열사(熱砂). 이 알알의 모래알의 짜
디짠 갯내를 뼈에 새기며 뼈에 새기며 나는 가자. 꽃처럼 곱게 눈을 뜨
고 불모의 이 땅바닥을 걸어가보자." 시인은 시집 '도상'의 말대로 꽃처럼

곱게 눈을 뜨고 정진한 결과 정말로 '꽃의 시인'이 되었고, 청마의 예언은 적중해서 그는 문단에서 유니크한 자리를 차지하게 되었다. 김춘수의 「꽃」은 문예지『시인세계』의 설문조사에서 시인들이 가장 애송하는 시로 뽑혔다.

의미 없는
한정본 시집들

　　한정본 중에서도 가장 많은 부수를 차지하는 시집들로는 『동경』
이 1,000부, 『심화』와 『횃불』이 각각 3,000부를 기록하고 있는데 당시 독
자층으로 봐서는 적지 않은 부수다. 그리고 『세림시집』과 『먼동틀제』는
부수의 표시 없이 '한정판'으로만 인쇄되어 있어서 한정본의 취지에는
어긋나는 시집이 되었다.

　　김광섭(1905~1977)의 ㉓『동경』(1938)은 자비출판으로 대표작
「밤」, 「촛불」, 「고독」 등을 포함하여 38편의 시가 수록되어 있다. 가을밤
등불을 켜놓고 읽기에 딱 어울리는 시집이다.

　　이헌구는 서문에서 "우리가 아름다운 언어를 가질 수 있다는 것은
분명 우리의 자랑이 아닐 수 없다. 이 아름다운 언어를 빌어서 사상과 감
정을 표현할 수 있다는 것은 큰 영광이다. 시의 세계에서 왕자를 차지하
는 이가 모든 인류 중에서 가장 고귀하였다."라고 하며 시인을 은근히 치
켜세우고 있다. 저자는 평소에 "시는 기교 아닌 마음으로 써야 한다."는
지론을 가졌다. 그는 일제강점기 교단에서 학생들에게 반일사상을 고취
시키다 옥고를 치른 지사였고, 해방 후에는 민족문학을 내세우며 좌익진

영과 맞선 투사였다. 김광섭은 한마디로 표현하자면 시단의 어른이자 지조 있는 시인으로 불린다.

　　박아지(1905~1946, 월북)의 ㉔『심화』(1946)에는 25편의 시가 수록되어 있고 그중 「만향」은 서사시이다. 이주홍이 장정을 맡고 김병제가 한글 교정을 보았다. 저자는 머리말에서 "시를 시작한 지도 20여 년이 되었다. 그동안 발표한 것만 모아도 수백 편이 될 것이나 아직 이렇다 할 자신 있는 작품을 쓰지 못하였다."고 겸손하게 말하고 있다. 좌익진영인 우리 문학사에서 펴낸 ㉕『횃불』(1946)은 우익진영인 중앙문화협회에서 나온 『해방기념시집』(1945)에 맞서는 것으로 모두 해방을 기념한 사화집이다. 『횃불』은 이주홍의 장정으로 초판 3,000부를 찍었다. 수록된 시인들로는, 권환, 김용호, 박세영, 박아지, 박석정, 송완순, 윤곤강, 이주홍, 이찬, 이흡, 조벽암, 조영출 등 12명의 시가 여러 편씩 실려 있다. 서문도 발문도 없는 권두에 "조국의 해방을 위하여 싸운 혁명투사에게 삼가 바치노라"라는 헌사가 실려 있다.

『심화』

『횃불』

김안서의 ㉖『먼동틀제』(1947)는 장편 서사시이다. 속표지에는 시집의 부제로 '정형·압운·서사시'로 되어 있다. 이 시집은 유호의 장정으로 나왔는데 '한정판' 기록만 있고 부수 표시는 없다. 저자는 권두사에서 이 시편들은 1930년에 동아일보사의 청을 받아 쓴 것이라고 밝히고 있다. 이 서사시가 자유시의 형식이라면 모르되 정형시에다가 압운까지

『먼동틀제』

달아야하는 제약이 있어서 고심이 많았다고 한다. 아직까지 조선에는 이런 유의 서사시는 처음으로 내 자신의 보잘것없는 역량이지만 첫 시험으로 썼다고 말한다. 작품 속에서는 한 고향에서 자란 상철과 영애가 고향을 떠난 후 갖은 고생 끝에 다시 재회하는 것으로 이야기가 끝이 난다. 저자의 말대로 이 시집은 정형과 압운을 갖춘 최초의 서사시집으로 기록돼야 할 것 같다.

기타 한정본 시집들

　　황순원(1915~2000)의 ㉗『골동품』(1936)은 저자의 두 번째 시집
으로 동경 삼문사에서 220부 자비로 발행되었다. 시집의 첫장을 넘기면
"나는 다른 하나의 실험관이다."라는 저자의 에피그램이 눈길을 끄는데
그는 한때 실험적인 동인지 『삼사문학』의 멤버였다. 시집은 동물초, 식물
초, 정물초 3부로 나누고 수록된 22편 모두 재치 있는 단형 시들로 엮었
다. 저자는 1931년 16세의 나이에 「나의 꿈」이란 시를 『동광』지에 발표
하고 19세에 첫 시집 『방가』(1934)를 동경에서 내놓으며 문단의 주목을
받았다. 그는 처음에 시를 쓰다가 1940년 이후 소설로 전향했다. 두 권의
시집을 읽어보면 그가 소설로 전향하기를 잘했다는 생각이 든다. 황순
원은 생전에 "내 모든 작품의 뿌리는 시"라고 밝힌 적이 있다. 그는 단편
「소나기」를 포함해서 장편 「카인의 후예」 등 많은 소설 작품을 남겼는데,
그중에서도 자신의 대표작으로 장편 「일월」(1964)을 꼽았다.

　　함윤수(1916~1984)의 ㉘『앵무새』(1939)는 200부 자비출판으로
동경에서 나왔다. 발문도 서문도 없는 이 시집은 두툼한 고급 종이에 녹
두 빛 잉크로 활자들이 박혀 있다. 「앵무새」, 「별」, 「수선화」를 포함해
서 15편이 수록되어 있다. 함윤수는 일제 말 함북 청진에서 펴낸 동인지

『골동품』

『앵무새』(속표지)

『맥』(1938)을 통해서 「앵무새」, 「유성」, 「너구리 같은 여인」 등 10여 편의 시를 발표하고 등단했다. 그의 초기 시편들은 주로 지식인의 자의식을 주조로 하는 모더니즘 경향을 띠고 있다는 평가를 받았다.

새하얀 배꽃 꿈속으로

夢遊病者를 배암처럼 誘引한 女人

너구리같은 女人은
蒼白하게 질린 그의 얼골에서
눈을 빼여내고 귀를 잘라먹고 입마저 물어뜯고

새하얀 배꽃 꿈속으로
그의 넋을 誘引한 女人
피묻은 입술가리를 빨며 벌거벗은채
새하얀 꿈의 도아를 박차고 달아나다
 -「너구리같은 女人」(『앵무새』, 1939)

　　윤곤강(1911~1950)의 ㉙『동물시집』(1939)은 저자의 장정으로 200부가 간행되었다. 시집 속에는 「독사」, 「나비」, 「고양이」 등, 동물과 벌레를 다룬 30편이 수록되어 있다. 저자는 "올 한 해 동안 내가 써놓은 노래 속에서 짐승과 버러지를 읊은 것만 엮어 모아 여기에 '동물시집'이라 이름 지어 보낸다."고 밝히고 있다. 시집에 실린 작품들은 우리 시단에서는 처음으로 동물들의 비유와 암시, 우화를 다룬 시들로 작가의 또 다른 역량을 드러내 보인 유니크한 시집이다.

비바람 험살궂게 거처간 추녀밑—
날개 찢어진 늙은 노랑나비가
맨드래미 대가리를물고 가슴을 앓는다.

『동물시집』(판권)

찢긴 나래에 맺이 풀려

그리운 꽃밭을 찾어갈수없는 슬픔에

물고있는 맨드래미조차 소태맛이다.

자랑스러울손 화려한 춤재주도

한옛날의 꿈쪼각처럼 흐리어,

늙은〈舞女〉처럼 나비는 한숨진다.

－「나비」(『동물시집』, 한성도서, 1939)

심하섭(신원미상)의 ㉚『분이』(1940)는 300부 한정으로 간행되었다. 여기에「꽃잎」,「분이」,「아카시아와 장미」등 17편의 시가 수록되어 있다. 드물게도 표지에 한정부수가 인쇄되어 있다. 판권의 저자 심하섭과는 달리 표지에는 저자가 심이랑(沈異郎)으로 되어 있는데, '이랑'은 저자의 아호로 보인다. 심하섭은 문인 인명사전에도 나오지 않는 시인이다.

『분이』

그는 '추천시 공모'를 통해서 동인지 『시학』(1939) 3집에 「아카시아와 장미」를 발표하고 문단에 나온 신인이다. 등단한지 일 년 만에 시집을 내놓은 셈이다. 저자는 발문에서 일부 시 짓는 사람들이 '시의 「감정의 유창성(流暢性)」과 음악성'을 무시하고 있다고 비판한다. 순수한 시의 토대가 깨끗하지 못한 가운데 소박한 '모더니스트'가 시의 지성화, 모던화를 주장한다면 반대하지 않을 수 없다고 말하고 있다.

이기열(신원미상)의 ㉛『낙서』(1940)는 자비 출판으로 300부가 간행되었다. 책의 앞장에는 교복차림의 저자 사진이 실려 있는 것으로 보아 학생의 신분이 아닌가 생각된다. 정인섭은 앞장의 「사(詞)」에서 "밤하늘의 별처럼 따닥따닥 …… 날카로운 자수(刺繡)— 한가롭지 않은 시원의 새로운 풍경이다"라고 짧게 한마디로 언급하고 있다. 저자는 서문에서 '빗물을 맛있게 받아먹는 추녀 밑바닥 흰 돌같이 태양에 쪼여 나는 산다.'라고 운을 뗀다. 정현웅의 장정과 윤자선의 컷으로 간행된 시집에는 「고개」와 「양」, 「박꽃」 등 비교적 많은 91편의 단시들이 실려 있다.

『낙서』

너 하아얀 거품을 뱉고

대룽 대룽 노-란 멍이 든다

어머니의 遺傳인가봐

박꽃은

純潔하다

- 「박꽃」(『낙서』, 1940)

지금까지 살펴본 31권의 한정본 시집들을 요약해보면 시집이 26
권, 시조집 2권, 동요집 3권이다. 김안서의 『먼동틀제』는 장편 서사시이
고 김기림의 『기상도』는 장시이다. 장만영의 『양』과 김목랑의 『흰나비』
는 비매품으로 나왔다. 조동진의 『세림시집』과 이가종의 『노림』은 유고
집들이다. 이광수의 『춘원시가집』은 문단생활 30년을 기념하는 호화본

이고, 두 종류 이상 간행된 시집은 조동진의 『세림시집』, 오장환의 『헌사』, 박팔양의 『여수시초』, 서정주의 『화사집』, 장만영의 『유년송』, 조병화의 『버리고 싶은 유산』 등이다. 한정본 중에서 가장 적은 부수의 시집은 오장환의 『헌사』로 80부이고 가장 많은 부수는 박아지의 『심화』와 『횃불』로 각각 초판 3,000부를 찍었다. 한정본 중에서 자비출판한 시집이 7권이고 그중 4권은 일본 동경에서 간행되었다. 장만영은 『양』과 『유년송』을 포함해서 본인이 운영하는 산호장에서 펴낸 시집까지 합하면 한정출판 숫자는 5권으로 가장 많다.

필자가 볼 때 한정본이 나오게 된 배경에는 첫째 100부를 찍어도 팔리지 않을 정도로 당시 시집의 수요가 적었다는 점이고, 둘째로는 저자가 자기 작품을 남발하지 않겠다는 염결성과 자존심을 들 수 있을 것이다. 마지막으로는 다른 시집과 차별화하여 만들고 싶은 저자나 출판업자의 취향이 반영된 결과가 아닌가 생각된다. 한정본 시집은 한국전쟁 이전에 간행된 시집의 10%에 불과하지만 그 성과는 결코 적지 않았다. 한국시단에 뚜렷한 족적을 남긴 시집으로는 백석의 『사슴』, 서정주의 『화사집』, 김기림의 『기상도』, 오장환의 『헌사』, 이용악의 『낡은 집』, 박팔양의 『여수시초』, 김광섭의 『동경』, 장만영의 『양』, 윤곤강의 『동물시집』, 김춘수의 『구름과 장미』를 들 수 있겠고, 시조집으로는 이병기의 『가람시조집』, 김상옥의 『초적』, 동시집으로는 강소천의 『호박꽃초롱』을 꼽을 수 있을 것이다. 그러나 무엇보다도 필자와 같은 시집 애호가들을 곤혹스럽게 하는 것은 이들 한정본을 구하기가 하늘의 별따기만큼 어렵다는 것이다. 그럼에도 불구하고 이들 책들은 수집가들의 목록에서 없어서는 안 되는 애물단지들이다.

10

책과의 인연

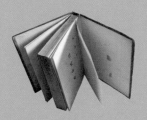

일제강점기에 나온
『맥』(5집)을 구하다

2014년 2월 27일 남산 문학의 집에서 동인지『맥』(11호) 출판기념회가 있은 이후 한동안 뜸했던『맥』의 발행인 정태범 교수로부터 연락을 받고 지인들과 함께 정 교수 댁을 방문한 날은 그해 10월 17일이다. 우리 일행은 정 교수의 초췌해진 모습을 보고 모두들 놀랐다. 이야기인즉, 두 달 전에 대수술을 받고 지금 회복 중에 있다는 것이다. 수술 후 우리 일행이 보고 싶다며 초청을 하였는데 외부인을 만나는 것은 우리가 처음이라고 했다. 우리는 근심스런 얼굴로 정 교수의 쾌유를 빌었다. 식사를 마치고 차 한 잔하는 자리에서 나는『맥』(5집)이 내일 화봉경매에 나온다고 소식을 전했다. 일제강점기에 나온 5집은 간행되었다는 기록만 있을 뿐 그 실체를 아직까지 드러낸 적이 없는 희귀본이다. 경매 시작 가격은 20만 원인데 얼마까지 올라갈지 모르겠다고 말했다. 정 교수는 현관을 나서는 내게 우리는『맥』의 동인이니 값의 고하간에 무조건 낙찰을 받아오라고 명령조로 말하는 게 아닌가. 나는 웃으면서 그리하겠다고 대답은 했지만 그 진의를 알 수가 없었다.

실제로 나는 오랜 세월 책을 수집해왔지만 경매장에는 나간 적이 없다. 그것은 나의 신조이기도 하다. 그 이유는 책 한 권을 놓고 아는 수

『맥』(5집)

집가나 서점 주인들과 값을 올려가며 경쟁하는 것도 모양새가 좋지 않거니와, 견물생심으로 경매장에서 나 자신을 통제하기 힘들기 때문이다. 나는 고민 끝에 잘 아는 지인에게 이번에 나온 『맥』(5집)의 입찰을 대신 부탁했다. 물론 값의 고하간에 어떻게든지 낙찰을 받아오라는 말도 잊지 않았다. 입찰 당일인 10월 18일 저녁시간에 부탁을 한 지인으로부터 낙찰을 받았다는 전화가 왔다. 그런데 반가움도 잠시, 나는 낙찰 받은 금액을 듣고서 놀라지 않을 수 없었다. 20만 원에서 출발한 가격이 330만 원에 낙찰됐다는 것이다. 거기에다 구매 수수료를 더하면 거의 400만 원에 가까운 금액이다.

　　나는 순간 뭔가 잘못됐다는 생각이 들었다. 실제로 이 책은 내가 평가하기에 아무리 비싸도 100만 원이면 족한 금액이었다. 나는 부탁한 지인에게 인수를 포기하면 안 되겠는지 물었다. 지인도 너무 예상 밖의 고가라 미안해하면서도 경매회사에 수수료 정도는 조정해보겠지만 인수를 포기하면 자기 입장은 뭐가 되겠냐면서 난색을 표했다. 지인은 나와 오랜 세월을 이 바닥에서 함께한 사람이다. 나는 잠시 평상심을 되찾고 지인에게 수수료까지 포함해서 전액을 모두 내가 지불하겠다고 말했다. 그리고 경매회사인 화봉문고에 수수료를 포함한 366만 3천 원 전액을 입금시켰다. 퇴직한 지 오래인 내게 이 금액은 실로 적지 않은 금액이었다. 비록 결재는 했더라도 경매결과를 정 교수에게 알려주는 것이 도리일 것 같았다.

정 교수는 낙찰 소식을 듣고 기다렸다는 듯이 본인이 대금 전액을 지불해도 좋겠는지 물었다. 정 교수는 내가 대금을 지불한 것을 모르고 있었다. 나는 순간 정 교수가 이 책을 인수할 뜻이 있음을 직감했다. 그러나 고서의 구입 경험이 없는 학자가 인수하기에는 너무 큰 금액이어서 정말 괜찮겠는지 다시 물어보니 정 교수는 나만 좋다면 본인이 인수하겠다고 분명히 말하는 것이었다. 나는 정 교수의 단호한 결정에 다시 놀라지 않을 수 없었다. 실제는 내가 구입하려고 계획했던 일이 결과적으로 정 교수에게 고액의 부담을 지운 것 같기도 해서 참으로 송구스러웠다. 대금은 이미 지불했기 때문에 내 계좌번호로 360만 원만 넣어달라고 했다. 차마 대금의 끝전까지 받을 수가 없었다.

며칠 뒤 낙찰 받은 책을 인수하기 위해 인사동에서 정 교수 부부를 만났다. 경매회사에다는 낙찰 받은 서류와 대금결재 영수증을 부탁해 놓은 상황이다. 평소 안면이 있는 경매회사 여승구 대표와 정 교수 부부를 인사시켰다. 그리고 책을 인수했다. 책은 연대에 비해서 그런대로 괜찮은 편이었다. 여 대표는 경매 역사에 기록될 일이라며 이 조그만 동인지 하나가 그렇게까지 값이 올라갈 줄은 상상도 못했다는 것이다. 나는 얘기 끝에 현재 화봉문고에 소장하고 있는 『맥』(4집)도 정 교수에게 양도해줄 수 있는지 물었다. 여 대표는 찾아봐서 있다면 100만 원에 양도하겠다고 흔쾌히 약속했다. 결국 이렇게 해서 정 교수는 『맥』(5집)은 물론 4집

『맥』(4집)

까지 구하게 된 것이다.

　　책을 인수하고 나서 정 교수 부부와 함께 근처 찻집에 들어갔다. 차가 나오기 전에 부인 허윤정 시인이 내게 봉투 하나를 내민다. 두 분이 미안한지 계면쩍게 웃으며 얼마 안 되지만 성의이니 받아달라고 말한다. 내가 책도 구입하지 못하고 당신들 심부름만 해준 데 대한 사례였다. 나는 정색을 하고 봉투를 도로 밀어놓았다. 고가에 낙찰을 받게 해드린 것도 송구한데 절대로 받을 수가 없다고 단호하게 말했다. 그리고 나는 집에서 가지고 나온 『맥』의 영인본 한 권(1~4집 합본)과 내가 소장하고 있는 『맥』(6집)의 칼라 복제본을 정 교수에게 드렸다. 『맥』의 영인본은 1970년대 200부 한정으로 간행된 것으로 지금은 구하기 힘든 책이다. 그러면서 나는 "이제야말로 두 분은 『맥』을 1집부터 6집까지 모두 소장하게 되었으니 『맥』의 발행인과 주간으로서 자격을 갖추셨습니다." 하고 말했다. 생각지도 못한 내 행동에 정 교수 부부는 깜짝 놀란다. 허 시인은 영인본 『맥』이 낙찰 받은 원본보다 더 소중하다며 만약 당신들 사후에 자녀들이 기념관이라도 지어준다면 이 책들은 윤길수 선생 기증본으로 잘

『맥』(6집)

보존하겠다고 했다. 내 손을 꽉 움켜잡은 정 교수의 눈가가 촉촉이 젖어 있음을 보고 나는 마음이 한결 가벼워짐을 느꼈다.

짧은 만남,
그리고 긴 이별

2015년 3월 2일 남양주시 조안면 조안리 예봉산자락 양지바른 언덕에서 가족과 친지 그리고 많은 지인들의 애도 속에서 지경(之卿) 정태범(1936~2015) 교수의 묘지 안장식이 있었다. 정 교수는 결국 수술 후 건강을 회복하지 못하고 세상을 뜬 것이다. 고향 산청에서 올라온 82세의 사촌누나는 관을 부여잡고 울었다. 고인과는 두 살 차이의 연배로 같은 동네에서 소꿉친구로 컸다고 한다. 정 교수는 경남 산청에서 태어나 서울대 사범대를 졸업하고 미국 플로리다 주립대에서 교육정책을 전공하고 철학박사 학위를 받았다. 교육부 편수국장을 역임하고, 한국교원대 제1호 교수로 부임하여 이곳에서 교수부장과 대학원장을 지내며 평생을 교원 양성하는 일에 몸 바친 분이다. 『현대문학』으로 등단한 부인 허윤정 시인과의 사이에서 혜경, 진근, 우근 삼남매를 두었다.

정 교수와 나와의 짧은 만남은 2년 전인 2013년으로 거슬러올라간다. 정 교수가 발행하고 허윤정 시인이 주간으로 있는 문예 동인지 『맥』(2014) 11집에 나의 글 「시동인지 맥(貘)에 대한

고(故) 정태범 교수

소고(小考)」가 실리면서 알게 된 것이다. 글을 써본 경험도 없는 내가 여기에 한 편의 글을 싣게 된 것은 일제 말에 간행된 동인지 『맥』(1939) 6집을 내가 소장하고 있었기 때문이다. 『맥』의 발행인 정 교수는 물론 일제 강점기에 동인으로 참가했던 초정 김상옥 선생까지도 『맥』이 4집으로 종간된 것으로 알고 있었다. 초정은 허윤정 시인의 경남여고시절 은사이기도 하다. 초정은 일제강점기에 종간 되었던 『맥』 잡지를 1995년에 다시 창간하여 3호까지 내고 돌아가셨다. 그 뒤를 이어 제자인 허 시인과 그 부군인 정 교수가 초정의 유지를 받들고 11호까지 발행해온 것이다. 정 교수와 허 시인은 『맥』의 출판비용은 물론 『맥』에서 주는 '백자예술상' 상금까지 사재를 털어 출연해왔다.

2014년 2월 『맥』(11호) 출판기념회가 있은 뒤에 나는 인사동에서 정 교수에게 점심을 대접한 일이 있었다. 정 교수는 이에 대한 답례로 나와 '백자예술상'을 수상한 서정춘 시인과 편고재 주인 이규진 선생을 집으로 초대해주었다. 초대받은 반포동 정 교수 댁에 들어서니 초정 선생의 전각글씨와 그림들이 마치 전시장에 들어온 것처럼 느껴질 정도로 빼곡히 벽면에 걸려 있었다. 이 방면에 일가견이 있는 편고재 주인은 연신 카메라를 눌러대기 바쁘다. 정 교수는 우리 일행에게 당신이 가장 아끼

는 집안 가보 세 점을 보여주는데, 우리는 그 가보들을 보고 또 한 번 놀랐다. 그 첫 번째 가보가 벽에 걸린 엿장수 가위였고, 두 번째 가보는 하회탈이었다. 그리고 마지막 가보는 시골집 구석 샛문에

정태범 교수댁

나 걸려 있음 직한 작은 문짝이었다.

유년시절을 고향 산청 서당골에서 보내고 학업을 위해 일찍이 고향을 떠나 있었던 그에게 엿장수 가위소리는 바로 고향의 소리였다. 그리고 부엌으로 난 작은 문짝은 엄마가 전해주는 누룽지의 통로였고, 모자가 엄한 시부모 눈을 피해 사랑을 나눌 수 있는 최상의 공간이었다. 대갓집으로 시집을 와서 힘들게 일하며 많은 가족을 부양해야 했던 모친에 대한 정 교수의 극진한 사랑은 그의 수필집 『북은 힘으로 치지 않는다』(2006)에 절절히 그려져 있다.

2015년 4월 16일 정 교수의 49제가 지리산 내원사에서 있었다. 내원사 마당에는 초대받은 내빈들이 차일 속에 들어앉아서 불교예식으로 진행되는 천도제를 지켜보고 있었다. 극락왕생을 비는 두 여승의 바라춤

비로자나불(국보)

과 인간무형문화재 지홍선사의 살풀이춤이 이어졌다. 이제 49제를 마지막으로 정 교수는 이승에서의 모든 인연을 끊고 열반의 길로 영원히 입적했다. 나와는 짧은 만남이었지만 분명 저세상에서는 이승에서 못다한 또 다른 인연이 기다리고 있을 것이다. 정 교수가 오랫동안 그토록 심혈을 기울여 지리산 중턱에서 발굴해낸 내원사 비로자나불 좌상(국보 제233-1호)이 좌대 위에서 내게 천년의 미소를 짓고 계시지 않는가.

11

1930년대 동인지 문학

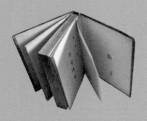

우리 현대문학사는 1920년대 『창조』, 『폐허』, 『백조』 동인지들로부터 시작되었다 해도 과언이 아니다. 또한 1930년대 벽두에 나온 것도 『시문학』 동인지였다. 이 시기에 나온 동인지들로는 『시문학』(1930), 『삼사문학』(1934), 『시원』(1935), 『북향』(1935), 『시와 소설』(1936), 『낭만』(1936), 『시인부락』(1936), 『시건설』(1936), 『시인춘추』(1937), 『생리』(1937), 『단층』(1937), 『자오선』(1937), 『맥』(1938), 『아(芽)』(1938), 『웅계』(1939), 『시림』(1939), 『시학』(1939), 『초원』(1939) 등이 있다. 30년대 동인지들도 20년대 못지않게 활동이 두드러진 시대였다. 우리가 이들 동인지에 주목하는 이유는, 이 시기 작가들의 대표적인 작품이 동인지를 통해서 발표되었고 작품집 한 권 내지 못한 작가들의 작품을 수록하고 있기 때문이다.

　우리가 기억해야 할 것은 30년대 말에는 일제의 탄압으로 우리말 창작이 어려운 시기였다. 작가들은 변방으로 활동무대를 옮겨가며 감시를 피해 창작을 이어갔는데 그 성과물로 나온 것이 지방의 동인지들이다. 이시기 지방의 괄목할 만한 동인지들로는 간도의 『북향』(1935), 평북 중강진의 『시건설』(1936), 평양의 『단층』(1937), 부산의 『생리』(1937),

충남 예산의 『시인춘추』(1937), 함북 청진의 『맥』(1938), 함남 원산의 『초원』(1939) 등이 있다. 이들 동인지들은 문학사에 기여한 바가 적지 않다. 필자는 이번에 함북 청진에서 간행된 『맥』의 5집을 구입하면서 창간호부터 6집까지 모두 확인할 수 있었다. 이를 근거로 동인지 『맥』에 수록된 시편을 모두 공개하고 미흡하나마 그동안 묻혀 있었던 일제암흑기 동인지들의 편린을 더듬어보고자 한다.

　　『맥』은 시 전문 동인지로 1938년 6월 15일 서울 돈암동에서 김정기가 발행한 것으로 현재 6집까지 확인되고 있다. 그러나 인쇄만 서울 한성도서에서 했을 뿐 함북 청진을 중심으로 활동하던 동인들이 원고를 모아 펴낸 것이다. 조선시사에서 뚜렷한 에폭을 긋고자 순수 예술을 지향하는 젊은이들이 '맥(貘)'이라는 향수 덩어리를 중심으로 모인 결정체였다. 발행인 김정기는 신원미상의 인물로 시를 쓰고 잡지『시학』(1939)을 발행하고 시집의 장정을 맡기도 해서 다양한 출판인의 모습을 보이고 있다. 특히『맥』의 창간호와 2, 4집의 모던한 장정은 동인으로 참가한 북림(北林) 홍성호의 솜씨로 그들의 예술적 취향을 강하게 느낄 수 있다. 여기에 이상(李箱)의 유고를 포함하여 47명의 시인들이 168편의 시를 발표했다.

『맥』동인의 수록작품

번호	동인	1집 1938.6.15	2집 1938.9.6	3집 1938.10.30	4집 1938.12.29	5집 1939.5.1	6집 1939.11.11	계
1	김진세	운명/ 기심기	이단의노래/ 공회당	나의 태양	환도/왕자여 궁궐로 돌아가시라	해와달/ 빨강게다	액	10
2	김남인	종다리	산장	여름밤	청산추색			4
3	황민	경	촌락시초	거머리/ 촌락시초	둔주의 전말	탈출	잃어진 봐아 미리온/월령	8

4	김우철	사의 흑단 앞에서서	창공	토끼의 향수				3
5	김대봉	이향자	고독	추월부/모르는체/무상	영아보			6
6	이석	이깔나무	도	가향	월침/등하	바다와 연가		6
7	함윤수	앵무새/유성	너구리같은 그여인/해변	말못하는 앵무새/박	별/무제	불사의 우상/큐핏트		10
8	박남수	행복		삼림	화호			3
9	이응수	알을 낳으려는 암탉과 그 여인	등대의모순					2
10	조인규	지표	뽕나무	들국화	억새/초생달	상여/초상	소녀/그림자/둔덕	10
11	김광섭	옴두꺼비	달레	권번				3
12	차은철	고래	백주의호심		낙엽	해바라기	단애/향수	6
13	홍성호	『시몬』 삼림으로 가자	태양	조망/산악	야한곡/자래몸닭어/재식은 화로	피리/창/이목/향수	가로수/온천/선인장/백양	16
14	함영기	갈매기	붕어					2
15	이고려 (박노홍)	울분	춘조					2
16	김북원			석불	휘파람/철공소	상망/부헝이	경기/솔개미의 윤리	7
17	김조규		야수일절	야수(제2절)				2
18	민태규		해협의기상					1
19	양운한		바다	염하				2
20	박노춘		길	귀로	탱자			3
21	이가종		동					1
22	장만영		너는 오지 않으려느냐	들꽃이 핀 둔덕				2
23	이해문			그리움	어느 밤의 혼상			2
24	윤곤강			오열	사행시초/시와고전(평론)			2
25	김상옥			모래알	다방			2
26	장응두			진혼가		샘물있는 마을의 전설		2
27	김용호			시그낼	역설			2
28	박승걸			저녁/낙원				2
29	마명			조개껍질/심조				2
30	김정기			대기	야견	밤	삶	4
31	신동철		화가의안해/탄생도	달밤	상모	우작	해체/PO여사에의헌시	7

32	故이상			무제	무제(二)			2
33	임화			차중 (추풍령)				1
34	서정주			모		요술		2
35	허월파				향수/한밤	소천어/실연		4
36	강시환				경/조개캐는 여인			2
37	함영규						8월	1
38	김동규				누게/연무회	오야/우물/ 4월	기심곡/ 포프라/8월/ 요지경/샘	10
39	강욱				다람쥐	가을밤		2
40	김달진				양등			1
41	조마사		소	소악마	예성강			3
42	천청송				병풍의 전설			1
43	정광야				인고			1
44	권홍석				푸른길			1
45	벽송		묘비					1
46	노석호			추색				1
47	최동훈			마음한바				1
계		15명/17편	22명/25편	31명/38편	28명/37편	15명/27편	11명/24편	168

　　『맥』의 핵심 동인으로는 황민, 홍성호, 김대봉, 함윤수, 김북원, 신
동철, 김진세, 김조규, 조인규, 이석, 차은철, 김광섭(金光燮)을 꼽을 수 있
다. 이들은 대부분 함경도 지역에 연고를 둔 신진 시인들이었다. 이중에
서 황민은 조지훈, 김종한과 함께 『문장』(1939) 3집에 「학」으로 정지용
의 첫 추천을 받은 시인이다. 『맥』에 발표된 황민의 「촌락시초」와 「월령」
등은 수사기법이 빼어난 작품이고, 이밖에도 홍성호의 「온천」, 조인규의
「그림자」, 김조규의 「야수(제2절)」, 김북원의 「솔개미의 윤리」, 신동철의
「해체」, 이석의 「이깔나무」, 차은철의 「고래」 등도 눈여겨볼 작품으로 동
시대 시단의 수준에 견줘봐도 손색이 없을 것 같다. 이들 주요 동인들의
작품은 잠재의식에서 표출되는 시상들을 관념적 수사로 형상화하고 있
어 당시 중앙문단에서 난해하다는 평가를 받기도 했다.

月齡

庭園 그득 달빛이 부서졌다.

걸으면 발을 傷할라.

그늘은 너무 强硬하다.

腦髓가 앞은 달밤이다.

날카로히 켶이 기운다.

입술이 꽃닢처럼 상한다.

花盆에 달빛이 굻인다.

나븨없이 꽃닢이 貧血한다.

피리는 버러지처럼 춥다.

水銀柱가 散熱한다.

壁이 蒼白해 간다.

壁에는 풀이 돋지않는다.

곁室에선 音響이 結晶한다.

요란한 月光.

月光은 窓을 부신다.

부서진 風景이 듸려밀린다.

내푸타린 내음새가 난다.

먼 山줄기에 손을 부일다.

山을 避하여 江이 흐른다.

水面이 달빛에 갈린다.

하늘에 고은가 한끝 머러진다.

서리가 옷깃을 질은다.

가슴에 달밤이 패이어든다.

가슴에는 結核이 爛漫한다.

잉크는 몹시 孤獨하다.

- 황민 「月齡」(『맥』 6집, 1939)

　　눈에 띄는 작품으로 초정 김상옥의 「모래알」, 「다방」, 함윤수의 「앵무새」, 「유령」, 박남수의 「행복」, 「삼림」, 「화호」, 서정주의 「모」, 「요술」, 김용호의 「시그낼」, 「역설」, 윤곤강의 「오열」, 「사행시초」, 임화의 「차중」, 장만영의 「너는 오지 않으려느냐」, 「들꽃이 핀 둔덕」 등이 있다. 박남수는 『문장』에 등단하기 전에 먼저 『맥』의 청탁을 받고 활동을 시작했는데 『맥』은 당시 주요동인과 단순 기고동인 체제로 운영되었다고 증언한 바 있다. 특히 함윤수와 김상옥은 『맥』에 처음 시를 발표하며 등단했고, 여기에 발표된 서정주의 「모」와 「요술」, 김상옥의 「다방」, 박남수의 시편들은 그들의 시집에 수록되지 않은 작품들이다.

샘물처럼 고이는 부드러운 憂鬱을 안고

鄕愁에 짓친, 常綠樹도 마르는 잎사귀밑에

裸體像걸린 벽을대하여 비스듬이 기대었노니

밖앝에 가끔 反響없이 들이는 아우성소리

鋪道를 밟는 跫音은 멀리 祕密처럼 사라저가다.

葡萄 한알로 하얀 입술을 물들이고

佛蘭西 호텔의 舞踊 伴奏曲을 귀담는

어쩔수없이 孤獨한 이 心思여!

개온한 달은 琉璃窓에 힌가슴을 풀어헤친채
저쪽밤, 베니스의 風景이 조리게 보고싶다고 이 茶房은 지금
煙氣뿜는 재ㅅ빛 骨董들만 쨈없이 安置하다.
- 김상옥 「茶房」(『맥』 4집, 1938)

　　특이하게도 이상의 유고시 두 편이 「무제」라는 이름으로 3, 4집에
실려 있어 이채를 띤다. 그중 「무제2」는 아내 금홍을 주인공으로 한 소설
『봉별기』를 한 편의 시로 형상화한 것이 아닌가 생각된다. 비교적 알려져
있지 않은 강욱은 이수형, 신동철, 김북원과 함께 《만선일보》에 초현실주
의 시를 발표하며 『시현실』 동인으로 활동한 것으로 드러났다. 동인 중
에서 황민, 박남수, 김상옥, 장응두 네 명이 『문장』에 추천되었다. 하보(何
步) 장응두의 절창 「진혼가」는 그동안 통영의 후배시인 김상옥의 기억에
의존해 전해져왔는데 『맥』의 3집에 전문이 수록되어 있고, 정작 그의 유
고집 『한야보』(1972)에는 실려 있지 않다. 이 시편은 죽음을 소재로 한 함
형수의 「해바라기의 비명」과 비교된다.

　　내 죽음의 길은 한쌍 촛불도 밝히지 말라.
　　나는 울음을 싫어하노니
　　저 삼엄한 밤 풀 벌레 소리에 담뿍 실리어
　　아는듯 모르는듯 돌아가리라.

　　墓地는 구태여 있을바 없고

푸른 잎새 밑으로 시내가 傳說처럼 지나가고

더러 어린 딸레가 노래를 꽃처럼 찾아오는곳

여기면 즐겨 내 靈魂도 쉬일수 있도다.

그러나 여기도 나는 머물지 않으리니

등신은 내 온갖 더러움일레 쳐지고

靈魂은 별처럼 날아

永遠한 집 어둠으로 돌아가리라.

하여 千年뒤 ─

骸骨은 가마귀떼 설레는 어느 曠野에 구을고

腦漿은 虛하여 검게 질리었어도

나는 오히려 한바탕 웃음으로 지난 꿈을 돌아보리라.

― 장응두 「鎭魂歌」(『맥』 3집, 1938)

　　허월파(許越波)라는 이름으로 4, 5집에 「향수」, 「소천어」 등 4편의 시를 발표한 시인은 1905년 함북 길주에서 태어난 허이복으로 밝혀졌다. 허이복은 함북 경성의 향토시인으로 생기령 탄광지대에서 사립학교를 세워 아이들을 가르치며 김기림, 이효석과 교유했다고 시인 이활은 증언하고 있다. 그는 일제강점기에 『무명초』(1937)와 『박꽃』(1939) 등 두 권의 시집을 펴냈다. 당시 경성농업에 재직 중이던 이효석이 『박꽃』의 서문을 썼다. 임화는 『박꽃』에 수록된 「낙추」를 나이브한 리얼리즘의 한 전형으로 평가하기도 했다. 필자의 지인 신연수 시인은 허 시인의 등사본 시집 『탑』(1943)을 소장하고 있는데 그는 해방 후 월남한 뒤 절필하고 인천

『박꽃』

에서 의사로 활동하다 1982년 무렵 생을 마감했다고 알려왔다.

　　창간호와 2집에 시를 발표한 박노홍과 이고려는 동일 인물이다. 이고려는 본명이 박노홍(1914~1982)으로 《동아일보》와 《조선일보》에 각각 시조가 당선되어 문단에 나왔다. 그는 1930년대 후반부터는 이부풍이라는 이름으로 남인수의 「애수의 소야곡」, 박단마의 「나는 열일곱 살」, 명국환의 「백마야 울지마라」 등 대중작사가로 인기를 누렸다. 3집에 「조개껍질」과 「심조」를 발표한 마명(馬鳴)은 본명이 마용석으로 1930년대 「호수」, 「수선화」 등의 시를 발표하며 김동명과 같은 전원시인으로 평가받았다. 김광섭은 이산 김광섭(金珖燮)과 다르고, 박승걸(朴承杰)은 『박승걸시집』(1947)을 펴낸 시인과 다르다. 또한 이석(李石)도 본명이 이순섭(李淳燮)인 시인과 다른 인물이다.

　　그동안 『맥』은 통권 5집을 냈지만 학계에선 특정한 유파도 없고 동인지도 아닌 것으로 알려져 왔었다. 간행이 확인된 4집까지는 창간사

나 흔한 편집 후기조차 없어서 잡지의 성격을 알 수 없게 한 것도 요인이
되었다. 그러나 새롭게 5집과 6집이 발굴되고 주요 편집 동인들의 후기
와 실체가 밝혀지면서 동인지의 성격도 뚜렷하게 드러났다. 청진을 중심
으로 한 일군의 핵심 동인들은 의도적으로 중앙의 상업적인 지면과 거리
를 두고 '시는 늘 시대에 선행해야 한다.'는 생각을 가지고 감성적 영역을
개척하고 의식적으로 주지적인 창작 활동을 전개했다. 그 결과 이들 그
룹을 '초현실주의파'로 불렀고 당시 문단으로부터 너무 난해하다는 평가
를 받기도 했다.

　　동인지『맥』이 거둔 성과를 들자면, 첫째 우리말 창작이 어려운 시
기에 민족의 언어를 고수하고 47명의 시인들에게 지면을 제공하여 168
편의 시를 얻은 것이다. 이것은 같은 시기『문장』에 발표된 172편(시조 제
외)과 비견된다. 또한 주요 동인들은 새로운 형식의 글쓰기를 통해서 자
연스럽게 모더니즘과 초현실주의를 지향하며 시의 외연을 확장시킨 점

『맥』(제자)

이다. 후기 동인으로 『맥』에 참여한 김경린의 말을 빌리면 『맥』은 9집까지 발행된 것으로 전해진다. 만약 이것이 사실이라면 『맥』은 일제강점기에 간행된 동인지로는 적지 않은 숫자를 기록하게 된다. 의사 출신 동인으로 참가하여 35세에 요절한 김대봉의 시집 『무심』(1938)이 맥사에서 간행된 것도 성과로 볼 수 있을 것이다.

　　오랜 세월을 책과 함께하다보니 표지만 봐도 느껴지는 게 있다. 『맥』이 그랬다. 가만히 '貊'의 글자를 들여다보면 나는 어느새 저 민족의 시원인 부여와 숙신과 예맥의 땅을 치달리고 있다. '맥'의 글자가 보여주는 조형성은 마치 이 땅에 들러붙어 끈질기게 생명력을 이어온 개미떼 같기도 하고, 저 드넓은 중원을 향해 말달리며 호령하던 북방민족의 기백이 느껴지기도 한다. 동인지 『맥』은 일제가 우리 민족의 혼을 말살하려던 1930년대 말, 국토의 끝자락인 함경도 오지에서 민족과 문학을 사랑하는 청년들이 모여 꺼져가는 시심지에 불을 붙이며 나왔다. 당시 18세 어린 나이에 일경에 쫓겨 청진의 『맥』 동인으로 참가한 초정(艸丁) 김상옥은 총칼로 정권을 찬탈한 군사정권 아래 의원직과 자문역을 맡은 몇몇 원로문인들을 질타하며 1995년 『맥』을 다시 창간했다.

북향(1935)

『북향』(1935.10)은 문예동인지로 이주복의 주선하에 간도 용정에서 간행되었다. 창간호는 현재까지 발견되지 않았고 수록 작품의 목록만 『조선문단』(1935)에 전해지며 2집(1936.1), 3집(1936.3), 4집(1936.8)까지 나온 것으로 확인된다. 일찍이 『북향』연구에 성과를 낸 바 있는 채훈 교수는 통권 4집에 시 33편, 소설 11편, 수필 9편, 논문 6편, 희곡 1편이 발표되었다고 밝힌 바 있다. 주요 동인들로는 이주복, 천청송, 안수길, 강경애, 김국진, 박영준, 이학인, 박화성, 박계주, 엄무현, 신상보 외에도 여러 문인이 참여했다. 수록작품으로 시에는 강경애의 「이 땅의 봄」, 천청송의 「꿈 아닌 꿈」, 신상보의 「단시 3장」, 박계주의 「엿 장사」 등이 있고, 소설로는 안수길의 「장」, 이학인의 「인간동지」, 김정혁의 「철인간」, 김국진의 「설」, 희곡에는 이주복의 「파천당」, 수필로는 박영준의 「해란강」, 박화성의 「용정이 그립다」 등이 수록되어 있다.

당시 간도에서 활동하던 문인들을 살펴보면,《만선일보》에 최남선, 염상섭, 박팔양, 신영철, 안수길, 손소희, 이갑기, 윤금숙, 김만선, 이석훈 등이 근무하고 있었다. 그리고 도문에 현경준, 함형수, 용정에 김진수, 김달진, 연길에 신서야, 김영팔, 윤백남, 이학성, 이덕성, 신경에 한찬숙, 황

『북향』(1집), 목록

재건, 백석, 이종환, 고재기, 길림에 김시철, 조양천에 김조규, 하얼빈에 유치환이 활동했다. 이들은 국내에서 신문, 잡지가 강제로 폐간되면서 작품을 발표할 수 없게 되자 두만강을 건너가 간도문단을 형성하며 동인지 『북향』, 《간도일보》, 《만몽일보》, 《만선일보》 등의 지면에 작품을 발표했다.

　　간도문단의 중요한 성과물로 먼저 손꼽아야 할 것은 동인지 『북향』이다. 『북향』은 간도지역에 거주하는 조선족 최초의 동인지로 망명문단에 불씨를 지피며 국내에도 큰 반향을 일으켰다. 『북향』의 뒤를 이어 신영철 편 『만주수필선』(1939), 재만조선인작품집 신영철 편 『싹트는 대지』(1941), 박팔양 편 『만주시인집』(1942), 김조규 편 『재만조선시인집』(1942), 안수길의 창작집 『북원』(1944) 등이 나왔다. 일제의 탄압으로 우리말 창작이 국내에서 침묵을 강요당하고 있을 때 그 암흑기의 공백을 간도의 망명문인들이 이어갔다고 할 수 있을 것이다.

『재만조선시인집』

『싹트는 대지』

시건설(1936)

　『시건설』(1936. 11. 5.)은 압록강 연안에 있는 국경마을 중강진에서 창간되어 1940년 6월 25일 통권 8집을 내고 종간되었다. 발행인 남인(嵐人) 김익부(1910~1951)는 평북의 빈농 집안에서 태어나서 평양, 서울, 북경 등지에서 고학을 마치고 고향에 돌아와 중강진의 압강인쇄소에서 근무하며 시를 썼다. 김남인, 김해강, 김창술, 김병호, 정강서 등이 창간 동인으로 참가했다. 눈에 띄는 시인들로는 신석정, 유치환, 서정주, 윤곤강, 장만영, 이찬, 조벽암, 박세영, 임화, 모윤숙, 김동리, 박영종(박목월), 박남수, 황민, 을파소(김종한), 이해문, 박노춘, 박아지, 박영포 등이다. 『시건설』은 뚜렷한 주의주장이 없이 시를 사랑하고 활성화시킬 목적으로 모든 시인에게 문호를 개방한 시 전문 동인지였다.

　『시건설』에는 시인들의 대표작이 보석처럼 숨어 있다. 먼저 창간호에는 유치환의 「산」을 필두로 장만영의 「달, 포도, 잎사귀」, 신석정의 「수선화」, 박영포의 「조선의 시인들에게」, 이용악의 「밀림」, 임화의 「밤의 찬가」, 황민의 「신열」, 김남인의 「압록강」, 서정주의 「자화상」이 눈에 들어온다. 이용악의 「밀림」은 그의 전집에 실려 있지 않은 작품이고 「조선의 시인들에게」는 부산지역의 『생리』에서 활동하다 요절한 박영포의

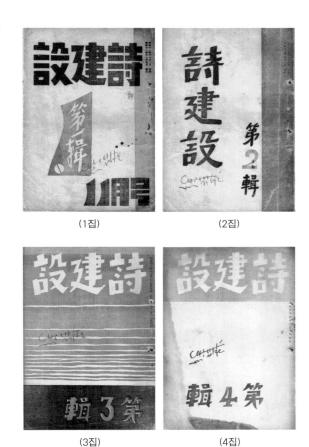

(1집)   (2집)

(3집)   (4집)

시편이다. 특히 7집에 수록된 미당의 대표작 「자화상」은 『화사집』(1941)
에 수록된 시편과 내용에서 차이를 보인다. 『시건설』의 공적이라면 어둡
고 괴로웠던 시절 시를 사랑하는 인쇄노동자 김남인이 중강진에서 전 조
선시인을 상대로 원고를 모아 4년에 걸쳐 8권을 펴낸 것이다.

　　順伊 버레우는 古風한 뜰에

　　달빛이 潮水처럼 밀려왔고나.

달은 나의뜰에 고요이 앉었다.

달은 과일보다 좁그럽다.

東海바다 물처럼 푸른

가 을

밤

포도는 달빛이 슴여 고웁다.

포도는 달빛을 먹음고 익는다.

順伊 葡萄넝굴밑에 어린닢새들이

달빛에 젖어 호젔하고나

- 장만영 「달, 葡萄, 잎사귀」(『시건설』 2집, 1937)

낭만(1936)

『낭만』(1936. 11. 9.)은 민태규가 좌익진영의 시인들을 중심으로 발행한 시지로 1집을 내고 종간되었다. 동인지라고 하기보다는 사화집 체제로 편집되었다. 같은 해에 민족진영의 시인들이 가담한 『시원』에서 『을해명시선』을 펴내자 박세영, 임화를 필두로 좌익진영에서 『낭만』이 나왔던 것이다. 공진형이 장정을 하고 비화(扉畵)는 심형구가 그렸다. 여기에 참여한 시인들로는 박세영, 임화, 이찬, 김해강, 윤곤강, 양우정, 이정구, 이병각, 양운한, 서남철, 오장환, 임사명, 이성악, 송상진, 반상규, 김교영, 이순엽, 박석정, 이용악, 민태규 등으로 29편을 수록하고 있다. 주목되는 시편으로는 박세영의 「산제비」, 임화의 「단장」, 윤곤강의 「대지」, 이병각의 「한강」, 오장환의 「수부(首府)」가 있다. 이 중에서 장시 「수부」는 오장환 시의 출발점으로 도시문명의 병폐를 예고하고 있는 문제작이다.

首府
- 首府는 肥滿하였다. 紳士와같이-

I

首府의 火葬터는 繁盛하였다.

山마루턱에 드높은 굴뚝을세우고

자그르르 기름이 튀는 소리

屍體가 타오르는 타오르는 끄-름은 맑은하눌을 어질어놓는다.

市民들은 機械와 無感覺을 가장 즐기여한다.

金빛 金빛 金빛 金빛 交錯되는 靈柩車.

豪華로운 울음소리에 靈柩車는 몰리여오고 쫓겨간다.

繁雜을 尊崇하는 首府의 生命

火葬場이 앉은 黃泉고개와같은 언덕밑으로 市街圖는 나래를 펼쳤다.

(중략)

II

首府는 地圖 속에 한낫 化膿된 汚點이였다

숙란하여가는 首府 ─

『자오선』

首府의 大擴張 ― 隣近邑의 編入

- 「首府」 부분(『낭만』 1집, 1936)

　　민태규의 글로 보이는 편집전기에는 "미려한 환몽에서 시의 독자
영역을 주장하는 탐미주의자들의 착각이 시로 하여금 인식부족의 문학
이라는 패러독스를 대치했었다는 것도 사실의 하나다."라는 글이 실려
있어서 이들 시인들의 작품경향이 미적 추구와는 거리를 두고 있음을 짐
작할 수 있다. 한 문학청년의 정열이 낳은 『낭만』은 이 시기 좌익진영의
시 연구에 귀중한 자료가 되고 있다. 민태규는 시동인지 『자오선』(1937)
을 발행하기도 했다. 그는 문학사나 문예사전에도 나오지 않는 인물이
다. 조연현에 의하면 시를 쓰는 부유한 문학청년으로 알려져 있을 뿐이
다. 일제강점기에 『낭만』과 『자오선』을 발행한 것만으로도 문단에 기여
했다 할 것이다.

시인춘추(1937)

고산(孤山) 이해문(1911~1950)이 편집책임을 맡고 황백영, 이가종, 박노춘, 윤곤강, 이고려 등 충남지역 문인들이 주도하여 나온 시 전문 동인지로 예산을 거점으로 활동했다. 이해문의 말을 빌리면 『시인춘추』는 1937년 6월 8일 창간하여 4호까지 나온 것으로 전해지나 현재 확인되는 것은 창간호와 2집(1938. 1. 31.) 두 권뿐이다. 1, 2집에 참여한 시인들로 이해문, 윤곤강, 박노춘(李陵九), 이가종, 마명(馬龍錫), 이고려(朴魯洪), 김북원, 김광섭(金曙湖), 목일신, 박세영, 조벽암, 신석정, 오장환, 김조규, 한흑구, 배상철, 황백영, 한명천 등 30명이 63편의 시를 발표했다. 눈에 띠는 시편들로 이해문의 창간호 「서시」와 윤곤강의 「배암」, 오장환의 「상렬」, 목일신의 「별」, 조벽암의 「슬픈 모습」, 마명의 「산곡」 등이다.

宇宙 廣漠한 荒原에는 美麗한꿈 서러운 情이있다.

찾어가도 끝없는 航路의孤獨.

오늘도 몇 詩人이 地軸을 움즉일 情熱에 느끼어우는고.

사랑은 浦口의 戀情같이 애틋한데

기쁨은 自然의 薰香인양 즐거웁다

哀愁의 雪原을 지나 끝없는 薔薇의 길을 것는마음

지나간 春秋 얼마나많은 詩人들이 多恨한 心境을 自慰했던고!

詩의 길. 自由의 譜曲은 限이없는 愛撫어니

새벽의 暗路우 허터진 曙光을 찾는 情熱의 나그네여

우리들은 이에 새로운 詩의 레포를 알외여보자

疲困한길의 苦惱에 우는 朝鮮의 뭇 詩人들이어

님네 華心에도 찾어든 兜率門의 饗宴은 있으리.

- 이해문 「序詩」(『시인춘추』 1집, 1937)

　이해문은 창간호의 「시어·시론·기타」에서 "묘망(渺茫)한 인생의
바다에는 애수와 희망과 이에 따르는 정열이 있다. 우리가 피곤한 생을
이끌고 이 바다를 건너갈 때 여기에는 끊임없는 감정의 유동이 있나니,

『바다의 묘망』

이것을 우리의 개유(個有)한 시혼 속에 담아 표현하는 것이 시"라고 하며 자신의 견해를 밝히고 있다. 근대 화단의 대표적 여성 화가인 추강(秋岡) 정용희가 표지에 매화를 그린 2집에는 이해문이 쓴 「중견 시인론」이 눈에 들어온다. 이해문은 여기서 시인 113명을 〈선구파〉, 〈카프계급 동반자파〉, 〈선구아류급 잡파〉, 〈현역 중견파〉, 〈중견급 신진파〉로 구분하고 있는데 실제 수록된 시인은 116명으로 확인된다. 특히 서정주, 노천명, 이용악, 박남수, 장만영 등을 중견급 신진파로 분류하고 있어 눈길을 끈다.

　　『시인춘추』의 성과라면 중앙의 기성시인들과는 거리를 두고 신진들에게 지면을 제공하여 충남지역 문학의 활성화를 꾀한 점이다. 여기에 참여한 윤곤강은 창작과 비평을 병행한 시인으로『대지』(1937),『만가』(1938),『동물시집』(1939),『빙화』(1940) 등 일제강점기에만 4권의 시집을 펴냈다. 또한 시인춘추사에서 이해문의 시집『바다의 묘망(渺茫)』(1938)이 간행되었고, 그의 주선으로 33세에 요절한 이가종의 유고시집『노림』(1941)이 200부 한정판으로 나온 것도 성과일 것이다. 예산의 향토시인

이해문은 이 동인지를 10년간 계속할 것을 공약한 바 있었는데 불행하게
도 그 꿈을 이루지 못하고 한국전쟁 당시 패주하는 인민군에 의해 학살
당하고 말았다.

단층(1937)

『단층』은 1937년 4월 22일 평양에서 창간된 계간 문예 동인지로 통권 4책이 간행되었다. 이 잡지는 유항림이 대표격으로 동인들이 대부분 평양지역의 광성고보 출신들로 조직된 것이 특징이다. 참여한 동인은 소설에 "유항림, 김이석, 김화청, 이휘창, 김여창, 구연묵, 최정익, 김성집, 최구원, 한주현" 시에는 "양운한, 김환민, 김조규, 황순원" 평론에는 "최정익, 유항림, 양운한" 등 14명이다. 동인들의 구성을 보면 시보다는 소설에 비중을 두고 있음을 알 수 있다. 유일하게 권두언이 실려 있는 4책을 보면, 동인들이 표지에 내세운 '조선문학의 새로운 정신'의 주장과 달리 일제에 부응하는 듯한 동아신질서 건설의 필요성을 주장하고 있어 눈길을 끈다. 통권 4책에 수록된 작품은 시 30편, 소설 20편, 평론이 4편이다.

① 1책(1937. 4. 22.), 발행소 단층사, 소설: 김이석의 「감정세포의 전복」, 김화청의 「별」, 이휘창의 「기사창」, 김여창의 「육체」, 유항림의 「마권」 / 시: 양운한의 장시 「계절판도」, 김환민의 「청춘」, 「시골길을 자동차로」 / 평론: 최정익의 「D.H. 로렌스의 성과 자의식」

② 2책(1937. 9. 7.), 발행소 단층사, 소설: 구연묵의 「유령」, 김화청의 「스텐카 · 라-진의 노래」, 최정익의 「자극의 전말」, 유항림의 「구구」 / 시: 양운한의 장시 「계절판도2」, 김조규의 「밤 · 부두」, 「노대의 오후」

③ 3책(1938. 3. 3.), 발행소 단층사, 소설: 김이석의 「환등」, 이휘창의 「혜라양」, 김화청의 「담즙」, 구연묵의 「구우」, 김여창의 「동가」, 김성집의 「실비명」 / 시: 김조규의 「묘」, 「오후」, 「해안촌의 기억」, 「싸나토리움」, 양운한의 「황혼의 심상」, 「녹엽」, 「파랑문」 / 평론: 유항림의 노트 「개성 · 작가 · 나」

④ 4책(1940. 6. 25.), 발행소 박문서관, 권두언, 표지사진 이승범, 권두화 문학수, 소설: 이휘창의 「한일」, 김화청의 「하늘」, 김이석의 「공간」, 최구원의 「회신」, 한주현의 「전설」 / 시: 양운한의 「밤」, 「악」, 「신화」, 「도」, 「푸른 섬」, 「임종」, 「선」, 「니힐」, 「Guillotine」 황순원의 「무지개가 있는 소라껍데기가 있는 바다」, 「대사」, 김조규의 「마」, 「실내」, 「호1」, 「호2」, 「벽」, 「임금원의 오후」 / 평론: 유항림의 「소설의 창조성」, 양운한의 「시의 부근」

먼저 볼륨감이 있는 서지를 살펴보면 잡지의 호수를 '책(冊)'으로 표기하고 『단층』이란 제목을 붙어 'La Dislocation(라 디슬로카시옹)'으로 병기하여 프랑스 예술에 관심을 표명했다. 1~3책까지는 단층사에서 나왔고 4책은 박문서관에서 나온 것을 알 수 있다. 『단층』의 장정과 판형은 기존의 잡지와 확연히 구분된다. 이 잡지의 미술 장정에 문학수, 이범승(주현)과 참가한 생존 화가 김병기(1916~)는 2, 3책의 제호와 추상적인 표지 디자인은 본인의 작품이라고 증언한 바 있다. 4책에는 이승범(李升

『단층』(2책)

MERO   LA DISLOCATION SEP.MCMXXXVII

『단층』(4책)

範)의 표지사진을 실고 문학수가 권두화를 그렸는데 김병기의 증언과 다르게 '이승범'으로 인쇄되어 있다. 특히 지각의 균열을 드러낸 4책의 표지는 다른 잡지와의 차별성을 드러내고 있다. '단층(斷層)'은 서울 중심의 문단에서 갈라져 새롭게 솟아오른 평양 중심의 모더니스트 그룹을 의미한다.

　　광성고보 출신으로 김화청, 이휘창과 동창이기도 한 김병기 화백은 『단층』이 유항림(본명 김영혁, 1914~1980)의 헌책방 '태양서점'에서 비롯되었다고 최근 증언한 바 있다. 주목되는 작품으로는 유항림의 「마권」과 「구구」, 김이석의 「감정세포의 전복」, 김조규의 「해안촌의 기억」과 「묘」, 최정익의 「D.H. 로렌스의 성과 자의식」 등을 들 수 있다. 특히 유항림은 사회주의 이념과 현실 속에서 고뇌하는 당대 지식인들의 심리를 잘 보여주고 있다. 동인들의 작품은 형식적인 실험을 통해서 심리주의적 모더니즘 경향으로 나타났다. 그런 점에서 『단층』은 『삼사문학』(1934), 『맥』(1938)의 주요 동인들과 같은 선상에 놓인다고 할 수 있다.

생리(1937)

1937년 7월 1일 부산에서 유치상이 발행한 시동인지이다. 통권 5집까지 나온 것으로 알려져 있으나 현재 1집(1937. 7. 1.)과 2집(1937. 10. 1.)만 발견되었다. 참여한 동인들로는 유치환, 장응두, 최상규, 김기섭, 유치상, 박영포, 염주용 등이다. 여기에 유치환의 「소어」, 「바다」, 「심야」, 「창공」, 「까치」, 장응두의 「가을」, 「나의 해복 날」, 「즉경」, 「제 미정」, 「상심」, 「발길」, 「슬픈 그림」, 「자원」, 최상규의 「점경」, 「밤」, 「상흔」, 「영처」, 「바람」, 「발자국」, 「조망」, 「금붕어」, 김기섭의 「독소」, 박영포의 「하반의 곡예단」, 「교문을 나서는 내 학도들에게」, 「자」, 유치상의 「따아리아」, 염주용의 「나의 별」 등을 발표했다.

落落한 외나무 가지에 깃을 짓고
호을로 놉히 사는 새 잇나니
烈烈한 치위
내물은 얼고 동무 새는 다 가고
오오 적은 새의 哀傷은 푸르러 玉 갓것만
스스로 외로움에 한 슬픈 쩝慣 잇서

『청마시초』

커버(재킷)

주우리면 아침 서리 짓흔 땅에

季節박ㅅ의 아쉬운 미씨를 줍고

저 遙遠한 遙遠한 滿目의 寂寥에

초라히 쪼구리고 사는 새여

- 유치환 「짜치」(『생리』 2집, 1937)

　　『생리』를 발행한 유치상은 유치환의 아우이다. 하보(何步) 장응두
(1913~1970)는 통영 명의 집안 출신으로 시조를 쓴 유치환의 평생 친구
였다. 1938년《조선일보》신춘문예에 「관란」이 입선되었고『문장』(1940)
에 시조 「한야보」가 추천되었다. 『맥』 동인으로 활동했으며 대표작으로
「원」, 「고목」, 「진혼가」가 있고, 유고집으로『한야보』(1972)가 나왔다. 박
영포(1913~1939)는 26세에 폐결핵으로 요절한 시인이다. 이상(李箱)이
일본에 가면서 부산에서 청마와 술자리를 가진 적이 있었는데 합석했던
박영포가 시비 끝에 이상의 뺨을 때린 일화가 전해진다. 공교롭게도 두
사람은 같은 질병으로 앞다퉈 요절했다. 유치환은 박영포의 이른 죽음을
슬퍼하며 「애가(哀歌)」를 지어『청마시초』(1939)에 남겼다.『생리』는 부
산과 통영지역의 문인들이 활동하며 지방문학의 활성화에 기여했다.

哀歌

- 永浦에게 -

그대 무덤우엔

할미꽃 한떨기 피어 있고

하그리 애통ㅎ던 죽엄이

솔바람 소리 寂寂히 지내가는

이 하늘 가까운 등성이에

이렇듯 고은 安慰를 얻을줄 그댄들 알었으료.

그리 眞實ㅎ던 靑春의 懊惱도 憧憬도

벗이여 버리면 곱게 그만이더뇨.

그대는 죽고 나는 살고

내 오늘 그대 무덤옆에 悄然히 앉어

어짠 한번 몸짓에 하늘을 달리한

이 맑은 非情의 一瞬의 永劫을 생각노니

- 유치환 「哀歌」(『청마시초』, 청색지사, 1939)

시학(1939)

앞서 『맥』을 발행한 김정기가 1939년 3월 12일 창간한 시 전문 동인지이다. 『시학』은 그동안 4집을 내고 종간된 것으로 알려졌는데 최근 신연수 시인이 5집(1940. 1. 10.)을 발굴 공개하면서 주목을 받은 바 있다. 1, 2집은 김정기가, 3~5집은 한경석이 발행을 분담했다. 창간호의 권두언을 보면 "오랜 산문에의 인종의 쇠사슬을 끊고 자아의 새벽을 향하여 돌진해야만 될 시와……, 시인을 위하여 『시학』은 생탄한다."라고 선언하고 있다. 고대 민족의 수호를 상징하는 사신도와 해태 문양의 창간호 표지는 이주홍의 솜씨로 은근히 '조선심'을 드러내고 있다. 일제가 재갈을 물려 우리말 사용이 금지되던 시기에 『맥』과 『시학』 같은 수준 높은 잡지를 펴낸 발행인 김정기의 안목이 돋보이지 않을 수 없다.

창간호에는 이원조, 이육사, 신석정, 윤곤강, 신석초, 오장환, 이병각 등이 동인으로 참여했다. 추천시인 8명을 포함해서 통권 5집에는 45명의 시 100여 편이 수록되어 있다. 주목되는 시편으로는 먼저 이육사의 「연보」와 신석정의 「등고」, 신석초의 「파초」와 오장환의 「나의 노래」, 이병각의 「소녀」와 윤곤강의 「폐원」, 이용악의 「전라도 가시내」 등 시인들의 대표작이 다수 실려 있다. 3집에 수록된 「전라도 가시내」는 시집 『오

『시학』(5집)

『오랑캐꽃』

랑캐꽃』(1947)에 수록된 시와 여러 곳에서 차이를 보인다. 일자리를 찾아
두만강을 건너온 함경도 사내와 전라도에서 북간도 술집으로 흘러들어
온 여인이 주막에서 만나 벌이는 수작을 형상화한 것으로 그것은 일제강
점기 나라를 빼앗기고 학대받던 우리 민중의 또 다른 모습이었다.

알룩조개에 입맞후며 잘았나

눈에 바다처럼 푸를뿐더러 까무스럼한 네얼굴

가시내야

나는 발을 얼구며

무쇠다리를 건너온 함경도 사내

바람소리도 호개도 이전 무섭지않다만

어두운 등불밑 안개처럼 자욱한 시름 시름을 달게 마시련다만

어디서 흉참한 기별이 뛰여들것만 같애

두터운 벽도 이웃도 못믿어운 북간도 술막

그러나 너의 떨리는 손이 남포심지를 낮후기 까진

나의 몸둥아린 오직 탐스러히 빛나리라

온갖 방자의말을 품고 왔다

눈포래를 뚫고 왔다

가시내야

너의가슴 그늘진 숲속을 기여간 오솔길을 나는 헤매이자

술을 부어 남실남실 술을 따르어

가난한 이야기에 고히 잠궈다오

네 두만강을 건너왔다는 석달전이면

단풍이 물들어 철리 철리 또 철리 산마다 불탔을겐데

그래두 외로워서 슬퍼서 초마폭으로 얼굴을 가렸더냐

두 낮 두 밤을 두루미처럼 울어 울어

불술기 구름속을 달리는양 유리창이 흐리더냐

차알삭 부서지는 파도소리에 취한듯

때로 싸늘한 웃음이 소리없이 색이는 보조개

가시내야

울듯 울듯 아직 울지않는 절라도 가시내야

두어마듸 너의 사투리로 때아닌 봄을 불러줄께 날어라 날어라

손때 수집은 분홍댕기를 휘날리며

잠깐 너의나라로 돌아가거라

이윽고 어름ㅅ길이 밝으면

나는 눈포래 휘감아치는 벌판에 우줄우줄 나설게다

가시내야

노래도 없이 사라질게다

자욱도 없이 사라질게다

    - 이용악 「절라도 가시내」(『시학』 3집, 1939)

수록된 내용을 살펴보면, 1집(1939. 3. 12.)은 특집으로 「시단인의 동인시지관」과 「동인시지의 현재와 장래」를 묻는 설문조사를 실시했고, 2집(1939. 5. 20.)에는 59명 시인들의 현주소록과 권환, 최재서 등의 번역시를 실었다. 3집(1939. 8. 28.)에는 방수룡, 임백호 등 여섯 명의 추천 시와 홍효민, 이병기, 이병각의 평론을 수록했고, 4집(1939. 10. 28.)에는 출간된 윤곤강의 『동물시집』, 김광균의 『와사등』, 오장환의 『헌사』에 대한 시집비평을 각각 실었다. 특히 이번에 발굴된 5집(1940. 1. 10.)에는 눈

길을 끄는 시편이 여럿 있다. 함형수의 「숙명조」, 「감정화」, 「태양가」는 처음 공개된 바 있고 오장환의 「풍신기」, 이한직의 「망원경」, 조영출의 「여」 등이 새롭게 발견된 시편들이다. 또한 이용악의 연작시 「두메산골」은 그 출전이 이번 5집을 통해서 정확히 밝혀졌고 수록된 내용은 다음과 같다.

> 5집(시학사, 1940. 1. 10.), 편집 겸 발행인 한경석, 장정 이주홍. 목차, 평론: 권환 「시단의 회고와 전망」, 윤곤강 「성조론」, 박두언 「도연명론」, CH生 「시단 익명비평」/ 시: 민병균 「앵무장」, 신석정 「꿈」, 유창선 「임금」, 윤곤강 「자화상」, 유치환 「허탈」, 이육사 「소년에게」, 조영출 「여」, 이용악 「두메산골」, 권환 「낙엽」, 서정주 「역려」, 이고려 「항구」, 신석초 「화장」, 이병각 「희제」, 「동일」, 오장환 「풍신기」, 김진세 「기야」, 함형수 「무명에서(숙명조, 감정화, 호접몽, 태양가)」, 마명 「코스모스」, 이주홍 「밤의 연륜」, 최경섭 「조그만 계집」, 방수룡 「학의 장례식」, 정기서 「패전도」, 임백호 「석류」/ 이병락 추천시 「가을」, 이한직 추천시 「망원경」/ 벗에게 부치는 글: 신석초 「육사에게」, 민태규 「병각에게」/ 수필: 이병각 「나의 독언초」/ 앙케이트1, 2/ 정칭, 당선자의 말(2), 독자란, 여묵

風信旗

測候所 얕은 지붕에 하-얀 旗폭이 나부끼든날, 함박눈은 밤내여 퍼부었었다.
날 밝기 무섭게 그洞里의 小學生들은, 큼직-한 눈사람을 만드러놓고.

눈사람의 그림자가 비최이는 琉璃窓안에, 그안에는 훈훈한 난로ㅅ가에 둘러앉은 洋人들의 외로운 가족.

佛蘭西 領事館옆 죄-그만 聖堂에서는 여느날과는 달리 연거퍼 鍾이 울리고,
늙으신 神父가 그의 故國의 祝祭日을위하여 몇번이고 가슴위에 十字를 그웃는 모양.

외 따로 살고있는 洋人들의 家族과 늙은神父가 手風琴을 울리며, 즐거히 이야기하며, 춤추고 노래부를 때, 少年은 곳-잘 쓸쓸한 모습으로 돌아왔었다.

그는 어머니의 寢房에걸린 寫眞을생각해낸다. 少年의 祖父가 그의 어린 아버지를 무릎에 앉고 外國에서 경절을 맞으시며 백히인 寫眞이었다.

눈 부시게 빛나는 三色旗를 먼-곳에서 바라다보며 어찌 어찌 하면 생각이 날가. 흐릿-한 사진속에 보도못한 아버지와 먼-곳에 죄-그만 旗ㅅ폭.
- 오장환 「風信旗」(『시학』 5집, 1940)

『시학』이 주목되는 것은 사화집 『신찬시인집』(시학사, 1940)의 간행이다. 편자의 서문을 보면 1930년대를 마감하고 40년대를 맞이하면서 새 시대를 이끌고 갈 시인들을 선별해서 수록해놓은 것이다. 여기에 김기림(4편), 김광섭(5), 김광균(5), 김영랑(4), 김조규(4), 김진세(4), 권환(3), 유창선(3), 유치환(4), 이육사(4), 이병각(3), 이상(2), 이용악(5), 이정구(2), 이찬(4), 이흡(3), 이고려(4), 임학수(3), 임화(1), 마명(3), 민병균

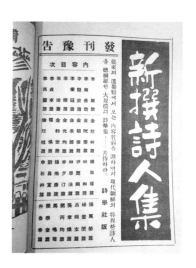

『신찬시인집』(광고)

(3), 민태규(3), 박노춘(4), 서정주(3), 신석정(4), 신석초(3), 여상현(3), 양운한(2), 오장환(4), 윤곤강(3), 장만영(5), 장서언(5) 등 32명의 시 112편을 담았다. 『시학』의 성과라면 『문장』과 같은 '추천시 공모' 제도를 실시하여 신인을 배출하고 시와 시론, 번역과 평론, 문단소식 등을 알차게 편집하여 시전문지로서의 역할을 톡톡히 해냈다는 것이다.

초원(1939)

문예 동인지 『초원』(1939. 9. 5.)은 그동안 창간호만 나오고 종간된 것으로 알려졌으나 신연수 시인이 2집을, 필자가 3집을 소장하고 있어 현재 3집까지 나온 것으로 확인된다. 함남 원산에서 간행된 『초원』은 이종민(李宗敏) 발행으로 강홍운, 남석종, 노양근 등이 주요 동인으로 참석했다. 편집인 남석종은 이 잡지가 지방지 쳐놓고 조선에서 유일한 존재라고 하면서 중앙문단에서 일본 내지의 글을 야키마시(やきまし: 복사)나 하는 국한된 집필가에게 진절머리가 났다며 『초원』을 살려 조선문학의 신경지를 개척하겠다고 포부를 밝히고 있다. 강홍운은 시집 『노방초』(1941)를 펴낸 시인으로 원산문학가동맹에서 펴낸 『응향』지 필화사건으로 월남했고, 연희전문을 나온 남석종은 일찍이 소년문단에서 활동하며 시와 평론을 썼던 인물이다. 2집과 3집에 수록된 서지내용은 다음과 같다.

① 2집(대륙공론사, 1939. 12. 20.), 편집 겸 발행인 이종민, 제자 이세일 화백, 그림 사춘사(史春秋)

목차, 창작: 현경준 「환멸」, 박용범 「설화」 / 시단: 김태오 「두견」, 「황국」, 마명 「뻐꾹이」, 「마음의 화원」, 함형수 「학창」, 「서정주라는 청년」, 강홍

운 「출발」, 「부두」, 윤군선 「궤야초」, 이해문 「심야정사」, 박인수 「고민」, 신상보 「임종실」, 김광섭 「술」, 황종율 「추정」, 이가종 「지」, 김우철 「코스모스」, 「조롱속의 백구」, 조연현 「NOUGHT」, 임백호 「창」, 「애주변」, 이우조 「황금서언」, 박노춘 「화병」, 조영출 「해당화」, 남석종 「서울구경」 / 수필: 정인택 「의욕」, 이종민 「타전소감」, 황민 「반사」, 최석숭 「낙엽」, 남응손 「항구 원산의 인상」, 박노춘 「벽화」 / 엽서회답: 김남천, 김대봉, 이하윤, 김광섭/ 조선시감 발행예고 / 편집여언

② 3집(초원사, 1940. 3. 16.), 편집 겸 발행인 이종민.

   목차, 평론: 박승극 「유행유죄(문예시평)」, 남응손 「새 쩨네레-슌과 시의 길」 / 시단: 이고려 「남쪽」, 「해풍」, 「밤차」, 마명 「슬픈 습성」, 「한일」, 「목선」, 「유령」, 남석종 「계도」, 함형수 「가족」, 김남인 「다방」, 조영출 「유언서」, 김북원 「해협」, 「공기침」, 김우철 「강반의 달밤」, 박노춘 「가마귀」, 장정심 「신우」, 이해문 「연모」, 강홍운 「북관행」, 「초롱」, 이가종

「정월의 시」, 신상보 「방」, 박인수 「소녀와 호궁」, 임백호 「백주몽」, 김
광섭 「홍수」, 「여학교정」 / 문단지상 연합대운동회 / 독자란(시): 윤군
선, 김대홍, 한욱, 우형남, 김이호, 조순장, 문상유 / 수필: 전영 「투병기」,
박인수 「밤 이국점경」, 이해문 「시인의 탄식」, 신상보 「심우 명상기」,
최석숭 「침울」, 노민손 「추억」 / 초원2집 독후감(이해문, 임백호) / 팔면
경/ 창작: 박영준 「모나리자와 나」, 이종민 「신작로」, 김세종 「어떤 여
인」, 백허 「자취」 / 여언

　　창간호에는 강홍운의 「밤길」, 신상보의 「식란」, 노양근의 「사향」,
남석종의 「첫여름」 등 23명의 시 30편을 수록하고 있다. 『초원』에는 충
남 예산지방의 『시인춘추』(1937)에서 활동한 이해문, 이가종, 박노춘, 마
명 등과 만주에서 활동한 현경준, 박영준, 신상보, 함형수 등의 작품이 눈
에 띤다. 2집은 창간호와 달리 창작과 수필에까지 확대되고 있다. 창작에
는 현경준의 「환멸」과 신인 박용범의 「설화」가 발표되었고, 시단을 보면
김태오의 「두견」과 「황국」, 함형수의 「서정주라는 청년」, 신상보의 「임종
실」, 윤군선의 「궤야초」 등 18명의 작품 24편을 실었다. 수필로는 발행인
이종민의 「타전소감」과 정인택의 「의욕」, 황민의 「반사」, 남응손의 「항구
원산의 인상」 등도 눈에 들어온다.
　　3집은 창작과 시, 수필에 이어 평론까지 더해 문예지로서의 체제
를 갖추었다. 박승극과 남응손이 평론에 참여했고 창작에는 만주에서 보
내온 박영준의 「모나리자와 나」, 이종민(李鍾民)의 「신작로」, 김세종의
「어떤 여인」 등 4편을 실었다. 시편에는 강홍운의 「초롱」, 남석종의 「계
도」, 신상보의 「방」, 박인수의 「소녀와 호궁」, 함형수의 「가족」, 김북원의
「해협」, 장정심의 「신우」 등 17인의 시 25편을 발표했다. 수필로는 전영

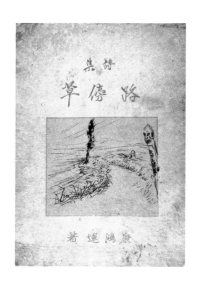

(全領)의 「투병기」, 박인수의 「밤 이국점경」, 이해문의 「시인의 탄식」, 신상보의 「심우명상기」, 최석숭의 「침울」을 실었다. 또한 「문단지상 연합대운동회」를 초원사 주최로 개최하여 분야별 조선 문인들을 한눈에 조감하게 한 것은 돋보이는 기획이었다.

『초원』의 성과라면 중앙문단과 거리를 두고 원산을 거점으로 충남 예산과 만주지방의 신인들을 참여시켜 지방문학의 활성화에 기여한 점이다. 특히 2집과 3집에 실려 있는 현경준의 「환멸」과 박영준의 「모나리자와 나」 그리고 대부분의 시편들은 처음 공개되는 것들이다. 또 하나의 성과물로 일제암흑기 원산에서 강홍운의 시집 『노방초』(초원사, 1941)가 나왔다는 것은 놀라운 일이다. 월림(月林) 강홍운(1909~1997)은 월남하여 경남 창녕에 둥지를 틀고 남지여자중학교 교장으로 정년을 마칠 때까지 교육계에 헌신했다. 그는 틈틈이 지역문단에서 글을 쓰면서 활동하다 1997년 89세를 일기로 세상을 떴다. 사후 간행된 『강홍운 문학전집』

(2002)에는 그의 『초원』 시절의 대표작 「노방초」와 「초롱」, 「밤길」, 「파선」, 「한실」, 「산곡」 등이 실려 있다.

초롱

魂靈을 멀— 리 餞送하는
葬家집 처마에 초롱불 하나—.

支離한 四苦의 罪業을 걷우고
엉키인 娑婆의 宿緣을 끊고.

어둠속으로 먼-ㄴ 길 떠나가는
나그네의 뒤를 빛이는 초롱불 하나.
- 강홍운 「초롱」(『초원』 3집, 1940)

한국문학사에 대한
아쉬움

앞에서 살펴본 대로 『시건설』, 『단층』, 『맥』, 『시학』 등 1930년대 동인지들은 그 성과가 적지 않았다. 일반에 알려진 『시문학』이나 『시인부락』 등 동인지 전체를 포괄한다면 30년대 동인지문학은 보다 풍성해질 것이다. 그럼에도 불구하고 기존의 문학사들이 다룬 30년대 동인지문학은 서지정보에 불과한 형편이다. 반면에 1920년대 동인지들은 비교적 비중 있게 다루고 있다. 필자가 이 글을 쓰면서 느낀 점은 일제암흑기에 나온 동인지들이 대부분 묻혀 있거나 평가되지 못한 점이다. 특히 지방에서 나온 『북향』, 『시건설』, 『단층』, 『시인춘추』, 『생리』, 『맥』, 『초원』 등이 중앙의 문단에 편입되지 못한 것은 아쉬운 부분이다. 단 두 권을 내고 문학사에 오르내리는 『시인부락』과 비교된다.

이들 동인지가 나오던 30년대 말에는 일제의 탄압으로 문인들의 창작이 자유롭지 못한 시기였다. 중앙의 문인들이 붓을 꺾고 잠적하거나 일어로 글을 쓰고 있을 때, 일부 뜻있는 문인들은 일경의 눈을 피해 변방에서 우리말 창작을 이어갔다. 그것이 지방의 동인지들이었다. 간도의 망명문단이 그것을 입증하고 있다. 우리가 이들 동인지들에 주목해야 하는 이유는 수록된 작품들이 당시 암흑기 문학사의 공백을 잇고 있기 때문이다. 앞에서 밝힌 동인지 『맥』만 보아도 그렇다. 북에서 나온 『시건설』, 『단층』, 『맥』, 『초원』의 동인들은 해방되면서 거의 북에 남았다. 월북 문인들이 해금된 지도 30년이 넘는 지금 묻혀 있는 동인지들이라도 찾아내 올바로 평가하고 잃어버린 문학사를 복원하는 것도 남아 있는 우리들 몫이다.

12

한국문학의 금서

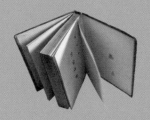

금서란 한마디로 말해서 도서의 발행을 금지하는 것을 뜻한다. 금서는 인류가 문자로 기록을 남기기 시작한 이후부터 지금까지 인류의 역사와 함께해왔다. 그래서 금서를 보면 그 시대를 알 수가 있는 것이다. 역사를 돌이켜보면 지배세력들은 그들의 권력을 유지하기 위해 정치와 종교, 풍속 등의 이유로 도서의 발행을 억압해왔다. 그렇다면 도서에 낙인이 찍히고 사형선고를 받은 금서들은 과연 나쁜 책일까. 오늘날 인류의 문화유산으로 내려오는 『성서』, 『도덕경』, 『코란』, 『신곡』, 『데카메론』, 『군주론』 등을 보면 그렇지만은 않은 것 같다. 이 책들은 당시 모두 금서였다. 분명한 사실은 이들 금서들이 세상을 바꾸고 인류의 발전에 기여해왔다는 점이다.

　　우리나라의 금서로는 단군시대 신지의 『비사』를 시작으로 삼국시대, 고려, 조선조를 거치면서 당시 지배질서에 반하는 유교, 불교, 도교 등의 서적들이 정치적으로 탄압받고 금기시되었다. 특히 성리학의 유교 이념을 바탕으로 세워진 조선시대는 도교에 연원을 둔 『도선비기』, 『정감록』, 양명학의 『하곡집』, 서학의 『천주실의』, 동학의 『동경대전』, 그리고 정치적 이념을 달리하는 사림파의 『소학』과 『근사록』 등이 금서가 되

『금수회의록』

었다. 또한 정변과 변혁사상을 담은『사육신전』,『금오신화』,『홍길동전』, 문체반정에 어긋나는『연암집』과『열하일기』등이 금서였다. 이들 역시 시대가 바뀌면서 금서에서 풀려난 것은 물론이다.

　　구국계몽기로 일컬어지는 대한제국 말기에 일제는 을사보호조약 (1905)을 체결하고 신문지법(1907), 출판법(1909)을 제정하여 한국근대 출판의 개화기부터 도서의 억압을 강제하였다. 일제는 조선의 역사와 민족사상, 사회주의, 자주독립 사상을 억압하고 전통적인 우리의 고유문화를 말살하기 위해 이런 내용을 담은 서적들을 금서로 지정했다. 당시 금서로 묶인 유형을 보면, 민족의 역사를 다룬『역사집략』(1905), 외국의 흥망사를 다룬『월남망국사』(1907), 국토의 소중함을 일깨워준『대한신지지』(1907), 민족의 자주독립을 주장한『국민수지』(1907), 애국적인 교과서『유년필독』(1907), 국난극복의 영웅을 다룬『을지문덕』(1908), 일제의 침략을 우화적으로 비판한『금수회의록』(1908)이 대표적인 사례였다.

일제는 한일병합(1910) 이후 기존 출판법에 더해 악랄한 치안유지법(1928)을 제정하고 본격적으로 언론과 출판의 자유를 억압하였다. 특히 1937년 중일전쟁을 시작으로 일제 암흑기에 들어서는 한글로 된 서적들은 출판이 금지되고 족보와 문집까지 금압하면서 민족의 말살을 시도하였다. 한권의 책을 출판하려면 경무국 도서과에서 사전검열을 받고 책이 간행된 뒤에는 다시 납본검열을 받아야 했다. 이때 적용된 법적 근거는 치안유지, 풍속문란, 출판법 위반이었다. 여기서 다룰 한국문학의 금서로는 춘원 이광수의『무정』(1918) 이후부터 해방이전까지 어떤 서적들이 금서로 희생되었는지 그 원전을 살펴보고자 한다.

정연규의 장편소설 『혼』(1921)

　　정연규의 『혼』(한성도서, 1921. 7. 5.)은 간행되자마자 초판이 전부 압수되었다. 이유는 표지에 '이 책을 3·1기념으로'라는 열 자도 안 되는 문구를 넣었기 때문이다. 압수된 책들은 경무국 창고에서 3년이나 철창 신세를 지고 여러 곳이 삭제되고 나서야 재판(1924. 11. 15.)으로 나올 수 있었다. 그러나 이것도 얼마 못 가고 1926년 7월 22일 치안유지를 이유로 판매가 금지되었다. 당시 한성도서의 광고를 보면 "『혼』은 조선의 천재작가 정연규가 1919년 3월 1일을 잊지 못하여 우리 반도의 과거를 말하고 현재 피눈물이 끓고 장래를 예언하여 짓기를 마치고 국외로 무기축방(無期逐放)까지 당한 책"이라 언급하고 있어 주목을 끈다.

　　필자가 이 책을 인사동 편고재에서 처음 접했을 때의 그 놀라움을 지금도 잊지 못하고 있다. 책 표지에는 특별한 장정이 없고 피가 번지듯 붉은 글씨로 쓴 제자 '魂'이 전면을 장식하고 있었다. 당시 이런 장정도 놀랍거니와 혼이 책에 빨려 들어가는 그런 느낌이었다. '정마부작(鄭馬夫作)'으로 표기된 이 장편소설은 어디에 발표된 적이 없고 1919년 6월 16일 탈고를 마치고 전작소설로 간행된 것이다. 우리 문학사를 돌아보면 춘원 이광수의 『무정』(1918) 다음 두 번째 간행된 장편소설에 해당되는 책

『혼』

이다. 이런 책이 한국문학사에서는 조동일의 언급을 제외하고 찾아보기 힘들다. 조동일은 『한국문학통사』(1994) 5권에서 "사건이 단순하고 묘사가 간략하면서도 만만하지 않은 뜻을 지닌 작품"이라고 평가하고 있다.

　　소설은 정왕건 5남매의 비참한 가족사를 그리고 있다. 왕건은 이왜간이라는 간악한 노파의 흉계에 속아 가산을 잃고, 노파는 왕건의 네 딸들을 기생으로 만들어 돈벌이를 시킨다. 이에 보다 못한 왕건의 아들 기성이 헌병보조원과 노파를 구타하고 도망친다. 아쉬운 점이 있다면 주인공 기성의 활약이 소설에서는 수동적으로 그려질 뿐 큰 비중을 차지하지 못하고 있다는 점이다. 작가는 소설에서 돈과 권력으로는 사람을 복종시킬 수 없음을 강조하고, 사람은 어떤 구속이나 속박에도 본심의 광채는 불같이 나타난다고 하며 "육체는 일시적이나 영혼은 영원하다"고 외치고 있다. 작가는 3·1운동 직후 민족의 수난을 우회적으로 표현한 것으로 이런 소설이 당시에 나올 수 있었다는 것이 놀라울 뿐이다.

마부(馬夫)라는 필명으로 글을 쓴 작가 정연규는 일제하에서 저항 문학가로만 알려져 있을 뿐 그동안 수수께끼 같은 존재였다. 그 의문은 시인 이일영이 최근 발표한 「재일한국인 정향균을 추모하며」라는 칼럼에서 풀렸다. 정향균은 정연규의 딸로 시인이 그의 부음을 접하고 쓴 글이었다. 정연규는 1899년 경남 거창에서 태어났다. 그는 무정부주의자로 활동하며 그가 발표한 『혼』이 일제에 의해 독립운동 소설로 탄압을 받자 1922년 일본으로 건너갔다. 그곳에서 프롤레타리아 운동에 가담하면서 「혈전의 전야」, 「떠돌이의 하늘」, 「광자의 생」 등 일본어 소설을 발표하고 사회주의 운동가들과 교유했다. 그러던 그가 1930년 무렵부터 변절하고, 황학회출판사와 만몽시대 잡지사를 운영하면서 군국주의와 황도사상에 앞장섰다.

그는 일본 부인을 맞아 결혼한 뒤 대균과 향균 남매를 낳고 일본이 패전하면서 한동안 부인의 고향 이와테현에서 머물다가 1960년 귀국하여 1979년 세상을 떠났다고 한다. 정연규는 장편 『혼』(1921) 이외에도 단편집 『이상촌』(1921)을 펴낸 바 있다. 필자는 가끔 그의 소설집 『혼』을 꺼내보고 일제강점기에 이런 책을 펴낸 미지의 작가에 대해 존경의 마음을 가지고 있었다. 그런데 이 글을 쓰면서 숨겨졌던 그의 친일행각이 드러나 허탈감을 금할 수 없었다. 살면서 지조를 지킨다는 것이 그렇게 힘든 일인지 회의마저 든다. 그래도 그의 딸 향균 씨가 재일한국인의 차별에 항거하고 일본 법정에서 국적투쟁을 벌였다는 소식에 일말의 위안을 삼아본다.

최초의 금서가 된 시집
『무궁화』(1924)

이학인의 시집 『무궁화』(희망사, 1924. 6. 10.)는 발행 직후 압수되고 이듬해 1월 10일 재판이 간행되었다. 압수된 이유는 치안유지법 위반이었지만 '무궁화'라는 민족의 상징인 국화를 사용했기 때문이다. 당시 일제는 책의 표지나 내용에 단군이나 조선, 태극기나 무궁화 같은 단어가 들어가면 판매를 금지시켰다. 이 시집은 그동안 몇몇 연구자들이 단편적인 언급이 있었을 뿐 지금까지 전모가 드러난 적이 없다. 하동호는 『한국근대문학의 서지연구』(1981)에서 저자를 '22세 학창시절의 애국시인'으로 소개하고 있고, 엄동섭은 『시인』(2010)에서 시집의 표지를 보여주었다. 시집 『무궁화』를 처음으로 언급한 사람은 출판평론가 한태석이다. 그는 『서지총화』(1978)에서 수록된 시편 「시들어가는 무궁화」를 이렇게 소개하고 있다.

無窮花! 倍達民族의 첫 始祖인 檀君께서 심어주시고 간 紀念花!
無窮花! 2千萬同胞의 全運命을 풀끝에 실린 이슬방울과 같은 危險花!
無窮花! 砂漠 가운데서 말라가며 울며불며 쓸쓸히 서 있는 悲運花!
同胞야! 너의 全身의 피를 짜내어 無窮花 뿌리에다 주어라 養分을!

『조선문단』(23호)

- 「시들어가는 무궁화」 부분(한태석 『서지총화』(이우출판사, 1978))

　　　우리 민족을 상징하는 무궁화를 '기념화, 위험화, 비운화'로 표현
한 시집이 무사할리 없었을 것이다. 저자 이학인에 대한 이력은 어디서
도 찾아보기 어렵다. 필자가 조사한 바로는 그는 필명을 성로(城路), 혹
은 우이동인(牛耳洞人)으로 사용하며 1920년대에는 잡지 『보성』, 『시종』,
『신시단』, 『문예공론』에 시를 발표했고, 1930년대 들어서는 『신동아』,
『북향』, 『조선문단』에 주로 소설을 쓰며 활동했다. 그는 평안북도 태천
사람으로 1904년을 전후해서 출생한 것으로 확인된다. 그는 보성고보를
나와 결혼한 뒤 아내와 같이 동경으로 건너가 고학을 하며 니혼대학에서
수학한 것으로 추정된다. 유학 도중 갑작스런 위병으로 1934년 6월 급거
귀국한 뒤 가회동 처가에서 요양하면서 문예지 『조선문단』의 속간을 준
비한다.

그는 시와 소설, 평론을 쓰고 잡지를 발행하며 열정적으로 문단에서 활동했다. 특히 건강과 재정의 악조건 속에서도 방인근의 뒤를 이어 1935년 『조선문단』(21~26호)을 속간하며 계용묵의 「백치아다다」, 김유정의 「산골」 등 42편의 소설과 정지용의 「다시 해협」, 유치환의 「깃발」 등 175편의 시를 발표한 것은 적지 않은 공일 것이다. 그가 문단의 파벌을 의식하고 문인들의 친목과 권익을 위해 의욕적으로 추진하던 '문예가협회'의 발족이 김남천 등 카프계의 반대로 무산되자 큰 충격을 받는다. 설상가상으로 그동안 『조선문단』을 후원해온 총판매소 '북성당'과 결별하면서 잡지 출판이 어렵게 되고 극도의 신경쇠약과 지병이 도지면서 1930년대 중반 이후 아예 문단을 떠난 것이 아닌가 생각된다.

이학인이 남긴 저서로는 시집 『무궁화』(1925)외에 『조선문단』에 연재된 서간을 모아 펴낸 『문학청년서간집』(북성당, 1935)과 세계명작 동화집 『어린이나라』(영창서관)가 있다. 『조선문단』의 광고에는 그가 펴냈다고 하는 시집 『나의 노래』와 민요집 『옛날의 노래』, 『신진작가서간집』 등이 소개되고 있는데 실물은 확인되지 않고 있다. 그가 문단에서 활동한 기간은 10년 남짓에 불과하지만, 서슬이 퍼렇든 일제강점기에 민족의 자긍심을 가지고 펴낸 시집 『무궁화』가 있어 자랑스럽기까지 하다. 이제는 평화로운 세상이 와서 그 모습을 보여줄 때도 되었거늘 시집은 100년이 다 되도록 필자 앞에 모습을 드러내지 않고 있다. 이제는 우리가 찾아나서서 속히 금서의 사슬을 풀어줄 때가 아닌가 생각한다.

한용운의
『님의 침묵』(1926)

을축(1925)년 8월 29일 밤, 설악이 칠흑 같은 어둠에 잠겨 있을 때, 47세의 무명시인이 사자후를 토하며 한 권의 시집을 조선문단에 내던졌다. 그는 등단 경험도 없는 문단의 방외인 만해(萬海) 한용운(1879~1944)이었다. 시집 『님의 침묵』은 조국이 침묵하고 있을 때 그렇게 침묵을 깨고 세상에 나왔다. 19세기 왕조시대 태어난 사람의 글이라고는 믿기지 않을 정도로 순우리말로 엮어져 나온 시편들은 단번에 독자들의 입에서 퍼져나갔다. 시집은 희망이 보이지 않는 일제 암흑기에 인류의 보편적 정서를 담고 시대적 고통과 구원을 상징적으로 보여주며 서정시의 한 봉우리를 이루었다. 시인은 앞머리 「군말」에서 "해 저문 벌판에서 돌아가는 길을 잃고 헤매는 어린 양이 기루어서 이 시를 쓴다."고 했다.

1926년 5월 20일 회동서관에서 나온 초판은 붉은 크로스 장정의 책등에 '님의 침묵'을 금박으로 찍고 내제지는 붉은 글씨로 써서 88편의 시를 수록하였다. 시집이 나오자 조선총독부는 치안을 이유로 압수하고 '비(秘)도서 1751번'으로 금서의 낙인을 찍었다. 시인은 후기 「독자에게」 주는 글에서 나의 시를 독자의 자손에게까지 읽히고 싶은 마음은 없다고 했지만, 시인의 뜻과는 무관하게 낙인이 찍혔던 금서는 풀려나 지금

독자들의 입에서 끊임없이 불리고 있다. 만해는 일제의 회유와 압박에도 불의에 맞서 지조를 지킨 민족의 정신적 지주였고 그가 평생 사모한 님도 민족이었다. 북한 핵의 위협 앞에서 조국의 앞날이 걱정되는 지금, 만해 같은 큰 인물이 새삼 그립다.

현진건의
『조선의 얼굴』(1926)

빙허(憑虛) 현진건의(1900~1943) 단편집 『조선의 얼굴』(글벗집, 1926. 3. 20.)은 글벗집이 준비한 최서해의 『혈흔』(1926), 염상섭의 『금반지』(1926)와 함께 '현대문예총서' 3권 중 하나로 간행되었다. 여기에 대표작 「운수 좋은 날」을 포함해서 「사립 정신병원장」, 「불」, 「B사감과 러브레터」, 「할머니의 죽음」, 「가막잡기」, 「발」, 「우편국에서」, 「피아노」, 「동정」, 「고향」 등 11편이 수록되어 있다. 작품 속에 등장하는 인물들은 대부분 도시의 빈민과 이농민들로, 당시 궁핍한 식민지 '조선의 얼굴'이었다. 이런 현실고발적 성격이 짙은 소설을 일제가 그냥 둘리 없었다. 그들은 제목 『조선의 얼굴』을 문제 삼고 치안을 이유로 1940년 7월 22일 판매금지 시킨다.

빙허는 민족의 잡지 『개벽』(1920)에 단편 「희생화」를 발표하고 등단하여 《조선일보》와 《동아일보》 등지에서 신문기자 생활을 하면서도 평생 창작을 이어갔다. 그는 《동아일보》 재직 시에는 손기정 선수의 일장기 말소사건으로 옥고를 치르기도 했다. 이 사건으로 신문사를 그만둔 뒤 양계장을 꾸려 어려운 살림을 이어가다 해방을 2년 앞두고 1943년 폐결핵으로 세상을 떴다. 향년 44세의 아까운 나이였다. 그의 대표작 「빈

『조선의 얼굴』

처」, 「술 권하는 사회」, 「운수 좋은 날」 등은 사실주의 미학을 잘 보여주
었다는 평가를 받으며 김동인과 함께 한국단편소설을 대표하는 작가로
불리고 있다. 그가 남긴 작품집으로는 단편 『타락자』(1922), 『조선의 얼
굴』(1926), 장편 『지새는 안개』(1925), 『적도』(1939), 『무영탑』(1939) 등이
있다.

프로문학의 대중화,
『카프시인집』(1931)

1)『카프시인집』(1931)

　『카프시인집』과 『카프작가 7인집』은 집단사에서 간행된 것으로 모두 프롤레타리아 최초의 유일한 작품집으로 평가된다. 프로시를 대표하는『카프시인집』(1931. 11. 27.)은 김창술, 권환, 임화, 박세영, 안막 등 5인 합동시집으로 프로예맹 문학부에서 펴냈다. 수록된 작품으로는 김창술 편: 「기차는 북으로 북으로」, 「5월의 훈기」, 「가신 뒤」, 「앗을 대로 앗아라」, 권환 편: 「정지한 기계」, 「그대」, 「우리를 가난한 집 여자라고」, 「가려거든 가거라」, 「소년공의 노래」, 「타락」, 「머리를 땅까지 숙일 때까지」, 임화 편: 「다 없어졌는가」, 「네거리의 순이」, 「우리 오빠와 화로」, 「제비」, 「양말 속의 편지」, 「우산 받은 요꼬하마의 부두」, 박세영 편: 「누나」, 안막 편: 「삼만의 형제들」, 「백만 중의 동지」 등 총 20편이 실려 있다.

　여기에 참여한 임화, 권환, 안막은 예술운동의 볼셰비키화를 주도했던 동경소장파 주역들이다. 수록된 시편들은 대부분 노동자 농민들의 쟁의 현장을 다룬 것으로 정치적 선동을 목적으로 쓰여졌다. 특히 '단편서사시'로 불리는 임화의 대표작 「네거리의 순이」, 「우리 오빠와 화로」 등은 프로문학의 한 성과로 받아들여지고 있다. '프로문학의 대중화'를

『카프시인집』(초판)

『카프시인집』(재판)

위해 펴낸 『카프시인집』은 초판이 수개월 만에 매진되고 1932년 '보급 대중판'이 다시 나왔는데, 모두 일제의 사회주의 금압 정책에 따라 1933년 치안을 이유로 판매가 금지되었다. 『카프시인집』은 생경한 표현과 감상적인 태도에 머물렀다는 비판에도 불구하고 부조리한 식민지 현실을 창작의 영역으로 끌어들인 점은 평가되어야 할 것이다.

2) 『카프작가 7인집』(1932)

『카프작가 7인집』(1932. 3. 20.)은 프로예맹 문학부에서 '이기영, 조명희, 윤기정, 조중곤, 김남천, 한설야, 송영' 등의 소설과 희곡을 모은 선집으로 박영희가 서문을 썼다. 표지에는 총검을 든 러시아 적위군을 전면에 배치하여 '예술을 무기로 한 민족의 계급적 해방'을 은근히 드러내고 있다. 수록된 작품으로는 이기영의 소설 「제지공장촌」과 「원보」, 조명희의 「아들의 마음」, 윤기정의 「양회굴뚝」, 조중곤의 「소작촌」, 한설야의 「과도기」와 「씨름」이 있고, 희곡으로는 김남천의 「조정안」, 송영의 「일체 면회를 거절하라」 등이 실려 있다. 카프의 목적의식기 창작방법에 부합되는 작품들로 주로 노동자, 농민들의 파업과 쟁의를 소재로 다루고 있다.

3) 『농민소설집』(1933)

안준식이 펴낸 『농민소설집』(1933. 10. 28.)은 별나라사에서 간행되었다. 수록된 작품으로는 이기영의 「홍수」, 「부역」, 권환의 「목화와 콩」, 송영의 「군중정류(群衆停留)」, 「오전 9시」 등 농민소설 5편이 실려 있다. 이들 작품은 1930년대 카프에서 논의되었던 농민문학론이 배경이 된다. 이기영의 「홍수」는 K강 유역의 농민들이 조직화되는 과정을 그리고 있고, 권환의 「목화와 콩」은 농민들이 계급투쟁에 나선다는 것이다. 송영의 「군중정류」는 소작인과 지주의 투쟁과정을 다루고 있다. 『카프작가 7인집』(1932)과 『농민소설집』(1933)은 카프맹원들의 작품집으로 공식적인 기록은 없지만 당시 카프문인들이 구속되고 사회주의 운동이 억압받는 상황에서 『카프시인집』(1931)과 함께 판매 금지된 것으로 추정된다.

『카프작가 7인집』

『농민소설집』

민족의 정조를 담은
『시가집』(1929)

　　『시가집』(1929. 10. 30.)은 파인(巴人) 김동환의 삼천리사에서 펴낸 이광수 · 주요한 · 김동환의 합동시집이다. 표지의 장정은 안석영의 솜씨로 책 속에 3인의 젊은 시절 사진을 수록했고 청전과 석영이 비화(扉畵)를 그렸다. 시집 속에는 춘원의 대표작 「님네가 그리워」, 「붓 한 자루」, 「서울로 간다는 소」, 요한의 「가신 누님」, 「부끄러움」, 「낙화」, 파인의 「봄

『시가집』

이 오면」, 「웃은 죄」, 「강이 풀리면」 등 총 169편의 시와 시조, 민요와 속요, 그리고 역시를 수록했다. 민족의 정조를 듬뿍 담은 서정시집으로 대중들의 많은 사랑을 받으며 1934년 영창서관에서 3판까지 발행되었다. 이 시집은 1939년 8월 21일 치안을 이유로 금서가 되었다. 시편들이 민족의 정서를 환기시키며 대중 속으로 빠르게 퍼져나가는 것이 일제는 두려웠을 것이다.

금서가 된
이광수의 작품들

1) 최초의 장편소설, 무정(1918)

춘원 이광수의 『무정』(1918. 7. 20.)은 신문관·동양서원에서 초판
이 간행되었다. 이 소설은 춘원이 26세 때인 1917년 《매일신보》에 연재
된 것으로 경성학교의 영어교사 이형식과 교회장로의 딸 김선형, 그리고
양반가 출신의 기생 박영채를 주인공으로 하고 있다. 소설은 젊은이들의
사랑과 갈등을 한 축으로 그리면서도 주인공들이 당면한 현실을 인식하
고 유학에서 돌아와 조국의 미래를 위해 함께 힘쓸 것을 약속하는 내용
이다. 춘원은 연재를 마치고 자전적인 글에서 "영채의 어린 시대는 나의
어린 시대의 쓰라린 기억"이라고 고백하면서 『무정』을 쓸 때 의도했던
것은 "조선의 신청년의 이상과 고민을 그리고, 아울러 조선청년의 진로
에 한 암시를 주자는 것"이었다고 밝힌 바 있다. 소설은 전망이 보이지 않
는 시대에 젊은이들에게 꿈과 희망을 제시하며 뜨거운 사랑을 받았다.

일제강점기에 나온 『무정』의 판권기록을 보면 초판은 신문관·동
양서원(1918. 7. 20.), 재판은 신문관·광익서관(1920. 1. 11.), 3판은 광익
서관·회동서관(1922. 2. 20.), 4판은 광익서관·회동서관(1922. 5. 5.), 5
판은 홍문당서점·회동서관(1924. 1. 24.), 6판은 홍문당서점·회동서관

『무정』(초판)

『무정』(8판)

(1925. 12. 25.), 7판은 박문서관(1934. 8. 30.), 8판은 박문서관(1938. 11. 25.)
순으로 간행된 것을 알 수 있다. 『무정』은 초판 1,000부를 찍고 8판을 간
행할 때까지 7만 부가 팔렸다고 한다. 문단 초유의 베스트셀러가 탄생한
것이다. 그러나 기쁨도 잠시 정현웅의 미려한 표지 장정으로 새롭게 펴
낸 8판은 금서처분되었다. 그 뒤 1953년 박문출판사에서 9판이 나오기

『무정』(8판), 광고

까지 15년이 걸렸다. 조선문단에서 이광수를 스타로 만든 『무정』은 한국
문학 최초의 장편소설로 꼽힌다.

2) 농촌소설 『흙』(1933)

장편 『흙』(한성도서, 1933. 12. 25.)은 『무정』(1918)과 함께 1938년
8판을 찍고 모두 금서가 되었다. 당시 일제가 민족말살정책의 일환으로
우리 한글서적에 내린 강제조치였다. 일제강점기 두 권이나 8판을 찍은
작가는 춘원을 제외하고 드물 것이다. 『흙』은 13년 동안 빛을 못 보다가
1951년에야 한성도서에서 다시 나올 수 있었다. 소설의 권두에는 "이 책
을 사랑하는 벗 채군에게 드립니다."라는 헌사가 실려 있다. 춘원은 소설
의 797쪽 말미에 「소설을 끝내면서」라는 글에서 주인공 허숭은 당시 신
의주 형무소에서 치안유지법 위반으로 복역 중인 벗 채수반(蔡洙般)을
모델로 쓴 것임을 밝히고 있다. 그러면서 『흙』은 미완성 작품으로 속편을
다시 쓸 것임을 내비치고 있다.

『흙』(판본)

　　필자는 춘원의 많은 작품 중에서도 유독 장편『흙』에 애착을 가지고 있다. 그 이유를 꼭 집어 말하기는 어렵지만 필자가 흙에서 태어난 농부의 자식인 점도 무시할 수는 없을 것이다. '흙'이라는 글자를 들여다보고 있자면 어디서 누군가 '흙, 흙' 하고 느껴 우는 소리가 들리는 것 같다. 그 소리는 소설 속의 순박한 시골처녀 '유순'의 울음일 수도 있고, 한해 농사를 망쳐버린 농부의 흐느낌일 수도 있다. 소설은 농촌출신의 변호사 허숭이 부호 윤참판의 딸 정선과 결혼하고 고향 살여울에 내려가 농촌계몽운동을 벌이는 내용이다. 브나로드운동을 소재로 한『흙』은 1932년 《동아일보》에 연재할 당시부터 폭발적인 반응을 불러모았다. 이기영의 『고향』(1936), 심훈의『상록수』(1936)와 함께 농민소설의 백미로 평가받고 있다.

3) 춘원문학의 정수,『문장독본』(1937)

　　『문장독본』(홍지출판사, 1937. 3. 15.)은 춘원이 발표한 글 중에서 중요한 부분을 가려 뽑은 문집이다.『일정하의 금서33권』(신동아, 1977)을 보면 이 책의 저자를 신순석으로 소개하고 있는데 이것은 잘못된 것으로

그는 발행자이다. 독본의 권두에는 춘원의 사진과 필적을 수록하고 초판과 재판(1937. 6. 7.) 각각 1,000부를 찍었다. 저자는 자서(自序)에서 본인이 쓴 글로 문장독본을 만들 자신도 의사도 없었다고 하면서, 친구 신순석 군이 발행한다는 호의를 거절할 이유가 없었다고 한다. 그러면서 문장 독문으로 말고 그저 내 문집의 하나로 보아주길 청하고 있다. 이 책은 춘원이 수양동우회사건(1937)으로 기소된 것과 관련이 있는 것으로 1939년 7월 26일 치안유지 위반으로 금서조치된다. 목차를 보면 시와 소설, 수필, 평론 등 29편이 실려 있다.

"①공경(수양) ②유학시대의 일기(일기) ③문학과 문사와 문장(문학) ④사랑에 주렸던 이들(소설) ⑤청년에게 아뢰노라(논문) ⑥산냇소리(시) ⑦다람쥐(동화) ⑧백마강상에서(기행) ⑨사람은 무엇 하러 사나(수양) ⑩서울로 간다는 소(시) ⑪문단생활 30년을 돌아보며(회상기) ⑫제상(堤上)의 충혼(야담) ⑬나의 소년시대(일기) ⑭단군릉(기행) ⑮상해에서(기행) ⑯문학개론(문학) ⑰모르는 여인(소설) ⑱병정(동화) ⑲청춘(시) ⑳오산시대 수기(회상기) ㉑충무공 유적순례(기행) ㉒소설가가 되려는 분에게(문학) ㉓당신은 무엇이 되려오(수양) ㉔산으로 바다로(시) ㉕경성서 동경까지(기행) ㉖중용과 철저(문학) ㉗두남의 보고(동화) ㉘동경서 경성까지(기행) ㉙줄리어스 시저(시극)"

눈에 띄는 글로는 「청년에게 아뢰노라」에서 '변절과 조수(操守)'를 강조했던 그가 말년에 이 말을 지키지 못하고 친일로 돌아선 것을 생각하면 아이러니가 아닐 수 없다. 「문단생활 30년을 돌아보며」는 고아가 된 어린 시절부터 현재 장년의 나이에 이르기까지 다난한 반생을 회상하는 글이고, 「나의 소년시대」는 홍명희, 문일평 등과 교류하며 지내던 동경유학 시절의 일기이다. 「단군릉」과 「충무공 유적순례」는 기행문으로 일제가 문제를 삼을 수도 있는 내용이 들어 있다. 「문학개론」과 「중용과 철저」는 평소 춘원이 가지고 있는 문학에 대한 생각을 정리한 것으로 문학의 정의, 문학의 목적, 문학의 필요성과 조선 문학이 가야할 방향을 제시하고 있다. 특히 필자의 눈길을 끄는 것은 그의 문단 회상기에 나오는 이 '노래'다.

구름 간다 구름 간다
구름 속에 선녀 간다

선녀 적삼 안 고름에
울금대정 향을 찼다

꽃밭에서 말을 타니

말발굽에 향내 난다

     고아가 된 어린 시절 춘원이 삼종누이들과 함께 어울려 부른 노래다. 이 아름다운 노래는 그의 자전적인 글에 어김없이 등장하는데, 한마디로 춘원문학의 원체험을 드러내는 글이다. 작가에게 있어 이런 유년기의 아름다운 체험은 그의 문학 형성에 결정적인 영향을 끼쳤음은 말할 필요도 없다. 상허 이태준의 글에 자주 등장하는 '달밤'이라든지, 김광균의 시에 나타나는 '등불' 이미지, 그리고 김기림의 수필 「길」에 어른거리는 누이와 어머니의 표상들이 그것이다. 아마도 춘원은 폐결핵으로 사경을 헤맬 때나, 반민특위 법정에서나, 그가 납치되어 북에서 죽어갈 때도 이 노래를 주기도문처럼 외우며 위로받았을 것이다. 이 『문장독본』은 춘원문학의 정수를 담고 있다.

4) 『조선의 현재와 장래』(1923)

     이 책은 춘원의 논문집으로 비교적 이른 시기인 1923년 10월 17일 홍문당서점에서 간행되었다. 춘원은 그의 자전적인 글에서 시나 소설을 쓸 생각은 없었고, 글을 쓴다면 당당한 논문을 쓸 것이라 했는데 바로 여기에 그 유명한 「민족개조론」과 「소년에게」 그리고 「상쟁의 세계에서 상애의 세계에」라는 세 편의 논문을 수록했다. 이 논문들은 1921년 춘원이 상해에서 돌아와 친구 김기전이 주간으로 있는 잡지 『개벽』에 발표한 것이다. 먼저 논문 「소년에게」에서 춘원은 현재 조선은 허위로 망했다며 근본적인 원인은 도덕에 있다고 했다. 그러면서 오직 쇠퇴한 조선의 운명을 돌려놓는 길은 소년들이 나서서 동맹을 조직하고 새로운 조선민

『조선의 현재와 장래』(판권)

족을 만드는 것이라고 말한다. 이글은 이어서 나온 「민족개조론」의 '소년편'에 해당되는 셈이다.

「상쟁의 세계에서 상애의 세계에」는 민족운동에 관련된 글은 당국의 검열로 모두 삭제되었다. 춘원은 글에서 조선사람처럼 간절히 구제의 빛을 바라는 백성은 현재 세계 어느 나라에도 없다고 하고, 폭력의 역사에서 벗어나 진리와 사랑을 기초로 한 무저항이야말로 인류구제의 정로라고 말한다. 「민족개조론」은 조선민족 쇠퇴의 근본원인이 허위, 나타, 무신, 사회성의 결핍과 같은 민족성의 타락에 있다고 지적하고 이것을 개조하지 않으면 조선민족은 얼마 못 가 망할 것이라 했다. 여기서 벗어날 수 있는 유일한 길은 뜻을 같이하는 선인(善人)들이 '동맹단체'를 만들어 1만 명 이상의 '개조자'를 만든다면 문명하고 부강한 생활을 할 수 있다고 주장했다. 그렇게 하기 위해서는 무실과 역행이 중요하다는 것이다.

「민족개조론」은 당시 민족을 모욕했다 하여 엄청난 사회적 파장을 불러왔다. 신문과 잡지에 이광수를 성토하는 글이 실리고 분개한 청년들이 '춘원 매장식'을 치르며 칼과 몽둥이를 들고 찾아왔고, 글이 실린 개벽사가 습격을 당하기도 했다. 민족이 분개한 이유는 글 외에도 춘원이 원인을 제공한 책임이 있었다. 춘원은 1919년 동경에서 '2·8독립선언서'를 작성하고 상해로 탈출하여 그곳에서 임시정부 탄생의 주역으로 활동했다. 그러던 그가 임정동료들의 만류를 뿌리치고 자식을 둔 본부인과 헤어지고 신여성인 허영숙과 재혼하여 귀국한 것이다. 당시 춘원은 민족의 지도자로서 일제의 감시를 받을 때였다. 당연한 구속이 예상됐던 그가 압록강을 건너와 무탈하게 풀려나자 세간에서는 일제와 모종의 거래를 했다는 설이 나돌았다.

이런 시기에 민족의 타락과 도덕을 운운하는 글을 발표했으니 좋게 넘어갈 리가 없었던 것이다. 춘원이 이 글을 쓰게 된 이유는 나름 조선의 앞날을 걱정하고 문필로나마 보국해야 되겠다는 충정에서였다. 실제로「민족개조론」을 꼼꼼히 읽어보면 민족의 장단점을 정확하게 분석하고 민족이 가야 할 방향을 구체적으로 제시하고 있어 이런 글이 일제치하에서 나올 수 있었다는 것이 놀라울 뿐이다. 이 불행한 저서는 1937년 수양동우회 사건과 맞물려 9월 21일 금서로 묶이고 조국과 일본 양쪽에서 모두 버림받는 책이 되었다. 춘원의 작품이『시가집』을 포함해서 5권이나 금서가 된 것은 일제가 그를 탄압하고 회유하기 위해서 금서를 수단으로 활용했기 때문이다. 결국 춘원은 동우회 사건을 계기로 감옥에서 풀려나 친일의 길로 들어선다.

화려한 고독속의 성주(城主),
춘성 노자영

    앞의 신동아 금서목록을 보면 춘성(春城) 노자영(1900~1940)의 금
서는『세계개조 십대사상가』,『황야에 우는 소조』,『영원의 무정』,『영원
의 몽상』등 4권이 확인되고 여기에 춘성의 작품으로 보이는『무정의 설
음』,『무정의 꿈』을 더하면 6권으로 늘어난다. 그런데 이 금서목록에는
저자가 홍순필, 강의영, 양천호, 노익형 등, 모두 출판사 대표들로 잘못
기록되어 있다. 문제는 이후에 간행된 금서목록들이 이 오류를 답습하고
있다는 것이다. 노자영 사후에 나온『영원한 무정』(영창서관, 1941)도 저
자가 유하(有廈) 강의영으로 되어 있는데 이것은 춘성의 저서『영원의 무
정』(1925)에『표박의 비탄』(1929)의 일부 내용을 편집해서 다시 펴낸 것
이다. 이런 간기상의 혼란은 저자가 병 치료를 위해 판권을 출판사에 팔
아넘기면서 생긴 일이다.
    『세계개조 십대사상가』(조선도서, 1922. 6. 7.)는 노자영과 이교창이
공동으로 펴낸 것이다. 여기에는 톨스토이, 입센, 카펜터, 러셀, 엘렌 케
이, 다윈, 타고르, 루소, 마르크스, 모리스 등 세계적인 10대 사상가들의
생애를 다루고 있고, 이 책은 1940년 7월 26일 금서가 되었다. 필자의 생
각으로는 이런 개조사상을 담은 책이 일제에게는 위협으로 작용했을 수

『십대사상가』

『황야에 우는 소조』

『영원의 몽상』과
『영원의 무정』

도 있을 것이다. 『황야에 우는 소조』(창문당서점, 1929. 3. 18.)는 시극, 평론, 시론, 수필을 담은 창작집으로 1940년 5월 26일 금서처리되었다. 춘성의 저서에는 장르의 구분 없이 시, 소설, 수필, 평론 등을 한데 모은 문집들이 대거 등장하고 있어서 독자를 혼란스럽게 한다. 심지어 산문에 시를 넣어 '수필시'라는 신조어를 만들기도 했다.

감상집 『영원의 몽상』(창문당서점, 1929. 2. 15.)은 시와 소설 2편을 제외하면 대부분 감상문이 수록되어 있다. 「무한애에 잠긴 혼」은 이탈리아를 배경으로 국경을 초월한 남녀 간의 비극적인 사랑을 다룬 소설이다. 「철옹성 옛터에서」는 민족의 명소인 영변 약산 동대를 파손한 일본 수비병을 고발하고 있고, 「방랑의 하로(夏路)」에서는 저자의 비관적인 인생관을 여과 없이 드러내며 청천강에서는 을지문덕을, 영변에서는 호병(胡兵)의 공격을 막아낸 철옹성을 불러내고 있다. 「백화강의 월야」는 달밤에 찾아간 백화강의 야경을 특유의 빼어난 글 솜씨로 묘사하여 감탄을 자아내게 한다. 「반월성 갔던 길에」는 늦가을 궁녀들이 떨어진 낙화암을 찾아 당시를 회상하며 쓴 글이다. 이 책은 1939년 7월 24일 금서로 지정되었다.

『영원의 무정』(청조사, 1925. 12. 14.)은 시와 소설 한 편씩을 제외하면 모두 기행문이다. 먼저 「일만리의 남국」은 저자가 1925년 4월 18일 경성역을 출발하여 동경유학을 가는 여정의 기록이고, 나머지는 7월 9일부터 8월 24일까지 여름방학을 이용하여 경원선을 타고 북조선 지역의 석왕사, 청진, 회령, 두만강, 북간도 용정촌, 해란강을 거쳐 백두산 등반을 마치고 돌아와서 쓴 글이다. 저자는 방학을 맞아 고국에 돌아왔지만 고아로써 마땅히 찾아갈 곳이 없어 여행을 떠난 것이었다. 「방랑의 여름」은 아름다운 계곡과 송림 속에 자리한 석왕사에서 한 달간 머물며 뻐꾹새

소리를 듣고 설봉산에 오르며 행복을 만끽하고 있고, 「북국의 여름」은 청진가는 배 위에서 동해 일출의 장관을 감동적으로 묘사하고 있다.

「두만강반에서」는 눈물을 뿌리며 간도로 넘어간 동포들을 생각하고, 「천리 국경을 넘어서」는 조선철도 중에서 경치가 제일 좋다는 청회선(淸會線)을 타고 가다 배우 나운규 씨를 만나 두만강의 전설과 국경이야기를 들으며 간도 용정촌까지의 철도연변의 경치를 담고 있다. 「간도 해란강에서」는 자신의 서러운 신세를 원망하며 그동안 참았던 눈물을 쏟아낸다. 마지막으로 「백두산 천지의 하늘빛」은 백두산 정상에 올라 신비에 잠긴 천지를 내려다보고 찬탄하며 쓴 글이다. 물 흐르듯 유려한 문장을 따라 글을 읽어내려 가다보면 마치 저자와 함께 여행을 하고 있는 듯 착각마저 든다. 수록된 글들은 지금은 갈수 없는 북한지역의 명소와 풍물, 전설 등 여행에서만 얻을 수 있는 현지 정보들이 담겨 있어 그 가치가 적지 않다. 이 책도 1940년 7월 22일 금서가 되었다.

노자영은 1920년대를 풍미한 베스트셀러 작가로 한때 이광수를 능가할 정도로 대중의 사랑을 받았지만, 지금은 문학사에서 잊혀진 존재가 되었다. 그가 생전에 펴낸 작품집은 시집 3권, 소설집 3권, 수필집 3권, 문집 8권, 번역과 서간집 14권으로 확인되며 여기에 잡지 『신인문학』 21권을 더하면 50권을 넘어선다. 이런 성과에도 불구하고 그를 심도 있게 다룬 연구서들은 찾아보기 어렵다. 심지어 문인사전에조차 약력이 제각각이다. 그가 생전에 작성한 이력을 보면 노자영은 1900년 황해도 장연군 신화면 범석리에서 출생했다. 그는 10대에 고아가 된 뒤 폐결핵환자, 비호감적 외모, 내성적인 성격, 소녀 취향의 글, 거기다 표절작가로 낙인찍히며 문단에서 철저히 외면당했다. '인생을 언제나 화려하게 살자'는 뜻에서 호를 '춘성(春城)'으로 지었지만 그는 항상 고독했던 문인이었다.

수필집 『유수낙화집』과
『청공세심기』, 『인생안내』

　　그는 문단경력 20년 동안 번역가, 기자, 시인, 소설가, 수필가, 잡
지 편집인, 출판인으로 활동했지만, 그가 펴낸 『현대조선문학전집』(조선
일보사, 1938) 일곱 권에는 유일하게 '수필가'로 이름을 올리고 있다. 그의
저서를 꼼꼼히 읽어보면 문학적 본령은 수필에 있고 편집인으로서의 면
모가 돋보인다. 그는 문집에 실린 많은 수필 외에도 『유수낙화집』(1935),
『청공세심기』(1935), 『인생안내』(1938)와 같은 수필집을 남겼다. 여기에
언급한 춘성의 작품집이 1940년을 전후해서 모두 치안을 이유로 금서가
되었는데, 그의 글에서 드러나는 민족정서의 발로랄까, 아니면 염세적인
내용이 문제가 되지 않았나 생각한다. 그러나 근본적인 이유는 그의 작
품이 대중적인 인기몰이를 하며 출판을 거듭했던 것이 한글탄압과 맞물
려 금서로 작용했을 가능성이 더 커 보인다.

김동환의
『평화와 자유』(1932)

　　파인 김동환의 『평화와 자유』(1932. 2. 5.)는 그가 경영하는 삼천리 사에서 창립 3주년을 기념하기 위해 펴낸 것으로 당시 민족을 대표하는 저명인사들의 논문 53편을 담고 있다. 이 논문집은 1931년 일제가 만주사변을 일으켜 아시아의 전운이 감돌던 시기에 '평화와 자유'를 부르짖으며 나왔다. 먼저 우국충정에서 쓴 글로는 서재필은 「조선의 장래」에서 현재 조선의 중요문제는 정치보다 경제에 있다고 했고, 안창호는 우리가 패망한 것은 민족적 결합력이 박약한 때문이라며 「인격완성과 단결훈련론」을 주장했다. 김동환의 「애란의 부활제 동란」과 홍양명의 「인도운동의 계급대립」, 그리고 이정섭의 「최근의 비율빈 문제」는 당시 식민지 국가들의 민감한 독립운동 과정을 다룬 것으로 일제강점기에 이런 글이 쓰여졌다는 것이 믿겨지지 않는다.

　　여성인사들의 글로는 허영숙은 「나의 재혼관」에서 재혼은 불행한 일이지만 죄악은 아니라 했고, 윤성상은 「산아제한과 신여성」에서 부인은 남자의 생식도구가 아니라면서 자녀의 양육과 모체의 보건을 위해 산아제한을 권하고 있고, 박인덕은 「북미대륙의 방랑」에서 미국의 웨슬리언 대학을 졸업하고 42개 주를 돌면서 조선의 4천 년 역사와 문화를 강연

『평화와 자유』

하고 있어 눈길을 끈다. 또한 해외동포들의 소식을 다룬 글로, 김세용은
「서백리아의 조선인 활동」에서 러시아에 이주한 조선인의 역사를 조명
하고 그곳에서 활동하고 있는 최재형과 최봉준 등 대표적인 인물들과 지
역사정을 소개하고 있어 사료적 가치를 더해준다. 나공민은 만주지역에
서 활동하고 있는 「재만 동포의 최근상태」를 소개하고 있고, 신흥우는 태
평양 속의 작은 섬 하와이와 「미주의 팔천 동포 근황」을 보고하고 있다.

이밖에도 괄목할 만한 글이 한둘이 아니다. 설의식은 총독부 청
사를 짓기 위해 「헐려가는 광화문」을 보고 애통해하고, 민태원은 「박명
의 지사 김옥균」의 죽음을 전하며 조선개혁의 꿈이 사라졌다고 했다. 김
동환은 「홍사단과 동지회」의 글을 통해서 당시 민족운동의 대표적인 두
단체의 설립목적과 조직, 그리고 재정상황까지 보고하고 있어 눈길을 끈
다. 홍성하는 「삼정재벌(三井財閥)과 조선」에서 당시 조선의 자본시장을
잠식하며 진출하는 일본 재벌기업의 행태를 폭로하고 있고, 송진우는 인
류의 역사는 진화한다면서 「자유권과 생존권」을 동시에 주장하고 있다.

『삼천리』(창간호)

이어서 이주연은 국민의 자유가 보장되지 않는 현실에서 노동자, 농민을 동원해서라도 「언론, 집회, 결사의 자유와 문화」를 쟁취해야 한다고 선동하고 있어 주목을 끈다.

　　민족의 자유와 평화를 염원하는 이런 글들이 일제의 서슬이 퍼렇던 시기에 김동환의 용단으로 나올 수 있었다는 것이 자랑스럽기까지 하다. 이 책은 간행되기가 무섭게 4판과 5판을 거듭하고 독자들의 절대적인 환영을 받으며 팔려나갔는데 일제는 치안을 이유로 1937년 9월 21일 금서처분을 내렸다. 김동환은 우리의 아름다운 국토의 상징인 '삼천리' 잡지를 발행하며 일제강점기에 민족의 혼을 불어넣어준 문인이다. 이 잡지는 식민지 치하 민족의 생활과 표정을 담은 것으로 당시 안서 김억은 밥과 같은 존재였다고 했다. 그러나 파인은 이 잡지가 강제 폐간되자 친일의 길을 걷게 된다. 그럼에도 불구하고 민족의 소리를 대변한 논문집 『평화와 자유』(1932)가 일제탄압의 중심에 올연히 자리하고 있어서 자긍심을 갖게 한다.

한인택의
『선풍시대』(1934)

한인택의 장편『선풍시대』(1934. 10. 6.)는 안석영의 깔끔한 장정으로 한성도서에서 간행되었다. 앞의 같은 책《신동아》금서목록에는 저자가 출판사 대표인 한규상으로 되어 있는데 이는 잘못된 것이다. 권두에는 "선풍이 일어나는 곳에서 나는 이 한 편의 작은 이야기를 모아 북쪽나라 먼 곳에 계신 고독한 모당슬하(母堂膝下)에 드리나이다."라는 헌사가 수록되어 있다. 목차를 보면 '퇴사'를 시작으로 마지막 '죽엄'까지 20개 항목으로 구성되어 있고, 1949년 해방 후에 나온 판본에는 '파업'과 '혐의'가 추가되어 22개 항목으로 늘어나 있다. 『선풍시대』는 1931년《조선일보》현상공모에 당선된 저자의 등단작으로 160회에 걸쳐서 연재된 것이다. 이 책은 초판이 나온 이후 제목처럼 선풍적인 인기를 모아 3판까지 간행되었다.

소설은 무명화가 박철하와 교사 김명순이 주인공으로 두 사람은 동경 유학시절에 만나 결혼을 약속한 사이다. 여기에 악덕 사업가 변원식이 명순에게 접근하고, 명순의 친구 연순이 철하를 짝사랑하면서 흔히 연재소설에서 볼 수 있는 통속소설의 구조를 취하고 있다. 철하와 명순 두 사람의 오해에서 비롯된 사랑은 결국 명순의 자살로 파국을 맞고, 철

하는 뒤늦게 후회하며 명순의 무덤을 찾아가 그 앞에서 죽어간다는 내용이다. 소설은 표면적으로는 남녀의 사랑을 주제로 하고 있지만 이면에는 자본가에 의해 정조를 유린당하고 희생되는 여공과 살길을 찾아 고국을 등지고 간도로 떠날 수밖에 없는 민족의 참상이 그려지고 있다. 작가는 이런 모순된 사회를 '선풍시대'라 표현하고 있다.

한인택(1903~1939)은 호가 보운(步雲)으로 함경도 이원에서 출생했다. 그는 보성고보를 졸업한 뒤 카프에 몸담고 사회주의운동의 잡지『전선』(1933)을 펴냈다. 그는 막심 고리키의 소설을 탐독했고『비판』, 『조선문학』,『신동아』,『신가정』,『조광』등에 40여 편의 작품을 발표하며 1930년대 문단에서 활발한 활동을 보였다. 그는 문단경력 8년 동안 무리하게 창작과 생활을 병행하다 건강을 해쳐 37세의 나이에 요절했다. 김기진과 김환태는 그를 동반자작가, 경향작가로 평가하고 있다. 작품집으로는『선풍시대』외에 박화성, 엄흥섭, 한인택, 이무영, 강경애, 조벽암 6인이 공동으로 창작한 연작 장편소설집『파경』(중앙인서관, 1939)이 있다.

『전선』(창간호)

　『선풍시대』는 당시 치안을 이유로 1940년 3월 30일 금서가 되었는데, 춘원의『흙』이나『무정』처럼 일제암흑기 한글말살정책에 따른 조치로 보인다.

　　이상과 같이 일제강점기 한국문학의 금서들을 편린이나마 살펴봤다. 금서의 사유로는 하나같이 치안유지법 위반이었다. 좀 더 유형별로 구분해볼 것 같으면, 정연규의『혼』(1921)과 한용운의『님의 침묵』(1926), 김동환의『평화와 자유』(1932)는 민족의 독립운동과 관련이 있고, 이학인의『무궁화』(1924)와 현진건의『조선의 얼굴』(1926), 이광수 외『시가집』(1929)은 우리 민족의 상징과 '조선심'을 내포한 것으로 드러난다. 또한 체제에 위협을 줄 수 있는 사상적 내용을 담은 책으로 노자영의『세계개조 십대사상가』(1922)와『카프시인집』(1931)을 들 수 있다. 그리고 이광수의『조선의 현재와 장래』(1923),『문장독본』(1937)은 '수양동우회' 사건과 연관 지어 볼 수 있겠다.

　　마지막으로 한글말살정책에 따른 것으로, 이광수의『무정』(1918)

과『흙』(1933), 노자영의『영원의 무정』(1925),『영원의 몽상』(1929),『황야에 우는 소조』(1929), 한인택의『선풍시대』(1934)를 들 수 있을 것이다. 일제는 중일전쟁과(1937) 태평양전쟁(1941)을 일으키면서 우리의 성명을 강제로 바꾸고 한글을 폐지하며 민족의 말살을 시도했다. 특히 이광수나 노자영 등 인기 작가들의 한글 책이 베스트셀러로 팔려나가자 일제는 책의 내용이나 법규와는 무관하게 금서처분하였다. 예나 지금이나 금서가 없는 사회는 평화롭고 건강한 사회임은 말할 것도 없다. 그렇다면 오늘날 금서는 사라진 것일까. 인류가 걸어온 역사를 돌아보면 그 답을 알 수 있다. 어느 시대고 금서는 인류의 역사와 함께 존재했다는 사실이다.

13

백석의 삶과 문학

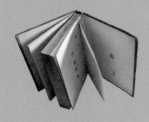

민족문학의 산실,
평북 정주

백석

　　한 위대한 작가가 탄생하기까지는 그 작가를 낳고 기른 풍토도 한몫하는 것 같다. 우리 한국문학사에서 평안북도 정주도 그런 곳 중의 하나이다. 신문학 초기 시와 소설에서 초석을 다진 안서 김억과 춘원 이광수가 이곳 출신이고 민족 시인을 대표하는 김소월과 백석도 여기에서 나왔다. 그럼에도 불구하고 안서와 춘원은 한국전쟁 때 납북되어 돌아오지 못했고, 백석은 국토가 분단되면서 북에 남아 문학사에서 사라졌다. 그러던 그가 1988년도 해금이 되면서 시집 『사슴』과 함께 화려하게 우리 곁으로 돌아왔다.

　　백석(1912~1996)은 본명이 '기행(夔行)'이고, 호는 백석(白石)이다. 평안북도 정주에서 아버지 백시백과 어머니 이봉우의 4남매 중 장남으로 태어났다. 부모의 나이 차이가 10년이 넘어 젊은 어머니가 기생 출신이라는 설도 있지만 확인된 것은 없다. 당시 백석이 태어난 동네는 여우도 가끔 인가에 출몰하는 작은 산골이었다. 백석의 부모는 오산학교 앞에서 하숙을 치며 생계를 꾸렸다. 백석은 오산소학교를 마치고 남강 이승훈이 설립한 오산고보에 입학했다. 거기에는 민족의 지도자 고당 조만식과 벽초 홍명희 등이 교장으로 있었다. 백석은 학창시절에 조만식 교장과 학교 선배 김소월(1902~1934) 시인을 존경했다고 한다. 특히 문학소년인 그는 소월을 흠모하면서 교정에서 시인의 꿈을 키워나간다.

1930년 백석은 오산고보를 졸업하고 단편「그 모(母)와 아들」을 써서《조선일보》신년현상문예에 최연소 나이로 당선되었다. 그의 나이만 18세 때의 일이다. 그는《조선일보》사주의 도움을 받아 장학생으로 뽑혀 일본 도쿄에 있는 사립명문 아오야마학원(青山學院) 영어사범과에 입학했다. 졸업 후에는 통의동에 하숙을 정하고 1934년《조선일보》교정부에 입사하여 신현중과 허준을 만나 사귀게 된다. 그리고 얼마 후 출판부로 옮겨 계열사 잡지『조광』에서 편집을 보며 일했다. 백석은 1935년 8월 시「정주성」을《조선일보》에 발표하면서 시인으로 거듭나게 된다. 그는「여우난골족」,「통영」등 그간『조광』에 발표한 시를 모으고 보태서 1936년 1월에 첫 시집『사슴』을 펴냈다.

山턱 원두막은 뷔엿나 불비치외롭다
헌겁심지에 아즈까리 기름의
쪼 는소리가 들리는듯하다

잠자리 조을든 문허진 城터
반디불이난다 파 란 魂들갓다
어데서 말잇는듯이 크다란 山새 한머리가
어두운 골작이로 난다

헐리다 남은 城門이

한울빗가티 흰 하다

날이밝으면 또 메기수염의늙은이가

청배를팔러 올것이다

- 「定州城」(조선일보, 1935. 8. 30)

시집『사슴』이야기

백석이 남긴 시집은『사슴』(1936)이 유일하다. 저작 겸 발행자가 본인으로 자가본인 셈이다. 당시 저자의 주소가 경성부 통의동으로 되어 있다. 시집의 정가는 2원이고 100부 한정판으로 찍었다. 전년에 나온 호화본『정지용시집』(1935)이 1원 20전인 것을 감안하면 엄청 높은 가격이다. 이렇게 비용을 들여 만든 걸 보면 이 시집에 대한 백석의 자부심이 느껴진다.『사슴』은 흔히 볼 수 있는 사륙판이 아니고 정사각형에 가까운 특별판이다. 본문용지는 양장본에는 드문 고급 한지를 사용했고 표지는 두꺼운 판지에 흰 종이를 백의처럼 입혔다. 이런 장정은 당시로서는 파격이요 창작시집으로는 한정판본도 처음 있는 일이다. 백석이 직접 장정한 것임을 짐작할 수 있다.

꾸밈이 없는 흰 표지는 정갈한 모시적삼에 가짓빛 치마를 바쳐 입은 화장기 없는 조선 여인의 얼굴이다. 한마디로 순박한 백의민족을 상징하는 시집이다. 백석은 함흥에서 나온 대학선배 김동명의 시집『파초』(신성각, 1938)도 장정을 했는데 표지는 특별한 그림도 없이 올이 굵은 삼베 천을 사용했고 흘려 쓴 제자는 김동명의 솜씨다. 아마도 백석의 이름이 들어간 장정은 이 책이 유일할 것이다. 두 시집『사슴』과『파초』의 의

『사슴』

(판권)

詩集

사

合

版定限部定
圖二個定

版權
所有

昭和十一年一月十七日 印刷
昭和十一年一月二十日 發行

著作兼
發行者　白　　　石
京城府通義洞七ノ六

印刷人　朴　忠　植
京城府鑄松洞二六

印刷所　鮮光印刷株式會社
京城府鑄松洞二六

『파초』

장을 통해서 공통적으로 느낄 수 있는 것은 '조선적'인 것이다. 당시 김기림과 박용철은 『사슴』의 장정에 주목하고 "표장에서부터 종이·활자에 이르기까지 시인의 주관을 강하게 나타낸 시집은 조선서 처음 보았다."고 했고, 장정에 일가견이 있는 오장환도 백석 시집 앞에서는 모자를 벗는다고 했다. 69쪽의 시집에는 33편의 시가 4부로 나뉘어 실려 있다. 수록된 시편들은 주로 저자의 유년기의 체험이 토속적인 평안도 언어로 잘 형상화되어 있다.

> "얼럭 소새끼의 영각: 가즈랑집 / 여우난곬족 / 고방 / 모닥불 / 고야 / 오리 망아지 토끼 // 돌덜구의 물: 초동일 / 하답 / 주막 / 적경 / 미명계 / 성외 / 추일산조 / 광원 / 힌밤 // 노루: 청시 / 산비 / 쓸쓸한 길 / 자류 / 머루밤 / 여승 / 수라 / 비 / 노루 // 국수당 넘어: 절간의 소이야기 / 통영 / 오금덩이라는 곧 / 시기의 바다 / 정주성 / 창의문 외 / 정문촌 / 여우난곬 / 삼방"

등단 시편 「정주성」(1935)을 제외하고 6편은 같은 해 『조광』에 발표한 것이고 나머지는 미 발표작 26편을 한꺼번에 수록한 것이다. 데뷔 4개월 만에 시집을 펴낸 것도 드문 일이지만 시집에 수록된 전편을 보고 놀라움을 금할 수 없다. 저자가 영문학을 전공했음에도 외래어를 한 자도 찾아볼 수 없고 동시대인도 이해하기 힘든 평안도 방언들이 뒤섞여 있기 때문이다. 그가 활동하던 시대는 김기림의 『기상도』(1936)와 같이 모더니즘적 경향이 주류를 이루고 있었다. 시인이 이처럼 평안도 방언에 주목한 이유를 그가 번역한 미르스키의 논문 「조이스와 애란문학」(1934)에서 찾아볼 수 있다. 백석은 애란문학이 영국 식민지 지배하에서 사멸하고 만 것을 보고 민족의 언어를 지키는 길은 민족의 방언을 사용하여 작품으로 남기는 것이라고 판단한 것 같다.

임화

    시집에 수록된 33편의 숫자도 예사롭지 않다. 시인이 시집을 꾸밀 때 몇 편을 실을지 고민하는 것은 당연한 일이다. 백석은 시집의 장정에서 창작에 이르기까지 '조선적'인 것에 비중을 둔 듯하다. 백석이 졸업한 오산고보는 3·1운동 당시 민족대표 33인 중의 한 사람인 남강(南岡) 이승훈이 세운 학교다. 이 학교는 많은 애국자들을 길러낸 민족사학의 명문고로서 이런 학교의 분위기가 백석으로 하여금 민족의식을 갖게 했는지도 모른다. 그가 가르친 제자 강소천의 시집 『호박꽃초롱』(박문서관, 1941)에는 백석의 〈호박꽃초롱 서시〉가 실려 있고 여기에도 33편의 시가 수록되어 있다. 그런 의미에서 시집 『사슴』은 민족정신을 담고 있다고 봐도 좋을 것이다.

    1936년 1월에 나온 『사슴』은 김기림의 말대로 새해 벽두에 '시단에 던진 폭탄'이었다. 시집에 대한 평가는 '찬사와 혹평'으로 엇갈렸다. 임화는 '문학상의 지방주의'를 문제 삼으며 '난삽한 방언의 사용은 예술적 가치를 저하시킨다.'고 했고, 오장환은 백석의 시가 '소년기의 추억과 회상을 곳간에 볏섬 쌓듯이 그저 구겨 넣은 데에 지나지 않는 것'이라며 백석은 '시인이 아니라 시를 장난하는 모던 청년'이라 혹평하였다. 김기림은 백석의 시집이 향토의 얼굴을 하고 있지만 향토주의와는 구별되는 '모더니티'를 품고 있고 시인의 존재를 뚜렷하게 부각시킨 '유니크한 풍모'임에 틀림없다고 극찬했다. 박용철은 '생명의 본원에 접근한 예술'로써 '백석 시의 방언에서 모국어의 위대한 힘을 깨닫게 된다.'며 긍정적으로 평가하고 있다.

문학의 관점에서 보면 시집의 가치는 작품성이 우선할지 모르지만 필자와 같은 수집가의 입장에서 보면 그렇지만은 않다. 책이 거래되는 시장에서의 상품가치는 내용은 기본이고 유명화가의 장정이나 저자의 친필 유무, 희소성, 인기도 등을 종합적으로 따지게 된다. 지금까지 가장 높이 평가된 시집은 김소월의『진달래꽃』(1925)으로 1억 3천 5백만 원에 거래되었고, 두 번째가 백석의『사슴』(1936)으로 7천만 원에 판매되었다. 공교롭게도 두 시인은 같은 고향 출신이고 오산고보 선후배 사이다. 그런 두 시인의 시집이 시장에서 나란히 1, 2위를 차지한 것은 특이하게도 '조선적인 정조'라는 공통점이 있다.

필자가 만난
백석의 시편들

　　필자가 백석의 시에 처음 눈을 뜬 것은 1960년대 말 중학생 때의 일이다. 그때 조선일보사에서 펴낸『현대조선문학전집1』(1938) '시가집'을 구해서 읽었는데 거기에는 백석의 사진과 함께「여우난곬족」·「고야」·「모닥불」등 여러 편이 실려 있었다. 당시 시골에 계신 부모님과 동생들이 생각날 때마다 이 시집을 꺼내 읽으며 많은 위안과 감동을 받았던 기억이 지금도 생생하다.

　　명절날 나는 엄매 아배 따러 우리집 개는 나를 따러 진할머니 진 할아버지가 있는 큰 집으로 가면

(중략)

밤이 깊어가는 집안엔 엄매는 엄매들 끼리 아르간에서들 웃고 이야기 하고 아이들은 아이들 끼리 우깐 한방을 잡고 조아질하고 쌈방이 굴리고 바리깨 돌림하고 호박 떼기하고 제비손이 구손이 하고 이렇게 화디의 사기방등에 심지를 멫번이나 돋우고 홍게 닭이 멫번이나 울어서 조름이 오면 아르목 싸움 자리 싸움을 하며 히드득거리다 잠이 든다 그래서는 문창에 텅납새의 그림자가 치는 아침, 시누이 동세들이 욱적하니 흥성거리는 부

얼으론 새잇문 틈으로 장지 문틈으로 무이징게 국을 끓이는 맛있는 내음 새가 올라 오도록 잔다.

- 「여우난곬族」 부분(『현대조선문학전집1』, 조선일보사, 1938)

특히 「여우난골족」은 필자가 어렸을 때 아버지 손잡고 윗마을 큰 집으로 제사 다닐 때의 풍경이 그대로 흑백 사진처럼 찍혀 있었고 또한 시편 「외가집」은 내 유년기의 체험이 동화처럼 들어 있었다. 집에서 30리 떨어진 두메산골의 외갓집을 누나 손잡고 찾아가며 인적이 드문 산모퉁이를 돌아 나올 때는 등골이 오싹했다. 1980년대에는 인사동 경문서림 주인을 졸라 백석의 『사슴』 초판본을 복사해서 수제본을 만들었다. 그리고 직장에 들어와서 마산이나 거제도로 출장을 나갈 때마다 시집을 가방에 넣고 다녔다. 구마산 고개를 넘어 실타래처럼 늘어진 '고성가도'에 들어서서는 '건반 밥'을 말리는 마을을 찾아 서성였고, 김 냄새 나는 '통영' 항구에서는 돌각담 너머 '천희(千姬)'를 찾아 기웃거린 적이 한두 번이 아니다.

固城장 가는 길
해는 둥둥 높고

개 하나 얼린 하지 않는 마을은
햇발은 마당귀에
맷방석 하나
빨갛고 노랗고 눈이 시울은
곱기도 한 건반밥

아 진달래 개나리 한창 피었구나

가까이 잔치가 있어서
곱디고운 건반밥을 말리우는 마을은
얼마나 즐거운 마을인가

어쩐지 당홍치마 노란 저고리 입은 새악시들이
웃고 살을것만 같은 마을이다.
- 「固城街道」(『조선문학독본』, 조선일보사, 1938)

이후 필자는 백석의 시편이 수록된 책들은 눈에 띄는 대로 사 모
았다. 「탕약」과 「이두국주가도」가 실려 있는 희귀본 '구인회' 동인지 『시
와 소설』(1936)과 『삼천리문학』(1938) 창간호를 구했고, 시집에는 없는
시편 「고성가도」와 「박각시 오는 저녁」 그리고 백석의 귀한 수필 「마포」
가 수록된 『조선문학독본』(1938)을 구하고선 얼마나 기뻤는지 모른다.
이 독본에는 문인 48명의 명 시편과 주옥같은 글들이 수록되어 있어서
황홀할 지경이었다. 또한 백석은 '문장의 선수'로 자칭하며 『문장』에 10
편의 시를 발표했는데 필자는 이 잡지들을 모두 소장하고 있다. 그중에
서도 필자가 아끼는 것은 1940년 『문장』 '하기특대호'에 실린 「북방에서」
와 폐간호에 실린 「흰 바람벽이 있어」이다.

백석의 시편은 선집으로도 여러 권 묶여 나왔다. 임화가 펴낸 『현
대조선시인선집』(1939)에는 대표작 「모닥불」이 실렸고, 이하윤의 『현대
서정시선』(1939)에 「여우난골족」·「미명계」·「정주성」·「개」가 수록됐
다. 또한 그의 선집은 일본에서도 나왔는데, 김소운의 『乳色の 雲』(하출서

『시와 소설』

백석 관련 서적들

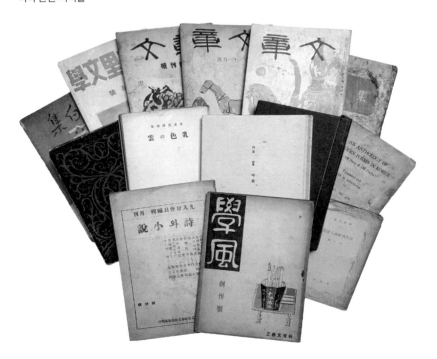

방, 1940)에「狐谷의 種族」·「焚火」가 실렸고, 김종한의『雪白集』(박문서 관, 1943)에는「髮の毛」·「湯藥」·「焚火」·「杜甫や李白の如く」·「澡塘 にて」·「南瓜の種子」·「安東」등 7편이 수록되어 있다. 이 중에서「髮の 毛」는 박태일이「머리오리」로 번역하여 처음 소개되기도 했다.

　　해방 후에 나온 선집으로는 정인섭의 영역본 시집『대한 현대시 영역 대조집』(문화당, 1948)이 있는데 여기에 백석이 대표작으로 추천한 「개」가 실려 있어 눈길을 끈다. 이 선집은 이왕에 나온 백석의 단행본 서 지목록에 대부분 빠져 있다. 이어서 한성도서에서 나온 임학수의『시집』 (1949)에는「남신의주 유동 박시봉방」·「외가집」·「모닥불」등 3편이 실 려 있다. 그런데 특이하게도 이중「남신의주 유동 박시봉방」은 내용이 절 반밖에 실리지 못했다. 그 이유는 이 시편이 발표된『학풍』(1948) 창간호 를 보면 알 수 있다. 편집자의 실수인지 모르겠지만 게재된 시편의 중간 에 벽초의 소설『임꺽정』광고지를 전면에 끼워 넣은 것이 문제였다. 다 음 쪽에도 이어진 시편이 있는 줄 몰랐을 가능성이 많다. 백석이 남한에 서 발표한 마지막 작품은「칠월백중」(『문장』, 1948. 10. 15.)으로 확인된다.

　　백석의 대표작「남신의주 유동 박시봉방」은 을유문화사에서 펴낸 『학풍』(1948. 9. 28.) 창간호에 발표되었다. 이 잡지는 해방 후 침체된 학 문의 권위를 살리기 위해서 펴낸 학술지였다. 책의 장정에만 6명의 화가 가 참여했다. 표지는 근원 김용준의 것이고, 김기창·박영선·조병덕· 조국환·이병현이 컷을 맡았다. 청사(晴史) 조풍연은 편집 후기에서 신 석초와 백석 두 사람의 해방 후 신작을 얻었다고 했으나 실제는 백석의 「남신의주 유동 박시봉방」한 편만 실렸다. 이 잡지는 백석의 시 한 편으 로도 그 값을 톡톡히 한다. 수집가들은 이런 책을 만나면 넋을 잃을 수밖 에 없다. 필자는 인사동 '문우서림' 주인이 애지중지하며 간직하고 있던

이 책을 수십 년 전에 빼앗다시피 손에 넣었다. 선비의 사랑(舍廊)의 운치를 느낄 수 있는 표지와 함께 지금도 틈만 나면 꺼내보는 필자의 애장본이다.

　　　이 책의 뒷장 '출판부소식'을 보면 "서정시인 백석의 '백석 시집'이 출간된다. 밤하늘의 별처럼 많은 시인들은 과연 얼마나 이 고독한 시인에 육박할 수 있으며 또 얼마나 능가할 수 있었더냐. 흥미 있는 일이다." 라고 하며 백석 시집의 출판을 예고하고 있다. 지금 이 잡지가 나올 무렵 백석은 북한에 있었다. 해방 후 남쪽 잡지에 실린 5편의 시도 해방 전에 백석이 써둔 것을 허준이 보관하고 있다가 그를 대신해서 발표한 것으로 전해진다. 허준은 해방이 되자 평북 용천으로 귀향하지 않고 서울에 남아서 활동하고 있었다. 그는 1948년 8월 15일 남한에 단독정부가 들어서고 정국이 혼미를 거듭하자 결국 북의 고향으로 돌아갔다. 허준의 월북으로 인해 백석 시집의 출판계획은 물거품이 됐다.

허준

필자는 많은 희귀본을 구해도 보고 접해봤지만 백석의 시집『사슴』만큼은 두어 번 내게 입질만 보냈을 뿐 한 번도 그 모습을 보여준 적이 없다. 이제 억대를 호가하는 이 시집을 구하기는 더욱 어렵게 되었다.

'백석'이란 호(號)

작가의 '호'를 들여다보면 그 사람의 성격이나 면모를 짐작할 수가 있다. '흰 돌'이라는 백석의 호가 그렇다. 필자는 소년기 때 고향 강변에 널려 있던 석영질의 단단한 흰 돌을 '차돌'이라 불렀다. 여름 한나절 친구들과 미역을 감고 있다 한바탕 소나기라도 지나가면 돌밭에 유난히 흰 돌이 눈에 들어왔다. 잡티 하나 섞이지 않은 그 아름다운 돌을 그냥 두고 오기가 아까워서 가져다 시골집 장독대 밑에 보관했던 기억이 지금도 새롭다. 백석은 이 아름다운 호를 오산고보 시절에 본인이 지었다고 한다. 지금까지 백석의 신상에 대해서 밝혀진 글들이 더러 있지만 신현중의 「서울 문단의 회상」(『영문』7집, 1949)은 그를 이해하는 데 좋은 자료가 된다.

신현중은 그의 글에서 백석의 외모를 다음과 같이 소개하고 있다. "처녀시집 그대로 '사슴'과 같은 시인이다. 새까만 머리털이 가늘고 부드러우면서 구실구실 숱이 많아 우선 보기 좋다. 윗눈썹 역시 새까맣고 숱이 많고 약간 꾸불거리면서 기운차게 가로 툭하게 그어져 있고 속눈썹이 길게 자란 그 큰 눈이 이글이글 아름답다. 약간 높은 코가 잔등이 부드럽게 내려와서 변두리가 도톰하게 살쪄서 정말 잘생겼다. 구태여 흠잡으면

백석, 정현웅 畵

이마가 조금 좁은 것, 목이 긴 것뿐이다. 키도 중키 이상이요 어깨며 다리며 균형 잡힌 체격이어서 그 사치한 입성으로 세종로를 걸어갈라치면 참 멋이 질질 흐르는 당대의 미청년이었다.”라고 소개하면서 당시 최정희와 노천명 등 여류들이 백석을 좋아하고 가까이 하려고 애썼음을 회고했다.

　　백석은 당시 고급 양복에다 비싼 양말을 신고 다닐 만큼 멋쟁이면서 호사스런 사슴이었다. 식사 때는 깨끗한 식당만 찾았고 지저분한 것은 싫어해서 으레 전화기는 손수건으로 싸서 받을 정도로 괴벽스럽고 신경질적인 면이 있었다. 그러면서 신현중은 백석이 장차 우리 시단의 빛나는 별이 될 것같이 생각되어 그와 같이 통영에 내려왔다고 했다. 그의 증언이 맞는다면 백석은 깔끔한 이미지와 함께 자존심이 세고 까다로운 성격이 아니었나 생각된다. 그러나 이것은 외면적인 것이고 ‘백석’이 뜻하는 또 다른 의미는 흰옷 입은 백성, 즉 ‘백의민족’이 자리하고 있음을 짐작할 수 있다. 신현중도 글에서 백석을 ‘조선적’인 것만 좋아하는 열렬한 ‘민족시인’으로 지칭한 바 있다.

백석과 신현중,
그리고 첫사랑 박경련

넷날엔 統制使가있었다는 낡은 港口의처녀들에겐

넷날이가지않은 千姬라는이름이많다

미억오리같이말라서 굴껍지처럼말없시 사랑하다죽는다는

이 千姬의하나를 나는어늬오랜客主집의 생선가시가

있는 마루방에서맞났다

저문六月의 바다가에선조개도울을저녁 소라방

등이 붉으레한 마당에 김 냄새나는 비가 날였다

- 「統營」(『사슴』, 1936)

시집 『사슴』에는 유독 필자의 눈에 띄는 시편 「통영」이 들어 있다. 통영하면 우선 신현중이라는 사내와 박경련이 떠오른다. 신현중은 백석의 절친한 친구였다. 흔히들 일명 '난(蘭)'으로 불리는 박경련은 백석의 첫사랑으로 나중에 신현중의 부인이 된 인물이다. 눈치 빠른 독자들은 삼각관계를 금방 떠올릴 것이다. 백석의 입장에서 보면 억울한 면이 많다. 왜냐하면 이 첫사랑을 자기에게 처음 소개해준 사람이 친구 신현중이었는데 한 마디 말도 없이 그녀를 가로채갔기 때문이다. 한때 백석은 그녀에게 청혼하려고 통영을 세 번이나 찾아갔었다.
그러나 백석의 보잘것없는 가문에다 그의 어머니
가 기생이었다는 말이 들어가 보기 좋게 거절당했
다. 그렇게 된 배경에는 신현중이 모종의 역할을
했다고 소문이 돌았다.

박경련

　만약 백석이 첫사랑과 맺어져 행복한 가정
을 꾸렸다면 '남행시초'와 같은 후기 기행 시편들
을 접할 기회가 없었을지도 모른다. 신현중 부부
는 생전 백석과의 관련을 부인했다. 마음을 준 적
이 없는 박경련 입장에서는 그럴 것이다. 그러나
문제는 신현중이다. 그는 평소 친구인 백석에게
'토속적인 시'만 쓰지 말고 시 속에 그럴듯한 '러브
스토리'를 하나 섞어볼 것을 권했다고 하는데 이
를 믿을 독자가 몇이나 될지 의문이다. 그 증좌로
실연당한 백석은 친구에 대한 원망과 첫사랑을 잊
지 못해 「통영1」, 「통영2」, 「바다」, 「내가 생각하는

신현중

것은」, 「삼호」, 「남향」, 「야우소회」, 「흰 바람벽이 있어」 등의 시편에 실연
의 흔적을 줄줄이 남겨놓았고 그것도 모자라서 산문 「편지」의 글로 고백
까지 하고 있다.

　위랑(韋郎) 신현중(1910~1980)은 독립운동가, 신문기자, 교육자,
수필가로 활동한 인물이다. 경남 하동에서 외동아들로 태어난 그는 어려
서 부모를 따라와 통영에서 성장했다. 그래서 통영이 고향이나 마찬가지
였다. 그는 지금의 경기고와 서울법대에 들어간 수재였다. 재학 중에는
민족의 독립을 위해서 일본제국주의에 항거하는 '반제동맹사건'을 주도

하여 3년간 옥고를 치렀다. 그는 출옥한 뒤 복학하지 않고 바로 조선일보사에 들어갔다. 여기서 백석과 허준을 만나 친구가 된다. 그는 심성이 착한 허준이 마음에 들어 여동생과 결혼까지 시켰다. 허준의 결혼식 피로연장에서 백석은 운명적인 여인 박경련(朴璟蓮: 1917~2006)을 처음 만났다. 그녀는 당시 아버지를 여의고 외동딸로 고향 통영에서 올라와 서울의 외삼촌 집에서 이화여고에 다니고 있었다.

박경련의 모친은 하숙이나 쳐서 먹고사는 백석의 집안과 여자들 꽁무니만 쫓아다니는 백석보다는 머리도 좋고 장래가 촉망되는《조선일보》기자요, 옥고까지 치르고 나온 애국청년 신현중이 마음에 들었던 것이다. 신현중은 그녀와 결혼한 뒤 통영으로 내려갔다. 그는 진주여고와 통영여고 교장을 시작으로 경남지역에서 평생을 교육계에 몸담았다. 그래서 그 지역에서는 그를 '신 교장'으로 부른다고 한다. 그가 남긴 수필집 『두멧집』(1954)에 수록된 「짝사랑」, 「집안 하나 다스리지 못하고」, 「건강한 직업」을 보면 부부간의 갈등도 있었던 것 같고, 그의 글을 보면 신현중이 '짝사랑'했던 여인은 정작 따로 있어서 눈길을 끈다. 박경련은 몸이 약해서 아이를 갖지 못해 1960년대 말에 양자를 들였다고 한다.

필자는 두메산골 출신이라서 '두멧집'이라는 수필집의 제목과 연두 빛깔의 표지 장정이 마음에 들어 이 책을 읽지도 않고 보이는 대로 구입을 했었다. 나중에 저자가 백석의 친구인 것을 알고는 여러 번 정독을 했으나 백석의 이야기는 한 줄도 나오지 않아 실망했던 기억이 있다. 그럼에도 필자는 이 수필집을 아끼고 있다. 왜냐하면 이 책을 집어들 때마다 신현중 부부가 살았던 통영이 생각나고 실연당한 백석이 떠올랐기 때문이다. 책의 표지는 홍우백 화백이 그렸고 제자는 동향 출신의 후배시인 김상옥 솜씨다. 표지를 자세히 들여다보면 통영 앞바다가 내려다보

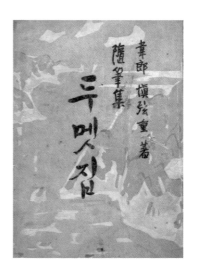

『두멧집』

이는 미륵산 기슭에 아담하게 들어앉은 '데멧집(두멧집)'을 찾을 수 있다. 이곳이 신현중 부부가 사는 그림 같은 집이다.

신현중은 이곳에서 부인과 함께 씨를 뿌리며 전원생활을 했다. 저자는 수필집의 '꼬리말'에서 "어느 따스한 남쪽 바닷가 한 모롱이에 초가 삼간 집을 짓고 아내와 더불어 의좋게 깨끗하게 사는 것"이 작은 꿈이었다고 한다. 필자는 작년에 백석의 발자취를 찾아서 통영에 갔었다. 명정샘은 고색창연한 옛 모습 그대로였고, 어디서 물동이를 이고 '난'이가 나타날 것만 같았다. 나는 충렬사 돌층계에 앉아서 '명정골'을 내려다보며 백석과 신현중 그리고 박경련을 생각했다. 한 사내는 사랑하는 여인과 이곳 통영에서 꿈을 이루었고 또한 사내는 첫사랑을 잃고 오랜 세월 타관객지로 떠돌았다. 참으로 인생이 덧없고 불공평하다는 생각이 든다. 나는 '난'이 살았음 직한 곳에서 시선을 떼지 못하고 백석의 온기가 아직도 남아 있는 이곳 돌계단을 떠날 수 없었다.

신현중은 1980년 세상을 뜨면서 유언대로 통영 미륵산 자락에 묻

혔다. 그는 평소 겸손한 성격과 고집 때문에 생전에 독립유공자라는 말을 함부로 꺼내지 못하게 했다. 사후 유족들이 공적을 신청하여 1990년 '대한민국건국훈장 애족장'을 받았고 그의 유해는 1993년 통영에서 옮겨져 대전국립묘지의 애국지사 묘역에 안장되었다. 부인 박경련도 90세까지 수를 누리다가 2006년 남편 곁으로 갔다. 두 사람이 영면하기까지는 양자가 효자노릇을 톡톡히 했다고 한다. 신현중은 수필집『두멧집』(아테네사, 1954),『국문판 논어』(청우출판사, 1955),『국역 노자』(청우출판사, 1957) 등 세 권의 저서를 남겼다. 1993년에 나온『두멧집』(언어문화사)은 박경련이 남편의 묘를 이장하면서 비매품으로 다시 펴낸 것이다. 특이하게도 이 책은 세 가지 판본이 존재한다.

백석, 사랑을 잃고 '기행시'를 쓰다

　　백석의 삶을 추적한 송준의 글을 보면 백석은 정식으로 다섯 번 결혼을 한다. 두 번은 부모의 강요에 의한 것이고 나머지 세 번은 장정옥, 문경옥, 이윤희가 그 주인공들이다. 여기에다 '자야'로 불리는 기생 김진향(1916~1999)과의 동거까지 더하면 한 이불을 덮었던 여인들은 모두 여섯 명이다. 일반인들은 이해하기 힘들 것이다. 이뿐만이 아니라 백석은 여성문단의 '모던 걸'로 불리는 최정희, 모윤숙, 이선희, 노천명 등의 중심에서 늘 '사슴군'으로 불리며 오르내렸다. 소설가 최정희(1906~1990)가 죽고 나서 그의 유품에서 나온 백석의 편지와 「나와 나타샤와 흰 당나귀」의 시편이 공개되면서 또 한 번 세인의 눈길을 끌었다.

　　가난한 내가
　　아름다운 나타샤를 사랑해서
　　오늘밤은 푹푹 눈이나린다

　　나타샤를 사랑은하고
　　눈은 푹푹 날리고

백석, 「나와 나타샤와 흰 당나귀」(『여성』, 1938)

나는 혼자 쓸쓸히 앉어 燒酒를 마신다

燒酒를 마시며 생각한다

나타샤와 나는

눈이 푹푹 쌓이는밤 힌당나귀타고

산골로가쟈 출출이 우는 깊은산골로가 마가리에살쟈

- 「나와 나타샤와 힌당나귀」 부분(『여성』 3권3호, 1938)

　　그동안 백석의 숨겨진 여인이요 '나타샤'의 주인공으로 알려진 요
정 대원각의 주인 김자야(본명: 김영한)의 입지가 난처해졌다. 필자가 보
기에는 여성문인들 중에서 백석과 사랑을 나눌 수 있었던 여인은 노천명
(1912~1957)이 아니었나 생각한다. 시인의 대표작 '사슴'은 어찌 보면 목
이 긴 백석을 두고 쓴 것인지도 모른다. 신현중의 증언을 참고하면 비슷

한 성격의 노천명과 더 맞았을 수도 있다.
그러나 나타샤의 진짜 주인공이 첫사랑 박
경련인지, 기생 김자야인지, 아니면 최정희
인지는 백석 본인만이 알 것이다. 백석의 사
랑은 북한에서 마지막 부인 이윤희를 만나
결혼하면서 1945년에야 마침표를 찍는다.
백석의 나이 서른넷, 부인은 스무 살이었다.

노천명

　　　그렇다면 백석에게 있어 여인은 어
떤 존재였을까. 왜 그렇게 한 여자에게 만족
하지 못하고 끊임없이 방황해야 했는지 그
점이 궁금하지 않을 수 없다. 필자가 보기에
여인들은 가난하고 슬프고 외로웠던 백석
의 빈 가슴을 채워줄 수 있는 구원의 여인이
었고, 끝없이 시심을 샘솟게 한 원천이 아니
었나 생각된다. 백석은 여성과 헤어질 때마

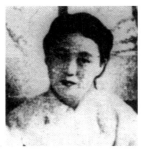

김자야

다 오지를 찾아다니며 실연의 아픔을 달래고 삶을 재충전했는데 그 결과
물로 나온 것이 예술로 승화된 '기행시'편들이다. 백석에게 여행은 세상
과 화해하고 시를 낳게 한 삶의 한 방식이 아니었나 생각된다. 그는 일제
말기 기생 자야와 헤어지고 만주로 떠난다. 정인택에게는 그곳에서 시
100편을 얻어오겠다고 했지만 당시 친구들은 다들 그의 만주행을 결혼
실패의 원인으로 보고 있었다.

　　　만주에서 백석의 생활은 5년 남짓 된다. 100편의 시를 얻어오겠다
는 약속은 지키지 못했다. 그가 만주국에서 말단 공무원으로, 세관원으로
일하며 틈틈이 발표한 시편들은 해방 후의 것을 포함해도 20편이 못 된

다. 그나마 1942년 이후에는 발표가 중단되었다. 백석은 이 무렵 화가 문학수의 동생이자 음악을 전공한 문경옥과 네 번째 결혼을 하였다. 그러나 이 결혼생활도 성격이 맞지 않고 고부간의 갈등까지 겹쳐 일년 남짓 살다가 헤어졌다. 이후 그는 징용을 피해 만주 지역의 산간오지 등에서 은거하며 지내다 해방을 맞아 북으로 돌아갔다. 알려진 대로 백석의 문학은 '만주시편'을 끝으로 종지부를 찍는다.

백석이 남한에서 활동한 시작 기간은 등단작 「정주성」(1935)에서부터 마지막 작품 「칠월백중」(1948)까지 13년이 되는데 그 기간도 해방 전에 쓴 것 5편을 감안하면 실제 기간은 7년 내외에 불과하다. 이 짧은 기간에 그는 100편 남짓한 시를 발표했다. 이 중에서 기행시편은 남행시초 (4) 연작을 시작으로, 함주시초(5), 산중음(4), 물닭의 소리(6), 서행시초 (4), 만주시편(11)과 기타 여행시편을 포함하면 40편을 상회한다. 이 숫자는 초기 시집 『사슴』의 33편을 제외하면 후기 기행시가 차지하는 비중은 60%에 육박한다. 이것은 한 시인에 나타나는 경향치고는 매우 드문 일이다.

백석의 기행시편은 대부분 여인과 사랑의 실패에서 기인한 것으로 보이는데 그는 주로 산속이나 호수, 바다와 같이 인적이 드문 오지로 여행을 다녔다. '남행시초'와 '함주시초' 연작은 첫사랑 박경련과의 만남과 이별에서 나온 것이고 '산중음'과 '물닭의 소리' 연작은 첫 결혼에 실패한 뒤 기생 자야와 다투고 관북지방을 돌며 쓴 것들이다. 만주로 떠나기 전에 신변정리차 관서지방을 다녀온 뒤 발표한 '서행시초' 연작은 세 번째 부인 장정옥과 자야가 관련되어 있다. 백석은 만주에서도 오지를 여행하며 「북방에서」와 같은 수편의 시를 남겼다. 그중에서도 주목되는 것은 넷째 부인 문경옥과 헤어지면서 쓴 「남신의주 유동 박시봉방」이다.

『문장』(폐간호)

이 시는 당시 만주 벌판에서 어느 사이에 아내와 집도 없어지고 나라마
저 잃어버리고 떠돌이 신세가 된 시인의 피폐해진 정신적 지리가 적나라
하게 드러나 있다.

시인 안도현도 언급했듯이 백석의 삶을 가장 짧은 문장으로 표현
한다면 『문장』(1941) 폐간호에 실린 그의 시 「흰 바람벽이 있어」에 나오
는 "나는 이 세상에서 가난하고 외롭고 높고 쓸쓸하니 살아가도록 태어
났다"라는 한 줄로 압축된다. 이 문장은 세상에서 가장 짧은 자서전이 될
것이다. 여기서 주목되는 것은 '높고'라는 단어다. 이 한 단어에는 백석의
모든 '예술적 자존심'이 담겨 있다. 이것마저 내려놨다면 그는 아마도 스
스로 삶을 포기했을지도 모른다. 더 나아가 같은 시편의 마지막 시구에
서 시인이 지향하는 자세를 엿볼 수 있다.

"하눌이 이세상을 내일적에 그가 가장 귀해하고 사랑하는것들은 모두 / 가
난하고 외롭고 높고 쓸쓸하니 그리고 언제나 넘치는 사랑과 슬픔속에 살

도록 만드신것이다 / 초생달과 바구지꽃과 짝새와 당나귀가 그러하듯이"

    - 「흰 바람벽이 있어」 부분(『문장』 3권4호(문장사, 1941))

    백석은 박팔양의 시집 『여수시초』(박문서관, 1940)를 읽고 쓴 독후감에서도 "높은 시름이 있고 슬픔이 있는 혼은 복된 것"이라며 "세상의 온갖 슬프지 않은 것에 슬퍼할 줄 아는 혼, 시인은 슬픔을 운명처럼 타고난 사람"이라고 했다. 그의 시정신이 '초생달과 바구지꽃과 짝새와 당나귀'와 같이 세상에서 "가난하고 외롭고 쓸쓸한 것들"에 정조준하고 있음을 극명하게 보여주고 있다.

백석, 북방에서
'민족시인'으로 거듭나다

北方에서

- 鄭玄雄에게 -

아득한 녯날에 나는 떠났다

扶餘를 肅愼을 勃海를 女眞을 遼를 金을,

興安嶺을 陰山을 아무우르를 숭가리를.

범과 사슴과 너구리를 배반하고

송어와 메기와 개구리를 속이고 나는 떠났다.

나는 그때

자작나무와 익갈나무의 슬퍼하든것을 기억한다

갈대와 장풍의 붙드는 말도 잊지않었다

오로촌이 멧돌을 잡어 나를 잔치해 보내든것도

쏠론이 십리길을 딸어나와 울든것도 잊지않었다.

나는 그때

아모 익이지못할 슬픔도 시름도 없이

다만 게을리 먼 앞대로 떠나나왔다

그리하여 따사한 해ㅅ귀에서 하이얀 옷을 입고 매끄러운 밥을먹고

단샘을 마시고 낮잠을 잤다

밤에는 먼 개소리에 놀라나고

아츰에는 지나가는 사람마다에게 절을 하면서도

나는 나의 부끄러움을 알지못했다.

그동안 돌비는 깨어지고 많은 은금보화는 땅에 묻히고 가마귀도 긴

족보를 이루었는데

이리하야 또 한 아득한 새 넷날이 비롯하는때

이제는 참으로 익이지못할 슬픔과 시름에 쫓겨

나는 나의 넷 한울로 땅으로— 나의 胎盤으로 돌아왔으나

이미 해는 늙고 달은 파리하고 바람은 미치고 보래구름만 혼자 넋없이

떠도는데

아, 나의 조상은 형제는 일가친척은 정다운 이웃은 그리운것은 사랑하는

것은 우럴으는것은 나의 자랑은 나의 힘은 없다 바람과 물과 세월과

같이 지나가고 없다.

- 「北方에서」(『문장』 2권6호, 1940)

    이 시편은 백석이 만주에서 잡지 문장사의 편집자 정인택에게 원

고를 보내 『문장』(1940) 6·7월호에 발표한 것이다.

『문장』(1940)

그동안 백석의 대표작으로 거론되는 시편은 많다. 「모닥불」이나 「흰 바람벽이 있어」 그리고 「남신의주 유동 박시봉방」 등이 그것이다. 그러나 필자보고 대표작 한 편을 고르라면 나는 서슴없이 「북방에서」 (1940)를 꼽을 수 있을 것이다. 그 이유는 이 시가 백석이 도달할 수 있는 최고 정점을 찍은 것이기 때문이다. 만주에서 시인이 발견한 것은 잃어 버렸던 본인의 정체성이었다. 만주 땅은 오랜 옛날 흰옷 입은 우리 조상 들이 터를 잡고 살던 민족의 시원지였다. 곳곳에 깨져 뒹구는 돌비와 남 아있는 조상들의 흔적들이 백석에게 충격적으로 다가왔다. 특히 오지 속 에서 세상과 단절되어 근근이 명맥을 유지하고 있는 오로촌과 쏠론족을 보면서 민족의 운명을 떠올렸다. 이들은 옛적 우리 조상들과 이웃해서 살던 민족들이었다.

지금 조선은 어떠한가. 일제에 의해서 나라를 빼앗기고 그것도 모 자라 민족의 언어를 말살당하고 뿌리째 성까지 그들의 것으로 바꾸어놓 지 않았던가. 본인은 일찍이 「조이스와 애란문학」을 보고 이 점을 우려해

정현웅

서 민족 고유의 언어인 방언으로 시를 써서 남겨 놓았던 것이다. 이제 조선이 일본에 흡수되어 민족이 곧 사멸되고 말 것이라는 생각에 백석은 소름이 끼쳤다. 오랜 세월 방랑하고 돌아와 민족의 시원지인 만주 북방에서 본인의 태반을 확인하는 장면은 감동을 더해 눈시울이 뜨겁기까지 하다. 한마디로 친구 정현웅에게 준 「북방에서」는 백석이 본인의 정체성을 확인하고 민족의 현실에 눈을

뜨게 된 시편이다. 그의 시세계가 「흰 바람벽이 있어」나 「남신의주 유동 박시봉방」에서와 같이 반성적 성찰로 이어지며 심화되고 더욱 성숙해지는 계기가 되었다.

백석은 문장사의 정인택으로부터 6월호 원고 독촉을 받고 조만간 '문장의 선수'가 회심의 시 한 편을 써서 보여주겠다고 했다. 그 회심의 시가 바로 「북방에서」였던 것이다. 그가 이 시편에 대해서 얼마나 자부심을 갖고 있었는지를 보여주는 대목이다. 당시 『문장』은 정지용 시인이 시의 추천을 맡고 있으면서 청록파 시인들을 포함해서 박남수, 이한직, 김종한 등을 배출해낸 최고 권위를 지닌 문예지였다. 이런 잡지에 백석은 무려 10편의 시를 발표했는데 이 숫자는 정지용의 14편에 이어서 두 번째로 많은 것이었다. 백석이 '문장의 선수'라는 표현을 쓴 것도 이런 이유에서였다.

백석 유년기 '모닥불'의
생활로 돌아오다

새끼오리도 헌신짝도 소똥도 갓신창도 개니

빠디도 너울쪽도 짚검불도 가락닢도 머리

카락도 헝겊조각도 막대꼬치도 기와장도

닭의 짖도 개털억도 타는 모닥불

재당도 초시도 門長늙은이도 더부살이아이도

새사위도 갓사둔도 나그네도 주인도 할아

버지도 손자도 붓장사도 땜쟁이도 큰개도

강아지도 모두 모닥불을 쪼인다

모닥불은 어려서우리할아버지가 어미아비없는

서러운아이로 불상하니도 몽둥발이가된

슳븐 력사가있다

- 「모닥불」(『사슴』, 1936)

  백석은 해방된 뒤 북에 남았다. 그가 남쪽을 택하지 않은 이유는 아내와 부모가 있는 연고지 평양에서 굳이 떠날 필요가 없었기 때문이다. 그는 북조선문예총에서 '외국문학분과위원'으로 활동하면서 동시와 동화를 발표했다. 그러나 그가 해방 전에 보여주었던 성과와는 달리 북에서의 문학활동은 그리 평가할 것이 못 된다. 같은 재북 문인들인 한설야, 최명익이나 이찬 등이 빠르게 김일성 정권이 요구하는 당의 문학에 편입된 것과는 달리 그는 애초부터 이념과는 무관한 작가였다. 그는 한동안 시 창작과는 거리를 두면서 아동문학과 번역문학에 치중하였다. 그러나 이것조차도 오래가지 못했다. 그가 함흥영생고보에 있을 때 친하게 지냈으며 해방 후 북한 문단에서 그의 뒤를 봐주던 한설야가 1960년대 들어서 숙청되고 백석도 북한 문단에서 종적을 감추면서 남한에서는 그가 1963년 사망한 것으로 알려졌었다.

그러나 한 집요한 백석 연구가인 송준의 노력에 힘입어 백석이 1996년 사망하기까지의 숨겨진 생애가 사진자료와 함께 세상에 드러나면서 충격을 주었다. 백석은 아동문학에도 계급의식을 강조해야 한다는 이원우와 같은 주류파에게 반기를 들고 「아동문학의 협소화를 반대하는 위치에서」를 발표하면서 예술성을 적극 옹호하고 나섰다. 그 결과 '조선작가동맹'에서 쫓겨나 양강도 삼수군 관평리 협동농장에서 양을 돌보는

노년의 백석

일을 했다. 주로 양털을 깎고 새끼를 늘리는 일이다. 이런 결정은 정권에 반대하는 문인들의 사상을 개조하기 위한 당의 현지 지도명령이었다. 한때 자식들을 생각해서 당의 구미에 맞는 시편도 써서 보내봤지만 그는 끝내 평양으로 돌아가지 못했다.

백석은 결국 붓을 꺾고 마을 사람들의 도

움을 받아 농사일을 배우고 틈틈이 젊은 문학일꾼들을 가르쳤다. 삼수군 사람들도 그를 따르고 존경했다고 한다. 그것은 「모닥불」의 시편에 나오는 "나그네도 주인도 붓 장사도 강아지도" 모두 함께하는 생활이었고 모여서 온기를 나누고 박꽃과 당나귀와 같이 소박하고 착하게 사는 것이었다. 부부간의 금슬은 좋아서 슬하에 5남매를 두었다. 백석은 신현중의 예언대로 85세까지 장수했다. 그가 죽자 평양의 문인은 한 사람도 찾아오지 않았고 그를 흠모하는 지역 농민들이 구름같이 모여들어 장례를 치렀다고 한다. 그의 시와 같이 '외롭고 높고 쓸쓸하게' 살다가 세상을 떠난 것이다. 그는 죽으면서 자신의 원고를 모두 태워버리라고 유언을 남겼다고 한다. 이미 그의 문학은 오래전 만주 북방에서 막을 내린 것이다.

백석의 삶과 문학을 돌아보면, 삶은 여인들과 실연의 연속이었고 외로웠던 시인은 산간벽지로 여행을 다녔다. 여인과 고독과 여행은 백석 문학의 원체험을 형성하는 것으로써 '남행시초'와 같은 연작 기행시로 승화되었다. 그의 기행시가 주목되는 것은 오지 여행을 통해서 새롭게 민족의 현실에 눈을 뜨고 시 속에 민족 공동체의 '생활'을 담은 것이다. 그의 시세계가 민족의 언어 · 풍속 · 의식주 · 동물과 식물 심지어 짚신과 같은 미생물에 이르기까지 심화되고 확장되었다. 백석이라는 '호'와 시집의 의장과 기행시편에서 보여주듯이 그의 시 정신 속에 흐르는 일관된 정조는 백의민족으로서의 '조선적'인 것이었다. 그의 시심이 민족에 깊이 뿌리를 박고 있다는 점에서 그를 '민족시인'으로 불러도 좋을 것이다.

에필로그

나의 책방 순례

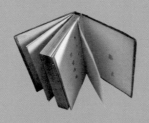

문학에 눈을 뜨던
학창시절

　　내가 태어나 자란 곳은 충남 논산군 가야곡면 왕암리란 곳이다. 1965년 부모 곁을 떠나 서울로 올라와 숙부가 살고 있는 동대문 밖 창신동 산 6번지 서정환 씨 댁에 방 하나를 얻어 창신초등학교에 다녔다. 한국전쟁에 참전한 숙부는 고향집으로 돌아오지 않고 이곳 창신동 산꼭대기 판자촌에 자리를 잡고 있었다. 나는 식사만 숙부 집에서 해결하고, 아침이면 혼자 일어나 이부자리를 개고 연탄도 갈아 넣었는데 불을 자주 꺼뜨려 한겨울에도 냉골에서 자는 날이 많았다. 또한 숙모를 도와 연탄 심부름도 해야 했고 겨울이면 수도가 얼어 공동수도에서 물을 져 나르기도 했다. 이런 일은 시골에 살면서도 겪어보지 못한 것이었다.

　　고향의 시골과 달리 친구 하나 없는 산동네는 자고 일어나면 건너편 채석장터 돌산이 흉물스럽게 눈에 들어오고, 비좁은 골목 안 이웃들의 살림살이가 훤히 들여다보이는 도시의 빈민촌이었다. 늘 빨간 넥타이와 청색 양복차림으로 밤무대에 출근하는 '기타 박'이 살고 있는 2층집을 지날

고(故) 숙부 윤종선

창신동 골목

때면 기타소리가 들려왔다. 저녁이면 짙은 화장을 한 누나들이 골목에서 튀어나와 나를 놀라게 했다. 아침이면 콩나물이나 도루묵 장수의 목청소리가 담을 넘어왔고, 늦은 밤엔 한잔 걸치고 들어가는 주정꾼들로 골목 안은 항상 소란스러웠다. 이곳은 현덕의 대표작 「골목」과 「군맹」의 배경이 된 곳으로 정지용, 임화, 노천명 등 가난한 시인들이 거쳐 간 곳이기도 하다.

　　　이런 도시의 그늘진 곳에 불량배가 없을 리 없었다. 어느 날 나는 친구와 둘이 채석장 밑 공터로 놀러 갔다가 여러 명의 불량배로부터 얻어맞은 일이 있었다. 나는 숙부한테 혼날까봐 이 사실을 숨겼다. 얻어맞은 친구는 다음날부터 태권도 도장에 나갔고 나를 때렸던 불량배들 중 하나는 머리를 깎고 소년원을 드나들었다. 도회지는 내가 태어나 자란 농촌과 달리 안전한 곳이 못되었다. 시골에서는 골목대장 노릇을 했지만 여기서는 나를 보호해줄 사람은 아무도 없었다. 비로소 내가 혼자라는 사실과 이런 환경에 적응하지 못한 나는 점점 말 없는 소년이 되어갔다. 이곳 창신동에서 소년기를 거치면서 세상에는 선과 악이 존재하고 있음을 깨닫고 비로소 자아에 눈을 뜨게 되는 계기가 되었다.

　　　나는 동대문에서 마포 가는 전차를 타고 북아현동에 있는 한성중학교를 다녔다. 충정로에서 내려 학교로 가는 길목엔 헌책방들이 있었다. 백수사에서 펴낸 『한국단편소설전집』과 헤르만 헤세의 『데미안』, 고

골리의 「외투」를 감동적으로 읽었고, 장용학의 「요한시집」은 충격으로 다가왔다. 그리고 사르트르의 『구토』와 카뮈의 소설을 읽으면서 존재의 의미에 대해서 깊이 생각했다. 이때 처음 읽은 도스토옙스키의 『죄와 벌』은 고독했던 내 어린 영혼을 뒤흔들어놓았다. 그러나 무엇보다도 내 마음을 사로잡았던 것은 이곳 책방에서 구해 읽었던 정지용의 「향수」와 김기림의 「금붕어」, 백석의 「여우난골족」 시편들이었다. 내가 이들 시인들의 시집을 구하기 위해 인사동 경문서림을 찾아간 것이 1968년 중학교 3학년 때의 일이다.

내 마음속의 고향,
경문서림

　　당시 고서의 메카인 인사동에는 통문관, 문고당, 영창서점, 승문각, 경문서림 등이 있었다. 통문관이 한적을 전문적으로 취급했다면, 양장 고서의 중심에는 경문서림이 있었다. 주인 송해룡(1935~2009) 선생은 충북 청원군 출신으로 철도고등학교를 졸업하고 중앙대학교에서 약학을 전공한 분이다. 1963년 5월 21일 종로구 관훈동 71번지 현재의 자리에서 고물상 영업허가(제14-2호)를 받아 경문서림을 개업했다. 당시 경문서림은 변두리 서점은 물론이고, 지방에서까지 귀중본이 들어오면 책값을 물어올 정도로 이름이 나 있었다. 선생은 이곳에서 30년 가까이 문학서적을 전문적으로 취급하며 평론가 김윤식 선생과 같은 학자들에게 자료를 제공해주고 가난한 문인들에게는 사랑방 역할을 하고 있었다.

경문서림에서(하동호)

　　내가 보관하고 있는 경문서림의 고객 명함첩을 보면 이곳을 드나들었던 200

『상허문학독본』

『하늘과 바람과 별과 시』

명에 가까운 각계 인사들의 당시 현주소가 드러나 있다. 근대서지를 알
뜰히 모은 서지학자 하동호는 1960년대부터 이 서점에서 둥지를 틀고 있
었다. 나는 여기서 장만영, 김구용, 어효선, 천상병, 하동호 교수를 만났
고, 송 선생은 당시는 금서로 구해볼 수 없는 『정지용시집』, 백석의 『사

습』, 오장환의 『성벽』, 이용악의 『분수령』과 『낡은 집』, 김용준의 『근원수필』 등 원본을 복사해주기도 했었다. 60년대 말부터 1990년 봄 경문서림이 문을 닫을 때까지 나는 이곳에서 책의 향기에 푹 빠져 행복한 시절을 보냈다.

내가 여기서 구입한 책들로는 이태준의 『상허문학독본』(1946)과 『문장강화』(1940), 정지용의 『지용문학독본』(1948)과 김기림의 『시론』(1947)을 시작으로 김상용의 『망향』(1939), 『청록집』(1946), 정지용의 『백록담』(1946), 이용악의 『오랑캐꽃』(1947), 윤동주의 『하늘과 바람과 별과 시』(1948), 윤곤강의 『피리』(1948), 박두진의 『해』(1949)와 심훈의 『영원의 미소』(1935), 이태준의 『구원의 여상』(1937), 나도향의 유고집 『어머니』(1941), 홍명희의 『임꺽정』(1948), 함세덕의 『동승』(1947), 오영수의 『머루』(1954), 황순원의 『학』(1956), 이태준의 『무서록』(1941), 김동석의 『해변의 시』(1946), 최영수의 『곤비의 서』(1949) 등이 생각난다. 특히 선생은 희귀본 『님의 침묵』(1926) 초판본을 가게 문을 닫은 후에도 내게 구해주셨다. 고단하고 힘든 사회생활을 하면서도 책이 나왔다는 선생의 전화를 받고 인사동으로 달려갈 때가 제일 행복했다.

1990년 초로 기억된다. 선생이 점심이나 하자며 전화를 주셨다. 그날은 왠지 목소리가 달랐다. 가게에 들어서니 선생은 상기된 얼굴로 오늘 가게 문을 닫는다는 것이다. 나는 뒤통수를 얻어맞은 것처럼 잠시 멍했다. 그간 고서도 나오지 않고 해서 어려운 것은 짐작하고 있었지만 30년 가까이 꾸려오던 가게를 이렇게 접을 줄은 생각지 못했다. 식당에 오신 선생은 평소에 입에 대지도 않던 맥주를 단숨에 들이키며 만감이 교차하는 듯한 표정이었다. 그간 월세도 못 낼 정도로 힘들었다고 했다.

내가 겪은 바로는 선생은 상인의 기질과는 거리가 있었다. 돈이

『청록집』

『님의 침묵』

될 만한 책이 나오면 가난한 학자나 문인들에게 큰 이문을 보지 않고 건네주곤 했다. 그래서 그런지 비슷한 시기에 문을 연 서점들이 버젓이 자기 가게를 갖게 됐을 때도 선생은 월세를 면치 못했다. 가게로 돌아온 선생은 필요한 책이 있으면 뽑아 가라고 했다. 나는 차마 눈에 익은 서가에 손을 댈 수가 없었다. 필요한 책도 별로 없었지만 마치 무너져 내리는 집에서 서까래를 빼가는 것 같아 마음이 아팠다. 선생은 이런 내 마음을 눈치라도 챘는지 앞으로 통문관에 있던 김영복 씨가 이 가게를 인수할 것이라며 당신은 이제 인사동에 나올 일은 없을 거라 했다. 그렇게 떠나간 선생은 이 거리에서 다시 볼 수 없었다. 선생은 그 뒤로도 나를 하동호 교수에게 소개하여 모범장서가상을 받게 했고 또한 내가 발굴한 김소월의 시집『진달래꽃』(1925) '중앙서림본'을 진본으로 감정하여 이 책을 구입하는 데 결정적인 도움을 주셨다.

　　2008년이 저물어가던 12월 중순 무렵 선생이 세브란스병원에 입원했다는 연락을 받고 병원으로 달려갔다. 선생은 침대에 누워 있다 벌떡 일어나 반갑게 맞아주셨다. 바쁘다는 핑계로 선생을 보지 못한 것이 5, 6년은 된 것 같다. 병고에 시달린 탓인지 뼈만 앙상하게 드러나 보였다. 선생이 잠시 자리를 비운 사이에 사모님께 병명을 물어보니 폐암 말기라고 했다. 나는 문득 몇 해 전 암으로 돌아가신 아버지 생각이 났다. 선생이 내 근황을 묻기에 작년에 정년퇴직을 하고 '도서전시회'를 준비하고 있다고 했다. 그러자 선생은 내 손을 꽉 잡으며 당신이 도와주겠다고 한다. 나는 오랜만에 선생과 책 이야기를 실컷 나누고 더 있다 가라는 선생의 말을 뒤로하고 병실을 나왔다. 이것이 선생과의 마지막이 될 줄은 몰랐다.

　　2009년 1월 11일 나는 지인들과 인사동 투어를 하고 있었다. 그때 보문서점의 김용우 선생으로부터 송 선생이 돌아가셨다는 전화를 그것도 선생의 옛 가게 경문서림 앞에서 받은 것이다. 이곳에서 중학생 때 선생을 처음 만났고 또한 이곳에서 마지막으로 선생의 부음을 듣다니 참으로 기막힌 인연이 아닐 수 없었다. 나는 한동안 발걸음을 멈추고 차마 이곳 가게 앞을 떠날 수가 없었다. 다음날 일찍 빈소가 차려진 이대목동병

옛 가게, 경문서림 자리

원 장례식장으로 달려갔다. 7호실 문 앞 영정사진 속에서 선생이 웃고 계셨다. 그 흔한 조화도 보이지 않고, 따님이 교사로 있는 학교의 조기만 구석에 놓여 있었다. 조문객들도 없는 접견실에 외국에서 급히 귀국한 둘째아들과 사모님이 조용히 앉아 계셨다. 큰아들은 캐나다에서 오는 중이었다.

　　잠시 후 보문서점의 김 선생과 문우서림의 김영복 형이 자리를 같이했다. 우리는 선생과의 추억을 얘기하며 몇 순배 술잔을 들이켰다. 선생의 따님이 조용히 다가와 아버지로부터 내 얘기를 많이 들었다며 고맙다고 인사를 했다. 유족들이 미처 알리지 못했는지 그 많던 경문서림의 예전 사랑방 손님들의 모습은 보이지 않았다. 선생

송해룡 선생

의 춘추 이제 75세, 사모님은 아깝다고 눈물짓는다. 선생이 그렇게 가신 후 기적 같은 일이 일어났다. 나는 잘 아는 변두리 서점에서 유명 시인들의 친필시가 담긴 선생의 유품인 심화첩(心畵帖)과 문학 관련 스크랩북, 그리고 고객의 명함첩을 입수한 것이다. 선생은 늘 이 물건들을 때가 되면 내게 넘겨주겠다고 했는데 죽어서 그 약속을 지킨 것이다.

집에 와서 찬찬히 들여다보니 문인들과 주고받은 편지와 엽서, 각종 문단행사 자료와 청첩장, 연하장, 부고장, 명함, 메모에 이르기까지 인사동 고서점 30년의 역사가 고스란히 담겨 있었다. 시인 장만영은 책을 맡기며 팔아달라는 편지를 남겼고, 미당 서정주는 심화첩에 친필시를 적어놨다. 그 밖에 많은 문인들이 명함과 메모를 남겼는데, 정한모는 김억의『오뇌의 무도』를, 김경린은『개벽』81호를, 최인훈은 이태준과 박태원 자료를, 김윤식은『문학』4호를, 김현은『조광』잡지를, 신달자는 50~60년대 시집을, 오세영은 해방 이전 시집을, 김주영은 유자후의『보부상고』와『임꺽정』을 구해달라고 했고, 박두진과 고은, 신경림은 메모지에 연락처만 남기고 있다. 1963년부터 1990년까지 인사동 경문서림에 흔적을 남긴 사람들은 다음과 같다.

강만길, 고은, 구석봉, 권오운, 김광협, 김경린, 김교식, 김구용, 김기초, 김기형, 김남식, 김담원, 김상옥, 김상현, 김세중, 김세환, 김소영, 김소운, 김시철, 김양동, 김여정, 김영석, 김영환, 김요섭, 김용구, 김용직, 김윤식, 김재문, 김점도, 김정우, 김종익, 김주영, 김학현, 김향안, 김해성, 김현, 나봉한, 나운영, 남재희, 남정현, 모윤숙, 문덕수, 민기, 민병훈, 박근영, 박대인, 박두진, 박봉우, 박서림, 박승훈, 박연구, 박영국, 박영석, 박원순, 박이도, 박진관, 박치원, 박태순, 박희선, 박희진, 백낙청, 백성남, 서상국, 서연호, 서정주, 석용원, 석지현, 성창순, 손동진, 손세일, 송건호, 송남헌, 송방송, 송영방, 송원희, 송지영, 신경림, 신달자, 신동한, 신범식, 신복룡, 신석정, 신수범, 신용하, 심우성, 심재언, 심하벽, 안동림, 안동민, 안우식, 양성철, 어효선, 염무웅, 오세영, 오소백, 오옥진, 오탁번, 우제하, 유민영, 유성윤, 윤길수, 윤병로, 윤석중, 윤호영, 이강훈, 이경희, 이근배, 이낙선, 이만근, 이상범, 이상현, 이성교, 이승우, 이인수(시인), 이인수, 이우성, 이정복, 이정식, 이재오, 이종학, 이창대, 이철, 이철범, 이청수, 이추림, 이환용, 이회성, 이흥우, 인병선, 임응식, 임중빈, 임헌영, 장만영, 장문평, 정구관, 정문경, 정연길, 정을병, 정주상, 정진규, 정한모, 조남순, 조동걸, 조병기, 조완묵, 조재훈, 조향, 채계열, 채영석, 천상병, 최근덕, 최동호, 최서면, 최원규, 최원식, 최인호, 최인훈, 최평웅, 최하림, 표재순, 피천득, 하동호, 한무학, 한승헌, 함동선, 황금찬, 황문평, 황병기, 황보근, 황순구, 현재훈, 홍기삼, 홍이섭(173명)

책으로 맺어진 아름다운 우정,
문우서림

　　서점주인 김영복(1954~　) 형은 강원도 원주 출신으로 중동고등학교 시절 한문을 맡았던 담임선생의 소개로 1975년 통문관에 들어와 이곳에서 1990년까지 근무했다. 담임이 그를 추천한 이유는 그가 한자를 많이 알고 있었기 때문이었다. 그는 근면 성실하게 일하는 한편, 고서적과 고문서를 직접 접하고 주인 이겸로 선생 밑에서 도제식으로 서지를 익혔다. 또한 당대 한학의 대가인 청명 임창순, 소당 윤석오, 백아 김창현, 노

문우서림, 김영복 형

촌 이구영을 사사했다. 그는 독학으로 초서를 익혀 2005년부터 〈TV쇼 진품명품〉 고서(글씨) 감정위원으로 활동하고 있고 경매회사 옥션단과 옥션온 대표를 거쳐 현재는 K옥션 고문을 맡고 있다. 성북구 저택에 1만 5천여 권의 장서를 보관하고 있는 그는 지금도 공부를 게을리하지 않고 있다.

　　내가 김 형을 처음 만난 것은 1970년대 말 고서점 통문관에서다. 당시 그는 심부름을 다녀왔는지 상기된 얼굴로 동년배인 나와 눈

『돌다리』

인사를 나누고 미처 대화할 틈도 없이 짐을 싸들고 나가버렸다. 내가 본 그의 첫인상은 흔히 서점에서 볼 수 있는 포장된 지식인들의 모습과는 달리 총명한 눈빛 속에는 무언가 꿈을 간직한 야망 같은 것을 느낄 수 있었다. 통문관에서 데면데면 만날 수밖에 없었던 그는 1990년 송 선생의 경문서림을 인수하고 그곳에 문우서림 간판을 달았다. 통문관 생활 13년 만에 가게 주인이 된 것이다. 나는 경문서림이 없어 허전했던 참에 다시 김 형의 문우서림과 밀월을 이어갈 수 있었다. 종전 경문서림을 드나들던 고객들의 발걸음도 이어졌음은 물론이다.

　　김 형은 가게 문을 연 지 얼마 되지 않아 아능(雅能) 조용만(1909~ 1995) 선생의 장서를 인수하고 나를 불렀다. 그때 구입한 책들로는 김동인의 『감자』(1935), 구인회 기관지 『시와 소설』(1936), 박태원의 『천변풍경』(1938), 『채만식단편집』(1939), 엄흥섭의 『세기의 애인』(1939), 서정주의 『화사집』(1941), 이태준의 『돌다리』(1943), 허준의 『잔등』(1946), 김진섭의 『인생예찬』(1947), 김윤식의 『영랑시선』(1949), 이상의 『이상선집』

『정지용시집』

『산호림』

(1949)들로 기억된다. 그러나 이것들은 김 형이 특별히 배려해서 극히 일부분을 구입한 것이고 나머지 박스 가득 들어 있던 책들은 모두 돈 많은 수집가의 손으로 넘어가버렸다. 박봉의 월급쟁이로 그때 돈 300만 원이 없어 놓친 것을 생각하면 지금도 가슴이 저려온다.

『가마귀』

      그 뒤에도 계속해서 박거영 시인과 어효선 선생의 소장 도서를 인수했다. 이때 구입한 박 시인의 장서는 『정지용시집』(1935), 『전위시인집』(1946), 임화의 『찬가』(1947), 김용호의 『해마다 피는 꽃』(1948), 『한하운시초』(1949)와 기타 1950년대에 나온 시집들이었다. 특히 『정지용시집』 초판본은 갓 찍어낸 것같이 커버까지 갖춰진 미본으로 지금도 필자가 아끼는 애장본이다. 또한 어효선 선생의 책으로는 『이광수·김동인 소설집』(1936), 노천명의 『산호림』(1938) 기증본과 수필집 『산딸기』(1948)와 『나의 생활백서』(1954), 김기림의 『바다와 나비』(1946), 이태준의 『복덕방』(1947), 현덕의 『남생이』(1947) 등이었다. 선생의 소장 도서들은 모두 상태가 양호한 것들로 정갈하게 장서인이 찍혀 있었다.

      김 형은 중요한 도서가 나올 때면 보관했다가 내게 건네주곤 했는데, 기억에 남는 책들로는 이태준의 『가마귀』(1937), 정비석의 『청춘의 윤리』(1944), 이병기의 『가람시조집』(1939), 홍명희의 『학창산화』(1926), 이순탁의 『최근 세계일주기』(1934), 『학풍』(1948) 창간호, 『시집 구상』

(1951) 등 헤아릴 수 없이 많다. 그때 구입한 『가마귀』는 상허가 회월 박영희에게 군청색 잉크로 써준 기증본이었다. 1990년대 70만 원을 주고 구입한 이 책은 필자가 첫손에 꼽는 창작집이다. 내가 보관하고 있는 상당수 귀중본들이 문우서림에서 구한 것들이다. 나는 고마움의 표시로 책을 살 때마다 한 푼도 깎지 않고 값을 지불했는데 이런 나의 태도가 김 형의 마음에 들었는지 거래 차원을 넘어서 40년 넘게 우정을 이어오고 있다.

마음의 문을 열어 준
승문각

종로구 관훈동 155-12번지에 자리한 고서점 승문각은 대각선으로 경문서림 맞은편에 있었다. 지난주에 인사동을 나가보니 간판도 없어지고 지금은 그 자리에 잡화점이 들어서 있고 2층은 여전히 차를 파는 카페가 영업을 하고 있었다. 이곳 승문각의 주인 김지헌(1935~) 선생은 충북 청원군 문의 출신으로 조실부모하고 해방 후 외삼촌이 있는 서울로 올라와 처음엔 시계점에서 근무했다. 그러다 통문관 직원으로 들어가 근면한 결과 1962년 2월 1일 관훈동 143번지에서 계림서원으로 독립한다. 그리고 1969년 6월 14일 7년 만에 현재의 자리로 이전하고 1976년 승문각으로 간판을 고쳐 달았다. 형이 하던 옛 자리에는 그를 부친처럼 생각하는 여섯 살 아래 동생 김진(1941~) 씨가 학예사를 차리고 들어섰다.

김 선생은 낮에는 일하고 밤에는 건국대 경제학과를 다닐 정도로 학구적인 분이다. 그는 당시 서점에 들어오는 도서를 꼼꼼히 분류하여 「계림서원 도서목록」을 만들었다. 발행부수는 50부

승문각, 김지헌 선생

내지 100부로 한정하였지만 당시 서점에서 이런 목록을 만든 사례는 보기 드문 일이다. 목록을 보면 일제강점기 문학서적에서부터 조선관계 학술서적, 잡지와 신문 등으로 서명, 저자, 발행일, 발행처, 가격 등 서지사항이 일목요연하게 드러나 있어 연구자들에게 많은 참고가 되었다. 그가 검소하면서도 책을 엄청 소중하게 다루는 분이란 것을 서점에 들어서면 알게 된다. 입구의 서가 오른쪽에는 조선 관계 서적들이 빼곡하게 정돈되어 있고 서가에는 먼지를 찾아보기 힘들 정도다. 점심은 사모님이 매일 찬합에 담아 온 것을 가게에서 드셨다.

필자가 이 서점의 문을 처음 열고 들어선 것이 1980년대 초로 기억된다. 지금도 당시를 생각하면 얼굴이 화끈거린다. 서가 오른편에 꽂혀 있던 책을 몇 권 뽑아들었을 때 안쪽에서 누가 '책에 손대지 마세요.'라고 소리를 지르는 것이었다. 순간 놀라 돌아보니 깡마른 외모에 눈빛이 형형한 초로의 주인이었다. 나는 무안하기도 해서 그냥 서점을 나왔다. 그러고도 나는 5, 6년 정도 이 서점을 드나들며 허접한 문학책들을 구입했던 것 같다. 어느 날 한번은 서점에 들렀더니 주인은 정색을 하면서 내게 자리를 권하는 것이었다. 그러면서 꼭 찾는 책이 있느냐고 물었다. 나는 문학서적을 모은다고 말했다.

주인은 빙긋이 웃으면서 서점 안 천장에서 사다리를 내려주며 올라가 보라는 것이다. 그곳에 다락방이 있을 줄은 생각도 못했다. 올라가 보니 책이 천장 높이까지 쌓여 있었는데 순간 고서 특유의 향내가 진동했다. 나는 정신없이 책을 뒤졌다. 그때만 해도 고서가 나오지 않을 때라 이런 책을 한꺼번에 구경하기는 쉽지 않았다. 벌써 아래서는 그만 내려오라고 성화다. 고른 책을 놓고 보니 수십 권이 되었다. 주인은 걱정이 되는지 내 눈치를 살피며 다 사갈 거냐고 물었다. 그러면서 『조선영화전집』

『조선영화전집』

(1931)은 문학책도 아니고 값도 비싸다며 제쳐놓는 것이 아닌가. 나는 순간 오기가 생겨 다른 책은 몰라도 이 책만은 가지고 가겠다고 우겼다. 독자들도 내가 호된 값을 치렀음을 짐작할 수 있을 것이다.

그 뒤부터 이 서점의 다락방은 내 곶감 창고가 되어 나는 돈만 생기면 그곳을 오르내렸다. 선생말로는 해가 지면 리어카꾼들이 끌고 오는 책 중에서 한국전쟁 이전 것은 팔지 않고 다락방으로 올려 보냈다고 한다. 굴러다니다 온 책이라 그런지 상태들은 좋지 않았지만 이병기의 『가람시조집』(1939), 최재서의 『해외서정시집』(1938)과 김남천의 『맥』(1947), 함세덕의 『동승』(1947), 정지용의 『산문』(1949) 등 해방공간에서 나온 책들을 여기서 많이 보충했다. 특히 문일(文一)이 펴낸 『조선영화전집』(신구서림, 1931)은 가치가 있는 희귀본으로 나운규의 「아리랑」 전후편과 「풍운아」를 담은 영화소설집이다.

선생과 흉금을 털어놓고 지내던 어느 날 나는 그분의 안내로 안국동 로터리 조금(鳥金)식당에서 점심을 같이 했다. 일본 오사카에 있는 음

『맥』

『동승』

식점 이름을 따온 이 식당의 솥밥은 37가지 재료에 잣, 은행, 죽순, 송이 버섯 등을 올려 맛이 그만이었다. 나는 그제야 정색을 하고 처음 만났을 때 왜 그렇게 책에 손대지 말라고 화를 냈느냐고 물었다. 선생은 계면쩍 게 웃으며 "책은 오늘의 내가 있게 해준 밥줄이었고 세 남매를 대학에까지 보낼 수 있었다."면서 "그런 책을 어찌 함부로 다룰 수 있겠느냐."며 책이 손상될까봐 그랬다는 것이다. 선생은 내가 서점에 들를 때마다 청계천으로 이사 간 학예서림 동생의 안부를 묻기도 했는데 은퇴한 지금은 제주도로 내려간 동생 김진 씨가 형님의 건강을 염려하고 있다.

조부의 사랑을
느끼게 해준
고서점 통문관

2019년 10월 30일자 《동아일보》에 '상금 3000만 원 〈한국학 저술상〉 제정'이라는 기사가 실렸다. 단일 저서에 지급되는 상금으로는 국내 최고 수준인 이 상은 '고서점계의 전설' 고(故) 산기(山氣) 이겸로(1909~2006) 선생의 유지를 받들어 산기재단(이사장 이동악)에서 주어진다고 한다. 이동악은 선생의 큰아들이다. 선생은 90년 역사를 앞두고 있는 고서점 통문관의 창업주로 보물, 국보급 서적인 『월인석보』와 『삼국유사』 등을 발굴하였고, 국보급 『훈민정음』과 『월인천강지곡』, 『청구영언』 등을 발간하여 국학 발전에 크게 기여한 분이다. 이런 공로를 인정받아 1987년 은관문화훈장을 받기도 했다. 초대 이승만 대통령을 비롯하여 최남선, 정인보, 이희승, 전형필, 고유섭, 김원룡 등 헤아릴 수 없는 명사들이 이곳을 찾아와 도움을 청했었다.

산기 이겸로 선생

선생은 1909년 평안남도 용강에서 태어나 초등학교를 마치고 17세에 상경하여 8년간의 서점 점원생활을 끝내고 1934년 금항당서점을 개업했다. 해방과 더불어 상호를 '책과 사람을 연결한다.'는 의미의 통문관으로 바꾸고 1967년 현재의 자리에 서점을 신축했다. 선생은 평소 스스로를 낮춰 책을 갉아먹고 사는 벌레를 뜻하는 '서두(書蠹)'라 칭했고, 책을 쌓아두는 것이 금보다 낫다는 뜻의 '적서승금(積書勝金)' 글씨를 가게에 걸어두고 '아이든 어른이든 속이지 않는다.'는 자세로 임했다. 그는 70년 넘게 통문관을 운영하면서 고문헌과 전적을 발굴하여 민족문화 발전에 크게 기여하였다. 2000년대 초 가게를 손자 이종운에게 물려주고 당신은 2층 상암산방에서 고문서를 정리하며 만년을 보냈다. 저서로는 『통문관 책방비화』(1987)와 『문방사우』(1989)가 있다.

내가 1960년대 말 학생의 신분으로 멋도 모르고 들어선 통문관은 무서운 곳이었다. 통로 양쪽에 쌓인 패총 같은 책 무덤은 나를 긴장시켰다. 고요한 정적이 내려앉은 한낮 그 긴 통로를 힘겹게 빠져나오니 백발이 성성한 노인이 웃고 계셨는데 이 세상 사람 같지 않았다. 나는 그때 무엇을 물어봤는지 통 기억이 나지 않는다. 계속된 방문을 통해서 저절로 알게 되었지만, 선생은 책의 가치를 정확하게 평가하고 늘 값은 책장 뒤에 연필로 적어놓았는데 박봉의 내게는 부담되는 금액이었다. 이러한 내 마음을 꿰뚫어 보듯 가격에서 10~20% 정도 깎아주셨다. 그러나 서점에서 여러 번 목도했지만 책의 가치를 모르는 사람, 책을 함부로 다루는 사람, 값을 무조건 깎는 사람에게는 귀한 책은 보여주지도 팔지도 않았다.

그러던 선생은 2006년 10월 15일 백수를 일 년 남겨놓고 세상을 뜨셨다. 부음을 듣고 달려가 삼성병원 빈소에서 선생을 보내드린 것이 엊그제 같은데 벌써 15년이 되었다. 돌아보니 선생과의 40년 인연이 주마등처럼 스치고 지나간다. 요즘 보기 드문 선비라며 손자에게 줄 '천인천자문'에 내가 쓴 '양(羊)' 자를 올려준 것이며, 내 서재에 걸어놓을 '무서재(撫書齋)' 편액과 선생이 즐겨 암송하는 양녕대군의 오언절구 시편을

무서재(편액)

먹을 갈아 써준 일들을 어찌 잊을 수 있겠는가. 그뿐이 아니라 선생은 반세기 넘게 손의 기름때를 올린 애장본『최승희 자서전』(1937)을 내게 양도해주시며 "윤길수 사백은 나의 몇 갑절 책을 아끼고 사랑하기에 반세기 남짓 갈피마다 정 스민 이 책을 기꺼이 헌정하노라"라는 '기증의 변'까지 써서 주셨다.

　　선생은 평소 고서는 사유화해서는 안 된다는 소신을 가지고 도서관이나 박물관, 협회 등에 양도하거나 기증했다. 그 결과 국립중앙도서관에 '산기문고'가 들어섰고, 2002년 예술의전당에 서예·고문헌자료 290종 491점을 기증하여 최초로 서예박물관이 들어설 수 있도록 도움을 주었다. 2002년 초로 기억된다. 문우서림의 김영복 형으로부터 전화가 왔다. 내용인즉 선생의 서예기증자료 도록을 예술의전당에서 준비 중인데 나보고 그 도록에 서문을 써달라는 것이었다. 산기 선생의 허락을 받았느냐고 물었더니 쾌히 승낙을 했다는 것이다. 당시 선생은 귀가 어두워 직접 통화가 어려울 때였다. 처음엔 극구 사양을 했지만 통문관을 드나든 고객의 서문 하나는 들어가야 되지 않겠느냐는 말에 결국 승낙을 하

『통문관』(도록)

『박용철전집1』(시집)

고 「시종여일(始終如一)」이란 제목의 글을 써서 도록의 서문을 어지럽힌 일이 있었다.

　내가 통문관을 드나들며 구입한 책들로는 시집 박영희의 『회월시초』(1937)를 필두로 『박용철전집1』(1939), 오장환의 『헌사』(1939), 이광수의 『춘원시가집』(1940), 김달진의 『청시』(1940), 김목랑의 『흰나비』(1946), 『전위시인집』(1946), 임화의 『회상시집』(1947), 김상훈의 『대열』

『문학의 논리』

(1947), 유진오의 『창』(1948) 등이고, 소설로는 이기영의 『신개지』(1943), 이태준의 『복덕방』(1941), 김남천의 『삼일운동』(1947), 안회남의 『전원』(1946)과 『불』(1947)이 있다. 수필로는 윤화수의 『백두산행기』(1926), 『최승희자서전』(1937), 김용준의 『근원수필』(1948), 정지용의 『지용문학독본』(1948)과 『산문』(1949), 평론으로 최재서의 『문학과 지성』(1938), 김문집의 『비평문학』(1938), 임화의 『문학의 논리』(1940), 『박용철전집2』(1940) 등이 있다.

　　　산기 선생과의 옛 추억도 느낄 겸해서 나는 지난 주말 카메라를 들고 오랜만에 인사동을 나갔다. 안국동 로터리에 솥밥 전문식당 '조금(鳥金)'이 그대로 있어 반가웠고, 통문관은 토요일이라 문이 닫혀 있고 승문각 자리는 잡화점으로 변했다. 통문관 맞은편 골목 안으로 들어가 보니 옛날 '산호' 식당자리에 '풍석원'이란 한정식집이 들어서 있었다. 가끔 선생을 모시고 식사를 했던 산호에서는 한여름에도 후식으로 새빨간 연시가 나왔었다. 산기 선생은 어린아이처럼 웃는 얼굴로 연시를 발라드시면서 나보고 권하곤 하셨는데 그럴 때면 어김없이 인자한 할아버지의 모습이었다. 나는 붐비는 인파 속에서 낯선 타인처럼 인사동 네거리로 걸어오다 문득 돌아보니 통문관은 도심 속의 섬처럼 홀로 남아 있었다.

책과 고미술품이 있는
사랑방, 편고재(片古齋)

내가 종로구 공평동 1번지 하나빌딩 지하 아케이드에 있던 편고재에 처음 발을 들여놓기는 2001년으로 기억된다. 가게 안 오른쪽 서가 한편에 가지런히 책이 꽂혀 있었고 주인이 앉아 있는 안쪽에는 도자기, 고가구, 고미술품, 수석과 괴목에 이르기까지 그야말로 편고재는 문화의 향수를 느낄 수 있는 사랑방이었다. 내가 명함을 건네자 주인이 벌떡 일어나 받는데 나보다 머리 하나가 더 올라가는 185cm의 거구였다. 내가 주인의 체구에서만 위압감을 느낀 것이 아니다. 가게에 자주 들러 친숙한 사이가 되었는데도 그는 행동도 덩치와 걸맞게 과묵하고 진중했다. 내가 아무리 짓궂은 농을 해도 모두 받아줄 정도로 대인의 도량을 지닌 분이다. 책값은 인쇄된 별지에 붙여놓고 늘 20% 정도 깎아주는 인정을 보여주었다.

주인 이규진 선생(1947~)은 경기도 용인 출생으로 한국전쟁 당시 부친을 여의고 홀어머니와 여섯 고모 밑에서 극진한 사랑을 받으며 성장했다. 그는 대학에서 국문학을 전공한 뒤 대기업에서 근무하다 당시 이어령이 주관하던 잡지『문학사상』에 들어가 편집장으로 있었다.

그가 이곳에 '도편이 있는 집'이라는 의미의 편고재(片古齋) 간판

편고재 사랑방, 이규진 선생

도편(陶片)

『만세전』

『홍염』

을 달고 장사를 시작한 데는 아픈 사연이 있었다. 그는 가게를 열기 직전
에 교직에 있던 부인을 하늘나라에 보내고 실의에 빠져 있었다. 그러다
마음을 다잡고 2000년 5월에 이곳에 가게를 열고 그가 평생 모은 희귀본
책들과 골동품들을 내다놓고 손님이 원하면 팔기도 하며 세월을 잊고 있

었다. 그러던 가게는 2012년에 답십리 고미술상가로 자리를 옮겼다.

그는 대학시절의 꿈이었던 문학을 접고 1970년대 말 광주 천진암 골짜기에서 소나무가 그려진 청화문 백자 파편을 주우면서 운명처럼 도자기의 매력에 빠져들었다고 한다. 그리고 시간이 날 때마다 전국의 도요지를 찾아다니며 도편(陶片)을 수집했다. 그가 얼마나 이 방면에 전문가인지 나는 그의 집을 방문하고서야 혀를 내둘렀다. 거실 곳곳에 전국 각지에서 수집한 수천 점의 도편들을 쌓아놓았고, 2,000여 권에 이르는 도자기 책들과 150여 권의 발굴보고서가 한 방에 가득 들어차 있었다. 그는 글도 잘 썼다. 고미술 사이트 '편고재의 열린 사랑방'에 올려놓은 수백 편의 글을 읽어봤다. 책과 도자기, 그림과 수석에 관한 글들로 특히 그의 글에서 사라져가는 우리 문화에 대한 애잔한 그리움과 서정을 느낄 수 있었다. 글은 그 사람의 인격이라는데 나는 그의 인간적인 매력에 반해버렸다.

내가 이곳을 드나들며 구입한 책들로는 현진건의 『타락자』(1922), 염상섭의 『만세전』(1924), 정연규의 『혼』(1924), 전영택의 『생명의 봄』(1926), 최학송의 『홍염』(1931), 김유정의 『동백꽃』(1940), 윤석중의 『윤석중동요집』(1932), 임화의 『현해탄』(1939), 『조선문학독본』(1938) 등이 기억에 남는다. 특히 이중에서 단편집 『타락자』와 『윤석중동요집』은 그 분야의 효시이고, 『만세전』과 『홍염』은 저자들의 대표작이다. 호가 마부(馬夫)인 정연규의 『혼』은 일제강점기 판매가 금지된 소설집이다. 『생명의 봄』은 전영택의 첫 창작집이고, 『동백꽃』은 장정이 있는 김유정 사후에 발간된 유고집이다.

보살 같은 외모의
보문서점 주인

서울에는 인사동 다음으로 서점이 몰려 있는 곳이 청계천이다. 청계천 복개공사를 마치고 1962년 들어선 평화시장 건물 1층에는 학생들의 교과서와 참고서를 취급하는 서점들이 수십 군데 들어섰지만 고서를 취급하는 보문서점, 경안서림, 학예서림, 동국서적 등은 아래쪽 청계천 7, 8가에 몰려 있었다. 보문서점은 당시 동대문운동장 옆 청계천 7가 신평화시장 입구에 자리하고 있었다.

주인 김용우(1939~2014) 선생은 서울 출생으로 고대 철학과를 나온 뒤 군대를 다녀와서 부친이 운영하는 국제서적에서 책과의 인연을 맺었다. 그는 광화문 새문안교회 건너에서 서점을 운영하다 1970년대에 이곳 청계천으로 옮겨와 보문서점을 열었다. 경문서림의 송해룡 선생과 가깝게 지냈고 서지학자 하동호와 채훈 교수, 그리고 평론가 신동한이 이곳을 자주 드나들었다.

나는 1980년대부터 주말이면 거의 어김없이 인사동과 청계천을 찾았다. 그러나 이 서점과는 운때가 맞지 않는지 20년 넘게 드나들었지만 모윤숙 시인이 소장했던 근래의 시집들과 이태준의 『무서록』(1941) 외에는 별 신통한 책을 구경한 일이 없었다. 그때마다 선생은 보살 같은

『무서록』

보문서점, 김용우 선생

얼굴에 능청스럽게 웃으며 "윤 전무님 내가 한방 터뜨릴 때가 있으니 돈이나 묶어놓고 계시오."라고 말하곤 했다. 2001년으로 기억된다. 선생으로부터 전화가 왔는데 저녁때쯤 들러보라는 것이다. 직장 일을 마치고 서둘러 가게에 들어서니 선생은 사다리를 밟고 올라가 박스 하나를 내려주면서 책방 안쪽으로 들어가 편히 보라고 했다. 선생의 가게는 미로처럼 책을 천장까지 쌓아놓아서 한 사람 이외는 출입이 거의 불가능한 구조였다.

나는 누에고치처럼 들어앉아 박스를 조심스럽게 열어보았다. 첫권부터 최남선의 『백팔번뇌』(1926)와 김동인의 『감자』(1935)가 나왔다. 나는 숨이 막힐 것 같았다. 책의 상태도 거의 보지 않은 새 책 수준이었다. 선생은 있는 것은 빼놓고 없는 것만 골라도 된다고 했다. 일괄 인수에 따른 부담도 없었다.

어느 유명 작가의 집에서 전부 가져온 것 같은데 이럴 경우 책의 주인을 묻는 것은 금물이다. 첫 거래가 중요하다고 판단한 나는 골라놓

『백록담』

『집』

은 수십 권의 책을 부르는 값을 모두 주고 구입했다. 나는 그날 오랜만에 선생과 같이 선술집에서 꼼장어를 구워놓고 소주를 들이켰다. 선생은 내가 대작하기 어려울 정도로 애주가였다. 이렇게 단 소주를 마셔보기는 난생처음이다.

　여기서 구한 중요한 책들로는 시집으로 최남선의 『백팔번뇌』

(1926), 김기림의 『기상도』(1936), 정지용의 『백록담』(1941), 박세영의 『산제비』(1938) 등이고, 소설로는 김동인의 『감자』(1935), 이기영의 『고향』(1936)과 『신개지』(1938) 그리고 『생활의 윤리』(1944)와 심훈의 『직녀성』(1938), 함대훈의 『폭풍전야』(1940), 채만식의 『집』(1943)을 들 수 있다. 수필과 평론집으로 최남선의 『심춘순례』(1926), 박종화의 『청태집』(1942), 김용준의 『근원수필』(1948), 김문집의 『비평문학』(1938) 등이다. 그리고 잡지로는 함경도 청진에서 나온 동인지 『맥』 6집(1939), 『시학』 2집(1939), 『삼천리문학』 창간호(1938) 등이 기억난다. 한국전쟁 이전 책으로 총 128권에 1415만 원을 지불했다. 그리고 선생은 덤으로 26권을 깨끗한 책으로 교환해주었다.

선생은 더 이상 고서가 나오지 않자 2002년을 전후해서 가게를 옷장사에게 넘겨버리고 우봉(牛峰) 김씨 계동공파 회장으로 종중 일을 보았다. 내가 선생을 마지막 본 것은 2011년 나의 장서 목록집 출판기념회였다. 그때 선생은 집에서 한 권 찾았다면서 1950년대 나온 『후반기』 동인지를 내게 주고 갔다. 나는 이후 종종 생각이 나면 전화로 선생의 안부를 묻곤 했었는데 2014년 6월경이다. 소식이 궁금해 전화를 했더니 휴대폰이 불통이었다. 할 수 없어 다시 종중 사무실로 알아보니 뜻밖의 소식을 들었다. 선생이 지병으로 6월 13일 서울대병원에서 세상을 떴다는 것이다. 향년 76세 아까운 나이였다. 선생은 20년 만에 한방 터뜨려주겠다는 나와의 약속을 지키고 그렇게 갔다.

청계천의 터줏대감
경안서림

　　서점 주인들을 오래 대하다 보면 나름 독특한 스타일이 드러난다. 경안서림의 주인 김시한 선생은 좀처럼 속내를 드러내는 분이 아니다. 희귀본이 들어와도 전화하는 법이 없다. 좀 속되게 표현한다면 크렘린에 가깝다고 할까. 그러나 내가 청계천 8가에 있는 이 서점을 40년 넘게 드나들면서 본 주인은 교회 장로에 걸맞게 한 번도 언성을 높인 적이 없고 늘 인자한 모습이었다. 선생의 가게는 책을 사고팔러 온 상인과 손님들로 붐빈 그야말로 청계천의 사랑방이었다. 정돈되지 않은 가게는 통로를 제외하고 양쪽 바닥에 책을 늘어놓았고, 중요한 서책은 선생이 앉아 있는 뒤편 벽장에 보관했다. 선생이 가끔 벽장 안에 있는 책을 꺼내 보여주며 '당신도 처음 보는 책'이라고 할 때는 긴장해야 된다. 왜냐하면 값을 물어보면 천정부지로 솟구치기 때문에 사지 않을 바엔 묻지 않는 것이 좋다.

　　김시한(1931~2019) 선생은 경북 안동 출생으로 초등학교에서 교편생활을 하다 한국전쟁으로 입대하여 미3사단에서 복무했다. 선생은 일등 중사로 제대한 후 1954년 종로5가 대학촌에서 책장사를 시작한 뒤 그곳이 복개되면서 1972년 청계천으로 옮겨 자리를 잡았다. 나는 1980

경안서림(동묘), 김시한 선생

년대 초 박봉의 월급쟁이 시절 이곳 서점의 영양가 없는 고객으로, 손님
들이 놓고 갔거나 표지나 판권이 떨어져 나간 책들을 집어왔다. 이런 나
의 태도를 가상히 여겼는지 주인으로부터 적지 않은 책들을 구할 수 있
었다. 『소년』(1908) 창간호와 이광수의 『무정』(1925), 염상섭의 『금반지』
(1926), 『여명문예선집』(1928), 한설야의 『탑』(1942), 양주동의 『조선의
맥박』(1932), 김광섭의 『동경』(1938), 윤곤강의 『대지』(1937)와 『만가』
(1938), 김기림의 『태양의 풍속』(1939), 박팔양의 『여수시초』(1940) 등을
여기서 입수했다. 그러나 무엇보다도 기뻤던 것은 2005년에 나의 모교에
도 없는 『한성』(1958) 창간호 교지를 여기서 구한 일이다.

　　　선생은 청계천 8가에서 길 건너 창신동 동묘 쪽으로 수년 전에 가
게를 옮겼다. 그 이후 나는 가끔씩 들를 때마다 선생의 건강이 날로 쇠약
해지고 있음을 한눈에 느낄 수 있었다. 선생의 연치가 90을 바라보고 있
었다. 2018년이 저물어갈 무렵 지인으로부터 경안서림에 상허 이태준의

『소년』(창간호)

『무정』

책이 나왔다는 정보를 들었다. 나는 당시 상허가 펴낸 단행본 25권을 모두 가지고 있었으나, 아쉽게도 『딸삼형제』 등 몇 권이 불완전한 상태였다. 나는 그때 경안에서 거의 완전에 가까운 『딸삼형제』(1940)와 『세동무』(1943), 『사상의 월야』(1946)를 구했던 것이다. 그리고 얼마 지나서 선생은 60년 넘게 운영해오던 서점의 문을 달았다. 선생은 문을 달으면서

추가로 나올 책이 더 있으니 기다려보라고 했다.

　　2019년 봄, 나는 책이 나왔다는 연락을 받고 선생의 청량리 자택을 방문했다. 여기서 김동인의 『여인』(1932), 한설야의 『청춘기』(1939), 김남천의 『사랑의 수족관』(1940), 홍구의 『유성』(1948) 등 한국전쟁 이전에 나온 도서 43권을 2000만 원이 넘는 금액을 주고 인수했다. 그리고 나서 몇 달이 지난 6월 7일, 선생은 날씨도 풀렸으니 다음 주말 점심이나 하자고 전화를 주셨다. 그런데 선생이 일주일도 안 돼 6월 13일 갑자기 돌아가신 것이다. 향년 89세였다. 사모님과 통화를 했더니 당료 합병증으로 주무시다 돌아가셨다고 한다. 선생은 결국 나와의 식사 약속을 지키지 못했다. 참으로 책과의 인연이란 묘한 것 같다. 선생은 여러 고객을 제쳐두고 가시기 전에 내게 귀한 책을 그렇게 선물하고 가셨다. 사모님 말씀이 선생은 참전유공자로 충북 괴산의 국립묘지에 일 년 뒤 안장될 예정이라고 했다.

진호서적,
문화재『진달래꽃』을
발굴하다

내가 사육신묘 건너편 노량진 학원가에 있는 진호서적에 발을 들여놓기는 1988년 올림픽 전후로 기억된다. 직장과 집에서 가까운 관계로 참새가 방앗간 들르듯 퇴근길에 가끔 들렀다. 표정의 변화가 없는 서점 주인은 가게 안에 들어선 내게 아랑곳하지 않고 자기 일만 하고 있었다. 이미 학창시절부터 고서의 중심지 인사동에서 잔뼈가 굵은 나는 이런 변두리 서점의 책값에는 크게 신경 쓰지 않았다. 그래서 서점주인의 행동에는 관심이 없고, 이곳에 들를 때마다 안쪽의 서가에서 새로 들어온 책을 골라 주인이 부르는 대로 값을 지불하고 나왔다. 예나 지금이나 나는 값을 깎거나 외상을 하거나 책에 흠을 잡는 일은 없다. 이렇게 몇 년이 지나자 주인이 내게 조금씩 관심을 보이기 시작했다.

주인 김형창(1946~) 선생은 고향이 함경도 북청으로 모친이 선생을 임신한 상태로 1946년 월남하여 속칭 삼팔따라지들이 모여 사는 해방촌에서 성장했다. 열네 살 위의 형은

주인 김형창 선생

한국전쟁 중에 인민군에 끌려가 돌아오지 못했다. 이런 환경 때문에 해방촌에서 불량배들과 어울려 다니다 군에 입대했다. 선생은 6사단 운전교육대 조교시절 소대장의 영향을 받아 독서에 열중했다. 제대 후에는 그동안 모은 책을 가지고 1972년부터 3년간 노점생활을 하다 1976년 숭실대 근방에서 서점을 차렸다. 그리고는 1982년 노량진 사육신묘 건너편으로 이전하고 두 아들의 이름 철진, 철호 끝 자를 따서 진호서적 간판을 달았다. 동작구청 건너편에 있는 현재의 가게는 2002년 이전한 것인데 선생은 올해로 49년째 책장사를 하고 있는 셈이다.

선생이 처음 접한 책은 위대한 사상가들을 다룬 윌 듀란트의 『영원한 사상의 발자취』(휘문출판사, 1962)란 책이었다. 그는 계속해서 사상과 종교 관련 책을 파고들며 공부를 했다. 특히 일본에서 나온 진보적인 이념서적을 보면서 일본책에 눈을 뜨고 1970년대 말부터 일어로 된 조선관계 자료를 수집하기 시작했다고 한다. 내가 1990년 초 선생의 집을 방문하여 문학책을 인수할 때 '진호문고' 장서인이 찍힌 번호를 보면 만권에 이르렀다. 한마디로 선생은 독학으로 서지공부를 하며 일가를 이룬 책방 주인이다. 나는 2002년 분양받은 아파트에 서재를 만들고 입주할 때까지 선생과 창고를 같이 쓰며 구입한 책을 보관했는데, 내 장서 중에서 상당수의 책이 진호서적에서 구입한 것들이고 양과 질 면에서 다른 서점과 비교가 되지 않는다.

여기서 구입한 대표적인 것들로는 김소월의 시집 『진달래꽃』(1925) 초판본을 시작으로, 박태준의 『물새발자옥』(1939), 윤석중의 『초생달』(1946), 김상옥의 『초적』(1947), 윤동주의 『하늘과 바람과 별과 시』(1948), 소설 나도향의 『환희』(1923)와 『진정』(1923), 이기영의 『고향』(1936), 『서화』(1937), 『신개지』1938), 김유정의 『동백꽃』(1938), 김말봉

『진달래꽃』

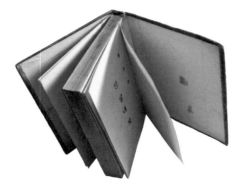

『환희』

의 『찔레꽃』(1938), 김동인의 『왕부의 낙조 · 배따라기 · 여인』(1941), 이
근영의 『고향사람들』(1943), 이효석의 『황제』(1943), 계용묵의 『백치아다
다』(1946), 정비석의 『고원』(1946), 박태원의 『천변풍경』(1947), 김남천의
『맥』(1947), 김동리의 『무녀도』(1947), 함대훈의 『청춘보』(1947), 김동인
의 『발가락이 닮았다』(1948), 박태원의 『금은탑』(1949), 김송의 『남사당』
(1949), 김영수의 『소복』(1949), 황순원의 『별과같이 살다』(1950), 수필 전
희복의 『거울 앞에서』(1950), 오지호 · 김주경의 『2인 화집』(1938) 등 일
일이 열거하기 힘들 정도다.

『동백꽃』

『무녀도』

      또한 나는 2003년 10월 선생이 알뜰히 모은 일제강점기 조선관계 자료 340권을 1300만 원에 일괄 인수하면서 내 장서의 질을 높이는 계기를 만들었다. 그러나 무엇보다도 평생 잊지 못할 일은 김소월의 시집『진달래꽃』(1925) '중앙서림본'의 발굴일 것이다. 선생이 1994년에 입수하여 소장하고 있던 것을 필자는 180만 원을 주고 구입했다. 당시는 아무리 비싼 문학책도 100만 원을 넘지 않을 때였다.『진달래꽃』은 그간 '한성도 서본'이 초판본으로 알려져 있었을 뿐 내가 구입한 '중앙서림본'은 그때 까지도 소장처는 물론이고 학계에서조차 발간된 사실을 모르고 있던 유 일본이었다. 이 시집은 2011년 문학 유물로는 처음으로 등록문화재로 지 정되었다. 이것은 책에 대한 사랑과 열정을 지닌 한 서점 주인과 고객 사 이의 신뢰가 없었다면 불가능했을 것이다. 나는 그 귀한 서책을 내게 서 슴없이 양도해준 진호서적 김형창 선생에게 감사할 따름이다.

기억에 남는
서점과 사람들

　나는 이들 서점 외에도 책이 나올 만한 서점들을 수소문하고 다니며 책을 구했다. 인사동 문고당에서는 미국 하와이에서 간행된 한글판 『한국통사』(1917)를 구했고, 혜화동로타리 혜성서점에서는 김동환의 『승천하는 청춘』(1925), 노천명의 『산호림』(1938), 이하윤의 『물레방아』(1939), 허이복의 『박꽃』(1939), 서정주의 『화사집』(1941) 한정본을 구했다. 연신내의 문화당에서는 상태가 깨끗한 한용운의 『님의 침묵』(1934) 재판을 구했고, 명지대 앞 문우당에서는 조벽암의 포(布)장본 『향수』(1938)를, 신촌 정은서점에서는 『개벽』 잡지 10여 권과 합본된 『조선문학』 6권을 구했다. 노영길 선생이 답십리에 문을 연 시달사에서는 『서유견문』(1895)을 양도받았고, 청계천 둥지갤러리에서는 케이스가 있는 심훈의 『상록수』(1936)를, 외대 앞 신고서점에서는 김상옥의 유일한 수고본(手稿本) 시조집 『초적』(1947)을, 수원 남문서점에서는 최남선이 펴낸 잡지 『청춘』 8권을 구했다. 인터넷서점 코베이에서는 김동인의 첫 창작집 『목숨』(1923)을, 아트뱅크에서는 미당의 「화사집」(1941) 한정본을, 북4949에서는 모윤숙의 『렌의애가』(1937) 초판을, 북헌터에서는 『승방비곡』(1929)과 『선풍시대』(1936)를 구하기도 했다.

『상록수』(케이스)

『렌의 애가』

　　지방으로 눈을 돌리면, 대구의 고서점이 몰려 있는 봉산동 신라
방에서는 1992년 청계천 경안서림에서 놓친 김억의 『해파리의 노래』
(1923), 최남선의 『백팔번뇌』(1926), 김영보의 『황야에서』(1922), 한용운
의 『님의 침묵』(1926), 『윤석중동요집』(1932) 등 301권을 일괄해서 사들
였고, 대구시청 부근에 있던 신흥서점, 남구서점, 대륙서점, 신라서점 등

『백팔번뇌』

『전위시인집』

을 드나들다 신흥서점의 연락을 받고 비행기를 타고 내려가 『전위시인집』(1946) 등 해방공간의 도서 20여 권을 3시간 만에 인수한 일들이 생각난다. 마산의 미리내서점(현, 부림서점)의 주인 이태호(1963~) 씨와는 3년여의 교제 끝에 주인이 보관하고 있던 최남선의 『백팔번뇌』(1926)와 신동집의 『대낮』(1948) 등 10여 권을 양도 받았다. 그 밖에도 광화문 공

씨책방, 홍대 앞 오거서, 용산의 뿌리서점, 수원의 화성고문서원, 전주의 책과 사람들, 경주의 명문당, 부산의 보수동 헌책방 거리, 제주도의 책밭 서점 등을 뒤지고 다녔다.

또한 유일하게 알고 지내던 젊은 중간상인 이종호 씨로부터는 김 억의 『금모래』(1924), 김윤식의 『영랑시집』(1935), 김기림의 『기상도』 (1936), 서정주의 『화사집』(1941) 한정본, 이태준의 『문장』지 24권을 구 했다. 그리고 1990년대 후반 나는 김이라는 거간꾼을 만난 일이 있었는 데, 책을 구해주겠다는 그의 말만 믿고 적지 않은 돈을 빌려준 일이 있었 다. 그러나 그 뒤 그는 소식을 끊었다. 한동안 잊고 지내던 어느 날 그는 돈 대신 책 보따리를 들고 나타났는데 그때 그가 돈 대신 건네준 책은 거 의 포갑(包匣)까지 갖춰진 이광수의 『사랑』(1939) 전 · 후 편, 『흙』(1937), 현진건의 『적도』(1939), 염상섭의 『이심』(1939), 박종화의 『금삼의 피』 (1938) 상 · 하 편, 『대춘부』(1939) 전 · 후 편, 『다정불심』(1942) 상 · 하 편 등 모두 일제강점기에 나온 소설집들이었다.

『금삼의 피』상(포갑)

　　이렇게 구입한 책들은 2000년대에 들어서면서 복권들이 엄청 늘어났다. 책을 수집하다 보면 어쩔 수 없는 현상이기는 하나, 나는 이들 책의 처리에 고민하지 않을 수 없었다. 그렇다고 드나들던 서점에 팔 수는 없는 일이었다. 나는 그때까지 아무리 생활이 궁해도 단 한 권의 책도 내다판 일이 없었다. 이 무렵 고서시장의 판도도 바뀌기기 시작해서 오프라인 서점들이 문을 닫고 인터넷 고서점들이 나타나기 시작했다. 나는 일부의 책은 지인과 교환하고 나머지는 익명성이 보장되는 인터넷서점과 그리고 나를 따르는 한 장서가에게 책을 처분했다. 한용운의 『님의 침묵』(1926)을 비롯해서 최남선의 『백팔번뇌』(1926), 김동인의 『감자』(1935), 김기림의 『기상도』(1936), 오장환의 『헌사』(1939), 미당의 『화사집』(1941)에 이르기까지 모두 구하기 힘든 초판 희귀본들로 이때 처분한 책들이 300여 권에 달한다. 이렇게 들어온 판매대금은 책을 사는 데 다시 쓰였다.

다시 찾은
경문서림

2007년 1월 20일, 나는 30년 동안 다니던 회사에서 정년퇴직을 했다. 그리고 그동안 모은 책들을 정리해서 '장서목록집을' 펴낼 계획을 세웠다. '구슬이 서 말이라도 꿰어야 보배'라고 가지고만 있으면 무슨 소용이 있나 하는 생각이 들었던 것이다. 나는 도움을 받기 위해 앞서간 선배 장서가들의 목록집을 확인해보았지만 찾을 수 없었다. 나는 착수한 지만 5년 만에 14,636권의 장서목록을 완성하고 2011년 『윤길수책: 한국근현대도서목록(1895~2010)』(도서출판b)을 350부 한정본으로 펴냈다. 서가의 책을 꺼내 일일이 판권의 기록을 확인하고 사진을 찍고 분류하여 간행연대순으로 정리하는 일은 누구에게 시킬 수도 없고 참으로 힘든 일이었다. 또한 이 책은 영리를 목적으로 펴낸 것도 아니고 도서출판b 조기조 대표의 우정 어린 도움이 없었으면 불가능했을 것이다.

2011년 10월 28일 나는 프레지던트 호텔에서 150여 명을 모시고 출판기념회를 가졌다. 그리고 통문관, 문우서림, 경안서림, 보문서점, 진호서적, 편고재 등 서점 주인들을 중앙 상석에 모셨다. 그러나 당연히 이 자리에 있어야 할 경문서림의 송해룡 선생은 2년 전 세상을 떠나 모실 수 없었다. 나는 진행요원의 협조를 얻어 조촐한 선생의 테이블을 별도로 마

『윤길수책』

련하고 그곳에 고인의 사진을 모셨
다. 그리고 한정본 350권 중에서 1번
은 어머니께 드리고 2번을 선생의 영
전 앞에 올려놓았다. 선생이 돌아가
시고 사모님은 딸과 함께 이민 간 것
으로 알고 초대하지 못했던 것이다.
선생께 기증했던 책은 출판기념회가
끝나고도 3년 동안 주인을 찾지 못해
내가 보관하고 있었다.

    2014년 7월 30일 나는 연신내
역에서 내려 3번 마을버스를 타고 양
지빌라 앞에서 내렸다. 어렵게 송 선

경문서림, (고) 송해룡 선생

생의 사모님과 연락이 닿았던 것이다. 2009년 1월 사모님은 선생의 장
례를 치른 뒤 자식들을 따라가지 않고 이곳 여동생의 빌라 아래층에 머

경문서림(가게)

물고 있었다. 나는 장례식 이후 5년 만에 사모님의 손을 마주잡고 만감이 교차되어 흐르는 눈물을 감출 수 없었다. 사모님은 찾아와줘서 고맙다고 했다. 특히 선생은 자신이 돌아가실 줄 모르고 병원에서 퇴원한 후 내 도서전시회를 위해서 당신이 도울 일이 생겼다며 좋아했다고 한다. 나는 마음을 진정시키고 가지고 간 『윤길수책』(2011) 한정본 2번을 사모님께 드렸다. 이제야 빚을 갚은 듯 사모님을 뒤로하고 나서는 내 발걸음이 한결 가벼웠다.

돌이켜보면 경문서림은 내 인생에서 언제나 돌아가고픈 마음속 고향과도 같은 곳이다. 험한 세상을 살아가면서 심신이 고달플 때면 이곳에 찾아와 위로받고 허리띠를 고쳐 맨 적이 한두 번이 아니다. 주인 송해룡 선생은 나에게 책의 길, 문학의 길을 가르쳐준 참스승이다. 이곳에서 정지용과 김기림, 상허 이태준을 알았고, 이들은 내 문학의 원천이 되었다. 지금 내가 이들이 펴낸 원본들을 모두 소장하고 있는 것이 이를 증명한다. 여기까지 오는 데 50년이 걸렸다. 지상의 아름다운 책을 찾아 떠난 내 문학의 여정은 경문서림에서부터 시작된 것이다.

· 참고문헌 ·

· 강옥희 외,『식지시대 대중예술인사전』, 소도, 2006.

· 강옥희,『대중 · 신파 · 영화 · 소설』, 지금여기, 2013.

· 강이향 엮음,『생명의 춤 사랑의 춤』, 지양사, 1993.

· 강진호 엮음,『한국문단이면사』, 깊은샘, 1999.

· 강홍운,『강홍운 문학전집』, 경남, 2002.

· 고정일,『한국출판100년을 찾아서』, 정음사, 2012.

· 국립중앙도서관 편,『한국근대문학 해제집 Ⅰ』, 2015.

· 국립중앙도서관 편,『한국근대문학 해제집 Ⅲ』, 2017.

· 국립중앙도서관 편,『한국근대문학 해제집 Ⅳ』, 2018.

· 권영필 옮김,『에카르트의 조선미술사』, 열화당, 2003.

· 김경린,「모더니즘 운동과 나의 시」,『현대시문학』창간호, 1996.1.

· 김근수,『한국잡지사연구』, 한국학연구소, 1992.

· 김길연,『한국의 금서』, 지식과 교양, 2018.

· 김동소 엮음,『소암 김영보 전집』, 소명출판, 2016.

· 김동환,『삼천리』9권1호, 1937.1.

· 김두한 편,『백기만 전집』, 대일, 1998.

· 김삼웅,『금서』, 백산서당, 1987.

· 김성수,『한국근대 서간문화사 연구』, 성균관대출판부, 2014.

· 김양환,『홍난파 평전』, 남양문화, 2010.

· 김영식,『그와 나 사이를 걷다』, 호메로스, 2015.

· 김영식,『아버지 파인 김동환』, 국학자료원, 1994.

· 김영애, 「『선풍시대』의 작가 한인택」, 『보성과 한국문학』, 소명출판, 2017.

· 김영애, 『판본과 해적판의 사회 · 문화사』, 역락, 2017.

· 김요섭, 『눈보라의 사상』, 한국문연, 1991.

· 김용직, 「폐칩기의 시전문지 '맥'」, 『맥』 2호, 1996.7.

· 김윤식, 『박영희 연구』, 열음사, 1989.

· 김자야, 『내 사랑 백석』, 문학동네, 1995.

· 김정혁, 『영화보』 2집, 1937.12.

· 김종욱 편, 『한국영화총서(상)』, 국학자료원, 2002.

· 김종욱 편, 『한국영화총서(하)』, 국학자료원, 2002.

· 김종욱 편, 『홍난파 문집』, 춘추각, 1985.

· 김창술 외, 『카프 시인집』, 열린책들, 2004.

· 김철, 『바로잡은 『무정』』, 문학동네, 2003.

· 김학동 외, 『안서 연구』, 새문사, 1996.

· 노고수, 『한국동인지80년사연구』, 소문출판인쇄사, 1991.

· 노자영, 『신인문학』 2호, 1934.9.

· 노자영, 『유수낙화집』, 청조사, 1935.

· 노자영, 『인생안내』, 영창서관, 1938.

· 노자영, 『청공세심기』, 한성도서, 1935.

· 대한출판문화협회 편, 「세계금서특별전」, 2004.

· 마춘서, 『신흥영화』 창간호, 1932.6.

· 문덕수, 『청마 유치환 평전』, 시문학사, 2004.

· 민경찬 편, 『홍난파 자료집』, 한국예술종합학교 한국예술연구소, 1995.

· 민병모, 『QUESTION』 14호, 2018.1.

· 박남수, 『박남수전집 2』, 한양대출판원, 1998.

· 박용철, 「백석시집을 읽고」, 『조광』, 1936.4.

· 박진영, 「번역가의 탄생과 문학청년 홍난파의 초상」, 『근대서지』 8호, 2013.12.

· 박진영, 『책의 탄생과 이야기의 운명』, 소명출판, 2013.

· 박철석 편, 『새 발굴 청마 유치환의 시와 산문』, 열음사, 1997.

· 박태일, 『한국 근대문학의 실증과 방법』, 소명출판, 2004.

· 박팔양, 『태양을 등진 거리』, 미래사, 1991.

· 백철, 『조선신문학사조사』, 수선사, 1948.

· 삼성출판박물관 편, 「다시 찾은 우리 책」, 2004.

· 송준, 『남신의주 유동 박시봉방 1』, 지나, 1994.

· 송준, 『남신의주 유동 박시봉방 2』, 지나, 1994.

· 송준, 『시인백석 1』, 흰당나귀, 2012.

· 송준, 『시인백석 2』, 흰당나귀, 2012.

· 송준, 『시인백석 3』, 흰당나귀, 2012.

· 송하춘 편, 『한국현대장편소설사전(1917-1950)』, 고려대출판부, 2013.

· 신동아 편, 『일정하의 금서 33권』, 동아일보사, 1977.

· 심우성 옮김, 『조선의 소반 · 조선도자명고』, 학고재, 1996.

· 심한보 편, 『한국시잡지집성 3』, 태학사, 1981.

· 심한보 편, 『한국시잡지집성 4』, 태학사, 1981.

· 아단문고 편, 『아단문고 미공개자료총서(2013_01)』, 소명출판, 2013.

· 안도현, 『백석 평전』, 다산북스, 2014.

· 안춘근 편, 『세계발행금지도서100선』, 서문당, 1974.

· 안춘근, 『한국출판문화사대요』, 청림출판, 1987.

· 엄동섭 외, 『원본 『진달내꽃』 『진달내쏫』 서지연구』, 소명출판, 2014.

· 엄흥섭, 「한인택군」, 『문장』 1권6집, 1939.7.

· 오장환, 「백석론」, 『풍림』 5집, 1937.4.

· 윤범모, 『백년을 그리다』, 한겨레출판, 2018.

· 이겸로, 『통문관 책방비화』, 광우당, 1987.

· 이대원 옮김, 『조선의 흙이 된 일본인』, 나름, 1996.

· 이동순 편, 『백석시 전집』, 창작사, 1987.

· 이성로, 『조선문단』 1호, 1935.2.

· 이성로, 『조선문단』 2호, 1935.4.

· 이성로, 『조선문단』 3호, 1935.5.

· 이성로, 『조선문단』 4호, 1935.8.

· 이성로, 『조선문단』 5호, 1935.12.

· 이성로, 『조선문단』 6호, 1936.1.

· 이순탁, 『최근 세계일주기』, 학민사, 1997.

· 이영혜, 『인사동 가고 싶은 날』, 디자인하우스, 2002.

· 이재인 · 심원섭 편, 『품에 안기고 싶은 향토여』, 우석출판사, 2002.

· 이중연, 『'책'의 운명』, 혜안, 2001.

· 이태준, 『문장』 2권9호, 1940.11.

· 이학인, 「취운정에서」, 『학등』 8호, 1934.7.

· 이해문, 「시인 인상기」, 『시인춘추』 2집, 1938.1.

· 이활, 『정지용 · 김기림의 세계』, 명문당, 1991.

· 임화, 「문학상의 '지방주의' 문제」, 『조광』, 1936.10.

· 임화, 『문학의 논리』, 학예사, 1940.

· 장만영, 「애수적인 미의 추구」, 『나의 시 나의 시론』, 신흥출판사, 1960.

· 장만영, 『그리운 날에』, 박문출판사, 1965.

· 장만영전집간행회 편, 『장만영전집 2』, 글나래, 2005.

· 전우형, 『식민지 조선의 영화소설』, 소명출판, 2014.

· 정병호, 『춤추는 최승희』, 뿌리깊은나무, 1995.

· 정수웅 엮음, 『최승희』, 눈빛, 2004.

· 정우택, 『황석우 연구』, 박이정, 2008.

· 조남현, 『한국문학잡지사상사』, 서울대출판문화원, 2012.

· 조동일, 『한국문학통사 5』, 지식산업사, 1994.

· 조선일보사 편, 『조선일보 사람들』, 일제시대 편, 랜덤하우스중앙, 2004.

· 조희문, 『나운규』, 한길사, 1997.

· 채훈, 『일제강점기 재만한국문학연구』, 깊은샘, 1990.

· 초정 김상옥기념회 편, 『그 뜨겁고 아픈 경치』, 고요아침, 2005.

· 최덕교 편, 『한국잡지백년 2』, 현암사, 2004.

· 최덕교 편, 『한국잡지백년 3』, 현암사, 2004.

· 최차호 옮김, 『부산요와 일본 다완』, 어드북스, 2012.

· 하동호 편, 「한국현대시집전시목록」, 국립중앙도서관, 1971.

· 하동호 편, 『한국근대문학산고』, 백록출판사, 1976.

· 하동호, 「한국근대시집총림서지정리」, 『한국학보』 28집, 1982. 가을.

· 하동호, 『한국근대문학의 서지연구』, 깊은샘, 1981.

· 한국근대문학관 편, 『소설에 울고 웃다』, 2017.

· 한국근대문학관 편, 『한눈에 보는 한국근대문학사』, 2018.

· 한국학연구소 편, 「일제하 금서전시 목록」, 1982.

· 한성도서 편, 「1935 도서총목록」.

· 한태석, 『서지총화』, 이우출판사, 1978.

· 함대훈, 「춘성의 인간과 예술」, 『조광』, 1940.11.

· 허경진 옮김, 『서유견문』, 서해문집, 2004.

· 허만하, 『청마풍경』, 솔출판사, 2001.

· 홍난파, 「분서의 이유」, 『박문』 8집, 1939.6.

· 황순구, 「한국근대수필집목록(1895-1970)」, 『수필과 비평』 창간호, 1987.8.

운명, 책을 탐하다

1판 1쇄 펴냄 2021년 12월 24일
1판 2쇄 펴냄 2022년 5월 30일

지은이 윤길수

주간 김현숙 | **편집** 김주희, 이나연
디자인 이현정, 전미혜
영업·제작 백국현 | **관리** 오유나

펴낸곳 궁리출판 | **펴낸이** 이갑수

등록 1999년 3월 29일 제300-2004-162호
주소 10881 경기도 파주시 회동길 325-12
전화 031-955-9818 | **팩스** 031-955-9848
홈페이지 www.kungree.com
전자우편 kungree@kungree.com
페이스북 /kungreepress | **트위터** @kungreepress
인스타그램 /kungree_press

ISBN 978-89-5820-756-6   03810